FEDAKÂRLIK

SABIR

SADAKAT

J.K. Rowling'in
YKY'deki kitapları:

Harry Potter ve Felsefe Taşı (2001)
Harry Potter ve Sırlar Odası (2001)
Harry Potter ve Azkaban Tutsağı (2001)
Harry Potter ve Ateş Kadehi (2001)
Harry Potter ve Zümrüdüanka Yoldaşlığı (2003)
Harry Potter ve Melez Prens (2005)
Harry Potter ve Ölüm Yadigârları (2007)

Harry Potter ve Felsefe Taşı (resimli özel baskı - 2015)
Harry Potter ve Sırlar Odası (resimli özel baskı - 2016)
Harry Potter ve Azkaban Tutsağı (resimli özel baskı - 2017)
Harry Potter ve Ateş Kadehi (resimli özel baskı - 2020)

Harry Potter serisi ek kitapları:

Fantastik Canavarlar Nelerdir, Nerede Bulunurlar?
(2002, Comic Relief ve Lumos yararına)

Çağlar Boyu Quidditch (2002, Comic Relief ve Lumos yararına)

Ozan Beedle'ın Hikâyeleri (2009, Lumos yararına)

Fantastik Canavarlar Nelerdir, Nerede Bulunurlar?
(resimli özel baskı - 2017, Comic Relief ve Lumos yararına)

Ozan Beedle'ın Hikâyeleri (resimli özel baskı - 2018,
Lumos yararına)

Fantastik Canavarlar Nelerdir, Nerede Bulunurlar?
Orijinal Senaryo (2018)

Fantastik Canavarlar - Grindelwald'ın Suçları
Orijinal Senaryo (2019)

Jack Thorne, J.K. Rowling ve John Tiffany'ye ait yeni
bir özgün hikâyeden yola çıkarak Jack Thorne'un yazdığı oyun:
Harry Potter ve Lanetli Çocuk – Birinci ve İkinci Bölüm (2016)

Ickabog (2020)
Noel Domuçu ile Jack'in Müthiş Maceraları (2021)

J.K. ROWLING

HARRY POTTER

ve Felsefe Taşı

20. YIL ÖZEL BASKISI

WIZARDING WORLD

YKY
YAPI KREDİ YAYINLARI

Yapı Kredi Yayınları – 5966
Doğan Kardeş – 1105
-özel baskı-

Harry Potter ve Felsefe Taşı 20. Yıl Hufflepuff Özel Baskısı / J.K. Rowling
Özgün adı: Harry Potter and the Philosopher's Stone -
20th Anniversary Edition - Hufflepuff
Çeviren: Ülkü Tamer
Bu özel baskıya eklenen metinleri İngilizceden çeviren: Hazel Bilgen

Kitap editörü: Ayça Sabuncuoğlu – Darmin Hadzibegoviç
Düzelti: Korkut Tankuter – İncilay Yılmazyurt

Sayfa tasarımı: Süreyya Erdoğan

Baskı: İmak Ofset Basım Yayın Tic. ve San. Ltd. Şti.
Akçaburgaz Mahallesi 137. Sokak No: 12 34522
Esenyurt / İstanbul
Telefon: (0 212) 656 49 97
Sertifika No: 45523

Çeviriye temel alınan baskı: Bloomsbury, Londra, 2017
Harry Potter ve Felsefe Taşı kitabının 20. Yıl Özel Baskısı
ilk kez 2017 yılında İngiltere'de yayımlanmıştır.
YKY'de 1. baskı: İstanbul, Nisan 2022
ISBN 978-975-08-5325-8

Yapı Kredi Kültür Sanat Yayıncılık Ticaret ve Sanayi A.Ş.
İstiklal Caddesi No: 161 Beyoğlu 34433 İstanbul
Telefon: (0212) 252 47 00 Faks: (0212) 293 07 23
http://www.ykykultur.com.tr
e-posta: ykykultur@ykykultur.com.tr
facebook.com/yapikrediyayinlari
twitter.com/YKYHaber
instagram.com/yapikrediyayinlari

Yapı Kredi Kültür Sanat Yayıncılık
PEN International Publishers Circle üyesidir.

öyküleri seven Jessica için,
onları seven Anne için de
ve bunu ilk dinleyen Di için.

İÇİNDEKİLER

HUFFLEPUFF

♦ BİR GİRİŞ ♦

"Belki de düşersin Hufflepuff'a
Haksızlığı hemen kaldırıp rafa
Adalet uğruna savaş verirsin
Her yere mutluluk götürmek için."

SEÇMEN ŞAPKA

HOGWARTS'TAKİ en arkadaş canlısı binaya hoş geldiniz. Diğer binaların kurucu büyücüleri öğrencilerini –cesaret, zekâ ya da hırs gibi– belirli özelliklere göre seçerlerken Helga Hufflepuff geri kalan herkesi kabul etmiştir ve bütün öğrencilerine eşit davranarak onlara bildiği her şeyi öğretmiştir.

Binalar arasında en mütevazısı olan Hufflepuff'ın elementi topraktır, bu sebeple de Hufflepuff'ların Bitkibilim derslerinde kollarını sıvamaktan çekinmemeleri gayet olağandır. Oldukça pratiktirler ve emeğin değerini bilirler. Hufflepuff'ta yetişen Eglantine Puffett olmasa Kendiliğinden Köpüren Bulaşık Sünger'i'ni başka kim icat edebilirdi?

Hagrid'e göre Hufflepuff beş para etmez ama Hufflepuff'tan çok az Karanlık büyücü çıkmıştır. Üstelik dünyanın en önemli Büyüzoologu Newt Scamander ile üç Sihir Bakanı'nı yetiştirdiği

HELGA
HUFFLEPUFF

halde, Hogwarts'taki diğer üç binanın aksine Hufflepuff'lar kendi başarıları ya da meşhur mezunlarının başarılarıyla böbürlenmekten hoşlanmazlar. Hogsmeade'in kurucusu Woodcroft'lu Hengist'i de unutmayalım; Zonko'nun Şaka Dükkânı'ndan Filch'i çileden çıkaracak Tezekbombası, Balyumruk'tan Fışırdayan Vız Vız olmasa genç cadıların ve büyücülerin çok farklı bir okul deneyimi olurdu.

Hufflepuff'lar sadık ve dürüsttürler, adil olmaya değer verirler. Bir büyücünün sahip olabileceği en iyi arkadaştırlar. Hufflepuff'lar doğru olduğuna inandıkları uğrunda mücadele etmeye ve tıpkı binalarını temsil eden porsuk gibi kendilerinden olanı sonuna kadar korumaya hazırdırlar. Aslında Hufflepuff'ların pek çoğu Dumbledore'un Ordusu'nun üyeleriydi ve neredeyse tamamı Harry Potter'ın Voldemort'la son karşılaşmasında onun yanında yer almıştı. Bütün Hogwarts tarihinde Hufflepuff'ın ortak salonuna davetsiz girmeye kalkıp da içeri doğru bir adım atabilen tek bir kişi bile olmamıştır. Takım halinde çalışan sessiz ve becerikli Hufflepuff'ları asla hafife almamalısınız.

♦ HUFFLEPUFF'LARI GURURLANDIRMAK ♦

Hufflepuff'lar adalet konusundaki hassasiyetleriyle bilinir. Bir Hufflepuff olan Cedric Diggory, Hogwarts Üçbüyücü Turnuvası'nda Ateş Kadehi tarafından seçilen şampiyonlardan biriydi. En son görevde Cedric, Harry'yi yenip Üçbüyücü Kupası'nı almaya hak kazanmak üzereyken Hufflepuff'ları tanımlayan çok önemli anlardan biri yaşanmıştı:

Cedric arkasında parlayan Üç Büyücü Kupası'ndan bir iki metre ötedeydi.

Harry soluk soluğa ona, "Al, öyleyse," dedi. "Haydi, al. Önce sen vardın oraya."

Ama Cedric kıpırdamadı. Orada durup Harry'ye bakmakla yetindi. Sonra dönüp Kupa'ya baktı. Harry, Kupa'nın altın ışığında onun yüzündeki özlem ifadesini gördü. Cedric dönüp, şimdi ayakta durabilmek için çalı çitten destek alan Harry'ye baktı yeniden.

Cedric derin bir soluk aldı. "Sen al. Sen kazanmalısın. Burada iki kez canımı kurtardın."

♦ BİNA KURUCUSU: HELGA HUFFLEPUFF ♦

Sadık ve etkileyici Helga Hufflepuff, Hogwarts Cadılık ve Büyücülük Okulu'nun dört kurucusundan biriydi ve Rowena Ravenclaw'un yakın arkadaşıydı. Yiyecekle ilgili Büyüler konusunda oldukça yetenekliydi ve tariflerinin pek çoğu hâlâ her gün Hogwarts şölenlerinde kullanılmaya devam etmektedir! Sevecen ve sempatik bir cadı olan Helga Hufflepuff geçmişlerine veya karakter özelliklerine bakmadan bütün cadıları ve büyücüleri binasına kabul etmiştir. Helga o zamanlarda zulüm gören evcinlerine nezaket göstermiş, onlara iş ve barınma imkânı tanımıştır. Üzerinden bin yıldan uzun zaman geçmiş olmasına karşın gelecek nesillere miras niteliğindeki adalet, dürüstlük ve emeğe verdiği değer, kurduğu binanın temel ilkeleri olmayı sürdürmektedir.

♦ BİNA YADİGÂRI ♦

Helga Hufflepuff'ın kupası iki kulplu, altından küçük bir kupadır. Bina armasındaki porsuk kabartmasıyla bezelidir. Kıymetli yadigâr Helga Hufflepuff'ın ailesinde nesilden nesle aktarılmıştır. Sonunda Hepzibah Smith'in eline geçmiş ve ondan da Lord Voldemort kupayı çalmıştır. Sonrasında kupayı Hortkuluk'a dönüştürmüş ve bu paha biçilemez hazineyi Ölüm Yiyen'lerinden Bellatrix Lestrange'e emanet etmiştir.

♦ BİNA ARMASI ♦

Hufflepuff'ın armasında bir porsuk yer alır. Porsuklar sessiz, sakin bir yaşam sürmelerine karşın saldırıya uğradıklarında kendilerini sonuna kadar korurlar. Güçlü sadakat ve adalet duygusu Hufflepuff'ların karakteristik özellikleridir. Bina ana renkleri siyah ve sarıdır.

♦ BİNA HAYALETİ ♦

Adı: Şişman Keşiş.
Dış görünüşü: Neşeli, şişman bir keşiştir; keşiş cüppesi giyer.
Ölümü: Üstleri onun frengili hastaları bir değneğin (asası) ucunu dokundurarak iyileştirebildiğinden kuşkulanınca Şişman Keşiş'i ölüme mahkûm etmişlerdir.
Şikâyeti: Şişman Keşiş ölmeden önce kardinal olmayı arzu ediyordu ama mümkün olmadı.

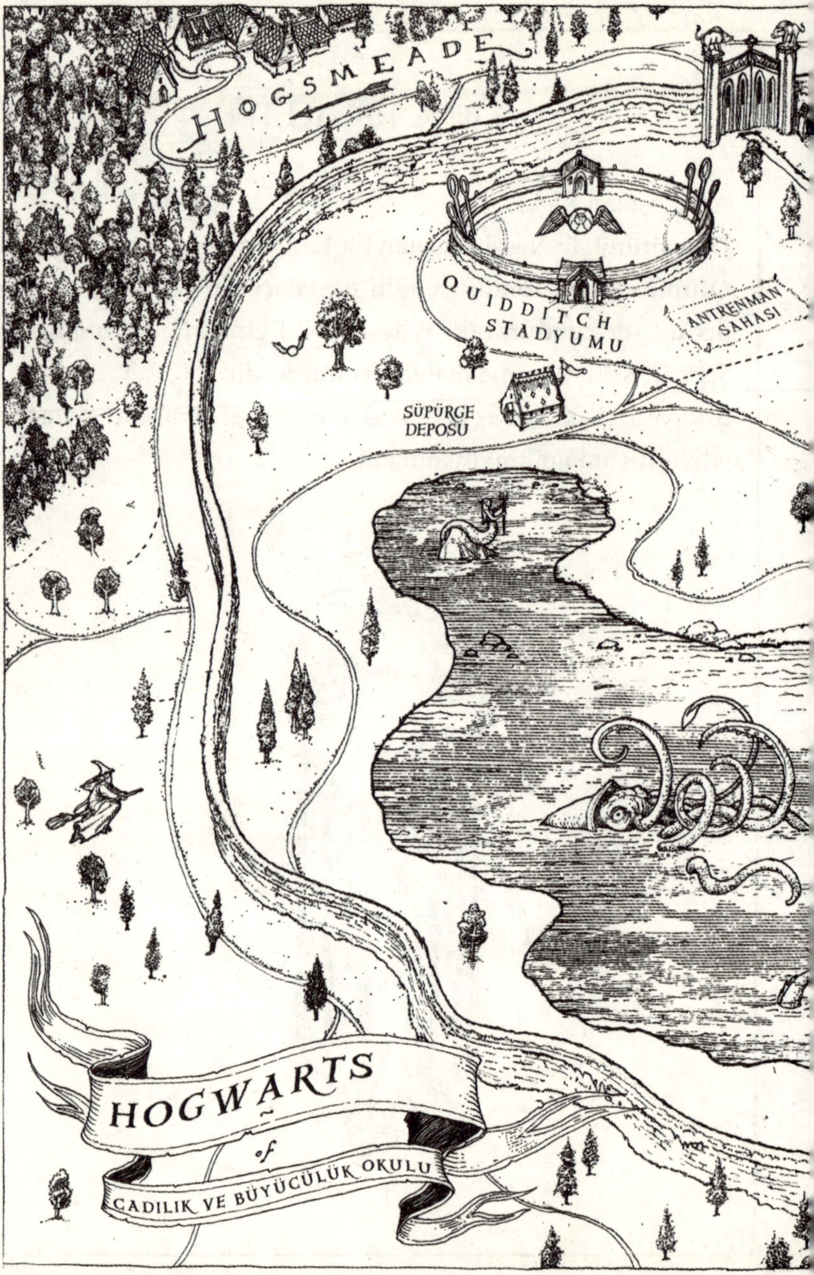
HOGSMEADE
QUIDDITCH STADYUMU
ANTRENMAN SAHASI
SÜPÜRGE DEPOSU
HOGWARTS
of
CADILIK VE BÜYÜCÜLÜK OKULU

YASAK ORMAN
HAGRID'İN KULÜBESİ
ŞAMARCI SÖĞÜT
SERALAR
HOGWARTS ŞATOSU
HOGSMEADE ŞATOSU

BİRİNCİ BÖLÜM

Sağ Kalan Çocuk

Privet Drive dört numarada oturan Mr ve Mrs Dursley, son derece normal olduklarını söylemekten gurur duyarlardı, sağ olun efendim. Garip ya da gizemli işlere bulaşacak son kişilerdi, böyle saçmalıklara kafa yormazlardı çünkü.

Mr Dursley matkap yapan Grunnings adlı bir şirketin yöneticisiydi. İri yarı, kalıplı bir adamdı, boynu yok gibiydi, ama koskoca bir bıyığı vardı. Mrs Dursley zayıftı, sarışındı, olağanın iki katı uzunluğunda bir boynu vardı; bu da bahçe çitlerinin üstünden kafasını uzatıp komşuları gözetlemekte pek işine yarıyordu. Dudley adında küçük bir oğulları vardı Dursley'lerin, kendilerine bakılırsa dünyada ondan kusursuz bir çocuk bulunamazdı.

Dursley'ler istedikleri her şeye sahiptiler, ama bir gizleri vardı, biri kalkıp da bunu anlayacak diye ödleri kopardı. Potter'ların ortaya çıkarılmasına katlanabileceklerini hiç sanmıyorlardı. Mrs Potter, Mrs Dursley'nin kardeşiydi, ama birkaç yıldır görüşmemişlerdi; aslına bakılırsa, Mrs Dursley hiç kardeşi yokmuş gibi davranıyordu, çünkü kardeşi de, onun beş para etmez kocası da Dursley'lere hiç mi hiç benzemiyorlardı. Potter'lar sokakta boy gösterirse, komşuların ne diyeceğini düşünmek bile tüylerini ürpertiyordu. Potter'ların küçük bir oğulları olduğunu biliyorlardı, ama hiç görmemişlerdi onu. Bu oğlan da Potter'ları yanlarına yaklaştırmamak için bir başka geçerli nedendi; Dudley'nin öyle bir çocukla içli dışlı olmasını istemiyorlardı.

Mr ve Mrs Dursley, öykümüzün başladığı o kasvetli, kurşuni salı sabahı uyandıklarında, yakında bütün ülkeyi saracak garip, gizemli şeylerin habercisi olabilecek hiçbir şey yoktu bulutlu gökte. Mr Dursley, işe giderken taktığı en tatsız kravatı seçerken bir şarkı mırıldanıyor, Mrs Dursley de çığlıklar atan Dudley'yi mama sandalyesine oturtmak için boğuşurken keyifli keyifli dedikodu ediyordu.

Hiçbiri, kahverengi bir baykuşun pencerenin önünden kanat çırparak geçtiğini fark etmedi.

Sekiz buçukta, Mr Dursley çantasını aldı, Mrs Dursley'nin yanağını şöyle bir gagaladı, Dudley'ye de bir hoşça kal öpücüğü vermeye çabaladı, ama ıskaladı, Dudley bir bunalım geçirmekteydi çünkü, mamasını duvara fırlatıyordu. Evden ayrılırken, "Küçük yumurcak," diye kıkırdadı Mr Dursley. Arabasına bindi, dört numaranın bahçesinden geri geri çıktı.

Garip bir şeyin ilk belirtisini fark etti sokağın köşesinde – harita inceleyen bir kediyi. Mr Dursley, bir an ne gördüğünü kavrayamadı – sonra, bakmak için başını arkaya çevirdi. Privet Drive'ın köşesinde bir tekir kedi duruyordu, ama görünürlerde harita filan yoktu. Zaten olacak iş miydi bu? Bir ışık oyunuydu olsa olsa. Kirpiklerini kırpıştırdı Mr Dursley, gözlerini kediye dikti. Kedi de ona dikti gözlerini. Mr Dursley köşeyi dönüp yolda ilerlerken boyuna kediye baktı dikiz aynasında. Şimdi de *Privet Drive* yazılı tabelayı okuyordu – hayır, tabelaya *bakıyordu;* kediler ne harita inceleyebilir, ne de tabela okuyabilirlerdi. Hafifçe silkindi Mr Dursley, kediyi kafasından çıkardı. Kente doğru ilerlerken o gün almayı umduğu büyük bir matkap siparişinden başka bir şey düşünmemeye koyuldu.

Ama kente girerken kafasındaki matkapların yerini başka bir şey alıverdi. Sabahın olağan trafik sıkışıklığında beklerken, çevrede garip giyimli bir sürü insan fark etti. Pelerinli insanlar. Mr Dursley, gençlerin sırtında görülen o tuhaf elbiseleri giyenlerden hiç hoşlanmazdı! Bu da saçmasapan yeni modalardan biriydi herhalde. Direksiyona vurmaya başladı parmaklarıyla, gözleri bu manyakların az ötede oluşturduğu bir topluluğa takıldı. Heyecanlı heyecanlı bir şeyler fısıldaşıyorlardı. Mr Dursley, bazılarının hiç de genç olmadığını görünce küplere bindi; işte şu adam kendisinden çok daha yaşlıydı, üstelik zümrüt yeşili bir pelerin atmıştı omuzlarına! Cesarete bak! Derken kafasına dank etti Mr Dursley'nin, bu olsa olsa uyduruk bir gösteriydi – bir şey için para topluyorlardı... evet, mutlaka öyleydi. Trafik açıldı, Mr Dursley birkaç dakika sonra Grunnings otoparkındaydı, aklında matkaplar vardı sadece.

Mr Dursley dokuzuncu kattaki odasında sırtını pencereye vererek otururdu hep. Öyle yapmasa, o sabah aklını matkaplara vermesi biraz güç olacaktı. Baykuşların güpegündüz süzülerek geçtiğini görmedi, ama aşağıda, sokaktaki insanlar gördüler bunu, ağızları açık, birbiri ardı sıra tepelerinde süzülen baykuşlara baktılar, onları parmaklarıyla gösterdiler. Çoğu geceleyin bile baykuş görmemişti. Ama Mr Dursley, son derece olağan, baykuşsuz bir sabah geçirdi. Beş ayrı kişiye bağırdı. Önemli birkaç telefon görüşmesi yaptı, biraz daha bağırdı. Öğle yemeğine kadar keyfi yerine gelmişti, bacaklarını çalıştırmak, sokağın karşısına yürüyüp fırından bir çörek almak istedi.

Pelerinli insanlar aklından bütün bütüne çıkmıştı ki, içlerinden bazılarına rastladı fırının orada. Yanlarından geçerken öfkeyle baktı. Nedenini bilmiyordu, ama tedirgin oluyordu onlardan. Bunlar da heyecanlı heyecanlı fısıldaşıyorlardı, ortalıkta bir tek para tası bile görünmüyordu. Elindeki kesekâğıdında koca bir çörekle dönüp yanlarından geçerken, konuşmalarından birkaç sözcük çalındı kulağına.

"Potter'lar, doğru, ben de öyle duydum -"

"- evet, oğulları, Harry -"

Kaskatı kesiliverdi Mr Dursley. Her yanını korku sardı. Bir şey söyleyecekmiş gibi, fısıldaşanlara baktı, ama vazgeçti.

Yolun karşısına geçti hızla, bürosuna koştu, sekreterine rahatsız edilmemesini söyledi, telefona sarıldı, evinin numarasını tam çevirmişti ki, kararını değiştirdi. Telefonu yerine bıraktı, bıyıklarını sıvazlayarak düşündü... hayır, düpedüz aptallık ediyordu. Potter öyle pek alışılmadık bir ad değildi ki. Harry diye oğulları olan Potter adında kim bilir kaç kişi vardı. Üstelik yeğeninin adının Harry olup olmadığından da emin değildi. Çocuğu görmemişti bile. Belki de Harvey'ydi. Ya da Harold. Mrs Dursley'yi telaşlandırmanın anlamı yoktu, kardeşinin adını söyleyince bile tedirgin olurdu karısı. Onu suçlamıyordu – kendisinin de öyle bir kardeşi olsaydı... ama ya o kişiler, o pelerinli insanlar...

O ikindi kafasını matkaplara veremedi, olanaksızdı bu, saat beşte binadan ayrılırken öylesine dalgındı ki, kapının tam önünde birine çarptı.

Sendeleyip az kalsın yere düşecek sıska ihtiyara, "Özür dilerim," diye homurdandı. Onun menekşe rengi bir pelerin giydiğini kavraması için birkaç saniye yetti Mr Dursley'ye. Adam bu çarpmaya pek aldırmışa benzemiyordu. Aksine, koca bir gülümseme yayıldı yüzüne, yoldan geçenleri dönüp baktıracak kadar ince bir sesle, "Özür dilemeyin, efendim," dedi, "bugün hiçbir şey keyfimi kaçıramaz! Sevinin, o Kim-Olduğunu-Bilirsin-Sen sonunda gitti! Sizin gibi bir Muggle bile bunu, bu mutlu, mutlu günü kutlamalı!"

İhtiyar, Mr Dursley'yi karnına sarılıp kucakladı, sonra uzaklaştı.

Mr Dursley olduğu yerde kalakaldı. Bütün bütüne bir yabancı tarafından kucaklanmıştı. Üstelik Muggle olarak nitelenmişti, artık ne demekse bu. İyice karışmıştı kafası. Arabasına koştu, eve yollandı, hayal gördüğünü umuyordu, daha önce hiç ummamıştı bunu, çünkü hayal gücü denilen şeye hiç inanmazdı.

Arabasını dört numaranın park yerine çekerken, ilk gördüğü –bu da hiç keyiflendirmedi onu– o sabah gözüne ilişen tekir kedi oldu. Bahçe duvarında oturuyordu şimdi. Aynı kedi olduğuna emindi; gözlerinin çevresinde aynı çizgiler vardı.

"Şişşşt!" diye bağırdı Mr Dursley.

Kedi kıpırdamadı. Sadece sert sert baktı ona. Mr Dursley, bunun olağan bir kedi davranışı olup olmadığını düşündü. Toparlanmaya çalışarak eve girdi. Karısına hâlâ bir şey söylememekte kararlıydı.

Mrs Dursley güzel, sıradan bir gün geçirmişti. Yemekte komşu kadının kızıyla sorunlarını, Dudley'nin de yeni bir sözcük ("olabilemez") öğrendiğini anlattı boyuna. Mr Dursley olağan davranmaya çalıştı. Dudley yatırıldıktan sonra salona gidip son akşam haberlerini yakaladı:

"Her yerdeki kuş meraklıları, ülkedeki bütün baykuşların bugün hiç alışılmadık şeyler yaptığını belirtmektedir. Baykuşlar genellikle geceleri avlanırlar, gün ışığında pek görülmezler, ama sabahtan beri bu kuşların her yöne uçuştuklarına yüzlerce kez tanık olunmuştur. Uzmanlar, baykuşların uyku alışkanlıklarını birdenbire neden değiştirdiklerini açıklayamamaktadırlar." Spiker sırıtmadan edemedi. "Son derece esrarengiz. Şimdi de Jim McGuffin'den hava raporu. Ne dersin, bu gece yine baykuş sağanağı olacak mı, Jim?"

"Eee, Ted," dedi hava tahmincisi, "onu bilemem, ama bugün garip davranışlarda bulunanlar sadece baykuşlar değildi. Kent, Yorkshire, Dundee gibi ayrı ayrı yerlerden arayan seyirciler, dün söylediğim yağmur yerine, kayan yıldızlar sağanağına tutulmuşlar! Şenlik Gecesi önümüzdeki hafta gerçi, ama belki de şimdiden kutluyorlardır! Ama bu gece kesinlikle yağmurlu olacak."

Mr Dursley koltuğunda donakalmıştı. Bütün İngiltere göklerinde kayan yıldızlar? Gün ışığında uçuşan baykuşlar? Her yerde pelerinli esrarengiz insanlar? Potter'lar hakkında fısıltılar, fısıltılar...

Mrs Dursley iki fincan çayla salona geldi. Yararı yoktu. Bir şeyler söylemeliydi karısına. Gergin gergin boğazını temizledi. "Şey – Petunia, sevgilim – son günlerde kardeşinden bir haber almadın, değil mi?"

Beklediği gibi, Mrs Dursley şaşkınlıkla, öfkeyle baktı. Ne de olsa, sanki onun bir kardeşi yokmuş gibi davranmaya alışıktılar.

Sertçe, "Hayır," dedi Mrs Dursley. "Niye?"

"Garip şeyler söylediler haberlerde," diye mırıldandı Mr Dursley. "Baykuşlar... kayan yıldızlar... şehirde de bir sürü tuhaf insan vardı bugün..."

Mrs Dursley sözünü kesti onun: "Yani?"

"Şey, düşündüm de... belki... bütün bunların... biliyorsun işte... onlarla bir ilgisi vardır."

Mrs Dursley kenetlenmiş dudaklarının arasından bir yudum çay aldı. Mr Dursley "Potter" adını işittiğini söyleyip söylememeyi düşündü. Bunu göze alamayacağına karar verdi. Sanki laf olsun diye soruyormuş gibi, "Oğulları," dedi, "şimdi aşağı yukarı Dudley'nin yaşındadır, öyle değil mi?"

Mrs Dursley, kaskatı, "Herhalde," dedi.

"Sahi, neydi adı? Howard'dı, değil mi?"

"Harry. Bana sorarsan, berbat, sıradan bir ad."

Ansızın yüreğine bir ağırlık çöktü Mr Dursley'nin, "Ha, sahi," dedi. "Evet, bence de öyle."

Yukarı yatmaya çıkarlarken bu konuda başka tek söz söylemedi. Mrs Dursley banyodayken, Mr Dursley yatak odasının penceresine uzandı, ön bahçeye baktı. Kedi hâlâ oradaydı. Sanki bir şey bekliyormuş gibi Privet Drive'a bakıyordu boyuna.

Hayal mi görüyordu yoksa? Bütün bunların Potter'larla bir ilgisi olabilir miydi? Eğer varsa... eğer o karıkocayla akrabalıkları ortaya çıkarsa – eh, buna da katlanamazdı doğrusu.

Yattılar. Mrs Dursley hemen uyudu, ama gözlerine uyku girmiyordu Mr Dursley'nin, kafası karmakarışıktı. Uykuya dalmadan önce, Potter'ların bu işle bir ilgileri olsa bile, ne kendisine ne de Mrs Dursley'ye yanaşamayacaklarını düşündü de rahatladı. Potter'lar onun da, Petunia'nın da kendileri için, kendilerine benzeyenler için ne düşündüklerini pekâlâ biliyorlardı... Bu olanlara onun da, Petunia'nın da bulaşması olanaksızdı. Esnedi, yan döndü. Kendilerini etkilemezdi bu...

Nasıl da yanılıyordu.

Mr Dursley tedirgin bir uykuya dalıyordu belki, ama dışarıda, duvarın üstündeki kedinin uykusu hiç mi hiç gelmemişti. Heykel gibi oturuyordu orada; gözlerini, hiç kırpmadan Privet Drive'ın uç köşesine dikmişti. Yan sokakta bir arabanın kapısı çarpıldığında da, tepesinden iki baykuş süzüldüğünde de titremedi bile. Hiç kıpırdamadan öylece durdu, gece yarısına kadar.

Kedinin baktığı köşede bir adam belirdi; öylesine ansızın, öylesine sessizce belirmişti ki, sanki yerden fışkırmış gibiydi. Kedinin kuyruğu titredi, gözleri kısıldı.

Böyle bir adamın benzeri Privet Drive'da daha önce hiç görülmemişti. Uzun boyluydu, zayıftı; saçının sakalının kırlarına bakılırsa çok yaşlıydı; saçı da sakalı da kemerine sıkıştırılacak kadar uzundu. Uzun giysiler vardı üstünde, yerleri süpüren mor bir pelerin, uzun topuklu, tokalı çizmeler giymişti. Açık mavi gözleri, dar çerçeveli gözlüğünün arkasından ışıl ışıl parlıyordu; upuzun, kemerli burnu sanki en az iki kez kırılmışa benziyordu. Bu adamın adı Albus Dumbledore'du.

Albus Dumbledore, adından çizmelerine kadar hiçbir şeyinin hoş karşılanmadığı bir sokağa geldiğinin farkında değildi. Pelerinini karıştırmaktaydı boyuna, bir şey arıyordu. Ama gözetlendiğinin farkına vardı, başını kaldırdı ansızın, sokağın öteki ucundan kendisine gözlerini dikmiş kediye baktı. Nedense, kedinin varlığı onu pek eğlendirmişti. Kıkırdayarak, "Bilmeliydim bunu," diye mırıldandı.

Aradığı şeyi iç cebinde buldu. Gümüş bir çakmaktı bu. Kapağını açtı, havaya kaldırdı, çaktı. En yakındaki sokak lambası püf diye sönüverdi. Yine çaktı – bir sonraki lamba da karanlığa gömüldü. On iki kere çaktı Püfür'ü, sokakta sadece iki ışıltı kalıncaya kadar – kendisini gözetleyen kedinin gözleriydi bunlar. Şimdi pencereden kim bakarsa baksın, isterse boncuk gözlü

Mrs Dursley, aşağıda kaldırımda neler olup bittiğini göremezdi. Dumbledore, Püfür'ü pelerininin iç cebine koydu; dört numaraya yollandı, duvara, kedinin yanına oturdu. Bakmadı ona, ama bir süre sonra konuştu.

"Sizi burada görmek ne güzel, Profesör McGonagall."

Tekire döndü gülümseyerek, ama kedi gitmişti. Tıpkı onun gözlerinin çevresindeki çizgileri andıran dört köşe bir gözlük takmış asıkça suratlı bir kadına gülümsediğini fark etti. Kadının da bir pelerin vardı sırtında, zümrüt yeşili bir pelerin. Siyah saçları sımsıkı toplanmıştı. Belirgin bir tedirginlik vardı üstünde.

"Ben olduğumu nereden anladınız?" diye sordu.

"Sevgili Profesör, hiçbir kedinin bu kadar kaskatı oturduğunu görmemiştim."

Profesör McGonagall, "Bütün gün siz de bir tuğla duvarın üstünde otursaydınız, siz de kaskatı kesilirdiniz," dedi.

"Bütün gün mü? Kutlamalara katılmadan mı? Ben buraya gelirken en az bir düzine şölene, eğlenceye rastladım."

Profesör McGonagall öfkeyle burnunu çekti.

Sabırsızca, "Evet, doğru, herkes kutluyor," dedi. "Biraz daha dikkatli olmaları gerekirdi, ama hayır – Muggle'lar bile bir şeyler döndüğünü fark ettiler. Haberlerinde verdiler." Başını Dursley'lerin karanlık salon pencerelerine çevirdi. "Duydum. Baykuş sürüleri... kayan yıldızlar... Eee, o kadar da aptal değiller. Nasıl olsa bir şeylerin farkına varacaklardı. Kent'te kayan yıldızlar – mutlaka Dedalus Diggle'dır. Hiç akıllanmadı."

Dumbledore, incelikle, "Onları suçlayamazsınız," dedi. "On bir yıldır pek bir şey kutladığımız yok."

Profesör McGonagall, "Biliyorum," dedi tedirgince. "Ama dağıtmamız için bir neden değil bu. İnsanlar düpedüz dikkatsizlik ediyorlar, sokaklara fırlamışlar güpegündüz, sırtlarında Muggle giysileri bile yok, boyuna dedikodu ediyorlar."

Dumbledore'a yan yan baktı sertçe, bir şey söylemesini bekliyor gibiydi, ama bir şey söylemedi Dumbledore, Profesör de devam etti: "Sonunda Kim-Olduğunu-Bilirsin-Sen'in kayıplara karıştığı gün, tam o gün Muggle'ların bizi öğrenmeleri ne de güzel ya. Gerçekten kayıplara karıştı mı dersiniz, Dumbledore?"

"Öyle görünüyor," dedi Dumbledore. "Sevinmemiz gerek. Limon şerbeti içer miydiniz?"

"*Ne* içer miydim?"

"Limon şerbeti. Muggle'ların bir çeşit tatlı içeceği. Hoşuma gidiyor."

Şimdi limon şerbetinin sırası olmadığını düşünen Profesör McGonagall, "Hayır, teşekkür ederim," dedi soğukça. "Söylediğim gibi, Kim-Olduğunu-Bilirsin-Sen gittiyse bile -"

"Sevgili Profesör, sizin gibi mantıklı biri onu gerçek adıyla anabilir, öyle değil mi? Bütün bu 'Kim-Olduğunu-Bilirsin-Sen' saçmalığı – on bir yıldır söylüyorum herkese, onu gerçek adıyla anın diye, *Voldemort* deyin." Profesör McGonagall ürktü, ama o sırada iki limon şerbeti açan Dumbledore farkına varmadı bunun. "Boyuna 'Kim-Olduğunu-Bilirsin-Sen' deyip durmanın ne anlamı var? Voldemort adından korkmak için bir neden göremiyorum."

Yarı bitkinlik, yarı hayranlıkla, "Biliyorum, sizin için yok," dedi Profesör McGonagall. "Ama siz başkasınız. Herkes biliyor, Kim-Olduğunu- ... peki, peki, *Voldemort*'un korktuğu tek kişi sizdiniz."

Dumbledore, "Beni şımartıyorsunuz," dedi usulca. "Voldemort'da benim hiç edinemeyeceğim güçler vardı."

"Bunun nedeni sizin o güçleri kullanmayacak kadar – şey – *soylu* olmanız."

"İyi ki karanlıktayız. Madam Pomfrey yeni kulaklıklarımı sevdiğini söylediğinden beri bu kadar kızarmamıştım."

Profesör McGonagall, Dumbledore'a şöyle bir baktı sertçe, "Uçuşan *söylentilerin* yanında baykuşların sözü bile edilmez," dedi. "Herkes ne diyor, biliyor musunuz? Niye kayıplara karışmış? Sonunda niye vazgeçmiş?"

Anlaşılan Profesör McGonagall konuşmanın en can alıcı noktasına gelmişti, bütün gün soğuk sert bir duvarda bekleyip durmasının gerçek nedeniydi bu, yoksa ne kedi ne de kadın olarak Dumbledore'a gözlerini böyle yırtıcı bakışlar fırlatarak dikemezdi şimdi. "Herkes" ne söylerse söylesin, Dumbledore bunların gerçek olduğunu belirtinceye kadar hiçbir şeye inanmayacağı apaçık ortadaydı. Ama o sırada bir başka limon şerbeti seçmekteydi Dumbledore, yanıt vermedi.

"Anlatılanlara göre," diye üsteledi Profesör McGonagall, "Voldemort dün gece Godric's Hollow'da görülmüş. Potter'ları bulmaya gitmiş oraya. Söylentilere bakılırsa, Lily ile James Potter galiba – galiba *ölmüşler*."

Dumbledore başını önüne eğdi. Profesör McGonagall derin bir soluk aldı.

"Lily ile James... İnanamıyorum... İnanmak istemedim buna... Ah, Albus..."

Dumbledore elini uzatıp omzuna vurdu onun. Acılı bir sesle, "Biliyorum... Biliyorum..." dedi.

Konuşmayı sürdürürken Profesör McGonagall'ın sesi titriyordu. "Hepsi bu kadar değil. Potter'ların oğlunu, Harry'yi de öldürmeye kalkmış, öyle diyorlar. Ama öldürememiş. O küçük çocuğu öldürememiş. Nedenini, nasılını kimse bilmiyor, ama söylediklerine bakılırsa, Harry Potter'ı öldüremeyince Voldemort'un gücü de yok oluvermiş – bu yüzden kayıplara karışmış işte."

Dumbledore kederle baş sallayarak onu onayladı.

Profesör McGonagall, "Acaba – acaba *doğru mu*?" diye kekeledi. "Bütün o yaptıklarından sonra... o kadar insanı öldürdükten sonra... küçük bir çocuğu öldüremez miydi? Akıl almayacak bir şey... böyle bir şeyi yapamaz mıydı... Tanrı aşkına, nasıl oldu da Harry sağ kaldı?"

"Sadece tahmin yürütebiliriz," dedi Dumbledore. "Belki aslını hiç öğrenemeyeceğiz."

Profesör McGonagall bir dantel mendil çıkarıp gözlüğünün altından gözlerini kuruladı. Dumbledore da burnunu çekerek cebinden bir altın saat çıkardı, onu inceledi. Çok garip bir saatti bu. On iki yelkovanı vardı, ama hiç rakam yoktu üstünde; rakamlar yerine, çevresinde küçük gezegenler hareket ediyordu. Bunların herhalde bir anlamı vardı Dumbledore için, çünkü yeniden yerine koydu saati, "Hagrid gecikti," dedi. "Sahi, burada olacağımı sanırım o söylemiştir size, öyle değil mi?"

"Evet," dedi Profesör McGonagall. "O kadar yer dururken kalkıp *neden* buraya geldiğinizi sanırım anlatmayacaksınız bana."

"Harry'yi teyzesiyle eniştesine getirmeye geldim. Ailesinden sadece onlar kaldı şimdi."

Profesör McGonagall, ayağa fırlayıp dört numarayı göstererek, "Yani – *burada* oturan insanlardan mı söz ediyorsun yoksa?" diye bağırdı. "Dumbledore – bunu yapamazsın. Bütün gün onları gözetledim. Onlar kadar bize hiç mi hiç benzemeyen başka iki kişi yoktur. Bir de oğulları var – gördüm onu, şeker alsın diye çığlıklar atarak annesini sokak boyunca tekmeledi durdu. Harry Potter gelip burada mı oturacak!"

Dumbledore, kesin bir sesle, "Burası onun için en iyi yer," dedi. "Büyüyünce teyzesiyle eniştesi ona her şeyi anlatırlar. Onlara bir de mektup yazdım."

Profesör McGonagall, yeniden duvara oturarak, cılız bir sesle, "Mektup mu?" diye tekrarladı. "Gerçekten, Dumbledore, bütün bunları bir mektupla açıklayabileceğini mi sanıyorsun? Bu insanlar onu hiç anlamayacak! Ünlü olacak ileride – bir efsane olacak – gelecekte bugün Harry Potter Günü olarak anılırsa hiç şaşmam – Harry üstüne kitaplar yazılacak – dünyamızdaki bütün çocuklar onun adını öğrenecek!"

Dar çerçeveli gözlüğünün üstünden son derece ciddi bakarak, "Tastamam öyle," dedi Dumbledore. "Her çocuğun başını döndürebilir bu. Daha yürümeden, konuşmadan üne kavuşmak! Hiç hatırlamayacağı bir şey yüzünden ünlü olmak! Anlamıyor musunuz, böylesi çok daha iyi, hiç olmazsa anlayacağı zamana kadar bütün bunlardan uzak kalır."

Profesör McGonagall ağzını açtı, fikrini değiştirdi, yutkundu, sonra, "Evet - evet, haklısınız, elbette," dedi. "Ama çocuk nasıl geliyor buraya, Dumbledore?" Sanki Harry altında saklanıyormuş gibi onun pelerinine bir göz attı ansızın.

"Hagrid getiriyor onu."

"Hagrid'e böylesine önemli bir şey için güvenmek – *akıllıca* mı sizce?"

"Hagrid'e canımı bile emanet ederim," dedi Dumbledore.

Profesör McGonagall, hasetle, "Yüreği bizimle birliktedir, ben de biliyorum bunu," dedi, "ama dikkatsiz olduğunu da göz ardı edemezsiniz. Birazcık – neydi o?"

Çevrelerindeki sessizliği uzaklardan bir motor sesi bozmuştu. Sokağın iki başına bakarak bir taşıt ışığı aramaya başladılar, ses gittikçe yükseldi, kafalarını gökyüzüne çevirdikleri sırada gümbürtüye dönüştü – havadan koca bir motosiklet inip yola, tam önlerine kondu.

Motosiklet kocamandı gerçi, ama onu kullanan adamın yanında hiç kalıyordu. Sıradan bir adamın yaklaşık iki katı kadar uzun, en az beş katı kadar da şişmandı. Dudak uçuklatacak kadar iri ve *yabaniydi* – çalıya benzer siyah uzun saçlarıyla sakalı yüzünün büyük bölümünü örtüyordu, çöp bidonu kapakları büyüklüğünde elleri vardı, deri çizmeli ayakları yunus yavrularına benziyordu. Uçsuz bucaksız, kaslı kollarında battaniyeden bir bohça tutuyordu.

"Hagrid," dedi Dumbledore, rahatlamışa benziyordu. "Sonunda! O motosikleti nereden buldun?"

"Ödünç aldım, Profesör Dumbledore, efendim," dedi dev; konuşurken dikkatle motosikletten indi. "Genç Sirius Black ödünç verdi. Onu getirdim, efendim."

"Bir sorun çıkmadı, değil mi?"

"Hayır, efendim – ev neredeyse yerle bir olmuştu, ama

Muggle'lar üşüşmeden onu çıkarmayı başardım. Bristol üstünde uçarken uykuya daldı."

Dumbledore ile Profesör McGonagall bohçaya eğildiler. İçinde, belli belirsiz, mışıl mışıl uyuyan bir bebek, bir oğlan çocuğu vardı. Alnındaki simsiyah saç buklesinin altında şimşeğe benzer garip biçimli bir kesik görülüyordu.

"Yoksa oraya mı?" diye fısıldadı Profesör McGonagall.

"Evet," dedi Dumbledore. "O iz yaşamı boyunca kalacak."

"Siz bu konuda bir şey yapamaz mıydınız, Dumbledore?"

"Yapabilecek olsaydım bile yapmazdım. İzler yararlı olabilir bazen. Benim sol dizimde de bir tane var, Londra Metrosunun kusursuz bir haritası. Neyse – ver onu bana, Hagrid – şu işi bitirelim."

Dumbledore, Harry'yi kollarına alıp Dursley'lerin evine yöneldi.

"Acaba - acaba ona hoşça kal diyebilir miyim, efendim?" diye sordu Hagrid.

Kocaman, kıllı kafasını Harry'nin üstüne eğdi, ona saçlı sakallı bir öpücük kondurdu. Sonra, birdenbire, yaralı bir köpek gibi ulumaya başladı.

"Şşş!" diye fısıldadı Profesör McGonagall. "Muggle'ları uyandıracaksın!"

Hagrid, "Ö-ö-özür dilerim," diye hıçkırdı; benekli, büyük bir mendil çıkarıp yüzünü içine gömdü. "Ama da-da-dayanamıyorum – Lily ile James öldüler – zavallı minik Harry de Muggle'larla yaşayacak -"

Profesör McGonagall, çekinerek koluna dokundu Hagrid'in, "Evet, evet, çok acı bir şey bu, ama kendini toparla, Hagrid, yoksa bizi fark ederler," diye fısıldadı; o arada Dumbledore alçak bahçe duvarını aşmış, ön kapıya varmıştı. Usulca eşiğe bıraktı Harry'yi, pelerininden bir mektup çıkarıp bohçaya tıkıştırdı, sonra da ötekilerin yanına döndü. Bir dakika boyunca üçü de orada durup küçük bohçaya baktılar; omuzları sarsılıyordu Hagrid'in, Profesör McGonagall öfkeyle gözlerini kırpıştırıyordu,

Dumbledore'un gözlerinden fışkıran o parlak ışık ise bütün bütüne sönmüş gibiydi.

Sonunda, "Eh," dedi Dumbledore, "bu kadar. Artık burada işimiz yok. Gidip kutlamalara katılalım bari."

Boğuk mu boğuk bir sesle, "Yaa," dedi Hagrid. "Ben önce şu motosikletten kurtulayım. İyi geceler, Profesör McGonagall – Profesör Dumbledore, efendim."

Hagrid, sırılsıklam gözlerini ceketinin koluna silerek kendini motosiklete attı, motoru çalıştırdı; gürültüyle havalandı motosiklet, geceye karıştı.

Dumbledore, "Umarım yakında yine görüşürüz, Profesör McGonagall," dedi, onu başıyla selamladı. Profesör McGonagall da karşılık olarak burnunu çekti.

Dumbledore dönüp sokak boyunca yürümeye başladı. Köşeye varınca durdu, gümüş Püfür'ü çıkardı. Bir kere çaktı onu, on iki ışık topu sokak lambalarına yerleşti hemen, Privet Drive bir anda turuncu oluverdi; Dumbledore, sokağın öteki ucunda tekir bir kedinin süzülerek köşeyi döndüğünü gördü. Dört numaranın basamaklarında battaniyeden bohçayı da seçebiliyordu.

"Talihin açık olsun, Harry," diye mırıldandı. Topuklarının üstünde döndü, pelerininin bir hışırtısıyla yok oluverdi.

Bir meltem çıktı, mürekkep rengi göğün altında sessizce, düzenli bir biçimde uzanan, şaşırtıcı şeylerin en son olabileceği bu sokağın, Privet Drive'ın tertemiz çalılıklarını titretti. Harry Potter, uyanmadan, battaniyenin içinde bir yandan bir yana döndü. Minicik eliyle yanındaki mektubu kavramıştı; uykudaydı, özel biri olduğunu bilmiyordu, ünlü biri olduğunu bilmiyordu, birkaç saat sonra süt şişelerini koymak için kapıyı açacak olan Mrs Dursley'nin çığlığıyla uyanacağını bilmiyordu, önündeki birkaç haftayı kuzeni Dudley tarafından itilip kakılarak, çimdiklenerek geçireceğini de bilmiyordu... Nereden bilsin, o anda ülke boyunca gizlice toplanıp kadeh kaldırıyordu insanlar, "Harry Potter'a," diyorlardı fısıltıyla, "sağ kalan çocuğa!"

İKİNCİ BÖLÜM

Yok Olan Cam

Dursley'lerin uyanıp da evlerinin önündeki basamaklarda yeğenlerini bulmalarından bu yana yaklaşık on yıl geçmişti, ama Privet Drive pek değişmemişti. Güneş yine o düzenli bahçelerde yükseliyor, Dursley'lerin sokak kapısındaki pirinç dört numarayı ışıl ışıl parlatıyordu; salonlarına süzülüyordu sonra; salon, Mr Dursley'nin baykuşlar üstüne o kara haberleri izlediği gece nasılsa, şimdi de öyle sayılırdı. Aradan ne kadar zaman geçtiğini sadece şöminenin rafındaki fotoğraflar belirtiyordu. On yıl önce, değişik renklerde tostoparlak şapkalar giymiş kocaman, pembe bir deniz topunu gösteren sürüyle fotoğraf vardı orada – ama Dudley Dursley bebek değildi artık, şimdi fotoğraflarda iriyarı sarışın bir çocuk vardı, ilk bisikletine binerken, lunaparkta atlıkarıncada, babasıyla bilgisayar oyunu oynarken, annesi tarafından kucaklanmış öpülürken. Aynı evde bir başka çocuğun da yaşadığını gösteren hiçbir belirti yoktu odada.

Ama hâlâ oradaydı Harry Potter, o sırada uyumaktaydı, ama uzun sürmeyecekti uykusu. Petunia Teyzesi uyanıktı, günün ilk gürültüsü de onun tiz sesiyle oluştu.

"Kalk! Kalksana! Hadi!"

Harry irkilerek uyandı. Teyzesi kapıyı tıklattı yine.

"Kalk!" diye bağırdı. Harry onun mutfağa doğru yürüdüğünü duydu, sonra da fırının üstüne konulan tavanın sesini. Dönüp sırtüstü yattı, gördüğü düşü hatırlamaya çalıştı. Çok güzel bir düştü. Uçan bir motosiklet vardı düşte. Sanki aynı düşü daha önce de görmüş gibi garip bir duyguya kapıldı.

Teyzesi kapının önüne geldi yine.

"Daha kalkmadın mı?" diye seslendi.

"Kalkıyorum," dedi Harry.

"Hadi, kıpırdan artık. Pastırmalara göz kulak ol. Sakın yakayım deme, Duddy'nin doğum gününde her şey kusursuz olmalı."

Harry homurdandı.

Teyzesi, "Ne dedin sen?" diye seslendi kapının arkasından.

"Hiçbir şey, hiçbir şey..."

Dudley'nin doğum günü – nasıl olmuştu da unutmuştu? Ağır ağır yataktan çıktı Harry, çorap aramaya koyuldu. Yatağının altında bir çift buldu, teklerden birinin üstündeki örümceği çekip aldıktan sonra ayaklarına geçirdi. Örümceklere alışıktı, merdivenin altındaki dolap örümceklerle doluydu çünkü, kendisi de orada yatıyordu.

Giyinince hole inip mutfağa geçti. Masa, Dudley'nin doğum günü armağanlarından görünmüyordu sanki. Anlaşılan, istediği o yeni bilgisayara kavuşmuştu Dudley, ikinci televizyonla yarış bisikleti de cabası. Dudley'nin neden bir yarış bisikleti istediğine akıl erdiremiyordu Harry, Dudley çok şişmandı çünkü, bedenini çalıştırmaktan da nefret ederdi – tabii bir başkasını yumruklamak dışında. Dudley'nin en sevdiği kum torbası Harry'ydi, ama kovalarken onu bir türlü yakalayamazdı. Görünüşünden pek belli değildi, ama Harry çok hızlıydı.

Belki de karanlık bir dolapta yaşamakla ilgisi vardı bunun, ama Harry yaşına göre çok ufaktı, çok da cılızdı. Dudley'nin eski elbiselerini giymek zorunda kaldığı için, olduğundan da ufak ve cılız gösteriyordu; Dudley ise ondan yaklaşık dört kat iriydi. İncecik bir yüzü vardı Harry'nin, kemikleri fırlamış dizleri, siyah saçları, yemyeşil gözleri vardı. Taktığı yusyuvarlak gözlük dünyanın seloteypiyle tutturulmuştu, Dudley yumruğu hep burnuna yapıştırırdı çünkü. Harry'nin görünüşünde hoşuna giden tek şey, alnındaki şimşek biçimindeki yara iziydi. Kendini bildi bileli vardı bu; hatırlıyordu, Petunia Teyze'ye sorduğu ilk soru, bu izin nasıl olduğuydu.

"Annenle babanın öldüğü otomobil kazasında," demişti teyzesi. "Başka soru sorma."

Soru sorma – Dursley'lerle huzur içinde yaşamanın ilk kuralı buydu.

Harry pastırmaları çevirirken mutfağa Vernon Enişte girdi.

Günaydın yerine, "Saçlarını tarasana!" diye kükredi.

Vernon Enişte haftada ortalama bir kez gazetesinin tepesinden bakıp Harry'nin berbere gitmesi gerektiğini söylerdi. Harry saçlarını sınıf arkadaşlarının toplamından daha sık kestiriyordu, ama fark etmiyordu, saçları boyuna uzuyordu işte, fışkırırcasına.

Dudley annesiyle mutfağa geldiğinde Harry tavada yumurta yapmaktaydı. Vernon Enişte'ye çok benziyordu Dudley. Kocaman, pembe bir yüzü vardı; boynu yok gibiydi; gözleri ufacıktı, suluydu, maviydi; sarı saçları tostoparlak kafasına yapışıyordu. Petunia Teyze onun bir bebek meleğe benzediğini söylerdi hep – Harry ise peruk takmış bir domuza benzediğini söylerdi.

Harry pastırmalı yumurta tabaklarını masaya koydu, pek yer olmadığı için güç bir şeydi bu. Bu arada Dudley armağanlarını sayıyordu. Suratı asıldı.

Annesiyle babasına bakarak, "Otuz altı," dedi. "Geçen yıldan iki eksik."

"Şekerim, Marge Hala'nın armağanını saymadın; bak, burada, annenle babanın koca armağanının altında."

Dudley, kıpkırmızı kesilerek, "Peki, otuz yedi öyleyse," dedi. Dudley kasırgasının yaklaşmakta olduğunu sezen Harry, ne olur ne olmaz, belki Dudley masayı devirir diye, kurt gibi pastırmaya saldırdı.

Petunia Teyze de tehlikeyi sezinlemişti besbelli, çabucak, "Bugün çıkınca sana *iki* armağan daha alacağız," diye atıldı. "Buna ne dersin, kuşum? *İki* armağan daha. Oldu mu?"

Bir an düşündü Dudley. Çetin bir soruydu bu. Sonunda, ağır ağır, "Öyleyse," dedi, "otuz... otuz..."

"Otuz dokuz, bir tanem," dedi Petunia Teyze.

"Haa." İskemlesine çöktü Dudley, en yakındaki pakete uzandı. "İyi öyleyse."

Vernon Enişte kıkırdadı.

"Küçük yumurcak parasının karşılığını istiyor, tıpkı babası gibi. Yaşa, Dudley!" Dudley'nin saçlarını karıştırdı.

Telefon çaldı o anda, Petunia Teyze açmaya gitti, Harry'yle Vernon Enişte de Dudley'nin yarış bisikleti, sinema kamerası, uzaktan kumandalı uçak, on altı yeni bilgisayar oyunu ve video paketlerini açmasını seyrettiler. Dudley tam altın saat paketini açıyordu ki, Petunia Teyze döndü telefondan, hem öfkeli, hem endişeliydi.

"Haberler kötü, Vernon," dedi. "Mrs Figg'in bacağı kırılmış. Onu alamıyor." Başıyla Harry'yi işaret etti.

Dudley'nin ağzı dehşetle açıldı, ama Harry'nin yüreği hopladı. Dudley'nin her doğum gününde annesiyle babası onunla bir arkadaşını gezmeye götürürlerdi, lunaparka, hamburgerciye ya da sinemaya. Her yıl da, iki sokak ötede oturan o deli kocakarıyla, Mrs Figg'le kalırdı Harry. Nefret ederdi ordan. Bütün ev lahana kokardı; Mrs Figg de gelmiş geçmiş ne kadar kedisi varsa, hepsinin fotoğrafını gösterirdi.

"Ne olacak şimdi?" dedi Petunia Teyze, bu işi sanki o tasarlamış gibi, öfkeyle Harry'ye baktı. Harry, Mrs Figg'in bacağının kırılmasına üzülmesi gerektiğini düşünüyordu, ama kolay değildi bu; öyle ya, Tibbles'ı, Snowy'yi, Mr Paws'u, Tufty'yi koskoca bir yıl görmeyecekti.

Vernon Enişte, "Marge'ı arasak," diye önerdi.

"Saçmalama, Vernon, nefret ediyor o çocuktan."

Dursley'ler Harry'den hep böyle söz ederlerdi, sanki kendisi orada yokmuş gibi – ya da söylenenlerin zaten farkına varamayacak iğrenç bir şeymiş, bir sümüklüböcekmiş gibi.

"Ya şeye ne dersin?.. Neydi adı, arkadaşın – Yvonne?"

Petunia Teyze, "Majorca'da tatilde," diye kestirip attı.

Harry umutla, "Beni burada da bırakabilirsiniz," diye söze karıştı (bir değişiklik olur, televizyonda istediğini seyreder, belki de Dudley'nin bilgisayarını karıştırabilirdi).

Petunia Teyze sanki bir limon yutmuş gibi baktı.

Homurdandı: "Dönüp de evi alt üst olmuş bulalım diye mi?"

"Evi yıkmam," dedi Harry, ama dinleyen yoktu ki.

Petunia Teyze, ağır ağır, "Onu da hayvanat bahçesine götürebiliriz," dedi, "... arabada kalır..."

"Araba yepyeni, tek başına bırakamayız..."

Dudley bağıra bağıra ağlamaya başladı. Pek ağladığı yoktu aslında, bunu yıllar önce bırakmıştı, ama suratını buruşturup inlerse, annesinden ne isterse alabileceğini biliyordu.

"Agucuk gugucuğum, ağlama, anneciğin o çocuğun en güzel gününü berbat etmesine izin vermeyecek!" diye bağırdı Petunia Teyze, Dudley'ye sarıldı.

Dudley, yapmacık hıçkırıklarla sarsılarak, "Onun... gelmesini... is-is-istemiyorum!" diye bağırdı. "Her şeyin tadını ka-kaçırıyor hep!" Annesinin kolları arasındaki boşluktan Harry'ye pis pis sırıttı.

Tam o sırada kapı çalındı – "Aman, Tanrım, geldiler!" dedi Petunia Teyze çılgıncasına – bir an sonra da Dudley'nin en iyi arkadaşı Piers Polkiss, annesiyle girdi. Sıska bir çocuktu Piers, suratı sıçana benziyordu. Dudley'nin yumrukladığı çocukların ellerini arkalarından o tutardı genellikle. Dudley yapmacık ağlamasını hemen kesti.

Harry yarım saat sonra Dursley'lerin arabasının arka koltuğunda Piers ve Dudley'yle birlikte ömründe ilk kez hayvanat bahçesine giderken şansına inanamıyordu. Teyzesiyle eniştesi başka bir çare bulamamışlardı, ama yola çıkmadan önce Vernon Enişte, Harry'yi bir kenara çekmişti.

Kocaman mosmor suratını Harry'nin yüzüne yaklaştırarak,

"Seni uyarıyorum," demişti, "bak, çocuk, seni şimdiden uyarıyorum – bir numara yapmaya kalkarsan, herhangi bir şey yaparsan – Noel'e kadar o dolabın içinde kalırsın."

"Ben bir şey yapmayacağım ki," demişti Harry, "yeminle..."

Ama Vernon Enişte inanmamıştı ona. Zaten kimse inanmıyordu.

Sorun Harry'nin bulunduğu yerlerde garip şeyler olmasından kaynaklanıyordu, Dursley'lere bu olaylarda kendisinin parmağı olmadığını söylemek boşunaydı.

Bir defasında, Harry'nin berbere gittiği gibi gelmesinden bıkan Petunia Teyze, mutfaktaki makası alıp saçlarını kesmiş, onu damdazlak bırakmıştı, "o korkunç izi örtmek için" perçemine dokunmamıştı sadece. Dudley, Harry'yi öyle görünce gülmekten kırılmıştı; Harry'nin de ertesi gün okulu düşünmekten gözüne uyku girmemişti, zaten o çuval gibi pantolonuyla, seloteypli gözlüğüyle dalga geçen geçeneydi. Ama ertesi sabah kalkınca saçlarını Petunia Teyze kırkmadan nasılsa, öyle bulmuştu. Saçlarının o kadar çabuk nasıl çıktığını açıklamasına olanak yoktu, ne söylediyse dinletememiş, bir hafta dolap cezasına çarptırılmıştı.

Bir keresinde de, Petunia Teyze ona Dudley'nin berbat mı berbat eski bir kazağını (turuncu benekli, kahverengi) giydirmeye çalışıyordu. Kafasından geçirmeye zorladıkça, kazak küçüldükçe küçülüyordu, sonunda el kadar bir kuklanın giyebileceği kadar oldu, ama Harry'ye uyması olanaksızdı. Petunia Teyze, kazağın yıkarken çektiğine karar verdi, Harry de cezalandırılmadığı için derin bir soluk aldı.

Öte yandan, okul mutfaklarının damında yakalandığı için başı adamakıllı derde girmişti. Dudley'nin çetesi her zamanki gibi onu kovalamaktaydı, Harry kendini birdenbire bacanın üstünde otururken buluvermişti, başkaları gibi o da şaşırmıştı buna. Dursley'ler, okul müdiresinden, Harry'nin damlara tırmandığını bildiren pek öfkeli bir mektup almışlardı. Harry'nin bütün yapmaya çalıştığı (kilitli dolap kapısının arkasından

Vernon Enişte'ye bağırarak söylediği gibi) mutfakların önündeki çöp bidonlarının üstünden atlamaktı. Tam atlarken rüzgârın onu kaldırıp uçurduğunu düşünüyordu Harry.

Ama bugün hiçbir terslik olmayacaktı. Günü okul, dolap ya da Mrs Figgs'in lahana kokan salonu dışında bir yerde geçirmek, Dudley ve Piers'la birlikte olmaya değerdi.

Vernon Enişte, arabayı kullanırken Petunia Teyze'ye boyuna yakınıyordu. Her şeyden yakınmak hoşuna giderdi; işçiler, Harry, kurul, Harry, banka ve Harry en çok yakındığı konulardan birkaçıydı. Bu sabah motosikletlerden yakınıyordu.

Yanlarından bir motosiklet hızla geçerken, "... genç serseriler, deli gibi sürüyorlar," dedi.

Ansızın hatırladı Harry. "Düşümde bir motosiklet gördüm," dedi. "Uçuyordu."

Vernon Enişte az kalsın önündeki arabaya toslayacaktı. Arkaya dönerek Harry'ye bağırdı, suratı bıyıklı dev bir pancara dönmüştü: "MOTOSİKLETLER UÇMAZ!"

Dudley ile Piers kıkırdadılar.

"Biliyorum uçmadıklarını," dedi Harry. "Sadece bir düştü bu."

Keşke bir şey söylemeseydim diye geçirdi içinden. Dursley'leri onun soru sormasından daha çok sinirlendiren bir şey varsa, o da herhangi bir şeyin olağandışı davranışlarıyla ilgili konuşmasıydı; konu ister düş, ister çizgi film olsun, fark etmezdi – böylece onun sakıncalı düşüncelere kapılabileceğini düşünüyorlardı herhalde.

Pırıl pırıl bir cumartesiydi, hayvanat bahçesi ailelerle doluydu. Dursley'ler Dudley ile Piers'a kocaman çikolatalı dondurmalar aldılar kapıda; ama çabuk davranıp hemen uzaklaşamadılar oradan, satıcı kadın Harry'ye ne istediğini sorduğu için, ona da ucuzundan bir limonlu almak zorunda kaldılar. Pek de fena değilmiş diye düşündü Harry, bir yandan dondurmasını yalıyor, bir yandan da kafasını kaşıyan, inanılmaz derecede Dudley'ye benzeyen bir gorili seyrediyordu, bir de sarışın olsaydı tamamdı.

Harry'nin uzun süredir geçirdiği en güzel sabahtı bu. Öğle yemeğine doğru hayvanlardan sıkılmaya başlayan Dudley ile Piers yine keyfe gelip kendisini yumruklayabilirler diye, Dursley'lerin biraz ötesinde yürümeye özen gösteriyordu. Hayvanat bahçesinin lokantasında yediler yemeklerini, Dudley dondurması yeteri kadar büyük değil diye kıyameti kopardı, Vernon Enişte bir dondurma daha getirtti ona, Harry'nin de kendi dondurmasını yemesine izin verildi.

Harry bütün bunların hayra alamet olmadığını sonradan anlayacaktı.

Yemekten sonra sürüngenler bölümüne gittiler. Burası serindi, karanlıktı, duvarlar boyunca aydınlatılmış cam kafesler sıralanmıştı. Camların arkasında her çeşit kertenkele, her çeşit yılan tahta parçalarının, taşların üstünde sürünüyor, kayıyordu. Dudley ile Piers büyük zehirli kobralarla insanları sararak öldüren koca pitonları görmek istediler. Dudley oradaki en büyük yılanı hemen buldu. O kadar iriydi ki yılan, Vernon Enişte'nin arabasını iki kere sarar, onu ezerek çöp bidonuna çevirebilirdi – ama pek havasında değildi o sırada. Aslında, mışıl mışıl uyuyordu.

Dudley burnunu cama dayamış, gözlerini parıldayan kahverengi pullara dikmişti.

"Kımıldat şunu," diye uludu babasına. Vernon Enişte cama vurdu, ama yılan kılını bile kıpırdatmadı.

"Bir daha," diye buyurdu Dudley. Vernon Enişte parmaklarıyla bir daha tıklattı camı, ama yılan uyumayı sürdürdü.

Dudley, "Çok sıkıcı," diye inledi. Oradan uzaklaştı.

Harry cam kafese yanaşıp uzun uzun baktı yılana. Yılan da sıkıntıdan ölmüşse, hiç şaşırmazdı doğrusu – gün boyunca parmaklarıyla camı tıklatarak kendisini tedirgin eden ahmak insanlardan başka kimsesi yoktu ki. Bir dolabı yatak odası olarak kullanmaktan beterdi bu, orada tek ziyaretçi seni uyandırmak için kapıyı yumruklayan Petunia Teyze'ydi gerçi, ama hiç olmazsa evin içinde dolaşabilirdin.

Yılan boncuk gözlerini açtı ansızın. Usulca, çok usulca başını kaldırdı, gözleri Harry'nin gözlerinin hizasına gelinceye kadar.

Göz kırptı.

Harry gözlerini dikti ona. Sonra, bir bakan var mı diye çevresine göz attı. Bakan yoktu. O da yılana baktı sonra, göz kırptı.

Yılan kafasını Vernon Enişte'yle Dudley'ye doğru uzattı, sonra gözlerini tavana dikti. Yine Harry'ye baktı sonra; bakışından ne dediği açıkça belliydi: "*Hep aynı şey.*"

Harry, "Biliyorum," diye mırıldandı camın arkasından, yılanın kendisini işitip işitmediğini bilemiyordu. "Gerçekten pek tatsız olmalı."

Yılan coşkuyla kafasını salladı.

"Sahi, nereden geliyorsun sen?" diye sordu Harry.

Yılan kuyruğunu cam kafesin yanındaki küçük yazıya doğru uzattı. Harry baktı.

Boa Yılanı, Brezilya.

"Güzel miydi orası?"

Boa yılanı kuyruğuyla yazıyı gösterdi yine, Harry okudu: *Bu örnek, hayvanat bahçesinde yetiştirilmiştir.* "Haa, anladım – demek Brezilya'da hiç bulunmadın?"

Yılan başını iki yana sallarken, Harry'nin arkasında kopan bir çığlık ikisini de havalara sıçrattı. "DUDLEY! MR DURSLEY! GELİN BAKIN ŞU YILANA! NELER YAPIYOR, *İNANAMAYACAKSINIZ!*"

Dudley, yalpalaya yalpalaya, olanca hızıyla geldi.

Harry'nin kaburgalarına bir yumruk indirerek, "Çekil yoldan," dedi. Hazırlıksız yakalanmıştı Harry, beton zemine kapaklandı. Daha sonra olanlar o kadar hızlı oldu ki, kimse nasıl olduğunu bile anlayamadı – Piers ile Dudley camın önünde duruyorlardı, bir anda dehşet çığlıkları atarak arkaya sıçradılar.

Harry doğrulup yutkundu; boa yılanının içinde bulunduğu cam kafes yok olmuştu. Dev yılan çözülmüş, yerde sürünüyordu – sürüngenler bölümündeki insanlar çığlıklar atarak kapılara doğru koşmaya başladılar.

Yılan hızla yanından geçerken, Harry onun alçak sesle fısıldadığını duydu: "Geliyorum, Brezilya... Sssağ ol, amigo."

Sürüngenler bölümünün bekçisi dehşet içindeydi.

"Ama cam," diyordu durmadan, "cam nereye gitti?"

Hayvanat bahçesinin yöneticisi kendi elleriyle demli, bol şekerli bir çay verdi Petunia Teyze'ye, özür üstüne özür diledi. Piers ile Dudley boyuna abuk sabuk şeyler söylüyorlardı. Harry'nin gördüğü kadarıyla, yılan onların yanından geçerken topuklarına şakayla karışık şöyle bir hamle etmişti, o kadar, ama Vernon Enişte'nin arabasına bindiklerinde, Dudley yılanın bacağını koparmak üzere saldırdığını söylüyor, Piers da kendisini boğmaya çalıştığına yemin ediyordu. Ama Harry açısından en kötüsü, Piers'ın biraz yatışınca, "Harry onunla konuşuyordu, öyle değil mi, Harry?" demesi oldu.

Vernon Enişte, Harry'ye yüklenmek için Piers evden sağ salim çıkıncaya kadar bekledi. Öylesine öfkeliydi ki, konuşamıyordu bile. "Git - dolap - kal - yemek yok," demeyi başardı, sonra da bir koltuğa yığıldı, Petunia Teyze koşup ona koca bir kadeh konyak getirmek zorunda kaldı.

*

Çok daha sonra Harry karanlık dolabında yatmış, keşke bir saatim olsaydı diye düşünüyordu. Saatin kaç olduğunu bilmiyordu, Dursley'lerin uyuyup uyumadıklarından da emin değildi. Onlar uyumadan önce mutfağa süzülüp bir şeyler atıştırmayı göze alamazdı.

Yaklaşık on yıldır yaşıyordu Dursley'lerle, on berbat yıl, kendini bildi bileli, bebekliğinden, annesiyle babasının bir araba kazasında öldüklerinden beri. Annesiyle babası ölürken arabada olduğunu hatırlamıyordu. Bazen, dolaptaki o uzun saatler boyunca kafasını zorlarsa, garip bir görüntü canlanıyordu: göz kamaştıran yeşil bir ışığın çakışı, alnını yakan bir acı. Herhalde araba kazasıydı bu, ama o yeşil ışığın nereden geldiğini kestiremiyordu. Annesiyle babasını ise hiç hatırlamıyordu. Teyzesiyle eniştesi söz etmezlerdi onlardan, kendisinin soru sorması ise yasaklanmıştı. Evde fotoğrafları da yoktu.

Daha küçükken, bilmediği bir akrabasının gelip kendisini götürmesini düşlerdi Harry, ama böyle bir şey hiç olmadı; tek ailesi Dursley'lerdi. Yine de, sokaktaki yabancıların onu tanıdığını düşünürdü (belki de umardı). Çok garip yabancılardı bunlar. Bir keresinde Petunia Teyze ve Dudley'yle alışverişteyken, mor silindir şapkalı ufak tefek bir adam selam vermişti ona. Petunia Teyze, adamı tanıyıp tanımadığını sormuştu öfkeyle, sonra da hiçbir şey almadan onları dükkândan çıkarmıştı. Bir keresinde de, tepeden tırnağa yeşiller içinde uçuk bir ihtiyar kadının teki otobüste neşeyle el sallamıştı. Geçen gün sokakta upuzun mor bir palto giymiş saçsız bir adam elini sıkmış, sonra da tek söz söylemeden uzaklaşmıştı. Bütün bu insanlardaki en garip özellik, Harry onlara daha yakından bakmak istediği an hemen yok olmalarıydı.

Okulda kimsesi yoktu Harry'nin. Herkes, Dudley çetesinin çuval gibi eski elbiseler giyen, kırık gözlüklü şu tuhaf Harry Potter'dan hoşlanmadığını biliyor, kimse de Dudley çetesiyle ters düşmek istemiyordu.

ÜÇÜNCÜ BÖLÜM

Hiç Kimseden Mektuplar

Brezilyalı boa yılanının kaçışı, Harry'nin o güne kadarki en uzun cezaya çarptırılmasına yol açmıştı. Dolaptan yine çıkmasına izin verildiğinde, yaz tatili başlamış, Dudley yeni film kamerasını kırmış, uzaktan kumandalı uçağını parçalamış, yarış bisikletine bindiği ilk gün de Privet Drive'da koltuk değnekleriyle karşıdan karşıya geçen Mrs Figgs'e çarpmıştı.

Okulun sona erdiğine seviniyordu Harry, ama her gün hiç sektirmeden eve gelen Dudley çetesinden kurtulmak olanaksızdı. Piers da, Dennis de, Malcolm da, Gordon da iri ve ahmaktı, ama en irileri, en ahmakları Dudley olduğu için önder de oydu. Ötekiler, Dudley'nin en sevdiği spora, Harry-avına katılmaktan mutluluk duyuyorlardı.

İşte bu yüzden Harry çıkabildiği kadar çok çıkıyordu evden; dolaşıyor, bir umut ışığı olarak gördüğü tatil sonunu düşünüyordu. Eylül gelince ortaokula gidecekti, yaşamında ilk kez Dudley'yle olmayacaktı. Dudley, Vernon Enişte'nin eski okuluna, Smeltings'e yazılmıştı. Piers Polkiss de oraya gidecekti. Harry ise devlet okuluna, Stonewall High'a gidecekti. Bunun çok gülünç olduğunu düşünüyordu Dudley.

"Stonewall'da ilk gün adamın kafasını tuvalete sokuyorlar," dedi. "İstersen gel yukarı da bir deneyelim."

"İstemem, sağ ol," dedi Harry. "O zavallı tuvalete senin kafan kadar berbat bir şey girmemiştir – sokarsan içi bulanır." Sonra da, söylediklerini Dudley daha kavrayamadan tabanları yağladı.

Temmuzda bir gün, Petunia Teyze Smeltings forması almak için Dudley'yi Londra'ya götürdü, Harry'yi de Mrs Figgs'e bıraktı. Mrs Figgs her zamanki kadar kötü değildi. Anlaşıldığına göre, bacağını kedilerinden birine takılınca kırmıştı, bu yüzden de onlarla arayı bozmuştu. Harry'nin televizyon seyretmesine izin verdi, sanki birkaç yılın tadını taşıyan çikolatalı pastadan getirdi.

Dudley o akşam yeni formasını giyerek salonda aile için özel bir geçit töreni yaptı. Smeltingsli çocuklar, kestane kahverengisi frak, turuncu golf pantolonu, kayıkçı diye adlandırdıkları yassı hasır şapkalar giyerlerdi. Öğretmenler bakmadığı zaman birbirlerine vurmak için de başları topuzlu bastonlar taşırlardı. Daha sonraki yaşamları için iyi bir eğitimdi bu.

Vernon Enişte, yeni golf pantolonunun içindeki Dudley'ye bakarken, boğuk bir sesle, yaşamının en gurur duyduğu anını yaşadığını belirtti. Petunia Teyze gözyaşlarına boğuldu, karşısındakinin Tini Minicik Dudleycik olduğuna inanamadığını söyledi, ne kadar yakışıklıydı, ne kadar büyümüştü. Harry konuşmayı göze alamadı. Gülmemek için o kadar zorladı ki kendini, kaburga kemiklerimden ikisi herhalde çatlamıştır diye düşündü.

Harry ertesi sabah kahvaltı için gittiğinde mutfakta korkunç bir koku vardı. Koku, lavabonun içindeki madeni büyük bir leğenden geliyordu. Bakmaya gitti Harry. Leğen, gri bir suda yüzen, kirli paçavralara benzeyen şeylerle doluydu.

"Nedir bu?" diye sordu Petunia Teyze'ye. Soru sormaya kalktığı zaman teyzesinin dudakları nasıl kenetleniyorsa, yine öyle kenetlenmişti.

"Yeni okul forman," dedi Petunia Teyze.

Harry leğene baktı yine.

"Haa," dedi. "Bu kadar ıslatılması gerektiğini akıl edemedim."

"Saçmalama," diye patladı Petunia Teyze. "Dudley'nin eskilerini griye boyuyorum senin için. İşimi bitirince, ötekilerin formasına benzeyecek."

Bu konuda Harry'nin ciddi kuşkuları vardı, ama en iyisi tartışmamaktı. Masaya oturdu, Stonewall High'da ilk gün neye benzeyeceğini düşünmeye koyuldu – buruşuk fil derisi giymiş gibi olacaktı herhalde.

Dudley ile Vernon Enişte, Harry'nin yeni formasından yayılan koku yüzünden burunlarını tutarak geldiler. Vernon Enişte, her zamanki gibi gazetesini açtı, Dudley de hep yanında taşıdığı Smeltings bastonunu masaya vurdu.

Mektup kutusunun açıldığını, paspasa mektupların düştüğünü duydular.

Vernon Enişte, gazetesinin arkasından, "Postayı getir, Dudley," dedi.

"Harry getirsin."

"Postayı getir, Harry."

"Dudley getirsin."

"Şuna Smeltings bastonunla bir vursana, Dudley."

Harry Smeltings bastonunu savuşturarak postayı almaya gitti. Üç şey duruyordu paspasta: Vernon Enişte'nin Wight adasında tatilini geçirmekte olan kız kardeşi Marge'dan bir kartpostal, faturaya benzer kahverengi bir zarf, bir de – *Harry'ye bir mektup.*

Harry mektubu aldı, gözlerini dikti ona, yüreği dev bir lastik bant gibi gerilmişti. Hiç kimse, yaşamı boyunca hiç, ama hiç kimse mektup yazmamıştı ona. Kim yazardı zaten? Arkadaşı da yoktu, başka akrabası da - üye olmadığı için, kitapları geri götürmesi konusunda kitaplıktan sert notlar da almıyordu. Ama işte, bir mektup vardı elinde, adres o kadar açıktı ki, bir yanlışlık söz konusu olamazdı:

Mr H. Potter
Merdiven altındaki Dolap
4 Privet Drive
Little Whinging
Surrey

Sarımsı parşömenden yapılmış zarf kalındı, ağırdı, adres zümrüt yeşili mürekkeple yazılmıştı. Pul yoktu.

Harry, elleri titreyerek zarfı çevirince mor balmumundan bir mühür gördü; bir arma – koca bir "H" harfinin çevresinde bir aslan, bir kartal, bir porsuk, bir de yılan.

Mutfaktan, "Hadisene, çocuk!" diye bağırdı Vernon Enişte. "Ne yapıyorsun, zarflarda bomba mı arıyorsun?" Kendi esprisine kıkırdadı.

Harry mutfağa döndü, mektuba bakıyordu hâlâ. Vernon Enişte'ye faturayla kartpostalı uzattı, oturup sarı zarfı ağır ağır açmaya koyuldu.

Vernon Enişte yırtarak açtı faturayı, nefretle homurdandı, kartpostalın arkasına baktı.

Petunia Teyze'ye, "Marge hastalanmış," diye bilgi verdi. "Tuhaf bir deniz kabuklusu yemiş..."

Dudley, "Baba!" diye seslendi ansızın. "Baba, Harry'nin elinde bir şey var!"

Harry, zarfla aynı ağırlıktaki parşömene yazılmış mektubunu açmak üzereydi ki, Vernon Enişte kâğıdı elinden kapıverdi.

Onu geri almaya çalışarak, "*Benim* o!" diye bağırdı Harry.

"Sana kim yazar ki?" diye burun kıvırdı Vernon Enişte, silkeleyerek tek eliyle açtı mektubu, okumaya başladı. Yüzü trafik ışıklarından daha hızlı bir biçimde kırmızıdan yeşile dönüverdi. O kadarla da kalmadı. Birkaç saniye içinde bayatlamış yulaf ezmesinin gri-beyazı oldu.

"P-P-Petunia!" diye kekeledi.

Dudley, okumak için mektubu kapmaya çalıştı, ama Vernon Enişte onu uzanamayacağı kadar yüksekte tutuyordu. Petunia Teyze merakla aldı mektubu, ilk satırı okudu. Bir an bayılacakmış gibi oldu. Elini boğazına götürüp hırıltılı bir ses çıkardı.

"Vernon! Aman Tanrım - Vernon!"

Gözlerini birbirlerine diktiler, Harry ile Dudley'nin odada olduklarını unutmuşlardı sanki. Dudley böyle hiçe sayılmaya alışık değildi. Smeltings bastonunu babasının kafasına tıklattı.

Yüksek sesle, "Mektubu okumak istiyorum," dedi.

Harry, "Asıl ben okumak istiyorum," dedi öfkeyle, "*bana* yazılmış çünkü."

Vernon Enişte, mektubu zarfına koyarak, "Dışarı, ikiniz de dışarı," diye hırıldadı.

Harry kıpırdamadı.

"MEKTUBUMU İSTİYORUM!" diye bağırdı.

Dudley, "*Ben* göreceğim!" diye buyurdu.

"DIŞARI!" diye kükredi Vernon Enişte, Harry ile Dudley'yi enselerinden tutup hole attı, mutfak kapısını da çarparak arkalarından kapadı. Harry ile Dudley, anahtar deliğinden kimin kulak kabartacağı konusunda korkunç, ama sessiz bir kavgaya tutuştular hemen; Dudley kazandı, Harry de, gözlüğü bir kulağından sarkmış, kapıyla yer arasındaki aralıktan içeriyi dinlemek için karnının üstüne uzandı.

Petunia Teyze, titrek bir sesle, "Vernon," diyordu, "şu adrese bak – nerede yattığını nasıl bilebilirler? Evi mi gözetliyorlar dersin?"

Vernon Enişte, aklı başından gitmiş, "Gözetliyorlardır - araştırıyorlardır - belki bizi izliyorlardır," diye mırıldandı.

"Ne yapmamız gerekiyor, Vernon? Yanıt verelim mi? Onlara yazıp istemediğimizi -"

Harry, Vernon Enişte'nin parlak siyah ayakkabılarının mutfağı arşınladığını görebiliyordu.

Sonunda, "Hayır," dedi Vernon Enişte. "Hayır, umursamayacağız. Yanıt alamazlarsa... evet, en iyisi bu... hiçbir şey yapmayacağız..."

"Ama -"

"Böyle bir şey istemiyorum evde, Petunia! Onu aldığımızda yemin etmedik mi, böyle tehlikeli saçmalıklardan uzak duracağız diye?"

O akşam işten gelince, daha önce hiç yapmadığı bir şey yaptı Vernon Enişte; Harry'yi dolabında ziyaret etti.

Vernon Enişte, kapıdan bin güçlükle geçer geçmez, "Mektubum nerede?" dedi Harry. "Kim yazmış?"

"Hiç kimse. Yanlışlıkla sana yollanmış," diye kestirip attı Vernon Enişte. "Yaktım."

Harry, öfkeyle, "Yanlışlık *yoktu*," dedi. "Benim dolabım bile yazılıydı üstünde."

"KES!" diye bağırdı Vernon Enişte, tavandan birkaç örümcek düştü. Derin derin soluk aldı, yüzüne bir gülücük yerleştirmeye çalıştı, herhalde çok acı duyuyordu bundan.

"Şey - evet, Harry - şu dolap. Teyzenle ben düşünüyorduk da... artık içine sığmayacak kadar büyüdün... Dudley'nin ikinci yatak odasına taşınsan fena olmayacak."

"Neden?" dedi Harry.

Eniştesi, "Soru sorma!" diye kestirip attı. "Şu eşyalarını yukarı götür, hemen."

Dursley'lerin evinde dört yatak odası vardı: biri Vernon Enişte'yle Petunia Teyze'nin, biri konuklar (genellikle Vernon Enişte'nin kardeşi Marge) için, biri Dudley'nin yattığı, biri de Dudley'nin ilk yatak odasına sığmayan oyuncaklarının, eşyalarının konduğu oda. Harry'nin, nesi var nesi yoksa dolaptan bu odaya taşıması için tek sefer yetti. Yatağa oturdu Harry, çevresine bakındı. Buradaki aşağı yukarı her şey kırılmıştı. Bir aylık kamera, Dudley'nin bir zamanlar komşu köpeği ezdiği küçük tankın üstündeydi; köşede ilk televizyonu duruyordu Dudley'nin, en sevdiği program yayınlanmayınca bir tekmeyle parçalamıştı onu; koca bir kuş kafesi vardı, Dudley içindeki papağanı okula götürüp bir havalı tüfekle değiş tokuş etmişti, tüfek raftaydı, ucu, Dudley üstüne oturduğu için, eğrilmişti. Öteki raflar kitap doluydu. Odada dokunulmamışa tek benzeyen şeyler onlardı.

Aşağıdan Dudley'nin annesine bağıran sesi geliyordu: "Onu orada *istemiyorum*... o oda bana *gerekli*... çıkarın onu..."

Harry iç çekip yatağa uzandı. Daha dün, burada olmak için

neler vermezdi. Bugün ise burada olmaktansa, o mektupla dolabında olmayı yeğ tutardı.

Ertesi sabah kahvaltıda herkes oldukça sessizdi. Dudley şoktaydı. Çığlıklar atmış, babasına Smeltings bastonuyla vurmuş, kendini zorlayarak kusmuş, annesini tekmelemiş, kaplumbağasını seraya fırlatmış, ama odasını geri alamamıştı. Harry dün bu zamanları düşünüyordu, keşke mektubu holde açmış olsaydı. Vernon Enişte ile Petunia Teyze düşünceli düşünceli birbirlerine göz atıyorlardı.

Posta geldiğinde, Harry'ye iyi davranmaya çalışan Vernon Enişte, mektupları almaya Dudley'yi yolladı. Holden geçerken Smeltings bastonunu her şeye indirdi Dudley. Sonra bağırdı: "Bir tane daha! *Mr H. Potter, En Küçük Yatak Odası, 4 Privet Drive* -"

Sanki boğazlanıyormuş gibi bir çığlık attı Vernon Enişte, yerinden fırlayıp hole koştu, Harry de peşinden. Vernon Enişte mektubu alabilmek için Dudley'yle güreşip onu yere yatırmak zorunda kaldı, doğrusu biraz güç oldu bu, çünkü Harry de Vernon Enişte'nin arkasına dolanıp boğazına sarılmıştı. Bir dakika kadar süren, herkesin Smeltings bastonundan nasibini aldığı o kördövüşü sonunda, Vernon Enişte soluk soluğa doğruldu, elinde Harry'nin mektubu vardı.

Harry'ye, "Doğru dolaba - yani, yatak odana," diye gürledi. "Dudley - git - sadece git."

Harry yeni odasını arşınladı da arşınladı. Dolaptan taşındığını biliyordu birileri, ilk mektubu almadığını da biliyorlardı sanki. Öyleyse bir daha denerlerdi mutlaka. Bu kez başarıya ulaşılmalıydı artık. Bir plan yaptı.

*

Onarılmış çalar saat ertesi sabah altıda çaldı. Harry hemen kapattı onu, sessizce giyindi. Dursley'leri uyandırmamalıydı. Işıkların hiçbirini yakmadan aşağı süzüldü.

Postacıyı Privet Drive'ın köşesinde bekleyecek, dört numaranın mektuplarını alacaktı önce. Karanlık holde usulca ön kapıya doğru yürürken yüreği gümbürdüyordu -

"AAAAAHHHHH!"

Havaya sıçradı Harry – paspasta kocaman, yumuşak bir şeye basmıştı – *canlı* bir şeye!

Yukarıda ışıklar yandı, Harry o kocaman yumuşak şeyin eniştesinin yüzü olduğunu fark etti dehşetle. Vernon Enişte, sokak kapısının dibinde, bir uyku tulumunda yatıyordu – besbelli Harry'nin kafasından geçeni yapmasına engel olmak için. Yarım saat kadar bağırdı Harry'ye, sonra da gidip çay yapmasını söyledi. Harry, süngüsü düşük, mutfağa gitti, döndüğünde posta gelmişti, Vernon Enişte'nin kucağında duruyordu. Harry, yeşil mürekkeple yazılmış üç zarf gördü.

"Bana verin -" diye söze başladı, ama Vernon Enişte onun gözleri önünde mektupları yırttı, paramparça etti.

Vernon Enişte o gün işe gitmedi. Evde kalıp posta kutusunu çiviledi.

Ağzı çivi dolu, "Anlıyorsun ya," diye açıklama yaptı Petunia Teyze'ye, "mektupları yerine ulaştıramazlarsa, bu işten vazgeçerler."

"Bunun işe yarayacağını pek sanmıyorum, Vernon."

Vernon Enişte, "Bu insanların kafası garip biçimde çalışır, Petunia; sana bana benzemezler," dedi; bu arada, Petunia Teyze'nin getirdiği bir dilim meyveli pastayla çivi çakmaya çalışıyordu.

*

Cuma günü on iki mektup geldi Harry'ye. Posta kutusundan geçmedikleri için, kapının altından atılmış, kenarlarından itilmiş, birkaçı da alt kattaki tuvaletin penceresinden tıkıştırılmıştı.

Vernon Enişte evde kaldı yine. Bütün mektupları yaktıktan

sonra eline bir çekiç aldı, kimse dışarı çıkamasın diye ön kapıyı da, arka kapıyı da tahtalarla bir güzel çiviledi. Çalışırken "Tiptoe through the Tulips"i mırıldanıyor, en ufak bir gürültüde yerinden hopluyordu.

*

Cumartesi işler çığrından çıkmaya başladı. Harry'ye yazılmış yirmi dört mektup sızdı evin içine; bunlar, kıvrılarak, şaşkın sütçünün salon penceresinden Petunia Teyze'ye uzattığı iki düzine yumurtanın içlerine tek tek yerleştirilmişti. Vernon Enişte postaneyle mandıraya zehir zemberek telefonlar edip dert anlatacak bir yetkili bulmaya çalışırken, Petunia Teyze mektupları mikserde bir güzel parçaladı.

Dudley, Harry'ye, "*Seninle* konuşmak için kim böyle yırtınır ki?" diye sordu şaşkınlıkla.

*

Pazar sabahı, Vernon Enişte kahvaltı masasına oturduğunda yorgun, biraz da hasta görünüyordu, ama mutluydu.

Gazetelerine marmelat bulaştırırken, mutluluk içinde, "Pazarları posta gelmez," diye hatırlattı ötekilere, "bugün kahrolası mektuplar yok -"

O anda bir şey vınlayarak indi mutfak bacasından, Vernon Enişte'nin ensesine kondu. Hemen arkasından, şömineden otuz kırk kadar mektup kurşun gibi yağdı. Dursley'ler kaçacak delik aradılar, ama Harry mektuplardan birini yakalamak için sıçradı -

"Dışarı! DIŞARI!"

Vernon Enişte, Harry'yi belinden kavrayıp hole attı. Petunia Teyze'yle Dudley de kollarını yüzlerine siper edip dışarı fırladıktan sonra Vernon Enişte kapıyı çarparak kapadı. Odaya hâlâ mektup yağdığı duyuluyordu dışarıdan; duvarlara, yere boyuna mektuplar çarpıyordu.

"Yetti artık," dedi Vernon Enişte, konuşurken sakin olmaya çalışıyor, ama bir yandan da bıyığını yoluyordu. "Hepiniz beş dakika içinde burada olacaksınız, derlenip toparlanın. Gidiyoruz. Bir iki elbise alın sadece. Tartışma istemiyorum!"

Yarım bıyıkla öylesine tehlikeli biri gibi duruyordu ki, kimse ağzını açmayı göze alamadı. On dakika sonra tahtalarla çivilenip kapatılmış kapıların dışında, arabadaydılar, otoyola ilerliyorlardı hızla. Dudley arka koltukta burnunu çekip duruyordu; televizyonunu, videosunu ve bilgisayarını spor çantasına tıkıştırırken babası onu görmüş, kendilerini beklettiği için de kafasına yumruğu indirmişti.

Uzaklaştılar. Uzaklaştıkça uzaklaştılar. Petunia Teyze bile nereye gittiklerini sormaya cesaret edemiyordu. Vernon Enişte arada bir direksiyonu kırıyor, bir süre ters yönde ilerliyordu.

Ne zaman bunu yapsa, "Savuştur şunları... savuştur şunları," diye mırıldanıyordu.

Bütün gün ne yemek ne içmek için durdular. Gece çöktüğünde Dudley ulumaktaydı artık. Kendini bildi bileli böyle berbat bir gün geçirmemişti. Karnı acıkmıştı, görmek istediği beş televizyon programını kaçırmıştı, üstelik bilgisayarında hiç uzaylı öldürmeden bu kadar uzun süre geçirmemişti.

Vernon Enişte, sonunda büyük bir kentin dışında kasvetli bir otelin önünde durdu. Dudley ile Harry nemli çarşafları küf kokan çift yataklı bir odayı paylaştılar. Dudley horul horul uyudu, ama gözünü bile kırpmadı Harry, pencerenin kenarına oturup geçen arabaların ışıklarına baktı, uzun uzun düşündü...

*

Ertesi sabah kahvaltıda bayat mısır gevreğiyle kızarmış ekmek üstünde buz gibi konserve domates yediler. Tam kahvaltıyı bitirmişlerdi ki, otel sahibesi geldi masalarına.

"Özür dilerim, içinizde Mr H. Potter var mı? Bunlardan aşağı yukarı yüz tane geldi, hepsi resepsiyonda."

Bir mektup uzattı, yeşil mürekkeple yazılmış adresi okudular:

Mr H. Potter
Oda 17
Railview Oteli
Cokeworth

Harry mektubu kapmak için uzandı, ama Vernon Enişte elini itti onun. Kadın şaşkınlıkla baktı.

Hemen ayağa fırladı Vernon Enişte, "Ben alırım onları," dedi, kadını izleyerek yemek odasından çıktı.

*

Saatler sonra, Petunia Teyze, çekinerek, "Eve gitsek daha iyi olmaz mı, sevgilim?" önerisinde bulundu, ama Vernon Enişte onu duymamışa benziyordu. Tam ne aradığını kimse bilmiyordu. Bir ormanın ortasına götürdü onları, çıktı, çevresine bakındı, başını salladı, arabaya girdi, yola koyuldular yine. Aynı şey sürülmüş bir tarlanın ortasında, bir asma köprünün yarısında, çok katlı bir otoparkın tepesinde de oldu.

O gün öğleden sonra, Petunia Teyze'ye, sıkıntılı sıkıntılı, "Babam çıldırdı, öyle değil mi?" diye sordu Dudley. Vernon Enişte arabayı kıyıya çekmiş, hepsini içeriye kilitlemiş, ortadan yok olmuştu.

Yağmur indi. Koca koca damlalar düşüyordu arabanın üstüne. Dudley zırlamaya başladı.

"Bugün pazartesi," dedi annesine. "Akşama Büyük Humberto var. *Televizyonlu* bir yerde kalmak istiyorum."

Pazartesi. Bu bir şey hatırlattı Harry'ye. Bugün pazartesiyse –televizyondan ötürü gün saymakta güvenilir biriydi Dudley– yarın salıydı, Harry'nin on birinci doğum günü. Tabii pek de eğlenceli geçmezdi onun doğum günleri – geçen yıl armağan olarak Dursley'ler bir elbise askısıyla Vernon Enişte'nin bir çift eski çorabını vermişlerdi ona. Yine de insan her gün on birine basmazdı ki.

Vernon Enişte döndü, gülümsüyordu. İnce uzun bir paket vardı elinde, Petunia Teyze ne aldığını sorunca da yanıt vermedi.

"Uygun yeri bulduk!" dedi. "Hadi! Herkes dışarı!"

Arabanın dışı çok soğuktu. Vernon Enişte denize uzanan kocaman kaya gibi bir şeyi gösteriyordu. Kayanın tepesine de insanın hayal bile edemeyeceği kadar berbat bir baraka yerleştirilmişti. Orada televizyon olmadığı kesindi.

Vernon Enişte, neşeyle ellerini çırparak, "Bu gece fırtına çıkacakmış!" dedi. "Bu bey de incelik gösterip kayığını ödünç vermeye razı oldu."

Sallana sallana dişsiz bir ihtiyar geldi yanlarına, azıcık dalgasını geçermiş gibi sırıtarak, aşağılarda demir-grisi suda yalpalayıp duran eski bir kayığı gösterdi.

"Yetecek kadar erzak aldım," dedi Vernon Enişte, "hadi bakalım, doğru tekneye!"

Kayık buz gibiydi. Enselerinden soğuk köpükler ve yağmur giriyor, yüzlerine iliklere işleyen bir rüzgâr çarpıyordu. Kayaya vardıklarında aradan saatler geçmişti sanki, Vernon Enişte tökezleyip kayarak kırık dökük kulübeye götürdü onları.

İçerisi korkunçtu; yosun kokusu sarmıştı her yanı, rüzgâr tahta duvarlar arasındaki boşluklardan vızıldıyordu; şömine ıslaktı, boştu. Sadece iki oda vardı.

Vernon Enişte'nin erzakı çıka çıka adam başına birer paket gevrekle dört muz çıktı. Ateş yakmaya çalıştı Vernon Enişte, ama boş gevrek paketleri sadece tütüp büzülüverdi.

"Şimdi o mektuplar olmalıydı ki!" dedi neşeyle.

Keyfi pek yerindeydi. Besbelli, bu fırtınalı havada kimsenin kalkıp da oraya mektup getirebileceğini sanmıyordu. Harry de öyle düşünüyordu, ama hiç de hoşuna gitmiyordu bu.

Gece çöktü, beklenen fırtına patladı. Dev dalgaların köpükleri kulübenin duvarlarını sırılsıklam etti, azgın rüzgâr köhne pencereleri sarsmaya başladı. Petunia Teyze ikinci odada birkaç küflü battaniye bulmuştu, güvelerin kemirdiği kanepede Dudley'ye yatak yaptı. Vernon Enişte'yle yandaki eğri büğrü yatağa gittiler, Harry de yerin en yumuşak yerini bulup en ince, en eski battaniyenin altına büzülmeye bırakıldı.

Gece ilerledikçe fırtına da azıyor, kuduruyordu. Harry'yi uyku tutmuyordu. Titriyordu Harry, yerine daha rahat yerleşmeye çalışıyordu; karnı da açlıktan guruldoyordu. Gece yarısına doğru başlayan gökgürültüleri, Dudley'nin horultusunu bastırdı. Dudley'nin kanepenin yanından sarkan tombul bileğindeki saatin ışıklı kadranı, on dakika sonra on bir yaşına basacağını söyledi Harry'ye. Yattığı yerde, doğum gününün tiktaklarla yaklaşmasını seyrederken, Dursley'lerin bunu hatırlayıp hatırlamayacaklarını düşündü Harry, bir de o mektupları yazanın şimdi nerede olduğunu.

Beş dakika sonra tamam. Dışarıda bir çatırtı duydu Harry. Çatı mı çöküyordu acaba? Çökse azıcık ısınırdı. Dört dakika kaldı. Belki de Privet Drive'daki ev mektuplarla dolmuştu, döndüklerinde ne yapar eder, birini yürütürdü.

Üç dakika kaldı. Kayaya böyle vuran, deniz miydi? Ya (iki dakika kaldı) o tuhaf gıcırtı da neydi öyle? Kaya parçalanıp denize mi gömülüyordu?

Bir dakika sonra on birine basacaktı. Otuz saniye... yirmi... on - dokuz - Dudley'yi uyandırsa mıydı acaba, keyfini kaçırmak için - üç - iki - bir -

BUMM.

Kulübe tepeden tırnağa sarsıldı, Harry doğrulup kapıya dikti gözlerini. Biri vardı dışarıda, girmek için kapıya vuruyordu.

DÖRDÜNCÜ BÖLÜM

Anahtarların Bekçisi

BUMM. Yine vurdular kapıya. Dudley sıçrayarak uyandı.

Şapşal şapşal, "Top mu atıyorlar?" diye sordu.

Arkalarında bir çatırtı oldu, Vernon Enişte odaya daldı. Bir tüfek vardı elinde – getirdiği o ince uzun paketin içinde ne olduğunu da böylece öğrenmiş oldular.

"Kim var orada?" diye bağırdı. "Uyarıyorum seni - silahım var!"

Bir sessizlik oldu. Sonra -

KÜÜT!

Öylesine hızla vuruldu ki kapı, menteşelerinden sökülüp kulakları sağır edici bir gümbürtüyle yere düştü.

İnsan azmanı dev gibi biri duruyordu kapıda. Yüzü yeleye benzer uzun saçlarıyla, sarmaş dolaş sakalıyla neredeyse bütün bütüne örtülmüştü; o kadar saç sakalın arasından siyah böcekler gibi parıldayan gözleri görülebiliyordu sadece.

Dev bin güçlükle kulübeye girdi, eğilince bile kafası tavana değiyordu. Çömeldi, kapıyı alıp kolayca yerine taktı. Dışarıda fırtınanın sesi biraz kesilmişti. Dönüp odadakilere baktı teker teker.

"Şimdi bir fincan çay olaydı, ha? Bu yolculuk beni duman etti..."

Dudley'nin korkudan donakaldığı kanepeye doğru yürüdü.

"Toparlan azıcık, yağ tulumu," dedi yabancı.

Dudley inleyerek koştu, annesinin arkasına saklandı; annesi de, dehşet içinde çömelmiş, Vernon Enişte'nin arkasına geçmişti.

"Haa, işte Harry!" dedi dev.

Harry başını kaldırıp yırtıcı, yabani, karanlık yüzüne baktı onun, böceğe benzer gözlerin keyifle ışıdığını gördü.

"Seni son gördüğümde minicik bir bebektin," dedi dev. "Babana benziyorsun tıpkı, ama gözlerini annenden almışın."

Vernon Enişte hışırtıya benzer garip bir ses çıkardı.

"Hemen buradan gitmenizi istiyorum, efendim!" dedi. "Her şeyi kırıp döküyorsunuz!"

"Off, kapa çeneni, Dursley, koca muşmula," dedi dev. Kanepenin arkasına uzandı, tüfeği Vernon Enişte'nin elinden aldı, sanki lastikten yapılmış gibi kolayca büküverdi onu, odanın bir köşesine fırlatıp attı.

Vernon Enişte garip bir ses daha çıkardı, kuyruğuna basılmış bir fare gibi.

Sırtını Dursley'lere dönerek, "Neyse - Harry," dedi dev, "doğum günün kutlu olsun. Bir şey getirdim sana - belki üstüne oturmuşumdur, ama nasıl olsa tadı değişmemiştir."

Siyah paltosunun iç cebinden hafifçe ezilmiş bir kutu çıkardı. Harry titreyen parmaklarla açtı onu. İçinde kocaman, yapış yapış çikolatalı bir pasta vardı, üstüne de yeşil kremayla *Mutlu Yıllar Harry* yazılmıştı.

Harry başını kaldırıp deve baktı. Teşekkür ederim demek istiyordu, ama kelimeler boğazında bir yerlerde kayıplara karışmıştı sanki, onun yerine, "Sen kimsin?" dedi.

Dev kıkırdadı.

"Doğru, kendimi tanıtmadım. Ben Rubeus Hagrid. Hogwarts'ta Anahtarların ve Toprakların Bekçisi."

İnanılmaz büyüklükte elini uzattı, Harry'nin bütün kolunu sıktı.

Ellerini ovuşturarak, "Eh," dedi, "çaya gelmedi mi sıra? Şu anda çayın yerini başka bir şey tutamaz."

Büzüşmüş gevrek paketlerinin durduğu ocağa iliști gözleri, burnunu çekerek homurdandı. Şömineye eğildi; ne yaptığını göremiyorlardı onun, ama bir saniye sonra geri çekildi dev, ocakta gürül gürül alevler yükseldi. Islak kulübeyi titrek bir ışık doldurdu; Harry, sanki sıcak bir banyoya girmiş gibi, tepeden tırnağa ısınıverdi.

Dev, ağırlığı altında ezilen kanepeye oturdu yeniden, paltosunun cebinden binbir türlü şey çıkarmaya başladı: bakır bir güğüm, bir paket ezilmiş sosis, bir maşa, bir çaydanlık, kenarları kırık birkaç bardak, çay yapmaya başlamadan önce bir fırt çektiği kehribar rengi sıvıyla dolu bir şişe. Kısa sürede kulübe sosis cızırtısıyla, kokusuyla doldu. Kimse ağzını açmadı dev çalışırken, ama tombul, yağlı, hafifçe yanmış ilk altı sosisi maşayla alırken, Dudley şöyle bir kıpırdadı. Vernon Enişte, "Vereceği hiçbir şeye elini bile sürmeyeceksin, Dudley," dedi sert sert.

Dev belli belirsiz kıkırdadı.

"Zaten o pasta göbekli oğlun şişeceği kadar şişmiş, Dursley, kafanı takma."

Harry'ye uzattı sosisleri; Harry öylesine açtı ki, daha önce ağzına bu kadar lezzetli bir şey koymamış gibi geldi ona; yine de gözlerini devden ayıramıyordu. Sonunda baktı ki, kimsenin bir şey söylediği yok, "Özür dilerim, ama gerçekten kim olduğunuzu hâlâ bilmiyorum," dedi.

Dev, çaydan bir yudum alıp elinin tersiyle ağzını sildi.

"Hagrid de bana, herkes öyle der. Söyledimdi ya, Hogwarts Anahtarlarının Bekçisi'yim - Hogwarts'ı biliyorsun elbet."

"Şey - hayır," dedi Harry.

Hagrid şaşakaldı.

Hemen, "Özür dilerim," dedi Harry.

"*Özür* mü dilersin?" diye kükredi Hagrid, gölgelere büzülmüş Dursley'lere dikti gözlerini. "Asıl onlar özür dilesin! Mektuplarının eline geçmediğini biliyordum, ama Hogwarts'ı bilmediğin aklımın ucundan bile geçmediydi! Annenle babanın her şeyi nerede öğrendiğini hiç düşünmedi miydin?"

"Nasıl her şeyi?" diye sordu Harry.

"NASIL HER ŞEYİ Mİ?" diye gürledi dev. "Dur bir dakika!"

Ayağa fırladı. O öfkeli haliyle bütün kulübeyi kaplamış gibiydi. Dursley'ler duvar dibine sinmişlerdi korkuyla.

Dev, "Yani siz şimdi," diye kükredi, "bu çocuğun - bu çocuğun! - hiçbir şey bilmediğini mi söylüyorsunuz - HİÇBİR ŞEY?"

Harry ipin ucunun biraz kaçtığını düşündü. Ne de olsa okula gidiyordu, notları da hiç fena sayılmazdı.

"*Birtakım* şeyleri biliyorum," dedi. "Toplama çıkarma gibi şeyleri pekâlâ yapabilirim."

Ama Hagrid elini şöyle bir salladı havada, "*Bizim* dünyamız hakkında yani," dedi. "*Senin* dünyan. *Benim* dünyam. *Anababanın dünyası.*"

"Ne dünyası?"

Hagrid patlamak üzereydi sanki.

"DURSLEY!" diye gürledi.

Bembeyaz kesilmiş Vernon Enişte, "Şey... mey" gibisinden bir şeyler mırıldandı. Harry'ye şaşkınlıkla baktı Hagrid.

"Ana babanı biliyorsundur elbet," dedi. "*Ünlü* kişiler onlar. *Sen* de ünlüsün."

"Ne? Annemle – annemle babam ünlü müydü yani?"

"Bildiğin yok... bildiğin yok..." Hagrid deli deli bakışlarını Harry'ye dikti, parmaklarını saçlarından geçirdi.

"*Kim olduğunu* bilmiyor musun?" dedi sonunda.

Vernon Enişte sesine kavuştu birdenbire.

"Dur!" diye buyurdu. "Dur bakalım efendi! Çocuğa bir şey söylemeni yasaklıyorum!"

Vernon Dursley'den daha yüreklisi bile, Hagrid'in kendisine bakışından tir tir titrerdi; Hagrid konuştuğunda, söylediğinin her hecesi öfkeyle zangırdıyordu.

"Demek hiç söylemediniz ona? Dumbledore'un bıraktığı mektupta yazılanları anlatmadınız? Oradaydım ben! Dumbledore'un bıraktığını kendi gözlerimle gördüm, Dursley! Demek bunca yıl ondan sakladınız?"

Harry, "*Ne* sakladılar benden?" diye sordu merakla.

Vernon Enişte, telaşla, "DUR! YASAKLIYORUM SANA!" diye bağırdı.

Petunia Teyze'nin korkudan nefesi tıkandı.

"Ne halt ederseniz edin, ikiniz de," dedi Hagrid. "Harry - sen bir büyücüsün."

Kulübeye sessizlik çöktü. Sadece uğuldayan rüzgârla denizin sesi duyuluyordu şimdi.

Soluğunu tutarak, "*Neyim?*" dedi Harry.

Hagrid, artık daha da çöken, daha da inildeyen kanepeye oturarak, "Büyücüsün elbet," dedi, "azıcık eğitilirsen hem de kralı olursun. Öyle bir ana baba her çocuğa nasip olmaz! Eh, artık şu mektubunu okumanın vakti geldi."

Harry sarımsı zarfı almak için elini uzatabildi sonunda; üstünde zümrüt yeşili mürekkeple *Mr H. Potter, Giriş Katı, Kayalar üstündeki Kulübe, Deniz* yazılıydı. Mektubu çıkarıp okudu:

HOGWARTS CADILIK VE
BÜYÜCÜLÜK OKULU

Müdür: Albus Dumbledore
(Merlin Nişanı, Büyük Usta, Yüksek Cadı,
Baş Sihirbaz, Yüce Başbuğ, Uluslararası Büyücüler Konfed.)

Sayın Mr Potter,

Hogwarts Cadılık ve Büyücülük Okulu'nda yerinizin ayrılmış olduğunu size bildirmekten mutluluk duymaktayız. Gerekli kitap ve gereçlerin listesi ilişikte sunulmuştur.

Ders yılı 1 Eylül'de başlamaktadır. Baykuşunuzu 31 Temmuz'dan önce göndermenizi dileriz.

Sevgilerimizle,

Minerva McGonagall
Müdür Yardımcısı

Harry'nin kafasında havai fişekler gibi patlamaya başladı sorular; önce hangisini soracağına karar veremiyordu. Birkaç dakika sonra, kekeleyerek, "Ne demek bu, baykuşumu bekliyorlar ne demek?" diye sorabildi.

"Vay canına, şimdi aklıma geldi," diye bağırdı Hagrid, elini alnına öyle bir vurdu ki, bu vuruşla bir atlı arabayı devirebilirdi; paltosunun içindeki bir başka cepten bir baykuş –gerçek, canlı, azıcık perişan görünüşlü bir baykuş–, uzun bir tüy kalem, bir tabaka da parşömen kâğıdı çıkardı. Dili dişlerinin arasında, birkaç satır çiziktirdi; Harry tepesinden bakarak tersten okudu:

Sayın Mr Dumbledore,

Harry'nin mektubu verildi. Yarın onu alacaklarını almaya götürüyorum. Hava felaket. Umarım iyisinizdir.

Hagrid

Hagrid notu kıvırdı, baykuşun gagasına tutuşturdu, kapıya gidip fırtınaya attı baykuşu. Sonra dönüp sanki telefonla konuşmak gibi sıradan bir iş yapmışçasına oturdu.

Harry ağzının bir karış açık olduğunu fark etti, hemen kapattı onu.

"Nerede kalmıştım?" dedi Hagrid, ama o anda Vernon Enişte, yüzü hâlâ kül rengi, şöminenin ışığına yaklaştı öfkeyle.

"Gitmiyor," dedi.

Hagrid homurdandı.

"Görelim bakalım, senin gibi şişko bir Muggle onu nasıl durduracakmış?" dedi.

Harry, ilgiyle, "Bir ne?" dedi.

"Bir Muggle," dedi Hagrid. "Onun gibi büyü-dışı insanlara öyle deriz biz. Sende de amma talih varmış ya, ömrümde gördüğüm en su katılmamış Muggle ailesinde büyümüşün."

Vernon Enişte, "Onu aldığımızda, bütün bu saçmalıklara son vereceğimize yemin etmiştik," dedi, "onu bundan sıyıracağımıza! Sihirbazlık denen şeyden!"

"*Biliyordunuz* öyleyse!" dedi Harry. "Sihirbaz olduğumu *siz* de biliyor muydunuz?"

Petunia Teyze, ansızın, "Biliyorduk!" diye bağırdı. "*Biliyorduk*! Tabii biliyorduk! O hınzır kardeşim başka bir şey miydi yani! Sen ne olacaktın! O da bir mektup aldı böyle, sonra ortadan yok olup oraya gitti –*okul* dedikleri yere–, tatillerde geliyordu eve, cepleri kurbağa yavrularıyla dolu, çay fincanlarını fareye çeviriyordu. Onu olduğu gibi, garip bir yaratık olarak gören tek kişi bendim! Ama annemle babama sorarsanız, yere göğe koyamadıkları Lily'ydi o, ailede bir cadı olmasından gurur duyuyorlardı!"

Derin bir soluk almak için durdu, sonra içini boşaltmayı sürdürdü. Anlaşılan bütün bunları söylemek için yıllardır bekliyordu.

"Sonra Potter'la tanıştı okulda, kaçıp evlendiler, sen doğdun, biliyordum senin de onlar gibi olacağını, onlar gibi tuhaf, onlar gibi - *anormal* - sonra da, bağışla beni, gitti kendini havaya uçurttu, sen de başımıza kaldın!"

Harry bembeyaz kesilmişti. Bir şey söyleyecek gücü bulur bulmaz, "Havaya mı uçurttu?" dedi. "Araba kazasında öldüklerini söylemiştiniz bana!"

"ARABA KAZASI, HA?" diye kükredi Hagrid, öylesine öfkeyle fırlamıştı ki yerinden, Dursley'ler köşelerine sindiler yine. "Lily'yle James Potter araba kazasında ölecek kişiler mi? Saçmalık bu! Palavra! Bizim dünyamızda herkes onu biliyor, ama daha Harry'nin kendi geçmişinden bile haberi yok!"

Harry, "Niye? Ne oldu?" diye sordu hemen.

Hagrid'in yüzündeki öfke silindi. Ansızın bir endişe aldı onun yerini.

Alçak, üzgün bir sesle, "Bunu beklemiyordum," dedi Hagrid. "Dumbledore söylediydi zaten, sana ulaşmak güç olacak dediydi, hiçbir şeycik de bilmediğini söylediydi. Ah, Harry, bunu dosdoğru anlatacak adam ben miyim, bilemiyorum – ama biri çıkıp anlatmalı – bir şey bilmeden de Hogwarts'a gidemezsin."

Dursley'lere ters ters baktı.

"Eh, anlatacağım kadarını öğrenirsin hiç olmazsa – ama bak, her bir şeyi de anlatamam, koskoca bir esrar bu, bir kısmı..."

Oturdu, ateşe baktı birkaç saniye, sonra, "Sanırım," dedi, "her şey bir adamla başlıyor, adı – olacak iş değil, adından haberin bile yok, dünyada herkes biliyor onu -"

"Kimi?"

"Şey – mecbur kalmadıkça adını ağzıma almam. Kimse almaz."

"Neden?"

"Hoppala! İnsanlar hâlâ korkuyor, Harry. Vay canına, amma zormuş bu. Neyse, bir büyücü vardı... sapıttı. Ama tam sapıttı. Daha da beter. Beterin beteri. Adı..."

Hagrid yutkundu, ama tek kelime çıkmadı ağzından.

Harry, "İstersen yaz," diye önerdi.

"Yok – beceremem. Peki – *Voldemort*." Hagrid ürperdi. "Adını söyletme bir daha. Neyse, bu – bu büyücü, aşağı yukarı yirmi yıl oluyor, kendine yandaş aramaya koyuldu. Buldu da – kimi korkuyordu, kimi de onun gücünden bir parça kapmaya bakıyordu. Güçlüydü güçlü olmasına. Karanlık günler, Harry. Kime güveneceğini bilmiyordun, tanımadığın cadılara, büyücülere açılmayı göze alamıyordun... Korkunç şeyler oldu. Her şeyi ele geçiriyordu. Kimileri karşı koydu elbet – onları da öldürdü. Canavarlık. Tek güvenli yerlerden biri Hogwarts'tı. Kim-Olduğunu-Bilirsin-Sen'in korktuğu tek adam Dumbledore'du. Okulu ele geçirmeyi göze alamadı, o sırada göze alamadı diyelim.

"Senin ana baban görüp göreceğim en esaslı büyücülerdendi. Hogwarts'ın en parlak öğrencileriydi onlar! İşin esrarı da burada zaten, Kim-Olduğunu-Bilirsin-Sen belki de bu yüzden onlara hiç mi hiç yanaşamadı... ikisinin de Dumbledore'a yakın olduğunu, Karanlık Yan'la bir alışverişleri olmadığını biliyordu herhalde.

"Belki de onları kandırırım diye düşündü... belki de yolundan çekilsinler istiyordu. Herkesin tek bildiği, on yıl önce Cadılar Bayramı'nda, senin de yaşadığın köye damlamasıydı. Bir yaşındaydın sen. Evinize geldi, sonra da - sonra da -"

Hagrid kirli mi kirli, leke içinde bir mendil çıkardı ansızın, sis düdüğüne benzer bir sesle sümkürdü.

"Özür dilerim," dedi. "Ama acı bir şey bu – ana babanı tanırım, onlardan iyisini bulamazdın dünyada – her neyse –

"Kim-Olduğunu-Bilirsin-Sen onları öldürdü. Sonra da –asıl esrar burada işte– seni de öldürmeye kalktı. Temiz iş yapmak istiyordu herhalde ya da adam öldürmek hoşuna gidiyordu. Ama beceremedi. Alnındaki o izi hiç merak ettin mi? Sıradan bir kesik değil o. Güçlü bir kötülük dokundu muydu olur – ana babanın, evinizin bile icabına baktı – ama sana dokunamadı, bu yüzden ünlüsün, Harry. Birini öldürmeyi aklına koysun, o kimse sağ kalamazdı, bir tek sen yaşadın, zamanın en iyi cadılarını, büyücülerini öldürdü – McKinnon'ları, Bone'ları, Prewett'ları – sen ise bir bebektin daha, sağ kaldın."

Harry'nin kafası dayanılmaz acılar içindeydi şimdi. Hagrid'in anlattıkları sona ererken, o göz kamaştırıcı yeşil ışığın çaktığını gördü yine, daha önce hatırlamadığı kadar açık biçimde – bir şey daha hatırladı, kendini bildi bileli ilk kez – tiz, soğuk, zalim bir kahkahayı.

Hagrid üzüntüyle ona bakıyordu.

"O yıkık evden ben kendim çıkardım seni, Dumbledore'un buyruğuyla. Seni bu salaklara getirdim..."

"Hepsi palavra," dedi Vernon Enişte. Harry sıçradı, Dursley'lerin orada olduklarını unutmuştu sanki. Vernon Enişte cesaretini toplamışa benziyordu. Hagrid'e bakıyordu öfkeyle, yumruklarını sıkmıştı.

"Şimdi beni dinle, çocuk," diye homurdandı. "Sende garip bir şey olduğunu ben de kabul ediyorum, adamakıllı bir sopa bunun hakkından gelirdi belki – annenle baban için anlatılanlar ise... evet, acayip kişilerdi onlar, bunu yadsımanın bir anlamı yok, bana sorarsan, dünya onlarsız daha iyi – akıllarına eseni yaptılar, o garip büyücüler arasına karıştılar – tam da düşündüğüm gibi oldu, böyle karanlık bir sonla karşılaşacaklarını hep biliyordum -"

O anda kanepeden fırladı Hagrid, paltosunun içinden eski püskü pembe bir şemsiye çıkardı. Onu Vernon Enişte'ye kılıç gibi sallayarak, "Ayağını denk al, Dursley -" dedi, "ayağını denk al - tek laf daha edersen..."

Sakallı bir dev tarafından şemsiyeyle şişlenmeyi göze alamayan Vernon Enişte, cesaretini bir anda yitirdi yine. Duvar dibine sığınıp sustu.

Ağır ağır soluyarak, "Ha şöyle," dedi Hagrid, kanepeye oturdu; kanepe bu kez iyice çöktü artık.

Bu arada, sorulacak yüzlerce soru geliyordu Harry'nin aklına.

"Peki, Vol – özür dilerim – yani, Kim-Olduğunu-Bilirsin-Sen'e ne oldu?"

"Güzel soru, Harry. Yok oldu. Kayıplara karıştı. Seni öldürmek istediği gece. Sen de böylece daha ünlü oldun. Anlıyorsun ya, en büyük esrar bu... gittikçe güçleniyordu – niye çekip gitti?

"Rivayete bakılırsa, ölmüş. Bana sorarsan, palavranın daniskası. Ölecek kadar insanlık yoktu içinde. Bir rivayete bakılırsa da, hâlâ turp gibi, pusuya yatmış, ama ona da inanmıyorum. Yandaşları bize katıldılar yine. Kimileri sanki derin bir uykudan uyanmış gibi. Dönecek olaydı, öyle yapmazlardı.

"Çoğumuz yaşadığına inanıyoruz, ama gücü mücü kalmamış diyoruz. Artık bu işi götüremeyecek kadar zayıflamıştır. Sende bir şey var, Harry, onun sonunu da bu yazdı. Hiç hesaplamadığı bir şeyle karşılaştı o gece – neydi, bilmiyorum, kimse bilmiyor – ama seninle ilgili bir şey onun canına okudu."

Hagrid, gözlerinde parıldayan bir sıcaklıkla, saygıyla baktı Harry'ye; ama Harry, gurur duyup sevineceğine, bu işte korkunç bir yanlışlık olduğunu düşünüyordu. Büyücü mü? Kendisi mi?

Nasıl büyücü olabilirdi ki? Bütün yaşamını Dudley'nin yumruklarına, Petunia Teyze ile Vernon Enişte'nin aşağılamalarına katlanarak geçirmişti; eğer bir büyücü olsaydı, kendisini dolaba her kapamaya kalkışlarında onlar da şiğilli birer kurbağaya dönüşmezler miydi? Bir zamanlar dünyanın en büyük sihirbazını alt etmişti demek; peki, nasıl olmuş da Dudley onu boyuna top gibi tekmeleyip durmuştu?

"Hagrid," dedi usulca, "galiba bir yanlışlık yaptın. Ben büyücü olamam."

Hagrid'in kıkırdadığını görünce şaşırdı.

"Büyücü değilsin, ha? Korktuğunda ya da öfkelendiğinde hiç mi olmadık şeylerin gerçekleşmesine yol açmadın?"

Ateşe baktı Harry. Şimdi düşünüyordu da... ne zaman teyzesiyle eniştesini çileden çıkaracak garip bir şey olduysa, Harry ya tedirgindi ya da öfkeli... Dudley çetesi tarafından kovalanırken, artık nasıl olduysa, kendini damda buluvermişti... o gülünç tıraşla okula gitmeye utanırken saçları uzayıvermişti... hele Dudley en son kendisine vurduğunda, öcünü almamış mıydı, hem de farkına bile varmadan? Onun üstüne bir boa yılanı salmamış mıydı?

Gülümseyerek Hagrid'e baktı, onun da sevgiyle ışıl ışıl gülümsediğini gördü.

"Gördün mü?" dedi Hagrid. "Harry Potter büyücü değil, ha? Bak bakalım, Hogwarts'ta bir anda nasıl üne kavuşacaksın."

Ama Vernon Enişte'nin kolay kolay teslim bayrağı çekmeye niyeti yoktu.

"Gitmiyor demedim mi sana?" diye tısladı. "Stonewall High'a gidecek, gittiğine de şükredecek. O mektupları okudum, bir sürü ıvırzıvır gerekiyormuş – büyü kitapları, asalar -"

Hagrid, "Gitmek isterse, senin gibi koca bir Muggle onu durduramaz," diye kükredi. "Lily ile James Potter'ın oğullarının Hogwarts'a gitmesini engelleyeceksin ha! Kafayı üşütmüşün sen. Onun adı daha doğar doğmaz ezber edilmişti. Dünyanın en iyi cadılık ve büyücülük okuluna gidecek. Yedi yıl sonra kendi kendini bile tanıyamaz. Kendi akranlarıyla yaşayacak, o kadar da değişiklik olsun artık, Hogwarts'ın görüp göreceği en büyük Müdür yetiştirecek onu, Albus Dumbled-"

"ONA HOKKABAZLIK ÖĞRETMESİ İÇİN KAFADAN ÇATLAK SERSEM BİR İHTİYARA PARA MARA VEREMEM!" diye bağırdı Vernon Enişte.

Ama çok ileri gitmişti artık. Hagrid şemsiyesini kaptığı gibi onun kafasına indirdi. "SAKIN -" diye gürledi, "ALBUS - DUMBLEDORE - İÇİN - BENİM - YANIMDA - KÖTÜ - BİR - LAF - ETME!"

Şemsiyesini havada vınlatarak Dudley'ye doğru uzattı – eflatun bir ışık çaktı, havai fişek gibi bir ses duyuldu, tiz bir ciyaklama, bir saniye sonra da Dudley oracıkta, ellerini tombul poposunda kenetlemiş, dans ediyor, bir yandan da acı içinde uluyordu. Sırtını onlara döndüğünde, pantolonundaki bir delikten fırlamış kıvırcık bir domuz kuyruğu gördü Harry.

Vernon Enişte kükredi. Petunia Teyze'yle Dudley'yi öteki odaya sürüklerken dehşet içinde son bir kez baktı Hagrid'e, kapıyı çarparak kapadı.

Şemsiyesine baktı Hagrid, sakalını sıvazladı.

Pişmanlıkla, "Keşke kendimi tutaydım," dedi, "ama olacağı varmış. Domuza çevirmek istediydim onu, ama zaten domuzun tekiydi, bana fazla bir iş düşmedi."

Çalı gibi kaşlarının altından Harry'ye bir göz attı.

"Aramızda kalsın; bunu Hogwarts'ta kimseye söylemezsen memnun olurum," dedi. "Doğrusunu istersen, benim – şey – büyü yapmamı istemiyorlar. Azıcık yapmama izin verdiler, seni izleyeyim, mektupları ulaştırayım diye – bu işi üstüme almayı da onun için istedim –"

Harry, "Büyü yapmana neden izin vermiyorlar?" diye sordu.

"Şey – ben de gittiydim Hogwarts'a, ama – ama, ne yalan söyleyeyim, kovuldum. Üçüncü yılımda. Asamı kırdılar, ortadan ikiye böldüler. Ama Dumbledore bekçi olarak tuttu beni. Büyük adam şu Dumbledore."

"Niye kovdular seni?"

Yüksek sesle, "Geç oldu artık, yarın çok işimiz var," dedi Hagrid. "Kente gitmemiz gerek, kitap filan alacağız."

Kalın siyah paltosunu çıkarıp Harry'ye fırlattı.

"Gir şunun altına," dedi. "Azıcık kıpraşırsa kafanı takma, galiba ceplerden birinde bir çift sıçan olacak."

BEŞİNCİ BÖLÜM

Diagon Yolu

Harry ertesi sabah erkenden uyandı. Ortalığın aydınlandığını biliyordu, ama yine de gözlerini sımsıkı kapalı tuttu.

Kendi kendine, kesin bir biçimde, "Bir düştü bu," dedi. "Hagrid adında bir dev gördüm düşümde, geldi, büyücülük okuluna gideceğimi söyledi. Gözlerimi açınca kendimi evdeki dolapta bulacağım."

Bir şeye hızlı hızlı vurulduğunu duydu ansızın.

Yüreği daralarak, "İşte Petunia Teyze, kapıya vuruyor," diye düşündü, yüreği sıkıştı. Ama gözlerini açmadı yine. Düş öyle güzeldi ki.

Tak. Tak. Tak.

"Peki," diye mırıldandı. "Kalkıyorum."

Doğruldu, doğrulur doğrulmaz da Hagrid'in ağır paltosu düştü üstünden. Kulübe güneş içindeydi, fırtına dinmişti, Hagrid kırık kanepede uyumaktaydı, pencerede de bir baykuş vardı, gagasına bir gazete sıkıştırmış, pençesiyle cama vuruyordu.

Ayağa fırladı Harry, öylesine mutluydu ki, sanki içinde kocaman bir balon şişiyordu. Dosdoğru pencereye gidip camı açtı. Baykuş içeri süzüldü, gazeteyi hâlâ uyumakta olan Hagrid'in üstüne bıraktı. Yere kondu sonra, Hagrid'in paltosuna saldırdı.

"Yapma."

Baykuşu kovalamaya çalıştı Harry, ama baykuş öfkeyle gagasını gösterdi ona, paltoyu didiklemeyi sürdürdü.

Harry, yüksek sesle, "Hagrid!" dedi. "Bir baykuş var -"

Kanepeye doğru, "Parasını ver," diye homurdandı Hagrid.

"Ne?"

"Gazete getirdi ya, para istiyor. Ceplerime bak."

Hagrid'in paltosu ceplerden oluşmuştu sanki – anahtar desteleri, tüfek saçmaları, iplik yumakları, nane şekerleri, çay poşetleri... sonunda bir avuç garip görünümlü bozukluk çıkardı Harry.

Hagrid, uykulu uykulu, "Beş Knut ver ona," dedi.

"Knut mu?"

"O küçük bronzlardan."

Harry küçük bronz paralardan beş tane saydı, parayı koyabilsin diye, küçük deri bir kese bağlı bacağını uzattı baykuş. Sonra açık pencereden uçup gitti.

Hagrid yüksek sesle esnedi, doğrulup gerindi.

"En iyisi, biz yola düşelim, Harry, yapılacak çok iş var bugün, daha Londra'ya gidip okul malzemesi alacağız."

Harry büyücü paralarını evirip çeviriyor, onlara bakıyordu. Bir şey gelmişti aklına, gelir gelmez de içindeki balon püf diye sönüvermişti.

"Şey – Hagrid..."

Koca çizmelerini giymekte olan Hagrid, "Ha?" dedi.

"Hiç param yok – dün gece Vernon Enişteyi de duydun – okula gidip büyü öğrenmem için para vermeyecek."

Ayağa kalkıp kafasını kaşıyarak, "Merak etme," dedi Hagrid. "Ana baban sana bir şey bırakmadılar mı sanıyorsun?"

"Ama evleri yerle bir olduysa -"

"Altınlarını evde tutmuyorlardı ki, yavrum! İlk durağımız Gringotts, Büyücüler Bankası. Bir sosis alsana, daha soğuyup kaskatı olmamış – eh, ben de senin doğum günü pastandan bir lokma yiyeyim bari."

"Büyücülerin *bankaları* mı var?"

"Bir tek Gringotts. Cincüceler işletiyor."

Harry elindeki sosis parçasını yere düşürdü.

"*Cincüceler* mi?"

"Haa – benden söylemesi, soymaya heveslenmek için adamın fıttırması gerek. Cincücelere bulaşılmaz, Harry. Bir şeyi emanet etmek istiyorsan, Gringotts dünyanın en güvenli yeri – Hogwarts'ı saymazsak. Zaten Gringotts'a gidecektim. Dumbledore dediydi. Hogwarts'ın bir işi için." Şöyle bir kabardı Hagrid. "Önemli işleri bana yükler hep. Seni götürmek – Gringotts'tan birtakım şeyler almak – anlıyorsun ya, bana güvenir.

"Her şey hazır mı? Hadi öyleyse."

Harry kayaya kadar Hagrid'i izledi. Hava oldukça açıktı şimdi, deniz güneş ışığıyla parlıyordu. Vernon Enişte'nin tuttuğu kayık hâlâ oradaydı, fırtına yüzünden suyla dolmuştu.

Harry, çevrede bir başka kayık aranarak, "Nasıl geldin buraya?" diye sordu.

"Uçtum," dedi Hagrid.

"*Uçtun* mu?"

"Haa – sonra konuşuruz bunu. Şimdi yanımda sen varken büyü yapmama izin yok."

Kayığa bindiler, Harry Hagrid'e bakıyordu hâlâ, onun nasıl uçtuğunu gözünde canlandırmaya çalışıyordu.

Hagrid, çoğu zaman yaptığı gibi, Harry'ye yan gözle bakarak, "Şimdi kürek çekmek de ayıp olacak yani," dedi. "Ben tutup da – şey – işleri azıcık hızlandırsam, bundan Hogwarts'ta söz etmezsin, değil mi?"

Biraz daha büyü görme hevesine kapılan Harry, "Elbette etmem," dedi. Hagrid pembe şemsiyeyi çıkardı yine, ucuyla kayığın kenarına iki kere vurdu, karaya doğru hızla ilerlemeye başladılar.

Harry, "Gringotts'u soymaya kalkışmak için adamın niye fıttırması gerek?" diye sordu.

"Büyüler – tılsımlar," dedi Hagrid, konuşurken gazetesini açtı. "Kasaları ejderhalar koruyormuş. Üstelik bir de yolu bulacaksın – Gringotts Londra'nın yüzlerce kilometre altında.

Metronun taa altında. Orayı soyup malı götürsen bile çıkıncaya kadar açlıktan ölürsün."

Hagrid gazetesini, *Gelecek Postası*'nı okurken, Harry oturmuş düşünüyordu. Vernon Enişte insanların bu işi yaparken rahat bırakılmalarını söylerdi hep, ama hiç de kolay değildi bu, kendini bildi bileli, Harry'nin kafasında hiç bu kadar çok soru doğmamıştı.

Hagrid, sayfayı çevirerek, "Sihir Bakanlığı her zamanki gibi işleri karman çorman ediyor," dedi.

Harry kendini tutamadı artık, "Sihir Bakanlığı da mı var?" diye sordu.

"Elbet," dedi Hagrid. "Dumbledore'un Bakan olmasını istedilerdi, ama Hogwarts'ı bırakmak istemediği için, Bakanlık ihtiyar Cornelius Fudge'a kaldı. Gelmiş geçmiş en büyük beceriksiz. Her sabah baykuşlar salıyor Dumbledore'a, öğüt istiyor."

"Peki ama Sihir Bakanlığı'nın görevi ne?"

"Asıl görevi, ülkede cadıların, büyücülerin olduğunu Muggle'lardan gizlemek."

"Neden?"

"*Neden* mi? Neden olacak, Harry, herkes sorunlarını çözmek için büyü peşinde koşar da ondan. Yok yok, biz bize kalalım, daha iyi."

O sırada usulca rıhtıma çarptı kayık. Hagrid gazetesini katladı, taş basamakları tırmanıp sokağa çıktılar.

Küçük kentte istasyona doğru yürürlerken, gelip geçenler gözlerini Hagrid'e dikiyorlardı. Harry suçlayamıyordu onları. Herkesten en az iki kat uzun olması bir yana, parkmetre gibi sıradan şeyleri göstererek, yüksek sesle, "Gördün mü şunu, Harry?" diyordu. "Muggle'lar da kafalarını nelere çalıştırıyor!"

Ona ayak uydurmak için koşmak zorunda kalan Harry, soluk soluğa, "Hagrid," dedi, "Gringotts'ta *ejderhalar* olduğunu mu söylemiştin?"

"Eee, rivayet öyle," dedi Hagrid. "Off, bir ejderham olmasını amma da isterdim."

"Ejderhan olmasını mı isterdin?"

"Çocukluğumdan beri – geldik işte."

İstasyona varmışlardı. Beş dakika sonra bir tren kalkacaktı Londra'ya. "Muggle parası" dediği şeye akıl erdiremeyen Hagrid, biletleri alsın diye banknotları Harry'ye verdi.

Herkes trende daha çok baktı onlara. Hagrid iki koltuk kaplıyordu; oturduğu yerde kanarya sarısı sirk çadırına benzer bir şey örmeye koyuldu.

İlmekleri sayarak, "Mektubun yanında mı?" diye sordu Harry'ye.

Harry cebinden parşömen zarfı çıkardı.

"İyi," dedi Hagrid. "Sana gereken şeylerin bir de listesi olacak."

Harry bir gece önce gözünden kaçmış ikinci bir kâğıdı açarak okudu:

HOGWARTS CADILIK VE BÜYÜCÜLÜK OKULU

Forma

Birinci sınıf öğrencileri için gerekli eşyalar:

1. Üç takım düz iş cüppesi (siyah)

2. Sivri uçlu düz bir gündelik şapka (siyah)

3. Bir çift koruyucu eldiven (ejderha derisi ya da benzeri)

4. Kışlık bir pelerin (siyah, gümüş tokalı)

Bütün öğrencilerin elbiselerinde adları yazılı künyeler olacaktır.

Ders Kitapları

Bütün öğrenciler aşağıda belirtilen kitaplardan birer tane edinecektir:

1. Sınıflar İçin Temel Büyüler Kitabı (Miranda Goshawk)

Sihir Tarihi (Bathilda Bagshot)

Sihir Kuramı (Adalbert Waffling)

Biçim Değiştirme İçin İlk Adım (Emeric Switch)

Binbir Büyülü Ot ve Mantar (Phyllida Spore)

Sihirli Yiyecek ve İçecekler (Arsenius Jigger)
Fantastik Canavarlar Nelerdir, Nerede Bulunurlar? (Newt Scamander)
Karanlık Güçler: Kendini Savunma El Kitabı (Quentin Trimble)

Öteki Gereçler
1 asa
1 kazan (kalaylı, orta boy)
1 takım cam ya da kristal şişe
1 teleskop
1 takım pirinç ölçek

Öğrenciler bir baykuş YA DA bir kedi YA DA bir kurbağa getirebilirler.

VELİLERİN DİKKATİNE: BİRİNCİ SINIF ÖĞRENCİLERİNİN SÜPÜRGELERİNİ KULLANMALARI YASAKTIR.

Harry, şaşkınlıkla, "Bütün bunları Londra'da bulabilir miyiz?" diye sordu.

"Gideceğin yeri biliyorsan, elbet," dedi Hagrid.

Harry Londra'ya hiç gitmemişti. Hagrid yolu biliyor gibiydi, ama daha önce hep alışılmadık biçimlerde yolculuk ettiği de apaçık ortadaydı. Metroda turnikeye sıkıştı, trene binince de koltukların küçüklüğünden, çok ağır gittiklerinden yakındı.

Kırık dökük bir yürüyen merdivenden çıkıp da kendilerini iki yanı mağazalar sıralı cıvıl cıvıl bir yola attıklarında, "Muggle'lar büyüsüz nasıl beceriyorlar, aklım ermiyor," dedi.

Öylesine iriydi ki Hagrid, kalabalığı kolayca yarıyordu; Harry'nin bütün yaptığı, onun hemen arkasından yürümekti. Kitapçıların, müzik mağazalarının, hamburger büfelerinin, sinemaların önünden geçtiler, ama hiçbir yerde büyülü asalar satıldığına dair bir belirti yoktu. Sıradan insanlarla dolu sıradan bir sokaktı bu. Kilometrelerce aşağıda büyücülerin altın yığınları gömülü müydü gerçekten? Büyü kitapları, süpürgeler satan dükkânlar var mıydı? Yoksa bütün bunlar Dursley'lerin başlarının altından çıkan koca bir şaka mıydı? Harry, Dursley'lerin gülmekle uzaktan yakından ilgileri olmadığını bilmeseydi öyle düşünürdü belki, yine de Hagrid'in anlattıkları da pek inanılacak gibi değildi. Ama Harry ister istemez ona güveniyordu.

Hagrid, durarak, "İşte," dedi. "Çatlak Kazan. Ünlü bir yerdir."

Ufacık, köhne bir birahaneydi burası. Hagrid eliyle göstermeseydi, Harry farkına bile varmayacaktı onun. Hızla gelip geçenler birahaneye bakmıyorlardı bile. Bir yanındaki büyük kitapçıdan öteki yanındaki plakçıya kayıyordu gözleri, Çatlak Kazan'ı sanki hiç görmüyorlardı. Garip bir duygu uyandı Harry'nin içinde, sanki birahaneyi sadece Hagrid'le kendisi görmekteydi. Daha bu duygusunu dile getiremeden, Hagrid onu içeriye sürükledi.

Ünlü bir yer için çok karanlıktı Çatlak Kazan, dökülüyordu. Bir köşede üç beş yaşlı kadın oturmuş, beyaz şarap içiyordu. İçlerinden biri upuzun bir pipo tüttürmekteydi. Silindir şapkalı ufak tefek bir adam, saçları iyice dökülmüş, yapış yapış bir cevize benzeyen yaşlı barmenle konuşuyordu. İçeri girdiklerinde mırıltılar durdu. Herkes Hagrid'i tanıyor gibiydi; el sallayıp gülümsediler ona; barmen, bir kadehe uzanarak, "Her zamankinden mi, Hagrid?" dedi.

Hagrid, koca elini Harry'nin sırtına vurup onu sendeleterek, "İçemem, Tom," dedi. "Hogwarts görevi başındayım."

Gözlerini Harry'ye dikerek, "Yoksa," dedi barmen, "sakın bu – bu -?"

Çatlak Kazan derin bir sessizliğe gömüldü birdenbire.

Yaşlı barmen, "Vay canına!" diye fısıldadı. "Harry Potter... ne büyük bir onur."

Tezgâhın arkasından fırladı, gözleri yaşlı, Harry'nin yanına koşup elini yakaladı.

"Hoş döndünüz, Mr Potter, hoş döndünüz."

Harry ne diyeceğini bilemedi. Herkes ona bakıyordu. Pipolu kadın, söndüğünün farkında bile olmadan, piposunu püfleyip duruyordu. Işıl ışıldı Hagrid.

Derken, iskemle gıcırtıları yükseldi, Harry kendini Çatlak Kazan'da herkesle tokalaşırken buldu.

"Ben Doris Crockford, Mr Potter, sonunda sizi gördüğüme inanamıyorum."

"Öyle mutluyum ki, Mr Potter, öyle mutluyum ki!"

"Hep elinizi sıkmak istemişimdir – kalbim duracak!"

"Nasıl sevindim, anlatamam, Mr Potter. Adım Diggle. Dedalus Diggle."

"Sizi daha önce görmüştüm!" dedi Harry; Dedalus Diggle heyecandan silindir şapkasını düşürdü. "Bir mağazada bana selam vermiştiniz."

Çevresindekilere bakarak, "Hatırlıyor!" diye bağırdı Dedalus Diggle. "Duydunuz mu? Beni hatırlıyor!"

Harry herkesle tokalaştı da tokalaştı – Doris Crockford tokalaştıktan sonra hep sıraya giriyordu yine.

Soluk yüzlü bir delikanlı, tedirgin, yaklaştı. Gözlerinden biri seğiriyordu.

"Profesör Quirrell!" dedi Hagrid. "Harry, Profesör Quirrell Hogwarts'taki öğretmenlerinden biri."

Harry'nin eline yapışarak, "P-P-Potter," diye kekeledi Profesör Quirrell, "si-sizi ta-tanıdığıma ne kadar se-sevindim, anlatamam."

"Ne tür büyü öğretiyorsunuz, Profesör Quirrell?"

"Ka-Ka-Karanlık Sanatlara Karşı Sa-Savunma," diye mırıldandı Profesör Quirrell, şimdi bu konu üstünde durmak istemiyordu sanki. "Si-sizin için ge-gerekmez, ha, P-P-Potter?" Tedirgin tedirgin güldü. "Ma-malzemenizi alacaksınız herhalde? Be-ben de vampirler üs-üstüne bir ki-kitap almaya geldim." Vampir sözünden bile tüyleri ürpermişe benziyordu.

Ötekiler, Profesör Quirrell'ın Harry'yi esir almasına izin

vermediler. Hepsinden kurtulmak ise yaklaşık on dakika sürdü. Sonunda, Hagrid bütün o gürültüde sesini duyurabildi.

"Gitmemiz gerek – alacak çok şey var. Hadi, Harry."

Doris Crockford Harry'nin elini son kez sıktı, öne düştü Hagrid, tezgâhın arkasından geçip, içinde bir çöp tenekesiyle ayrık otlarından başka bir şey olmayan, duvarlarla çevrili küçük bir avluya çıktılar.

Hagrid, Harry'ye sırıttı.

"Söylemedim miydi sana? Nasıl ünlü olduğunu söyledimdi. Seni görünce Profesör Quirrell'ın bile eli ayağı tutuldu – laf aramızda, hep zangır zangır titrer."

"Hep tedirgin midir böyle?"

"Haa, elbet. Zavallıcık. Parlak zekâ. Kitaplardan çalışıp öğrenirken iyiydi, bir şeyi yoktu, ne zaman ki bir yıl izin alıp uygulamaya geçti... Kara Orman'da vampirlerle karşılaşmış, öyle diyorlar, cadalozun tekiyle de başı derde girmiş – ondan sonra eskisi gibi olamadı artık. Öğrencilerinden korkar, kendi öğrettiği dersten bile korkar – haydaa, nerede benim şemsiyem?"

Vampirler? Cadalozlar? Kafası karmakarışık olmuştu Harry'nin, o arada Hagrid çöp tenekesinin yanındaki duvarda tuğlaları saymaya koyulmuştu.

"Üç yukarı... iki sağa... " diye mırıldandı. "Tamam, çekil biraz, Harry."

Şemsiyesinin ucuyla duvara üç kere vurdu.

Dokunduğu tuğla şöyle bir titredi – oynadı – küçük bir delik belirdi ortasında – delik büyüdü, büyüdü – bir saniye sonra Hagrid'in bile geçebileceği kemerli bir geçitteydiler. Geçit, kıvrıla kıvrıla uzayıp gözden yok olan taş döşeli bir sokağa açılıyordu.

"Diagon Yolu'na hoş geldin," dedi Hagrid.

Harry'nin şaşkınlığı karşısında sırıttı. Kemerin altından geçtiler. Harry kafasını çevirip arkasına baktı hemen, delik bir anda kapanmış, kemer yine sapasağlam bir duvar oluvermişti.

En yakın dükkânın önündeki kazanlar gün ışığında pırıl pırıl parlıyordu. Üstlerindeki tabelada *Kazanlar – Her Boy – Bakır, Pirinç, Kalay, Gümüş – Otomatik Karıştırmalı – Katlanır* yazılıydı.

"Bir tane alacağız sana," dedi Hagrid. "Ama önce parayı almamız gerek."

Keşke sekiz gözüm daha olsaydı diye düşünüyordu Harry. Sokakta yürürken başını her yana çeviriyor, bir anda her şeyi görmeye çalışıyordu: dükkânları, önlerindeki eşyaları, alışveriş eden insanları. Tombul bir kadının yanından geçtiler; kadın aktarın önünde başını iki yana sallayarak söyleniyordu: "Ejderha ciğeri, gramı on yedi Sickle, çıldırmış bunlar..."

Üstünde *Binbir Çeşit Baykuş Dükkânı – Yırtıcı, Uysal, Boz, Kahverengi, Karbeyazı Baykuşlar* yazan karanlık bir dükkândan belli belirsiz baykuş ötüşleri geliyordu. Harry'nin yaşıtı birkaç çocuk, burunlarını süpürgelerin sergilendiği bir vitrine yapıştırmışlardı. Harry, içlerinden birinin, "Bak," dediğini duydu, "yeni Nimbus İki Bin – bundan hızlısı yok -" Cüppe satılan, teleskop satılan, Harry'nin daha önce hiç görmediği garip gümüş gereçler satılan dükkânlar, yarasa dalaklarıyla, yılanbalığı gözleriyle dolu fıçıların, cilt cilt kitap yığınlarının, tüy kalemlerin, parşömen rulolarının, iksir şişelerinin, ay kürelerinin sergilendiği vitrinler...

"Gringotts," dedi Hagrid.

Öteki küçük dükkânların tepesinde yükselen karbeyazı bir binaya gelmişlerdi. Pırıl pırıl tunç kapıların önünde, sırmalı kızıl üniformasıyla bir -

"Evet, bir cincüce bu," dedi Hagrid; beyaz taş merdiveni çıktılar sessizce. Cincüce, Harry'den bir karış daha kısaydı. Esmer bir yüzü, zeki bakışları, sivri bir sakalı vardı; parmaklarıyla ayaklarının çok uzun olduğunu fark etti Harry. İçeri girerlerken, cincüce eğilerek selam verdi. İkinci bir kapının önündeydiler şimdi, bu kapı gümüştendi, üstünde şunlar yazılıydı:

Gir bakalım, yabancı, ama dikkat et, sakın
Kendini koyverip de hırsa kapılmayasın,

Alın teri dökmeden köşe dönme hevesi
Canına okur sonra, bak bizden söylemesi,
Senin olmayan bir şey yürüteceksen unut
Aklını başına al, sonra da kendini tut,
Hırsızlığa kalkarsan, bir daha düşün yine,
Başka şeyler bulursun çil altınlar yerine.

"Söylediğim gibi, burayı soymaya kalkanın fıttırması gerek," dedi Hagrid.

Gümüş kapının önünde bir çift cincüce eğilerek selamladı onları; uçsuz bucaksız mermer bir salona girdiler. Yüz kadar cincüce daha uzun mu uzun bir bankonun arkasındaki yüksek taburelere oturmuş, kocaman hesap defterlerine bir şeyler yazıyor, pirinç terazilerde para tartıyor, merceklerle değerli taşlar inceliyordu. Salondan dışarı açılan sayılamayacak kadar çok kapı vardı daha, başka cincüceler de o kapılardan insanlara yol gösteriyordu. Hagrid'le Harry bankoya yaklaştılar.

Hagrid, o anda iş yapmayan bir cincüceye, "Günaydın," dedi. "Mr Harry Potter'ın kasasından biraz para almaya geldik."

"Anahtarı yanınızda mı, efendim?"

"Buralarda bir yerde olacak," dedi Hagrid, ceplerini bankonun üstüne boşaltmaya başladı, cincücenin hesap defterinin üstüne bir avuç yapış yapış köpek bisküvisi yayıldı. Burnunu kırıştırdı cincüce. Harry, sağlarındaki cincücenin herbiri kor büyüklüğünde bir yığın yakutu tartmasını seyrediyordu.

Sonunda, "Buldum," dedi Hagrid, küçücük bir altın anahtar gösterdi.

Cincüce anahtarı inceledi.

"Tamam görünüyor."

Hagrid, göğsünü şişirip böbürlenerek, "Profesör Dumbledore'dan da bir mektup getirdim," dedi. "Yedi yüz on üçüncü kasadaki Ne-Olduğunu-Bilirsin-Sen'le ilgili."

Cincüce mektubu dikkatle okudu.

Sonra onu Hagrid'e uzatarak, "Peki," dedi. "Biri sizi iki kasaya da götürecek. Griphook!"

Griphook bir başka cincüceydi. Hagrid köpek bisküvilerini ceplerine doldurdu yine, Griphook'un arkasında, salondan dışarı açılan kapılardan birine yöneldiler.

Harry, "Yedi yüz on üçüncü kasadaki Ne-Olduğunu-Bilirsin-Sen nedir?" diye sordu.

Hagrid, gizemli bir biçimde, "Söyleyemem," dedi. "Çok gizli. Hogwarts işi. Dumbledore bana güvendi. Söylersem görevimi kötüye kullanmış olurum."

Griphook onlara kapıyı açtı. Yine mermerle karşılaşacağını sanıyordu Harry, şaşırdı. Meşalelerin aydınlattığı daracık taş bir koridordaydılar. Dimdik aşağı iniyordu koridor, yerde incecik raylar vardı. Islık çaldı Griphook, raylar üstünde gıcırdayarak küçük bir araba geldi hemen. Arabaya bindiler –Hagrid biraz zorluk çekti gerçi– ve yola koyuldular.

Önce bulmacaya benzeyen dönemeçli geçitlerden ilerlediler. Harry unutmamaya çalıştı, sol, sağ, sağ, sol, orta çatal, sağ, sol, ama olanaksızdı bu. Zangırdayan araba yolu biliyor gibiydi, çünkü Griphook onu yönetmiyordu.

Harry'nin gözleri, çarpan soğuk hava yüzünden sızlıyordu; ama faltaşı gibi açık tuttu onları. Bir keresinde geçidin sonunda alevlerin yükseldiğini gördü sanki, bunun bir ejderha olup olmadığını anlamak için hemen arkasına döndü, ama geç kalmıştı – yerde ve tavanda kocaman sarkıtlar, dikitler bulunan bir yeraltı gölünden geçerek daha da derinlere daldılar.

Arabanın gürültüsünde sesini duyurmaya çalışarak, "Aklım ermiyor," dedi, "sarkıtla dikit arasındaki fark ne?"

"Sarkıtta 's' harfi var ya," dedi Hagrid. "Şimdi soru sorma bana. Galiba kusacağım."

Sahiden de yemyeşil olmuştu, araba sonunda geçit duvarındaki bir kapının yanında durduğunda, hemen fırladı Hagrid, dizlerinin titremesini önlemek için duvara yaslandı.

Griphook kapının kilidini açtı. İçeriden çıkan yeşil bir duman sardı ortalığı; dağılınca şaşkınlıktan yutkundu Harry. İçeride altın para kümeleri vardı. Gümüş tepecikleri. Küçük bronz Knutlardan oluşmuş tepecikler.

"Hepsi senin," diye gülümsedi Hagrid.

Hepsi Harry'nin – inanılacak gibi değildi. Dursley'ler bunu bilmiyorlardı anlaşılan, bilselerdi, göz açıp kapayıncaya kadar hepsine el koyarlardı. Boyuna yakınmazlar mıydı, Harry kendilerine ne kadar tuzluya patlıyor diye? Demek bu arada, Londra'nın taa derinlerine gömülü küçük bir servetin de sahibiydi.

Hagrid, Harry'nin torbaya biraz para koymasına yardımcı oldu.

"Altınlar Galleon," diye açıkladı. "On yedi gümüş Sickle bir Galleon eder, yirmi dokuz Knut da bir Sickle eder, o kadar basit. Tamam, o kadarı birkaç döneme yeter, gerisi burada kalsın, güven içinde." Griphook'a döndü. "Şimdi de yedi yüz on üç numaralı kasa, lütfen, biraz daha ağır gidebilir miyiz?"

Griphook, "Sadece tek hız var," dedi.

Gittikçe hızlanarak daha da derinlere iniyorlardı şimdi. Keskin dönemeçlerden geçtikçe hava soğudu da soğudu. Tangır tungur bir yeraltı çukurunu aştılar, Harry kenardan eğilip aşağıdaki karanlık çukurda ne olduğunu anlamaya çalıştı, ama Hagrid homurdanarak ensesine yapıştığı gibi çekti onu.

Yedi yüz on üçüncü kasanın anahtar deliği yoktu.

Griphook, kasılarak, "Geri durun," dedi. Uzun parmaklarından biriyle kapıyı okşadı; kapı eriyip gitti.

"Bunu Gringotts cincücelerinin dışında biri yapmaya kalkarsa, kapı onu emerek içeri çeker," dedi Griphook. "Oradan çıkamaz artık."

Harry, "İçeride biri var mı yok mu diye sık sık bakıyor musunuz?" diye sordu.

Griphook, pis sayılabilecek bir sırıtmayla, "Yaklaşık on yılda bir," dedi.

Harry, en sıkı önlemlerle korunan bu kasanın içinde olağanüstü bir şey olduğuna inanıyordu, eşsiz mücevherleri görmek için merakla eğildi - kasa, ilk bakışta boşmuş gibi geldi ona. Sonra kahverengi kâğıda sarılmış pis bir paket gördü yerde. Hagrid paketi alıp paltosunun içine koydu. Onun ne olduğunu öğrenmeye can atıyordu Harry, ama sormayı göze alamadı.

"Hadi bakalım," dedi Hagrid, "doğru cehennem arabasına - yolda da bir şey sorma bana, ağzımı açmasam iyi olacak."

*

Çılgınca bir araba yolculuğundan sonra Gringotts'un önündeydiler yine, gün ışığından gözleri kamaşıyordu. Harry'nin bir torba parası vardı şimdi. Sevinçten nerelere koşacağını bilmiyordu. Kaç Galleon kaç para eder, bilmesi gerekmiyordu, hiç bu kadar parası olmamıştı - Dudley'nin bile ömür boyu kazandığından daha çoktu bu.

Hagrid, başıyla *Madam Malkin'in Her Duruma Göre Cüppeleri*'ni göstererek, "Şimdi bir forma alalım sana," dedi. "Bak, Harry, ben Çatlak Kazan'da bir tek atmaya tüysem kızmazsın ya? Şu Gringotts arabaları perişan ediyor beni." Hâlâ keyifsiz görünüyordu, Harry de Madam Malkin'in dükkânına tek başına girdi, tedirgindi.

Madam Malkin eflatunlar içinde, kısa boylu, güler yüzlü bir cadıydı.

Harry daha ağzını açarken, "Hogwarts mı, güzelim?" dedi. "Her boydan var burada - şu anda bir delikanlıya da veriyoruz."

Dükkânın arkasında, bir taburenin üstünde solgun, sivri yüzlü bir çocuk duruyordu, bir başka cadı da onun uzun siyah cüppesini iğneliyordu. Madam Malkin onun yanındaki bir başka tabureye çıkardı Harry'yi, kafasından bir cüppe geçirip etek boyunu ayarlamak için iğnelemeye koyuldu.

"Merhaba," dedi çocuk, "sen de mi Hogwarts'a?"

"Evet," dedi Harry.

Çocuk, "Babam yanda kitap alıyor, annem de sokağın başındaki asalara bakıyor," dedi. Kelimeleri uzatarak bezgin bezgin konuşuyordu. "Sonra onları yarış süpürgeleri bakmaya götüreceğim. Birinci sınıftakilerin neden kendi süpürgeleri olmasın, anlamıyorum. Bir tane alsın diye babamı zorlarım, sonra da bir yolunu bulur, onu gizlice sokarım okula."

Harry hemen Dudley'yi hatırladı.

Çocuk, "*Senin* kendi süpürgen var mı?" diye devam etti.

"Hayır," dedi Harry.

"Hiç Quidditch oynadın mı?"

Harry, "Hayır," dedi yine, Quidditch de neyin nesiydi acaba?

"*Ben* oynadım – Babam takıma seçilmezsem bunun düpedüz cinayet olacağını söylüyor. Bence de öyle. Hangi binada kalacağını biliyor musun?"

Her dakika daha da afallayan Harry, "Hayır," dedi.

"Zaten oraya gidinceye kadar kimse bilemez bunu, öyle değil mi, ama ben Slytherin'de kalacağımı biliyorum, bütün ailem orada kalmış – bir de Hufflepuff'ta kaldığını düşünsene – tek dakika durmaz, hemen ayrılırdım. Sen olsan ayrılmaz mıydın?"

"Hmm," dedi Harry, keşke daha ilginç bir şey söyleyebilseydim diye düşündü.

Çocuk, vitrini işaret ederek, "Hey, şu adama bak!" dedi ansızın. Hagrid duruyordu orada, Harry'ye sırıtıyor, içeri neden giremediğini belirtmek için de elindeki iki kocaman dondurma külahını gösteriyordu.

"O, Hagrid," dedi Harry, çocuğun bilmediği bir şeyi bildiğine seviniyordu. "Hogwarts'ta çalışıyor."

"Haa," dedi çocuk, "adını duymuştum. Bir çeşit uşak, değil mi?"

"Bekçi," dedi Harry. Her saniye daha az hoşlanıyordu çocuktan.

"Evet, öyle. *Yabani* biriymiş – okul bahçesinde bir kulübede yaşıyormuş, arada bir sarhoş olur, büyü yapmaya kalkar, yatağını ateşe verirmiş."

Harry, "Bence pırıl pırıl biri," dedi soğukça.

Çocuk, burun kıvırarak, "Öyle mi?" dedi. "Neden seninle birlikte? Annen baban nerede?"

Harry, "Öldüler," dedi kısaca. Çocukla bu konulara girmek istemiyordu.

"Özür dilerim," dedi çocuk, sesi pek de özür diler gibi çıkmıyordu. "Ama onlar da *bizdendiler*, değil mi?"

"Büyücüydüler, bunu soruyorsan eğer."

"Ötekileri aramıza almamalılar, öyle değil mi? Aynı değiliz, bizim gibi yetiştirilmemiş onlar. Düşünsene sen, bazıları mektup alıncaya kadar Hogwarts'ın adını bile duymamış. Köklü büyücü ailelerin çocuklarını almalılar sadece. Sahi, senin soyadın ne?"

Harry'nin yanıt vermesine fırsat kalmadan, "Tamam, güzelim," dedi Madam Malkin; Harry de, konuşmayı yarıda kestiği için özür dilemeye bile gerek görmeden tabureden atladı.

"Eh," dedi suratsız çocuk, "Hogwarts'ta görüşürüz herhalde."

Harry, Hagrid'in aldığı dondurmayı (çikolatalı, böğürtlenli, üstü fındıklı) yerken pek konuşmadı.

"Nen var?" dedi Hagrid.

Harry düpedüz yalan söyledi: "Yok bir şey." Parşömenle tüy kalem almak için durdular. Harry, yazdıkça rengi değişen bir şişe mürekkep bulduğu için keyiflenir gibi oldu. Dükkândan çıkarlarken, "Hagrid, Quidditch nedir?" diye sordu.

"Vay canına, Harry, ne kadar az şey bildiğini boyuna unutuyorum – daha Quidditch'ten bile haberin yok!"

"Keyfimi iyice kaçırma," dedi Harry. Madam Malkin'de rastladığı solgun yüzlü çocuğu anlattı Hagrid'e.

"- Muggle ailelerin çocukları okula alınmamalıymış -"

"Sen Muggle bir aileden gelmiyorsun ki. Senin kim olduğunu bileydi – ana babası büyücüyse eğer, senin adını ezber ederek büyümüştür – Çatlak Kazan'da da gördün. Her neyse, aklı mı erer onun, benim bildiğim büyücülerin en esaslılarından bazıları bile Muggle ailelerden gelme – ananı düşün! Bir de ananın kardeşine bak!"

" Quidditch nedir peki?"

"Spor. Büyücü sporu. Şey gibi – Muggle'lar dünyasının futbolu gibi bir şey – herkes bayılır Quidditch'e – havada oynanır, uçan süpürgeler üstünde, dört top vardır – kuralları anlatmak uzun iş şimdi."

"Peki, Slytherin'le Hufflepuff nedir?"

"Okul binaları. Dört tane var. Herkes Hufflepuff'ın beş para etmediğini söyler, ama -"

Harry, üzüntüyle, "Ben herhalde Hufflepuff'tayım," dedi.

Hagrid, sır verir gibi, "Slytherin olacağına Hufflepuff olsun," dedi. "Sapıtan cadılar, büyücüler içinde Slytherin'de bulunmamış tek kimse yok. Biri de Kim-Olduğunu-Bilirsin-Sen'di."

"Vol- özür dilerim – Kim-Olduğunu-Bilirsin-Sen Hogwarts'ta mıydı?"

"Yıllar yıllar önce," dedi Hagrid.

Flourish ve Blotts adlı bir dükkâna girip Harry'nin ders kitaplarını aldılar, raflar tavana kadar kitaplarla doluydu, deri ciltli, kaldırım taşı büyüklüğünde kitaplarla, ipek kapaklı, posta pulu kadar minik kitaplarla, garip simgelerle dolu kitaplarla, bazı kitapların içi ise bomboştu. Hiçbir şey okumayan Dudley bile bayılırdı bunlara. Hagrid, Harry'yi sürükleyerek, Profesör Vindictus Viridian'ın *Lanetler ve Karşı-Lanetler (Arkadaşlarınızı Büyüleyin, Düşmanlarınızı En Yeni Öç Yöntemleriyle Çatlatın: Saç Dökülmesi, Bacak Titremesi, Dil Tutulması, daha neler neler)* kitabından zorla uzaklaştırdı.

"Dudley'yi nasıl çatlatabilirim, onu bulmaya çalışıyordum."

"Fena fikir değil, ama özel durumlar dışında Muggle'lar dünyasında büyü kullanmak yasaktır," dedi Hagrid. "Hem zaten daha beceremezsin, o düzeye gelinceye kadar çok çalışman, çok şey öğrenmen gerek."

Hagrid, Harry'nin altın bir kazan almasına da izin vermedi ("Listede kalaylı diyor"), ama güzel bir takım iksir ölçeğiyle açılır kapanır pirinç bir teleskop aldılar. Aktara gittiler sonra, dükkân o kadar etkileyiciydi ki, insan o berbat çürük yumurta ve lahana kokusunu bile duymuyordu. Yerde yapış yapış fıçılar vardı; duvarlara otlarla, kurutulmuş köklerle, parlak tozlarla dolu kavanozlar sıralanmıştı; tavandan hayvan dişleriyle kıvrık pençeler dizili ipler sarkıyordu. Hagrid tezgâhın arkasındaki adamdan Harry için bazı temel iksir malzemeleri isterken, Harry de tanesi yirmi bir Galleon'a satılan gümüş tek boynuzlu at boynuzlarını, minicik, parlak siyah böcek gözlerini (kepçesi beş Knut) inceliyordu.

Aktardan çıkınca Harry'nin listesine bir daha baktı Hagrid.

"Bir tek asa kaldı – haa, sahi, daha doğum günü armağanını almadım."

Harry kıpkırmızı kesildiğini fark etti.

"Bir şey alman gerekmez -"

"Ben de biliyorum, gerekmez. Bak, ne diyeceğim. Hayvanını ben alayım. Kurbağa olmaz, kurbağaların modası geçeli yıllar oldu, herkes makaraya alır seni - kediler desen, hoşuma gitmez, beni aksırtırlar. Bir baykuş alayım sana. Bütün çocuklar baykuş ister, çok da işe yararlar, postacılıktan tut da her bir işi yaparlar."

Yirmi dakika sonra, hışırtılarla, kanat çırpışlarıyla, mücevher parlaklığında gözlerle dolu o karanlık Binbir Çeşit Baykuş Dükkânı'ndan çıkıyorlardı. Harry'nin elinde büyük bir kafes, kafesin içinde de başını kanadının altına sokmuş, uyuklayan çok güzel karbeyazı bir baykuş vardı. Tıpkı Profesör Quirrell gibi kekeleyerek teşekkür üstüne teşekkür etti Hagrid'e.

Hagrid, "Teşekküre değmez," dedi boğuk bir sesle. "Dursley'ler herhalde pek bir şey vermemişlerdir sana. Sadece Ollivander'ler kaldı şimdi – asa satılan tek yer orası, sana da en iyi asayı almalıyız."

Büyülü asa... Harry en çok bunu istiyordu.

Son dükkân daracıktı, salaş mı salaştı. Kapının üstünde yaldızlı harflerle *Ollivander'ler: Kusursuz Asa Yapımcıları – Kuruluşu: İ.Ö. 382* yazılıydı. Tozlu vitrindeki solmuş mor yastıkta bir tek asa duruyordu.

İçeri girerlerken dükkânın derinliklerinde bir çıngırak çaldı. Ufacık bir yerdi burası; bomboştu, ince bacaklı bir iskemleden başka bir şey yoktu. Hagrid de ona oturup beklemeye koyuldu. Harry, çok katı kuralları olan bir kitaplığa girmiş gibi bir duyguya kapıldı; aklına yeni gelen bazı soruları sormak yerine tavana kadar dizilmiş ince kutulara bakmayı yeğledi. Her nedense, ensesi kaşınıyordu. Buradaki toz ve sessizlik gizli bir büyüye karışmış gibiydi.

"İyi günler," dedi yumuşak bir ses. Harry sıçradı. Hagrid de sıçramıştı herhalde, büyük bir çatırtı kopmuştu çünkü, o da ince bacaklı iskemleden hemen kalkmıştı.

Dükkânın loşluğunda ay gibi parıldayan kocaman, soluk gözleriyle yaşlı bir adam duruyordu karşılarında.

Harry, çekinerek, "Merhaba," dedi.

"Evet," dedi adam. "evet, evet. Sizi yakında göreceğimi biliyordum. Harry Potter." Soru değildi bu. "Gözleriniz annenizin gözlerine çekmiş. Daha dün gibi geliyor, o da buradaydı, ilk asasını almaya gelmişti. Yirmi altı santim uzunluğunda, incecik, söğütten yapılmış. Tılsım için çok uygun bir asa."

Mr Ollivander daha da yaklaştı Harry'ye. Keşke gözlerini kırpsa diye düşündü Harry. O gümüş rengi gözler insanı ürpertiyordu.

"Ama babanız maun bir asa beğenmişti. Yirmi dokuz santim. Esnek. Biraz daha güçlü, biçim değiştirmek için birebir. Evet, babanız onu seçmişti – aslına bakarsanız, asa büyücüyü seçer tabii."

Mr Ollivander o kadar yaklaşmıştı ki, Harry'yle burun buruna gelmişlerdi neredeyse. Harry, o sisli gözlerde kendi yansımasını görüyordu.

"Demek burası..."

Mr Ollivander, uzun, beyaz parmağıyla Harry'nin alnındaki şimşek izine dokundu.

"Yazık," dedi usulca, "bunu yapan asayı da ben satmıştım. Otuz dört santim. Porsuk. Güçlü bir asa, çok güçlü, yanlış ellere geçerse... Eğer o asanın dünyada ne gibi işlerde kullanılacağını kestirebilseydim..."

Başını iki yana salladı, derken Hagrid'i gördü, Harry de bir oh çekti.

"Rubeus! Rubeus Hagrid! Seni yeniden görmek ne güzel... Meşe, kırk buçuk santim, oldukça esnek, öyle değil miydi?"

"Evet, efendim, öyleydi," dedi Hagrid.

"Güzel asaydı doğrusu. Ama seni kovduklarında ortasından kırdılar, değil mi?" dedi Mr Ollivander, birdenbire sertleşmişti.

Ayaklarını sallayarak, "Şey – evet, kırdılar," dedi Hagrid. Sonra coşkuyla, "Ama parçaları hâlâ bende," diye ekledi.

Mr Ollivander, azarlarcasına, "Kullanmıyorsun ya?" dedi.

Hagrid, "Hayır, efendim," dedi hemen. Harry, onun konuşurken pembe şemsiyesine sımsıkı yapıştığını fark etmişti.

Mr Ollivander, Hagrid'e dik dik bakarak, "Hmmm," dedi. "Eh – Mr Potter. Bir bakalım." Üstü gümüş çizgili uzun bir mezura çıkardı cebinden. "Asa kolunuz hangisi?"

"Şey – ben sağ elimi kullanırım," dedi Harry.

"Uzatın kolunuzu. Tamam." Harry'nin omuzundan parmağına, bileğinden dirseğine, omuzundan ayak ucuna, dizinden koltuk altına ölçüsünü aldı. Sonra da kafasının çevresini ölçtü. Ölçü alırken, "Her Ollivander asasında güçlü bir büyü özü vardır, Mr Potter," dedi. "Biz tek boynuzlu at kılları, anka telekleri, ejderha yüreği tellerini kullanırız. Ollivander asaları hiç birbirine benzemez, tek boynuzlu atların, ejderhaların, ankaların birbirlerine benzemedikleri gibi. Tabii başka büyücü asalarından aynı sonucu alamazsınız."

Harry birdenbire fark etti: Burun deliklerinin arasını ölçen mezura bu işi kendi kendine yapıyordu. Mr Ollivander rafları karıştırıyor, kutular indiriyordu.

"Yeter," dedi, mezura da gevşeyerek yere yığılıverdi. "Peki öyleyse, Mr Potter. Şunu deneyin. Kayınağacı ve ejderha yüreği tellerinden. Yirmi üç santim. Güzel ve esnek. Tutup şöyle bir sallayın."

Harry asayı aldı ve (bu işi aptalca bularak) havada salladı, ama Mr Ollivander hemen kaptı onu.

"Akçaağaç ve anka teleği. On sekiz santim. Vızıldar. Deneyin-"

Harry denemeye kalktı – ama daha havaya kaldırırken, Mr Ollivander asayı çekti aldı.

"Hayır, hayır – şunu alın, abanoz ve tek boynuzlu at kılı, yirmi bir buçuk santim, esnek. Hadi, hadi, deneyin."

Harry denedi. Bir daha denedi. Mr Ollivander'in ne beklediğini hiç mi hiç bilmiyordu. Denediği asalar yığını ince bacaklı iskemlenin üstünde büyüdükçe büyüyordu. Mr Ollivander'in keyfi, raflardan yeni asalar çıkardıkça artıyordu.

"Titiz müşteri, ha? Merak etmeyin, bir yerlerde en uygununu bulacağız – bakalım, şimdi – evet, neden olmasın – alışılmadık bir karışım – dikenli defne ve anka teleği, yirmi sekiz santim, güzel ve kullanışlı."

Harry asayı aldı. Ansızın bir sıcaklık duydu parmaklarında. Başının üstüne kaldırdı onu, tozlu havada vınlatarak indirdi; asanın ucundan havai fişekler gibi kırmızı, altın rengi kıvılcımlar fışkırdı, duvarlarda oynaşan ışıklar belirdi. Hagrid sevinç çığlıkları atarak el çırptı; Mr Ollivander, "Ah, bravo!" diye bağırdı. "Evet, tamam, ah, çok güzel. Vay, vay, vay... ne tuhaf... ne kadar tuhaf..."

Harry'nin asasını kutusuna koydu yine, kahverengi kâğıda sardı; bir yandan da, "Tuhaf... tuhaf..." diye mırıldanıyordu.

"Özür dilerim," dedi Harry, "nedir tuhaf olan?"

Mr Ollivander soluk bakışlarını Harry'ye dikti.

"Sattığım her asayı hatırlarım, Mr Potter. Tek tek hepsini. Teleği asanızda olan anka, bir başka telek daha vermişti – bir tek telek. Kaderinize bu asanın düşmesi çok tuhaf, çünkü sizde o izi bırakan bunun kardeşiydi."

Harry yutkundu.

"Evet, otuz dört santim. Porsuk. Böyle şeylerin olması gerçekten tuhaf. Unutmayın, asa büyücüyü seçer... Sizden büyük işler beklememiz gerektiğini düşünüyorum, Mr Potter... Ne de olsa, Adı Anılmaması Gereken Kişi büyük işler başarmıştı – korkunç, evet, ama büyük işler."

Harry ürperdi. Mr Ollivander'den pek de hoşlandığını sanmıyordu. Asa için yedi altın Galleon verdi, Mr Ollivander de yerlere kadar eğilerek onları geçirdi.

Akşam güneşi iyice alçalmıştı gökte, Harry ile Hagrid Diagon Yolu'ndan indiler; duvardan, sonra da artık boşalmış Çatlak Kazan'dan geçtiler. Yolda yürürlerken hiç konuşmadı Harry; metroda herkesin kendilerine nasıl şaşkınlıkla baktıklarını bile fark etmedi; elleri garip paketlerle doluydu, üstüne üstlük bir de uyuklayan baykuş vardı Harry'nin kucağında. Yürüyen merdivenden Paddington İstasyonu'na çıktılar; Harry, ancak Hagrid omzuna vurduğunda anladı nerede olduklarını.

"Tren kalkmadan iki lokma bir şey yemeye vaktimiz var," dedi Hagrid.

Harry'ye bir hamburger aldı, yemek için plastik koltuklara oturdular. Harry boyuna çevresine bakıyordu. Her şey nedense garip görünmeye başlamıştı.

"İyisin ya, Harry? Pek sessiz duruyorsun," dedi Hagrid.

Harry anlatabileceğini pek sanmıyordu. Yaşamının en güzel doğum gününü geçirmişti – yine de – hamburgerini kemirerek uygun sözleri bulmaya çalıştı.

"Herkes özel biri olduğumu düşünüyor," dedi sonunda. "Çatlak Kazan'dakiler, Profesör Quirrell, Mr Ollivander... ama büyü konusunda hiçbir şey bilmiyorum. Nasıl büyük şeyler bekleyebilirler benden? Ünlüyüm, neden ünlü olduğumu da bilmiyorum. Vol – özür dilerim – annemle babamın öldüğü gece neler oldu, hiç hatırlamıyorum."

Hagrid masadan eğildi. O yabani saçlarının, kaşlarının arkasında sımsıcak bir gülümseme vardı.

"Merak etme, Harry. Kısa zamanda öğrenirsin. Herkes Hogwarts'ta işe sıfırdan başlar, takma kafanı. Kendin ol, yeter. Biliyorum, kolay değil bu. Öne çıkarıldın, çetin iş. Ama Hogwarts'ta çok güzel vakit geçireceksin – ben geçirdim – aslına bakarsan, hâlâ geçiriyorum."

Hagrid, Harry'yi trene bindirdi. Tren Dursley'lere götürecekti onu. Eline de bir zarf tutuşturdu.

"Hogwarts'a biletin," dedi. "Eylülün ilk günü – King's Cross – hepsi bilette yazılı. Dursley'lerle bir sorunun olursa, baykuşunla hemen bir mektup yolla, beni nerede bulacağını bilir... Yakında görüşürüz, Harry."

Tren istasyondan ayrıldı. Harry, gözden yok oluncaya kadar bakmak istedi Hagrid'e; koltuğundan kalkıp burnunu pencereye dayadı, gözlerini kırpıştırdı, Hagrid gitmişti.

ALTINCI BÖLÜM

Peron Dokuz Üç Çeyrek'ten Yolculuk

Harry'nin Dursley'lerle son ayı pek de keyifli geçmedi. Doğru, Dudley öyle korkuyordu ki Harry'den, onunla aynı odada kalmayı göze alamıyordu; Petunia Teyze ile Vernon Enişte de onu dolaba kapatmıyor, bir şey yapmaya zorlamıyor, ona bağırmıyordu – aslına bakılırsa, ağızlarını bile açmıyorlardı. Yarı korku, yarı öfkeyle, Harry'nin oturduğu koltukta sanki kimse yokmuş gibi boş boş bakıyorlardı. Birçok açıdan bir gelişmeydi bu, ama bir süre sonra sıkıcı olmaya başladı.

Pek çıkmadığı odasında Harry'ye yeni baykuşu arkadaşlık ediyordu. Harry, Hedwig diyordu ona, *Sihir Tarihi*'nde bulduğu bir addı bu. Ders kitapları çok ilginçti. Yatağında sırtüstü yatıp gece yarılarına kadar onları okuyordu, bu arada Hedwig açık pencereden dilediği gibi uçup gidiyor, canı isteyince de dönüyordu. Petunia Teyze'nin odayı süpürmeye gelmemesi de büyük şanstı doğrusu, çünkü Hedwig ölü fare getiriyordu boyuna. Harry her gece uykuya dalmadan önce, duvara astığı kâğıtta bir günün daha üstünü çiziyor, 1 Eylül'e ne kadar kaldığını hesaplıyordu.

Ağustosun son günü, ertesi gün King's Cross İstasyonu'na gitme konusunu teyzesiyle eniştesine açmayı düşündü, salona indi; Dursley'ler televizyonda bir yarışma programı seyrediyorlardı. Orada olduğunu belirtmek için boğazını temizledi; Dudley çığlık atarak odadan kaçtı.

"Şey – Vernon Enişte?"

Vernon Enişte seyrettiği programa homurdandı.

"Şey – yarın King's Cross'ta olmam gerekiyor – Hogwarts'a gitmek için."

Vernon Enişte bir daha homurdandı.

"Acaba siz beni götürebilir misiniz?"

Homurdanma. Harry, bunun evet anlamına geldiğini çıkardı.

"Teşekkür ederim."

Tam odasına çıkacaktı ki, Vernon Enişte konuştu.

"Büyücüler okuluna da trenle mi gidilirmiş! Uçan halıları güveler mi yemiş yoksa?"

Harry bir şey söylemedi.

"Neredeymiş bu okul?"

"Bilmiyorum," dedi Harry, daha önce hiç aklına gelmemişti bu. Cebinden Hagrid'in verdiği bileti çıkardı.

"Saat on birde Peron Dokuz Üç Çeyrek'ten kalkan trene bineceğim," dedi.

Teyzesiyle eniştesi gözlerini ona diktiler.

"Peron kaç?"

"Dokuz üç çeyrek."

"Saçmalama," dedi Vernon Enişte, "Peron Dokuz Üç Çeyrek diye bir şey olamaz."

"Bilette öyle yazıyor."

"Kudurmuş bunlar," dedi Vernon Enişte, "hepsi sapıtmış. Sen de anlayacaksın bunu. Gör de bak. Peki, King's Cross'a götürürüz seni. Yarın Londra'ya gideceğiz zaten, yoksa kılımı bile kıpırdatmazdım."

Harry, bir dostluk bağı kurmaya çalışarak, "Neden gidiyorsunuz Londra'ya?" diye sordu.

Vernon Enişte, "Dudley'yi hastaneye götürüyoruz," dedi. "Smeltings'e gitmeden önce kuyruğunun alınması gerek."

Harry ertesi sabah beşte uyandı; öylesine heyecanlı, öylesine tedirgindi ki, bir daha uyuyamadı. Kalkıp kot pantolonunu giydi, istasyona büyücü cüppesiyle gitmek istemiyordu çünkü – üstünü trende değiştirirdi. Gerekli her şey tamam mı diye Hogwarts listesini bir daha inceledi, Hedwig'i kafesine kapattı, sonra odada bir aşağı bir yukarı dolaşarak Dursley'lerin kalkmasını beklemeye başladı. İki saat sonra, Harry'nin büyük, ağır sandığı Dursley'lerin arabasına yüklenmiş, Petunia Teyze, Dudley'yi Harry'nin yanına oturtmuş, yola koyulmuşlardı.

On buçukta King's Cross'a vardılar. Vernon Enişte sandığı bir el arabasına yükledi, Harry'yle birlikte istasyona girdi. Harry'nin daha önce hiç tanık olmadığı bir incelikti bu; sonunda Vernon Enişte peronların önünde, suratında pis bir sırıtışla durdu.

"Eh, geldik işte, çocuk. Dokuz numaralı peron – on numaralı peron. Senin peron ikisinin arasında bir yerlerde olmalı, ama daha yapıp bitirememişler anlaşılan."

Haklı sayılırdı tabii. Peronların birinin başında kocaman bir plastik dokuz, yanındakinin başında da yine kocaman plastik bir on vardı; aralarında hiçbir şey yoktu.

Vernon Enişte, daha da pis bir sırıtışla, "Sana iyi dersler," dedi. Başka tek kelime söylemeden çekip gitti. Harry arkasına bakınca Dursley'lerin uzaklaştıklarını gördü. Üçü de gülüyordu. Harry'nin ağzı kurudu birden. Ne yapacaktı şimdi? Hedwig yüzünden, gelen geçen gülerek ona bakıyordu. En iyisi, birine sormaktı.

Oradan geçen bir görevliyi durdurdu, ama Peron Dokuz Üç Çeyrek'i sormaya cesaret edemedi. Hogwarts'ın adını bile duymamıştı görevli, Harry ülkenin hangi bölgesinde olduğunu bile söyleyemeyince, görevli onun kendisini işlettiğini sandı. Umutları kırılıyordu Harry'nin, saat on birde kalkacak treni sordu, ama görevli böyle bir tren olmadığını söyledi. Sonra da söylene söylene çekti gitti. Harry paniğe kapılmamaya çalışıyordu şimdi. Gelen trenlerin belirtildiği tabelanın üstündeki büyük saate bakılırsa, Hogwarts'a gidecek trene binmesi için sadece on dakikası kalmıştı; ne yapacağını bilemiyordu; istasyonun ortasında, kaldıramayacağı ağırlıkta bir sandıkla, bir yığın büyücü parasıyla, bir de koca bir baykuşla kalakalmıştı.

Hagrid, yapması gereken bir şeyi söylemeyi unutmuştu herhalde, Diagon Yolu'nun başındaki duvarın soldan üçüncü tuğlasına vurmak gibi bir şeyi. Acaba asasını çıkarıp dokuzuncu peronla onuncu peron arasındaki bilet gişesine birkaç kere vursa mıydı?

Tam o sırada arkasından birkaç kişi geçti, birtakım sözler geldi Harry'nin kulağına.

"- Muggle'larla dolu tabii -"

Harry hızla döndü. Tombul bir kadındı bu, hepsi de kızıl saçlı dört oğlanla konuşuyordu. Çocukların dördünde de, Harry'ninkine benzer birer sandık, birer de *baykuş* vardı.

Yüreği gümbür gümbür atarak, el arabasıyla onların peşine düştü Harry. Durdular, o da durdu – ne söylediklerini işitecek kadar yakınlarında.

Çocukların annesi, "Peronun numarası kaç?" diye sordu.

"Dokuz üç çeyrek," dedi küçük bir kız, o da kızıl saçlıydı, kadının elini tutmuştu. "Anneciğim, ben de gidebilir miyim?"

"Sen daha çok küçüksün, Ginny, uslu dur. Hadi, Percy, önce sen git."

Çocukların en büyüğü, dokuz ve on numaralı peronlara doğru yürüdü. Harry, bir şey kaçırmayayım diye, gözünü bile kırpmadan onu izledi – çocuk tam iki peronu ayıran bölmeye vardığında aralarına kalabalık bir turist topluluğu girdi; son sırt çantası çekilip ortalık açılınca, Harry çocuğun ortalarda olmadığını gördü.

Tombul kadın, "Sıra sende, Fred," dedi.

"Fred değilim ben, George'um," dedi çocuk. "Bir de kalkmış, annemiz olduğunu söylüyorsun! Daha adımı bile bilmiyorsun!"

"Özür dilerim, George."

"Şaka ediyordum, ben Fred'im," dedi çocuk, o da gitti. İkiz kardeşi çabuk olmasını seslendi arkasından; o da kardeşini dinledi anlaşılan, çünkü bir saniye içinde yok olmuştu – ama nasıl becermişti bunu?

Şimdi hızlı hızlı üçüncü kardeş yürüyordu bölmeye doğru – tam oraya varmıştı ki, o da ansızın kayıplara karıştı.

Başka çıkar yol kalmamıştı.

Harry, "Özür dilerim," dedi tombul kadına.

"Merhaba, yavrum," dedi kadın. "Hogwarts'a ilk gidişin mi? Ron da yeni."

Oğullarının sonuncusunu, en küçüklerini gösterdi. Uzun boylu, zayıf, leylek bacaklı, çilli, sivri burunlu bir çocuktu bu, elleriyle ayakları kocamandı.

"Evet," dedi Harry. "Bir şey soracaktım – ben – ben bilmiyorum -"

Kadın, "Perona nasıl gideceğini mi?" dedi gülümseyerek; Harry baş salladı.

"Kolay," dedi kadın. "Bütün yapacağın, dokuzuncuyla onuncu peronları ayıran bölmeye yürümek. Dosdoğru git, durma, bölmeye çarparım diye de korkma, bu çok önemli. Heyecanını bastıramıyorsan, koşar adım git. Hadi, Ron'dan önce seni yollayalım."

"Peki," dedi Harry.

El arabasını iterek çevirdi, bölmeye baktı. Pek sağlam görünüyordu.

Yürümeye başladı. Dokuzuncu, onuncu peronlara koşuşturanlar, onu iterek yol açtılar kendilerine. Harry adımlarını hızlandırdı. Bilet gişesine toslayacak, başı derde girecekti – el arabasını iterek koşuyordu şimdi – bölme yaklaşıyor, yaklaşıyordu – duramıyordu da – el arabası denetimden çıkmıştı – bir adım kalmıştı bölmeye – çarptı çarpacaktı – gözlerini yumdu -

Çarpmadı... koşmayı sürdürdü... gözlerini açtı.

İnsanlarla dolu bir peronda kırmızı bir buharlı tren bekliyordu. Tepelerindeki tabelada *Hogwarts Ekspresi, kalkış saati: 11* yazıyordu. Harry arkasına baktı, bilet gişesinin yerinde *Peron Dokuz Üç Çeyrek* yazılı demir işlemeli bir kemer vardı. Başarmıştı.

Lokomotiften yayılan duman kalabalığı sarmıştı, ayaklarının dibinde her renkten kediler koşuyordu. Baykuşlar, ağır sandıkların takırtıları, gıcırtıları arasında birbirlerini selamlıyordu.

İlk birkaç vagon öğrencilerle dolmuştu şimdiden, bazıları pencereden sarkmış, aileleriyle konuşuyor, bazıları da yer kavgası ediyordu. Harry boş bir yer bulabilmek için el arabasını iterek peron boyunca ilerledi. Yuvarlak yüzlü bir çocuğun yanından geçti; çocuk, "Yine kurbağamı kaybettim, nine," diyordu.

Harry, yaşlı kadının, "Ah, *Neville*," diye iç çektiğini duydu.

Perçemli bir çocuğun çevresini küçük bir kalabalık sarmıştı.

"Bir bakalım, Lee, ne olursun."

Çocuk kolunun altındaki kutunun kapağını açtı, içindeki şey uzun, kıllı bacağını uzatınca, herkes çığlık attı, haykırdı.

Harry kalabalığı yararak ilerledi, trenin arkalarında boş bir kompartıman buldu sonunda. Önce Hedwig'i koydu içeriye, sonra da sandığını ite kaka tren kapısına götürdü. Bir ucundan tutarak kaldırmaya çalıştı, basamağa koyacaktı, ama beceremedi, iki kere ayağının üstüne düşürdü.

"Yardım ister misin?" Bölmede arkasından gittiği kızıl saçlı ikizlerden biriydi bu.

"Evet, lütfen," diye soludu Harry.

"Hey, Fred! Gel de yardım et!"

İkizlerin yardımıyla, Harry'nin sandığı trene çıkarılıp kompartımanın bir köşesine konuldu.

Gözlerine düşen terli saçlarını arkaya iterek, "Sağ olun," dedi Harry.

İkizlerden biri, ansızın, Harry'nin alnındaki izi göstererek, "Nedir bu?" diye sordu.

Öteki ikiz, "Vay canına!" dedi. "Yoksa sen -?"

"Evet, o," dedi ikizlerden ilki. Harry'ye döndü: "Öyle değil mi?"

"Ne öyle değil mi?" diye sordu Harry.

İkizler, bir ağızdan, *"Harry Potter!"* diye haykırdılar.

"Haa, o mu," dedi Harry. "Yani – evet – ben oyum."

İki çocuk da hayranlıkla gözlerini diktiler ona, Harry kıpkırmızı kesildi. Neyse ki, trenin açık kapısından bir ses geldi de, o sıkıntılı durumdan kurtuldu.

"Fred? George? Orada mısınız?"

"Geliyoruz, anne."

İkizler Harry'ye son bir kez göz atarak trenden atladılar.

Pencerenin yanına oturdu Harry, kendini yarı gizleyerek perondaki kızıl saçlı aileyi gözetledi, neler konuşulduğuna kulak kabarttı. Anneleri mendilini çıkarmıştı.

"Ron, burnunda bir şey var."

Çocukların en küçüğü geri çekilmeye çalıştı, ama annesi yakaladı onu, burnunun ucunu silmeye başladı.

"Anne – bırak." Silkinerek kurtuldu.

İkizlerden biri, "Aaah, bastıbacak Ronnie'nin burnunda bir şey mi var?" dedi.

"Kes sesini," dedi Ron.

Anneleri, "Percy nerede?" dedi.

"Şimdi geliyor."

Çocukların en büyüğü belirdi. Dalgalı siyah Hogwarts cüppesini geçirmişti sırtına; Harry cüppenin göğsünde, üstünde *SB* harfleri yazılı, pırıl pırıl gümüş bir rozet gördü.

"Fazla kalamam, anne," dedi Percy. "Öndeyim, Sınıf Başkanlarına ayrılmış iki kompartıman var -"

İkizlerden biri, son derece şaşırmış gibi, *"Sınıf Başkanı* mısın sen?" dedi. "Bilmiyorduk, daha önce söyleseydin ya."

"Bir dakika," dedi öteki ikiz, "galiba bu konuda bir şeyler söylemişti. Bir kere -"

"Ya da iki kere -"

"Bir dakika -"

"Yaz boyunca -"

"Eeh, kesin artık," dedi Sınıf Başkanı Percy.

İkizlerden biri, "Nasıl oluyor da, yeni bir cüppe alınıyor ona?" dedi.

Keyifle, "O, *Sınıf Başkanı* çünkü," dedi anneleri. "Peki, canım, güzel bir ders yılı dilerim sana – oraya varınca bir baykuşla haber yolla."

Percy'yi yanaklarından öptü, Percy gitti. Anne, ikizlere döndü sonra.

"Şimdi, siz ikiniz – bu yıl uslu durun. Eğer bir baykuş daha haber getirirse – tuvaleti taşırdığınıza dair ya da -"

"Tuvaleti taşırmak mı? Hiç böyle bir şey yapmadık ki."

"Yine de iyi fikir, anne, sağ ol."

"Hiç de komik değil. Ron'a da göz kulak olun."

"Merak etme, bastıbacak Ronnie bizim yanımızda güvende."

Ron, "Kes sesini," dedi yine. Boyu neredeyse ikizler kadar uzundu, annesinin sildiği burnu hâlâ pembeydi.

"Hey, anne, bil bakalım! Bil bakalım trende kimi gördük?"

Harry, baktığını görmesinler diye hemen geri çekildi.

"Hani istasyonda yanımızda duran o siyah saçlı çocuk vardı ya? Kimmiş o, biliyor musun?"

"Kimmiş?"

"Harry Potter!"

Küçük kızın sesini duydu Harry.

"Ah, anne, trene çıkıp görebilir miyim onu, anne, n'olursun..."

"Daha önce gördün ya, Ginny, hem bundan hoşlanmaz, hayvanat bahçesinde maymun mu seyrediyorsun? Gerçekten o mu, Fred? Nereden biliyorsun?"

"Kendisine sordum. İzi gördüm. Tam alnında – şimşek gibi."

"Zavallı *yavrucak* – yapayalnızdı. Şaşırmıştım ben de. Perona nasıl gidileceğini sorarken öyle terbiyeliydi ki."

"Bırak şimdi onu, acaba Kim-Olduğunu-Bilirsin-Sen'in nasıl biri olduğunu hatırlıyor mudur?"

Anneleri birdenbire sertleşti.

"Bunu sormanı yasaklıyorum, Fred. Sakın bunu sorayım deme ona. Okuldaki ilk gününde bunu hatırlatman pek gerekiyormuş gibi."

"Tamam, sinirlenme."

Bir düdük öttü.

"Hadi, çabuk olun!" dedi kadın, üç çocuk trene bindi. Anneleri yanaklarına güle güle öpücüğü kondursun diye pencereden eğildiler, küçük kız ağlamaya başladı.

"Ağlama, Ginny, sana bir sürü baykuş yollarız."

"Sana Hogwarts'tan bir de tuvalet kapağı göndeririz."

"*George!*"

"Şaka ediyordum, anne."

Tren hareket etti. Harry çocukların annelerinin el salladığını, kardeşlerinin de yarı gülerek, yarı ağlayarak trenin yanı sıra koştuğunu gördü; kız koştu, koştu, sonunda tren hızlanınca geride kaldı, el salladı.

Harry, tren köşeyi dönünce anneyle kızın gözden yok olduğunu gördü. Pencerenin önünden evler geçiyordu hızla. Yüreğinin büyük bir heyecanla kabardığını duydu Harry. Başına neler geleceğini bilmiyordu – ama geride bıraktıklarından daha kötü şeyler yaşamayacağı kesindi.

Kompartımanın kapısı açıldı, kızıl saçlı çocukların en küçüğü girdi içeri.

Harry'nin karşısındaki koltuğu göstererek, "Kimse oturuyor mu burada?" diye sordu. "Her yer dolu."

Harry iki yana salladı başını, çocuk oturdu. Harry'ye bir göz attı, sonra hiç ona bakmamış gibi, birdenbire pencereden dışarıyı seyretmeye koyuldu. Harry, burnundaki siyah lekenin hâlâ silinmemiş olduğunu gördü.

"Hey, Ron!"

İkizler gelmişlerdi.

"Bak, biz trenin ortasına gidiyoruz – Lee Jordan'da dev bir tarantula örümceği var."

"Peki," diye mırıldandı Ron.

"Harry," dedi öteki ikiz, "kendimizi tanıtmış mıydık? Biz Fred ve George Weasley. Bu da kardeşimiz Ron. Sonra görüşürüz."

Harry'yle Ron, "Güle güle," dediler. İkizler çıkıp kompartıman kapısını kapattılar.

Ron dayanamadı artık, "Sen sahiden Harry Potter mısın?" diye sordu.

Harry baş salladı.

"İyi öyleyse – Fred'le George'un şakalarından biri sanmıştım," dedi Ron. "Sahiden orada -"

Harry'nin alnını gösterdi.

Harry, şimşek biçimindeki yara izini göstermek için saçını geriye attı. Ron uzun uzun baktı.

"Demek Kim-Olduğunu-Bilirsin-Sen tam oraya -?"

"Evet," dedi Harry, "ama hatırlamıyorum."

Ron, merakla, "Hiçbir şey hatırlamıyor musun?" dedi.

"Şey – bir sürü yeşil ışık hatırlıyorum, ama o kadar."

"Vay canına!" dedi Ron. Oturup Harry'ye baktı bir an, sonra ne yaptığının farkına varmış gibi, ansızın pencereden dışarıyı seyretmeye koyuldu yine.

Ron Harry'yi ne kadar ilginç bulmuşsa, Harry de Ron'u o kadar ilginç bulmuştu, "Bütün ailen büyücü mü?" diye sordu.

"Şey – galiba öyle," dedi Ron. "Annemin bir küçük kuzeni var sadece, muhasebeci, ama ondan da hiç söz etmeyiz."

"Öyleyse şimdiden birtakım büyüler biliyorsundur."

Diagon Yolu'ndaki solgun yüzlü çocuğun sözünü ettiği köklü büyücü ailelerden biriydi Weasley'ler.

"Muggle'larla yaşadığını duymuştum," dedi Ron. "Nasıl insanlar onlar?"

"Korkunç – şey, hepsi değil tabii. Ama teyzem de, eniştem de, kuzenim de korkunç. Keşke benim de üç büyücü kardeşim olsaydı."

"Beş," dedi Ron. Nedense kederlenivermişti. "Ben ailemde

Hogwarts'a giden altıncı kişiyim. Çok şey gördüm sayılır. Bill'le Charlie mezun oldular – Bill Öğrenciler Başkanı'ydı, Charlie de Quidditch kaptanı. Şimdi Percy Sınıf Başkanı. Fred'le George yaramazdır, ama dersleri iyidir, herkesi eğlendirirler. Benim de onlar gibi olmamı istiyorlar, ama onlar gibi olmamın bir anlamı yok ki, her şeyi ilk yapan onlar çünkü. Beş kardeşin varsa, zaten hiçbir şeyin yeni olamaz. Bana Bill'in eski cüppelerini, Charlie'nin eski asasını, Percy'nin eski faresini verdiler."

Ron elini iç cebine atıp, uyuklayan şişman, külrengi bir fare çıkardı.

"Adı Scabbers, bir işe yaramıyor, uyandığı yok ki. Babam, Sınıf Başkanı seçildiği için Percy'ye bir baykuş aldı, ama para bittiği- neyse, bana da Scabbers kaldı."

Ron'un kulakları pembeleşti. Çok konuştuğunu düşünüyordu galiba, çünkü yine pencereden bakmaya başladı.

Harry, baykuş alacak kadar para kalmamasının hiç de ayıp bir şey olmadığını düşünüyordu. Bir ay öncesine kadar onun da hiç parası olmamıştı, Ron'a hepsini anlattı, Dudley'nin eskilerini giydiğini, doğum gününde hiç dişe dokunur bir armağan almadığını. Ron'un keyfi yerine gelir gibi oldu.

"... Hagrid bana söyleyinceye kadar, ne büyücülükten haberim vardı, ne anne babamdan, ne de Voldemort'dan -"

Ron'un soluğu tıkanır gibi oldu.

"Ne oldu?" dedi Harry.

"Kim-Olduğunu-Bilirsin-Sen'in adını söyledin!" dedi Ron, hem şaşırmışa hem etkilenmişe benziyordu. "Her şey aklıma gelirdi de, senin -"

"Bu adı söyleyerek ne kadar *cesur* olduğumu kanıtlamaya filan çalışmıyorum," dedi Harry. "Söylenmemesi gerektiğini bilmiyordum. Ne demek istediğimi anlıyor musun? Öğreneceğim daha dünya kadar şey var... herhalde," diye ekledi; uzun süredir kafasına takılan bir şeyi dile getiriyordu. "Sınıfta en kötü öğrenci galiba ben olacağım."

"Olmayacaksın. Muggle ailelerden gelen bir sürü öğrenci var, her şeyi çabucak öğreniyorlar."

Onlar konuşadursun, tren Londra dışına çıkmıştı. Şimdi ineklerle, koyunlarla dolu otlaklardan geçiyorlardı hızla. Bir süre konuşmadılar, tarlaların, patikaların yıldırım hızıyla geçişini seyrettiler.

Saat yarıma doğru büyük bir şangırtı koptu koridorda, güleç yüzlü, gamzeli bir kadın kompartımanın kapısını açıp, "Seyyar büfeden bir şey ister misiniz, yavrularım?" dedi.

Kahvaltı etmemişti Harry, ayağa fırladı, ama kulakları yine pespembe kesilen Ron sandviç getirdiğini mırıldandı. Harry koridora çıktı.

Dursley'lerle otururken şeker almak için hiç parası olmamıştı, şimdi ise cepleri taşıyabileceği kadar Mars gofreti almaya yetecek altınlarla, gümüşlerle doluydu – ama Mars gofreti yoktu kadında. Harry'nin daha önce ömründe görmediği Bertie Botts'un Binbir Çeşit Fasulye Şekerlemesi, Balonlu Yıldız Çikleti, Çikolatalı Kurbağa, Balkabağı Poğaçası, Kazan Pastası, Meyankökü Asası ve buna benzer garip şeyler vardı. Hepsinden tatmak istiyordu Harry, ne varsa biraz biraz aldı, kadına on bir gümüş Sickle ve yedi bronz Knut verdi.

Aldıklarını kompartımana getirip boş bir koltuğa yığarken, Ron şaşkınlıkla seyretti onu.

"Çok acıktın galiba."

Harry, balkabağı poğaçasından bir ısırık alırken, "Açlıktan ölüyorum," dedi.

Ron koca bir çıkın çıkarıp açmıştı. Dört sandviç vardı çıkının içinde. Birini kenara koyarak, "Konserve sığır eti sevmediğimi hep unutur," dedi.

Harry bir poğaça uzatarak, "İstersen değiş tokuş edelim," dedi. "Hadi -"

"Bunu istemezsin ki, kupkuru," dedi Ron. "Pek vakti olmuyor," diye ekledi aceleyle, "beşimize birden yetişemiyor."

"Hadi, bir poğaça al," dedi Harry, daha önce ne o kimseyle, ne de kimse onunla bir şey paylaşmıştı. Orada oturup Harry'nin poğaçalarını, pastalarını, bütün aldıklarını birlikte yemek ne güzel bir duyguydu (sandviçler bir kenara atılıp unutulmuştu).

Çikolatalı Kurbağa paketini göstererek, "Nedir bu?" diye sordu Harry. "*Sahici* kurbağa değiller ya?" Artık dünyada hiçbir şey şaşırtmayacaktı onu.

"Hayır," dedi Ron. "Ama içindeki karta bak bakalım. Bende Agrippa eksik."

"Ne?"

"Sahi, bilmiyorsun tabii – Çikolatalı Kurbağaların içinden kart çıkar, biriktirirsin – Ünlü Cadılar ve Büyücüler. Beş yüz tane kadar var bende, ama Agrippa ile Ptolemy eksik."

Harry, Çikolatalı Kurbağa paketini açıp içindeki kartı çıkardı. Bir adamın yüzü vardı kartta. Dar çerçeveli bir gözlük takmıştı adam, kemerli upuzun bir burnu, dümdüz kır saçları, sakalı, bir de bıyığı vardı. Resmin altında adı yazılıydı: *Albus Dumbledore.*

"Demek Dumbledore buymuş!"

"Daha önce Dumbledore adını hiç duymadın mı yoksa?" dedi Ron. "Bir kurbağa da ben alabilir miyim? Belki Agrippa bulurum –sağ ol -"

Harry kartın arkasını çevirip okumaya başladı:

Albus Dumbledore, Hogwarts Müdürü.

Birçok kişi tarafından modern zamanların en büyük büyücüsü olarak kabul edilen Profesör Dumbledore, özellikle 1945'te kara büyücü Grindelwald'ı yenmesiyle, ejderha kanının on iki ayrı konuda kullanılışını bulmasıyla ve arkadaşı Nicolas Flamel'la simya konusunda yürüttüğü çalışmalarla ünlüdür. Profesör Dumbledore oda müziğinden ve on lobutlu bowlingden hoşlanmaktadır.

Harry kartı bir daha çevirdi, Dumbledore'un yüzünün yok olduğunu görünce şaşırdı.

"Gitmiş!"

"Eee, bütün gün burada kalamaz ya," dedi Ron. "Geri gelir nasıl olsa. Off, bir Morgana daha, altı tane Morgana'm oldu... sen ister misin? Toplamaya başlayabilirsin."

Ron'un gözleri, açılmayı bekleyen Çikolatalı Kurbağa paketlerine dikilmişti.

"Keyfine bak," dedi Harry. "Ama, biliyor musun, Muggle'lar dünyasında insanlar fotoğraflardan çekip gitmezler."

Ron, şaşkınlıkla, "Sahi mi?" dedi. "Hiç kıpırdamazlar mı yani? *Tuhaf!*"

Harry, Dumbledore'un yeniden dönüp karta yerleştiğini ve kendisine belli belirsiz gülümsediğini gördü. Ron'u, Ünlü Cadılar ve Büyücüler kartlarına bakmak değil de, kurbağaları yemek daha çok ilgilendiriyordu anlaşılan, ama Harry gözlerini kartlardan ayıramıyordu. Kısa sürede Dumbledore ile Morgana'nın yanı sıra Woodcroftlu Hengist'i, Alberic Grunnion'ı, Circe'si, Paracelsus'u, Merlin'i de oldu. Sonunda, burnunu kaşıyıp duran Kelt rahibelerinden Cliodna'yı bir yana bırakıp Bertie Botts'un Binbir Çeşit Fasulye Şekerlemelerinden birini açtı.

Ron, Harry'yi, "Çok dikkatli olmalısın," diye uyardı. "Binbir çeşit diyorlar ya, gerçekten binbir çeşittir, her tatta şekerleme vardır içinde – çikolatalı, naneli, marmelatlı şekerlemelerin yanı sıra ıspanaklı, karaciğerli, işkembeli şekerlemeler de çıkabilir. George, umacı tadında bir şekerleme bile yemiş, öyle diyor."

Ron bir yeşil fasulye aldı eline, dikkatle baktı, ucundan ısırdı. "Pöff – gördün mü? Lahana."

Binbir çeşit şekerlemeden epeyce yediler. Harry'nin kısmetine kızarmış ekmekli, hindistan cevizli, kurufasulyeli, çilekli, körili, çimenli, kahveli, sardalyeli şekerlemeler çıktı; Ron'un el sürmeyi göze alamadığı tuhaf, gri bir şekerlemeyi yemeye bile cesaret etti Harry – o da biberli çıktı.

Pencerenin önünden akıp giden manzara gittikçe yabansılaşıyordu şimdi. O düzenli tarlalar yoktu artık. Onların yerini korular, kıvrılarak akan ırmaklar, koyu yeşil tepeler almıştı.

Kompartımanın kapısı vuruldu, Peron Dokuz Üç Çeyrek'te Harry'nin yanından geçen yuvarlak yüzlü çocuk girdi içeri. Dokunulsa ağlayacak gibiydi.

"Özür dilerim," dedi, "bir kurbağa gördünüz mü?"

Harry'yle Ron başlarını iki yana sallayınca, inlemeye başladı çocuk. "Yitirdim onu! Boyuna benden kaçıyor!"

"Bir yerden çıkar," dedi Harry.

Çocuk yıkılmıştı sanki. "Peki," dedi. "Görecek olursanız..."

Çıkıp gitti.

"Niye o kadar üzülüyor, anlamadım," dedi Ron. "Eğer ben bir kurbağa getirseydim, onu hemencecik yitirmeye bakardım. Neyse, ben de Scabbers'ı getirdim, konuşmam doğru olmaz."

Fare, Ron'un kucağında hâlâ uyukluyordu.

Ron, tiksintiyle, "Ölecek olsa farkına bile varmazsın," dedi. "Dün rengini sarıya çevirmeye çalıştım, daha ilginç olsun diye, ama büyü işe yaramadı. Bak, göstereyim sana..."

Sandığını karıştırıp eski mi eski bir asa çıkardı. Her yanı çentik çentikti, ucunda da beyaz bir şey parlıyordu.

"Tek boynuzlu at kılı – neredeyse çıkacak içinden. Neyse -"

Asasını tam kaldırmıştı ki, kompartımanın kapısı açıldı. Kurbağası kaçan çocuk gelmişti yine, yanında da bir kız vardı. Kız, yeni Hogwarts cüppesini giymişti bile.

"Bir kurbağa gören oldu mu? Neville kurbağasını yitirmiş," dedi. Sesi buyururcasına çıkıyordu, gür kahverengi saçları vardı, ön dişleri oldukça iriydi.

"Görmediğimizi daha önce söyledik ona," dedi Ron, ama kız onu dinlemiyordu bile, elindeki asaya bakıyordu.

"Büyü mü yapıyorsun? Görelim bakalım."

Oturdu. Ron köşeye kıstırılmıştı.

"Şey – peki öyleyse."

Boğazını temizledi.

"Gün ışığı, nergis, çimen, papatya, bu şişko fareyi çevir sarıya."

Asasını salladı, ama bir şey olmadı. Scabbers hâlâ külrengiydi, mışıl mışıl uyuyordu.

"Bu gerçek bir büyü mü sence?" dedi kız. "Pek işe yaramadı, öyle değil mi? Ben, alıştırma olsun diye, birkaç basit büyü denedim, hepsinden de sonuç aldım. Ailemde kimsenin büyüyle ilgisi yok, bana mektup geldiğinde hepimiz şaşırdık, ama çok sevindim, ne de olsa en iyi büyücülük okulu bu, öyle diyorlar – ders kitaplarını şimdiden ezberledim, sanırım bu kadarı yeterli – sahi, benim adım Hermione Granger, siz kimsiniz?"

Bütün bunları hızlı hızlı söylemişti.

Harry Ron'a baktı, onun da ders kitaplarını ezberlemediği şaşkın yüzünden belliydi, bunu görmek Harry'yi rahatlattı.

"Ben Ron Weasley," diye mırıldandı Ron.

"Harry Potter," dedi Harry.

"Sahi mi?" dedi Hermione. "Senin hakkında her şeyi biliyorum tabii – birkaç tane de yardımcı kitap aldım, senin adın *Çağdaş Sihir Tarihi*'nde, *Karanlık Sanatların Yükselişi ve Çöküşü*'nde, bir de *Yirminci Yüzyılın Büyük Büyücülük Olayları*'nda geçiyor."

Harry, şaşkınlık içinde, "Öyle mi?" dedi.

"Hoppala," dedi Hermione, "bilmiyor muydun? Ben olsam, hakkımda yazılmış her şeyi öğrenmeye çalışırdım. Hangi binada kalacağınız belli mi? Ben soruşturup durdum, keşke Gryffindor'a verseler, en iyisi orasıymış, Dumbledore da orada kalmış, ama Ravenclaw de fena değilmiş galiba... Neyse, biz gidip Neville'in kurbağasını arayalım. Siz de giyinseniz artık, neredeyse geliyoruz."

Kurbağasız çocuğu sürükleyerek çıktı.

"Aman," dedi Ron, "onun olmadığı bir binaya versinler de, hangisine verirlerse versinler." Asasını sandığa koydu yine. "Bu da tam palavra – George verdi, işe yaramadığını bile bile."

Harry, "Kardeşlerin hangi binada kalıyor?" diye sordu.

"Gryffindor'da," dedi Ron. Kederlere bürünmüştü yine. "Annemle babam da orada kalmış. Beni oraya vermezlerse kim bilir ne düşünürler. Ravenclaw de fena değil galiba, ama Slytherin'e verirlerse yandım."

"Vol- yani, Kim-Olduğunu-Bilirsin-Sen de oradaymış, değil mi?"

"Öyle," dedi Ron. Keyfi kaçmıştı, arkasına yaslandı.

Harry, Ron'un kafasını başka konulara çekmek için, "Biliyor musun," dedi, "Scabbers'ın bıyıklarının ucu daha açık renk. Ağabeylerin mezun olduklarına göre, şimdi ne yapıyorlar?"

Harry, bir büyücünün okulu bitirdikten sonra ne yaptığını merak ediyordu.

"Charlie Romanya'da, ejderhaları inceliyor. Bill de Afrika'da Gringotts için çalışıyor," dedi Ron. "Gringotts'u duydun mu? *Gelecek Postası*'nda yazıyordu, ama Muggle'lar o gazeteyi bilmezler – birileri sımsıkı korunan bir kasayı soymaya kalkmış."

Harry gözlerini dikti ona.

"Sahi mi? Peki, ne yapmışlar onlara?"

"Hiçbir şey, bu yüzden gazeteye geçmişti. Yakalanmamışlar. Babamın söylediğine bakılırsa, bunu yapsa yapsa ancak bir Kara büyücü yapar, Gringotts'a ancak o yaklaşabilir, ama bir şey almamışlar, garip olan da bu zaten. Tabii böyle bir şey olunca, arkasında Kim-Olduğunu-Bilirsin-Sen vardır diye herkes korkuyor."

Harry kafasında bu haberi değerlendirmeye çalıştı. Kim-Olduğunu-Bilirsin-Sen'in adı ne zaman geçse, içinde bir korku uyanıyordu. Herhalde büyü dünyasına girmenin yarattığı bir şeydi bu, "Voldemort" yerine "Kim-Olduğunu-Bilirsin-Sen" demek, o korkuyu biraz olsun hafifletiyordu sanki.

Ron, "Sen hangi Quidditch takımını tutuyorsun?" diye sordu.

Harry, "Şey – hiçbirini bilmiyorum ki," demek zorunda kaldı.

"Ne?" Şaşkınlıktan kalakalmıştı Ron. "Gör de bak, dünyanın en güzel oyunudur-" Sonra dört topla nasıl oynandığını, yedi oyuncunun neler yaptığını, kardeşleriyle gittiği unutulmaz maçları, parası olunca ne tür bir süpürge alacağını anlattı. Tam oyunun inceliklerine geçmişti ki, kompartımanın kapısı açıldı yine, ama bu kez gelenler ne kurbağasını yitiren Neville'di, ne de Hermione Granger'dı.

Üç çocuk girdi içeri, Harry ortadakini hemen tanıdı: Madam Malkin'in dükkânındaki solgun yüzlü çocuktu bu. Harry'ye Diagon Yolu'nda gösterdiğinden çok daha fazla bir ilgiyle bakıyordu.

"Doğru mu?" dedi. "Bütün trende söylüyorlar, Harry Potter bu kompartımandaymış diye. Demek sensin o?"

"Evet," dedi Harry. Öteki çocuklara bakıyordu. İkisi de iriyarıydı, son derece kötü kalpliye benziyorlardı. Solgun yüzlü çocuğun iki yanında, onun korumaları gibi duruyorlardı.

Harry'nin onlara baktığını gören solgun yüzlü çocuk, "Sahi, bu Crabbe, bu da Goyle," dedi. "Benim adım da Malfoy, Draco Malfoy."

Ron hafifçe öksürdü, bu öksürüğün arkasında alay gizliydi sanki. Draco Malfoy ona baktı.

"Adım pek mi komik? Senin kim olduğunu sormama gerek yok. Babam bütün Weasley'lerin kızıl saçlı, çilli olduklarını, yetiştirebileceklerinden çok daha fazla çocuk yaptıklarını anlatmıştı."

Harry'ye döndü yine.

"Bazı büyücü ailelerin ötekilerden üstün olduğunu yakında anlayacaksın, Potter. Yanlış kimselerle arkadaşlık kurmaktan vazgeçersen, yardıma hazırım."

Tokalaşmak için elini uzattı Harry'ye, ama Harry onun elini sıkmadı.

Soğuk bir sesle, "Neyin doğru, neyin yanlış olduğuna ben kendim karar verebilirim, sağ ol," dedi.

Draco Malfoy kıpkırmızı kesilmedi, ama solgun yanakları hafifçe pembeleşti.

Ağır ağır, "Senin yerinde olsam, ayağımı denk alırdım, Potter," dedi. "Terbiyeni takınmazsan, sonun annenle babanın sonuna benzer. Onlar da kendileri için neyin iyi neyin kötü olduğunu bilmiyorlardı. Weasley'ler gibi ayaktakımıyla ya da Hagrid gibilerle arkadaşlık edersen, cezanı çekersin."

Harry'yle Ron ayağa kalktılar. Ron'un suratı da saçları gibi kıpkızıl kesilmişti.

"Sen bir daha söylesene şunu," dedi.

Malfoy, burnunu çekerek, "Ne o, bizimle kavga mı edeceksin yoksa?" dedi.

"Şimdi çekip gitmezsen, evet," dedi Harry; Crabbe de, Goyle da, hem kendisinden hem Ron'dan çok daha iriydi, ama yüreğine bir cesaret gelmişti.

"Ama gitmek istemiyoruz ki, öyle değil mi, çocuklar? Yemeğimizi yedik bitirdik, burada daha bir sürü yiyecek var."

Goyle, Ron'un yanındaki Çikolatalı Kur-bağalara uzandı – Ron atıldı, ama daha ona elini bile sürmeden Goyle korkunç bir çığlık attı.

Parmağının ucundan Scabbers sarkıyordu, fare keskin dişlerini Goyle'un kemiğine kadar batırmıştı – Goyle uluyarak Scabbers'ı sallayıp dururken, Crabbe ile Malfoy gerilediler, sonunda parmaktan kurtuldu Scabbers, havada uçup pencerenin camına çarptı, üç çocuk da hemen yok oldular. Şekerler arasında başka fareler olduğunu sanıyorlardı belki, belki de ayak sesleri duymuşlardı, çünkü bir saniye sonra Hermione Granger çıkageldi.

Yerlere saçılmış şekerlere, Scabbers'ı kuyruğundan tutup kaldıran Ron'a bakarak, "Ne oluyor burada?" diye sordu.

Ron, "Galiba bayılmış," dedi Harry'ye. Scabbers'a daha yakından baktı. "Hayır – bayılmamış – uykuya dalmış yine."

Gerçekten de uyuyakalmıştı.

"Malfoy'u daha önce tanıyor muydun?"

Harry, Diagon Yolu'ndaki karşılaşmalarını anlattı.

Ron, esrarengiz bir sesle, "Ailesinden söz edildiğini duymuştum," dedi. "Kim-Olduğunu-Bilirsin-Sen yok olduktan sonra bizim safımıza ilk geçen ailelerden biriymiş. Kendilerine büyü yapıldığını söylemişler. Babam inanmıyor buna. Malfoy'un babasının Karanlık Yan'a kendi isteğiyle katıldığını söylüyor." Hermione'ye döndü. "Bir şeyler yemez miydin?"

"Siz acele edin de cüppelerinizi giymeye bakın, biraz önce öne gidip makinistle konuştum, pek az yolumuz kalmış. Siz kavga mı ettiniz yoksa? Daha okula bile varmadan birbirinize girmişsiniz!"

Ron, suratını asarak, "Biz kavga etmedik, Scabbers etti," dedi. "Şimdi biz üstümüzü değişirken çıkar mısın?"

Hermione, genizden gelen bir sesle, "Peki," dedi. "Kendimi buraya attım, çünkü dışarıdakiler çocukça davranıyorlar, koridorda koşup duruyorlar. Senin de burnunda leke var, farkında mısın?"

Onun arkasından öfkeyle baktı Ron. Harry pencereden dışarıya göz attı. Hava kararıyordu. Mosmor göğün altındaki dağları, ormanları görebiliyordu. Tren gerçekten yavaşlıyor gibiydi.

Ron'la ceketlerini çıkarıp uzun siyah cüppelerini giydiler. Ron'unki biraz kısaydı, eteğinin altından lastik ayakkabıları görülebiliyordu.

Trende bir ses yankılandı: "Beş dakika içinde Hogwarts'ta olacağız. Lütfen eşyalarınızı trende bırakın, onlar okula ayrıca götürülecektir."

Harry'nin midesi kasıldı heyecandan, Ron'un çilli yüzü de bembeyaz kesilmişti. Kalan şekerleri ceplerine doldurup koridordaki kalabalığa katıldılar.

Tren yavaşladı, yavaşladı, sonunda durdu. Herkes kapılara saldırıp küçük, karanlık bir perona indi. Harry soğuk gece havasında ürperdi. Tepelerinde bir lambanın ışığı belirdi ansızın, Harry tanıdık bir ses duydu: "Birinci sınıflar! Birinci sınıflar buraya! İyisin ya, Harry?"

Bir kafalar denizi üstünde Hagrid'in kocaman, kıllı suratı belirdi.

"Hadi, peşimden gelin – başka birinci sınıf var mı? Adımlara dikkat! Birinci sınıflar peşimden gelsin!"

Kaya sendeleye, dik, daracık bir patikada Hagrid'i izlediler. İki yan da öylesine karanlıktı ki, Harry oralarda koca ağaçlar olduğunu düşündü. Kimse pek konuşmuyordu. Boyuna kurbağasını yitiren Neville bir iki kere burnunu çekti.

Hagrid, omuzunun üstünden, "Bir saniye sonra Hogwarts'ı ilk defa göreceksiniz," diye seslendi, "hemen şurayı dönünce."

Bir "Ooooo!" yükseldi çocuklardan.

Dar patika ansızın büyük, siyah bir gölün kıyısına açılmıştı. Karşı yakadaki yüksek bir dağın tepesinde, yıldızlı göğün altında, ışıklı pencereleri, bir sürü kulesiyle dev bir şato vardı.

Kıyıda bekleyen kayıklar filosunu göstererek, "Dörder kişiden fazla binilmeyecek!" diye seslendi Hagrid. Harry'yle Ron'un kayığına Neville'le Hermione de bindiler.

Tek başına bir kayığa kurulan Hagrid, "Herkes tamam mı?" diye bağırdı. "Peki öyleyse – İLERİ!"

Kayıklar filosu, cam kadar düzgün gölün üstünde kayarak ilerlemeye başladı ansızın. Kimse konuşmuyordu, herkes tepedeki büyük şatoya bakıyordu. Şato, yükseldiği yamaca yaklaşıldıkça daha da büyüyordu sanki.

Baştaki kayıklar yamaca varınca, "Eğin kafalarınızı!" diye bağırdı Hagrid; herkes kafasını eğdi, kayıklar yamacın önündeki girişi perdeleyen sarmaşıklar arasından kaydı. Şatonun altına kadar uzanan karanlık tünelden geçip bir yeraltı rıhtımına yanaştılar, kayalara, çakıllara çıktılar.

Onlar karaya ayak basarken kayıkları denetleyen Hagrid, "Hey, sen! Senin kurbağan mı bu?" dedi.

Neville, ellerini uzatarak, "Trevor!" diye haykırdı sevinçle. Sonra Hagrid'in lambasını izleyerek kayadaki bir geçidi tırmandılar, sonunda, şatonun gölgesinde uzanan düzgün, nemli bir çimenliğe vardılar.

Taş basamakları çıkıp meşeden yapılmış kocaman bir kapının önünde toplandılar.

"Herkes burada mı? Sen, oradaki, kurbağan yanında mı?"

Dev yumruğunu kaldırdı Hagrid, şato kapısına üç kere vurdu.

YEDİNCİ BÖLÜM

Seçmen Şapka

Kapı hemen açıldı. Zümrüt yeşili bir cüppe giymiş uzun boylu, siyah saçlı bir büyücü kadın duruyordu karşılarında. Çok sert bir yüzü vardı, Harry'nin aklına gelen ilk şey, bu kadınla ters düşülmemesi gerektiği oldu.

"Birinci sınıflar, Profesör McGonagall," dedi Hagrid.

"Teşekkür ederim, Hagrid. Bana bırak artık."

Kapıyı ardına kadar açtı. Giriş Salonu öylesine büyüktü ki, içine Dursley'lerin evi bile sığabilirdi. Taş duvarlar, Gringotts'ta olduğu gibi, meşalelerle aydınlatılıyordu, tavan ise görülemeyecek kadar yüksekti, tam karşılarındaki görkemli mermer merdiven üst katlara çıkıyordu.

Taş döşeli salonda Profesör McGonagall'ı izlediler. Harry sağdaki kapının arkasından yüzlerce sesin oluşturduğu uğultuyu duyabiliyordu – okuldakilerin geri kalanı oradaydı herhalde – ama Profesör McGonagall onları salonun yanındaki küçük, boş bir odaya götürdü. İçeri girip birbirlerine her zamankinden daha çok sokuldular, çevrelerine baktılar tedirginlikle.

"Hogwarts'a hoş geldiniz," dedi Profesör McGonagall. "Ders yılı başlangıcı şöleni biraz sonra başlayacak, ama Büyük Salon'da yerlerinizi almadan önce seçim yapılacak, hangi binalara verileceğiniz saptanacak. Seçim son derece önemli bir törendir, çünkü burada kaldığınız sürece, binanız Hogwarts'taki aileniz gibi olacak. Derslere kendi binanızdakilerle gireceksiniz, kendi binanızın yatakhanesinde uyuyacaksınız, boş vakitlerinizi binanızın ortak salonunda geçireceksiniz.

"Dört bina var; adları Gryffindor, Hufflepuff, Ravenclaw ve Slytherin. Her binanın kendi soylu tarihi var, her bina çok önemli cadılar, büyücüler yetiştirmiştir. Hogwarts'ta bulunduğunuz sürece yaptığınız iyi işler bina notlarını yükseltir, kurallara uymamak da bina notlarını düşürür. Yıl sonunda toplam notu en yüksek olan bina, Bina Kupası'yla ödüllendirilir, büyük bir onurdur bu. Dilerim hepiniz kendi binanızın notlarına katkıda bulunursunuz.

"Seçim Töreni biraz sonra bütün öğrencilerin önünde yapılacak. Bu arada beklerken hepiniz kendinize çekidüzen verin."

Gözleri bir an Neville'in sol kulağına doğru kaymış cüppesine, Ron'un kirli burnuna takıldı. Harry saçlarını düzeltmeye çalıştı tedirginlikle.

"Hazırlıklar tamamlanınca döneceğim," dedi Profesör McGonagall. "Lütfen sessizce bekleyin."

Odadan ayrıldı. Harry yutkundu.

"Nasıl bir seçim yapıp da bizi binalara ayıracaklar?" diye sordu Ron'a.

"Bir çeşit sınav herhalde. Fred'e bakılırsa, insanın çok canı yanıyormuş, ama şaka ediyordur."

Harry'nin yüreği gümbür gümbür atmaya başladı. Sınav mı? Bütün okulun önünde? Ama hiç büyü bilmiyordu ki daha – ne yapardı? Daha geldikleri anda böyle bir şey beklemiyordu. Çevresine bakındı merakla, herkesin korku içinde olduğunu gördü. Hermione Granger'dan başka kimsenin pek konuştuğu yoktu, o da öğrendiği büyüleri hızlı hızlı tekrarlıyor, acaba hangisine sığınsam diye düşünüyordu. Harry onun söylediklerini işitmemeye çalışıyordu. Hiç böyle tedirgin olmamıştı, okulda öğretmeninin peruğunu, artık nasıl becerdiyse, maviye çevirdiğini yazan raporu eve, Dursley'lere götürdüğü zaman bile. Gözlerini kapıya dikmişti. Her an Profesör McGonagall içeri girip onu alınyazısının yazdığı yere sürükleyebilirdi.

Derken öyle bir şey oldu ki, Harry yarım metre havaya sıçradı – arkasında duran birkaç kişi çığlık atmıştı.

"Ne olu-?"

Soluğu kesildi. Çevresindekilerin de. Arka duvardan yirmi kadar hayalet süzülmüştü odaya. İnci beyazıydı hepsi, hafifçe saydamdı, birbirleriyle konuşarak, birinci sınıf öğrencilerine hiç bakmadan, kayarcasına ilerliyorlardı. Bir konu üzerinde tartışıyor gibiydiler. İçlerinden şişman bir keşişe benzeyeni, "Bana kalırsa, bağışla ve unut, ona ikinci bir olanak tanımalıyız -" diyordu.

"Sevgili Keşiş, Peeves'e yeteri kadar olanak tanımadık mı? Hepimizin adını kötüye çıkarıyor, üstelik hayalet bile değil – sahi, siz ne arıyorsunuz burada?"

Daracık pantolonlu, yakalıklı bir hayalet birinci sınıf öğrencilerini fark etmişti ansızın.

Kimse yanıt vermedi.

Çevrelerinde gülümseyerek dolaşan Şişman Keşiş, "Yeni öğrenciler!" dedi. "Anlaşılan seçme-ayırma işlemi var."

Birkaç kişi sessizce baş salladı.

"Hufflepuff'ta görüşmek umuduyla!" dedi Keşiş. "Benim eski binam orası."

"Size güle güle," dedi tiz bir ses. "Seçme Töreni başlamak üzere."

Profesör McGonagall dönmüştü. Hayaletler teker teker süzülerek karşı duvardan geçip yok oldular.

Yeni öğrencilere, "Tek sıra olun," dedi Profesör McGonagall, "beni izleyin."

Ayakları kurşun gibi ağırlaşmıştı Harry'nin, kırçıl saçlı bir çocuğun arkasında sıraya girdi, onun arkasında da Ron yerini aldı, odadan çıktılar, salonun sonundaki çift kanatlı kapıdan geçip Büyük Salon'a vardılar.

Harry böyle garip, böyle görkemli bir yeri hayal bile etmemişti. Öteki öğrencilerin oturduğu dört uzun masanın üstünde havada uçuşan binlerce, binlerce mum aydınlatıyordu ortalığı. Masalara pırıl pırıl altın tabaklar, kupalar konulmuştu. Salonun ucunda öğretmenlerin oturduğu bir başka uzun masa vardı. Profesör McGonagall birinci sınıf öğrencilerini oraya götürdü; yeniler, eski öğrencilerin karşısında sıralandılar; öğretmenler arkalarında kalmıştı. Titrek mum ışığında kendilerine bakan yüzlerce surat, solgun fenerlere benziyordu. Öğrencilerin aralarında yer almış hayaletler, puslu gümüşler gibi parlıyorlardı. Harry, kendilerine dikilmiş gözlerden kaçınmak için başını kaldırdı, yıldızlar serpiştirilmiş kadife siyahı bir tavan gördü. Hermione'nin, "Dışarıdaki gökyüzüne benzemesi için büyülenmiş. *Hogwarts: Bir Tarih*'te okumuştum," diye fısıldadığını duydu.

Orada bir tavan olduğuna, Büyük Salon'un gökyüzüne açılmadığına inanmak çok güçtü doğrusu.

Harry başını hemen indirdi; Profesör McGonagall, yeni öğrencilerin önüne dört ayaklı bir tabure yerleştirdi sessizce. Taburenin üstüne de sivri uçlu bir büyücü şapkası koydu. Yamalar içindeydi şapka, eski püsküydü, son derece kirliydi. Petunia Teyze olsa, onu evin kapısından içeri sokmazdı.

Belki de içinden tavşan çıkarmamızı isteyecekler, diye düşündü Harry; buna benzer bir şey yapılacak – salonda kim varsa gözünü şapkaya dikmişti şimdi, o da dikti. Birkaç saniye sessizlik oldu. Sonra hafifçe kıpırdadı şapka. Kenarına yakın bir yerlerdeki yırtık, ağız gibi açıldı – şapka bir şarkı tutturdu:

"Bu şapka, dersiniz, çirkin mi çirkin!
Ama öyle hemen karar vermeyin.
Toz olurum varsa benden güzeli,
Eşsizim kendimi bildim bileli.
Ne kasket dinlerim ne de silindir,
Şampiyonluk kaçmaz, hep bana gelir.
Hogwarts okulunda Seçmen Şapka'yım,
Her gün, her ay, her yıl başka başkayım.

Karşımda şöyle bir ürperin biraz
Dünyada hiçbir şey gözümden kaçmaz.
Eğer geçirirsen beni başına
Gideceğin yeri söylerim sana.
Seni Gryffindor'a yollarım belki,
Zamanla olursun aslanın teki,
Yiğittir orada kalan çocuklar,
Hepsinin yüreği, nah, mangal kadar.
Belki de düşersin Hufflepuff'a
Haksızlığı hemen kaldırıp rafa
Adalet uğruna savaş verirsin
Her yere mutluluk götürmek için.
Ravenclaw kısmetin belki,
Oradakilerin hiç çıkmaz sesi,
Mantıktır onlarca önemli olan,
Öyle kurtulurlar tüm sorunlardan.
Düşersin belki de Slytherin'e sen,
Bir başkadır sanki oraya giden,
Amaçları için neler yapmazlar
Açıklasam bitmez sabaha kadar.
Giy kafana beni! Çekinme sakın!
Birinci koşul bu: Korkmayacaksın!
Hiç kimseye gelmez kötülük benden,
Şapkalar içinde en uysalım ben."

Şarkı sona erince salonda bir alkış koptu. Şapka eğilerek dört masaya da selam verdi, sonra sessizliğe gömüldü yine.

Ron, Harry'ye, "Demek şapkayı geçireceğiz başımıza!" diye fısıldadı. "Fred'i öldüreceğim, ifritlerle güreşmekten söz ediyordu."

Harry belli belirsiz gülümsedi. Evet, şapkayı giymek bir büyü yapmaya kalkışmaktan çok daha iyiydi, ama keşke herkesin gözü önünde giymesek diye düşünüyordu. Şapka bir sürü soru soracaktı anlaşılan, Harry'nin ise ne cesareti üstündeydi, ne de hazırcevaplığı. Yüreği ağzındaydı. Eğer kendisi gibiler için bir bina olsaydı, her şey ne kadar kolaylaşacaktı.

Profesör McGonagall, elinde uzun bir parşömen kâğıdıyla birkaç adım öne çıktı.

"Adınızı söylediğim zaman şapkayı giyip tabureye oturacak, hangi binaya ayrıldığınızı öğreneceksiniz," dedi. "Abbott, Hannah!"

Sarı at kuyruğu saçlı, pembe yüzlü bir kız çıktı ortaya, şapkayı kafasına geçirdi. Şapka gözlerine kadar indi. Kız oturdu. Bir an sessizlik -

"HUFFLEPUFF!" diye bağırdı şapka.

Sağdaki masadan bir alkış koptu, Hannah gidip Hufflepuff masasına oturdu. Harry, Şişman Keşiş hayaletinin kıza neşeyle el salladığını gördü.

"Bones, Susan!"

Şapka, "HUFFLEPUFF!" diye bağırdı yine, Susan da seğirtip Hannah'nın yanında yerini aldı.

"Boot, Terry!"

"RAVENCLAW!"

Bu kez soldan ikinci masadan bir alkış koptu; Ravenclaw'dan birkaç kişi ayağa kalkıp, yanlarına gelen Terry'nin elini sıktı.

"Brocklehurst, Mandy" de Ravenclaw'a katıldı, ama "Brown, Lavender" yeniler arasında ilk Gryffindor'lu oldu, en uçtaki sol masa alkıştan inledi; Harry, Ron'un ikiz kardeşlerinin ıslık çaldıklarını gördü.

Derken "Bulstrode, Millicent" Slytherin'li oldu. Belki Harry'ye öyle geliyordu, ama Slytherin için anlatılan onca şeyden sonra, o masadakileri hiç gözü tutmadı.

İçi bulanmaya başlamıştı şimdi. Eski okulundaki spor derslerinde nasıl takımlara ayrıldıkları geldi aklına. En son o seçilirdi, kötü oyuncu olduğu için değil, Dudley'ye yaranmak için – kimse ondan hoşlandığının sanılmasını istemezdi.

"Finch-Fletchley, Justin!"

" HUFFLEPUFF!"

Harry'nin gözünden kaçmadı, şapka bazen binanın adını hemen bağırıyor, bazen de karar vermek için azıcık düşünüyordu. Sırada Harry'nin yanında duran kırçıl saçlı çocuk, "Finnigan, Seamus", Gryffindor'a ayrıldığını öğrenmek için taburede tam bir dakika oturdu.

"Granger, Hermione!"

Hermione koşarcasına gitti tabureye, şapkayı kafasına telaşla geçirdi.

"GRYFFINDOR!" diye bağırdı şapka. Ron homurdandı.

Korkunç bir düşünce belirdi Harry'nin kafasında, zaten insan tedirgin olmayagörsün, kafasına hep korkunç düşünceler takılır. Ya kendisi hiç seçilmezse ne olacaktı? Ya uzun süre, çok uzun süre, gözlerine kadar inen şapkayla orada öyle oturup kalırsa, sonunda Profesör McGonagall gelip şapkayı çıkarırsa, bir yanlışlık olduğunu söyler de onu yeniden trene götürürlerse?

Boyuna kurbağasını yitiren Neville Longbottom, adı seslenildiğinde, tabureye giderken sendeledi, az kalsın düşecekti. Şapkanın karar vermesi epey vakit aldı. Sonunda "GRYFFINDOR" diye bağırınca, Neville kafasında şapkayla masaya koştu, sonra da kahkahalar arasında dönüp onu MacDougal, Morag'a uzattı.

Adı söylenince, hemen ileri atıldı Malfoy, şapkayı daha kafasına değdirir değdirmez karar açıklandı: "SLYTHERIN!"

Malfoy, son derece hoşnut, arkadaşları Crabbe ile Goyle'un yanına gitti.

Pek fazla kişi kalmamıştı şimdi.

"Moon"... "Nott"... "Parkinson"... sonra bir çift ikiz kızkardeş, "Patil" ile "Patil"... sonra "Perks, Sally-Anne"... derken, sonunda -

"Potter, Harry!"

Harry bir adım atınca, alev hışırtılarını andıran fısıltıların yükseldiğini duydu salonda.

"*Potter* mı dedi?"

"Şu *ünlü* Harry Potter mı?"

Şapka gözlerine inmeden önce Harry'nin son gördüğü şey, salondakilerin onu dikkatle süzmeleri oldu. Sonra da şapkanın içindeki karanlığı gördü. Bekledi.

"Hmm," diye incecik bir ses geldi kulağına. "Güç. Çok güç. Bakıyorum, bayağı gözüpek. Kafa da fena değil. Yetenek de var, evet, öyle – kendini kanıtlama tutkusu... bak, bu ilginç... Seni nereye yollasam acaba?"

Harry taburenin kenarlarına sımsıkı yapışıp, "Slytherin olmasın, Slytherin olmasın," diye düşündü.

İnce ses, "Slytherin olmasın, ha?" dedi. "Emin misin? Biliyor musun, büyük usta olabilirsin sen, hepsi kafanın içinde, Slytherin de büyük ustalık yolunda çok şey kazandırabilir sana – hayır mı? Eh, öyle istiyorsun madem – GRYFFINDOR!"

Harry, şapkanın son kelimeyi salona doğru bağırdığını duydu. Şapkayı çıkarıp ağır ağır Gryffindor masasına yürüdü. Seçildiği, üstelik Slytherin'e gönderilmediği için öyle rahatlamıştı ki, en büyük alkışı kendisinin aldığını fark etmedi bile. Sınıf Başkanı Percy ayağa kalkıp elini sıktı coşkuyla, Weasley ikizleri, "Potter bizde! Potter bizde!" diye bağırdılar, Harry daha önce gördüğü yakalıklı hayaletin karşısına oturdu. Hayalet hafifçe koluna vurdu onun, Harry üstüne bir kova buzlu su dökülmüş gibi ansızın ürperdi.

Yüce Masa'yı daha iyi görebiliyordu şimdi. Kendisine en yakın uçta Hagrid oturuyordu, gözleri karşılaşınca Hagrid başparmağını yukarı kaldırdı. Harry de gülümsedi. Orada, Yüce Masa'nın tam ortasında, kocaman yaldızlı bir koltukta Albus Dumbledore oturuyordu. Harry, trendeki Çikolatalı Kurbağa kartından hemen tanıdı onu. Salonda hayaletler kadar ışıl ışıl parlayan tek şey, Dumbledore'un gümüş rengi saçlarıydı. Harry, Çatlak Kazan'daki tedirgin delikanlıyı, Profesör Quirrell'ı da tanıdı. Kafasındaki kocaman mor sarıkla pek tuhaf görünüyordu.

Ayrılacak üç kişi kalmıştı sadece. "Turpin, Lisa" Ravenclaw'a düştü. Sıra Ron'a geldi. Ron'un suratı yemyeşil olmuştu şimdi. Harry gözlerini sımsıkı yumdu heyecanla, bir saniye sonra da şapkanın "GRYFFINDOR!" diye bağırdığını duydu.

Ron, yanındaki iskemleye çökerken, ötekiler gibi Harry de onu uzun uzun alkışladı.

Harry'nin karşısında oturan Percy Weasley, "Bravo, Ron, harika!" dedi; bu arada "Zabini, Blaise" de Slytherin'e seçildi. Profesör McGonagall kâğıdını katladı, Seçmen Şapka'yı alıp çıktı.

Harry önündeki boş altın tabağa baktı. Ne kadar acıktığını şimdi fark etmişti. Balkabağı poğaçaları çoktan sindirilip gitmişti.

Albus Dumbledore ayağa kalktı. Kendisini hiçbir şey bundan daha çok mutlu edemezmiş gibi, kollarını iki yana açıp öğrencilere gülümsedi.

"Hoş geldiniz!" dedi. "Hogwarts'ta yeni bir yıla hoş geldiniz! Şölen başlamadan önce bir şeyler söylemek istiyorum. Söylüyorum işte: Zırla! Tırla! İncik! Boncuk!

"Teşekkür ederim!"

Yerine oturdu yine. Herkes çığlıklar atarak alkışladı. Harry gülsün mü gülmesin mi, bilemiyordu.

Çekinerek, Percy'ye, "Azıcık – deli midir?" diye sordu.

Percy, "Ne delisi?" dedi. "Dâhidir o! Dünyanın en iyi büyücüsü! Ama orası öyle, hafifçe kafadan çatlaktır. Patates ister misin, Harry?"

Harry'nin ağzı bir karış açıldı. Önlerindeki tabaklar yiyeceklerle doluydu şimdi. Sofrada, yemek isteyeceği hiç bu kadar çok şey görmemişti o güne kadar: kızarmış et, kızarmış piliç, pirzola, sosis, sucuk, biftek, haşlanmış patates, kızarmış patates, cips, mayonez, bezelye, havuç, salça, ketçap, bir de, her nedense, nane şekeri.

Dursley'ler Harry'yi aç bırakmazlardı doğrusu, ama Harry de hiçbir zaman canı istediği kadar yemek yiyemezdi. Neye uzansa Dudley kapardı hemen, kusacak kadar çok yemiş olsa bile. Harry, nane şekeri dışında, her şeyden biraz biraz aldı, başladı yemeye. Hepsi çok lezzetliydi.

Harry'nin bifteğini kesmesine bakan yakalıklı hayalet, "Pek de güzel görünüyor," dedi üzüntüyle.

"Yoksa sen -?"

"Aşağı yukarı dört yüz yıldır ağzıma lokma koymadım," dedi hayalet. "Bir şey yemem gerekmiyor tabii, ama insan özlüyor. Kendimi tanıtmadım, değil mi? Sir Nicholas de Mimsy-Porpington hizmetinizdedir. Gryffindor Kulesi'nin yerleşik hayaleti."

Ron, "Kim olduğunu biliyorum!" dedi ansızın. "Kardeşlerim anlatmışlardı – sen Neredeyse Kafasız Nick'sin!"

Hayalet, "Bana Sir Nicholas de Mimsy denilmesi daha çok hoşuma gider -" diye söze başladı, ama kırçıl saçlı Seamus Finnigan atıldı.

"*Neredeyse* Kafasız mı? İnsan nasıl *neredeyse* kafasız olur?"

Sir Nicholas'ın bütün keyfi kaçmıştı; bu küçük sohbet istediği gibi yürümüyordu anlaşılan.

"*Böyle* olur," dedi tedirginlikle. Sol kulağını tutup çekti. Kafası yana düşüp sanki menteşeyle tutturulmuş gibi boynundan sallanmaya başladı. Anlaşılan biri kafasını uçurmaya kalkmıştı onun, ama kökünden kesememişti. Neredeyse Kafasız Nick, çocukların şaşkın bakışlarından hoşlanmışa benziyordu, kafasını yerine taktı yine, öksürdü, sonra, "Demek sizler de – Gryffindor'lu oldunuz!" dedi. "Bu yıl şampiyon olmamızı sağlarsınız belki. Şampiyon olmayalı hiç bu kadar uzun zaman geçmemişti. Slytherin kupayı altı yıl üst üste kazandı! Kanlı Baron'un yanına varılmıyor – Slytherin'in hayaletidir o."

Slytherin masasına baktı Harry, orada korkunç bir hayaletin oturduğunu gördü; gözleri bomboş bakıyordu hayaletin, çökük bir yüzü, gümüş rengi kan lekeleriyle dolu bir cüppesi vardı. Malfoy'un sağına oturmuştu, Harry, Malfoy'un bundan hoşnut olmadığını görünce keyiflendi.

Büyük bir ilgiyle, "O kan lekeleri neden olmuş?" diye sordu Seamus.

Neredeyse Kafasız Nick, tatlı bir sesle, "Hiç sormadım," dedi.

Herkes yiyebildiği kadar yiyince, yemekler uçup gitti sanki, tabaklar yine eskisi gibi pırıl pırıl oldu. Bir an sonra da tatlılar belirdi. İnsanın aklına gelebilecek her çeşit dondurma, elmalı pasta, meyveli pasta, çikolatalı pasta, marmelatlı çörek, kek, çilek, jöle, sütlaç...

Harry meyveli pastasını atıştırırken, söz döndü dolaştı, ailelerine geldi.

"Ben yarı yarıyayım," dedi Seamus. "Babam bir Muggle. Annem büyücü olduğunu evleninceye kadar söylememiş ona. Babam bunu öğrenince şok geçirmiş."

Güldüler.

"Ya sen, Neville?" dedi Ron.

"Beni büyükannem büyüttü, kendisi cadıdır," dedi Neville, "ama ailem uzun süre Muggle olduğumu sandı. Büyük amcam Algie boyuna beni hazırlıksız yakalayıp içimdeki büyüyü ortaya çıkarmaya çalışıyordu -bir keresinde Blackpool rıhtımının ucundan itmişti beni, az kalsın boğuluyordum- ama sekiz yaşıma kadar bir şey olmadı. Büyük amcam Algie çaya gelmişti bize, beni üst kat penceresinden sallandırdı, ayak bileklerimden bağlayarak, büyük teyzem Enid pasta verince de ipi bırakıverdi. Yere düşünce zıpladım durdum – top gibi zıplayarak bahçeyi geçtim, yola çıktım. Hepsinin hoşuna gitti bu. Büyükannem sevinçten ağlamaya başladı. Hele ben buraya çağrılınca yüzlerini görecektiniz – belki yeteri kadar büyü gücüm yoktur diye korkuyorlardı. Büyük amcam Algie öyle sevindi ki, kurbağamı o satın aldı."

Harry'nin öteki yanında, Percy Weasley ile Hermione derslerden söz ediyorlardı ("Keşke derslere hemen başlasalar, öğrenecek o kadar çok şey var ki, Biçim Değiştirme özellikle ilgimi çekiyor, bilirsin tabii, bir şeyi bir başka şeye çevirme, herhalde çok güç bir şey bu -"; "Küçük şeylerle başlarsın, kibritleri iğnelere çevirmekle filan –").

Harry'nin içi ısınmış, uykusu gelmişti, Yüce Masa'ya baktı yine. Hagrid kupayı başına dikiyordu. Profesör McGonagall, Profesör Dumbledore'a bir şeyler anlatıyordu. Profesör Quirrell, o gülünç sarığıyla, yağlı siyah saçlı, kemer burunlu, soluk tenli bir öğretmenle konuşuyordu.

Olanlar birdenbire oldu. Kemer burunlu öğretmen, Quirrell'ın sarığının ardından Harry'nin gözlerine dikti gözlerini – Harry'nin alnındaki ize keskin, sıcak bir sancı saplandı.

"Ahh!" Harry başına götürdü elini.

"Ne oldu?" diye sordu Percy.

"Y-yok bir şey."

Sancı, geldiği gibi bir anda yok oldu. Ama Harry o bakışın yarattığı duyguyu silkip atamadı – öğretmenin kendisinden hiç mi hiç hoşlanmadığı duygusuna kapılmıştı.

Percy'ye, "Profesör Quirrell'la konuşan o öğretmen kim?" diye sordu.

"Bakıyorum, Quirrell'ı tanımışsın bile. Tedirginliği boşuna değil, Profesör Snape'le konuşuyor çünkü. İksirleri öğretir, ama gönülsüzce yapar bu işi – gözü Quirrell'ın işinde, bunu bilmeyen yok. Karanlık Sanatlar konusunda çok bilgilidir Snape."

Harry, Snape'e baktı bir süre, ama Snape ona bir daha bakmadı.

Sonunda tatlılar da yok oldu, Profesör Dumbledore ayağa kalktı yine. Salon sessizliğe gömüldü.

"Öhö – hepimiz yedik içtik, sadece birkaç kelime daha... Ders yılının başlaması dolayısıyla bazı söyleyeceklerim var.

"Birinci sınıf öğrencileri, okul alanındaki ormanın bütün öğrencilere yasak olduğunu unutmasınlar. Öteki öğrencilerimizden bazılarına da bunu hatırlatmakta yarar görüyorum."

Dumbledore'un ışıl ışıl gözleri Weasley ikizlerinin oturduğu yöne çevrildi.

"Hademememiz Mr Filch de ders aralarında koridorlarda büyü yapmanın yasak olduğunu sizlere hatırlatmamı istedi.

"Quidditch seçmeleri ders yılının ikinci haftasında yapılacaktır. Kendi binalarının takımlarında yer almak isteyenlerin Madam Hooch'a başvurmaları gerekmektedir.

"Son olarak söylemek istediğim bir şey var. Sağdaki üçüncü kat koridoru, çok büyük acılar çekerek ölmek istemeyen herkese kapalıdır."

Harry güldü; gülen bir avuç öğrenciden biriydi sadece.

Percy'ye, "Şaka ediyor, değil mi?" diye fısıldadı.

Kaşlarını çatarak, "Hiç de şakaya benzemiyor," dedi Percy. "Garip doğrusu, çünkü bir yere gitmemizi yasaklayınca nedenini de söyler genellikle – orman tehlikeli hayvanlarla dolu, herkes bilir bunu. Hiç olmazsa bize, Sınıf Başkanlarına söyleseydi."

"Şimdi yataklarımıza gitmeden okul şarkısını söyleyelim!" diye bağırdı Dumbledore. Harry, öteki öğretmenlerin dudaklarına yerleşmiş gülümsemelerin hiç değişmediğini fark etti.

Dumbledore, sanki ucundaki bir sineği kovuyormuş gibi, asasını hafifçe salladı; altın sarısı, uzun bir kurdele fırladı asadan; kurdele masaların üstünde yükseldi, yılan gibi kıvrılarak sözcüklere dönüştü.

"Herkes en sevdiği havayı seçsin," dedi Dumbledore, "hadi, başlıyoruz!"

Bütün okul haykırmaya başladı:

"Hogwarts, Hogwarts, geldik sana,
Bizi de al kollarına,
Kafamızın içi bomboş,
Söyle, bunun neresi hoş?
Saçlı olsun, saçsız olsun
Başlarımız bilgi dolsun.
İlginç şeyler öğrenelim
Gelişelim milim milim.

Yılmadan hep çalışırız
Büyülere alışırız.
Kırılmasın hiç umutlar,
Gün doğmadan neler doğar."

Şarkıyı herkes değişik zamanlarda bitirdi. Weasley ikizleri ise şarkıyı bir cenaze marşı havasında uzattıkça uzatıyordu. Dumbledore son birkaç dizenin söylenişini asasıyla yönetti, şarkı bitince de en çok alkışlayanlardan biri o oldu.

Gözlerini silerek, "Ah, müzik!" dedi. "Burada yaptıklarımızın ötesinde bir büyü! Hadi artık, yatma vakti. Doğru yataklarınıza!"

Birinci sınıf Gryffindor öğrencileri, uğultulu kalabalık arasından geçerek Percy'yi izlediler, Büyük Salondan çıkıp mermer merdivene yöneldiler. Harry'nin bacakları, yorgunluktan, tıka basa yemekten, kurşun gibi olmuştu yine. Öylesine uykusu gelmişti ki, koridorlardan geçerken, iki yana sıralanmış tablolardaki yüzlerin kendilerini göstererek fısıldaştıklarını bile fark etmedi; Percy'yi izlerken, kayan panolar, sarkan halılar arkasındaki gizli kapılardan geçtiklerini de fark etmedi. Esneyerek, ayaklarını sürüyerek başka merdivenlerden çıktılar, Harry daha ne kadar gideceklerini düşünüyordu ki, ansızın durdular.

Tam önlerinde, havada bir yığın baston uçuşuyordu, Percy onlara doğru bir adım atınca, bastonlar da kendilerini Percy'ye fırlatmaya başladılar.

Percy, "Peeves," diye fısıldadı birinci sınıf öğrencilerine. "Bir hortlak." Sesini yükseltti. "Peeves – göster kendini."

Şişmiş bir balondan çıkan havayı andıran kaba, yüksek bir ses yanıt verdi.

"Kanlı Baron'a mı gideyim istiyorsun?"

Pıt diye bir ses duyuldu, kapkara, fıldır fıldır gözlü, koca ağızlı bir adam belirdi; bastonlara yapışmış, havada bağdaş kurarak oturuyordu.

Alayla kıkırdayarak, "Ooooooo!" dedi. "Bastıbacak yeniler! Amma eğlenceli!"

Ansızın onlara doğru süzüldü hızla. Hepsi eğildiler.

Percy, "Çekil git, Peeves, yoksa Baron'a söylerim, şaka etmiyorum!" diye haykırdı.

Peeves dilini çıkardı, sonra bastonları Neville'in kafasına düşürerek ortadan yok oldu. Zırh tangırtıları arasında hızla uzaklaştığını anladılar.

Yine yola koyulduklarında, "Peeves'e dikkat edin," dedi Percy. "Ona söz geçiren tek kişi Kanlı Baron'dur, bize, Sınıf Başkanlarına bile kulak asmaz. İşte geldik."

Koridorun sonunda pembe ipek elbiseli çok şişman bir kadının portresi asılıydı.

"Parola?" dedi.

"Caput Draconis," dedi Percy, portre öne doğru açıldı, arkasında, duvarda yuvarlak bir delik belirdi. Sırayla geçtiler – Neville'e azıcık el vermek gerekti – kendilerini Gryffindor salonunda, yumuşacık koltuklarla dolu, sevimli, yuvarlak bir odada buldular.

Percy kızları yatakhanelerinin kapısına götürdü, oğlanları da bir başka kapıdan geçirdi. Sonunda, kıvrılarak döne döne çıkan bir merdivenin tepesinde –besbelli, kulelerden birindeydiler şimdi– yataklarını buldular: dört yanına koyu kırmızı kadifeden perdeler asılı beş karyola. Eşyaları getirilmişti bile. Konuşamayacak kadar yorgundular, hemen pijamalarını giyip yataklarına yattılar.

Ron, perdeler arasından, "Yemek harikaydı, değil mi?" diye fısıldadı Harry'ye. "Yapma, Scabbers! Çarşafı kemiriyor."

Harry meyveli pasta yiyip yemediğini soracaktı Ron'a, ama uykudan gözleri kapanıverdi.

Belki de yemeği fazla kaçırmıştı Harry, çok garip bir düş gördü. Profesör Quirrell'ın sarığı vardı kafasında; sarık konuşup duruyordu, hemen Slytherin'e geçmesi gerektiğini söylüyordu, alınyazısı öyleydi çünkü. Harry, Slytherin'e gitmek istemediğini söyledi sarığa; sarık ağırlaştıkça ağırlaştı, onu çekip çıkarmak istedi Harry, ama sarık gittikçe daralıp kafasını sıkıyor, canını yakıyordu – sarıkla boğuşurken, Malfoy da karşıdan gülerek onlara bakıyordu – derken kemer burunlu öğretmen Snape oluverdi Malfoy, alaycı, soğuk kahkahaları daha da yükseldi – yemyeşil bir ışık patladı, Harry kan ter içinde titreyerek uyandı.

Yatağında dönüp uykuya daldı yine; ertesi gün uyandığında düşü hiç mi hiç hatırlamıyordu.

SEKİZİNCİ BÖLÜM

İksir Ustası

"Bak, orada."

"Nerede?"

"Kızıl saçlı, uzun boylu çocuğun yanında."

"Gözlüklü olan mı?"

"Yüzünü gördün mü?"

"İzini gördün mü?"

Harry ertesi gün yatakhanesinden dışarı adım atar atmaz fısıltılar da başladı. Sınıfların önüne dizilmiş çocuklar onu görebilmek için ayak parmaklarının ucunda yükseliyor ya da onunla bir daha karşılaşmak amacıyla koridorda birkaç adım atıp dönüyordu. Keşke bunu yapmasalar diye düşünüyordu Harry, çünkü kafasını sınıfların yolunu bulmaya vermek istiyordu.

Hogwarts'ta yüz kırk iki merdiven vardı: geniş, rahat merdivenler; daracık, köhne merdivenler; belirli cuma günleri değişik yerlere çıkan merdivenler; havada bazı basamakları yok oluveren, düşmemek için atlaya atlaya çıkılan merdivenler. İncelikle rica etmediğiniz ya da doğru yerini gıdıklamadığınız zaman açılmayan kapılar vardı sonra, bir de kapı kılığına girmiş duvarlar. Neyin nerede olduğunu hatırlamak çok güçtü, çünkü her şey boyuna yer değiştiriyordu. Tablolardaki yüzler birbirlerini ziyarete gidiyorlardı durmadan; Harry'ye bakılırsa, zırhlar da bal gibi yürüyebiliyordu.

Hayaletlerin de bir yararı yoktu. Hayaletin teki, açmak için ter dökülen bir kapıdan süzülüverince insanın içi nasıl da fena oluyordu. Neredeyse Kafasız Nick yeni Gryffindor'ları doğru yönlendirmekten mutluluk duyuyordu, ama insan hortlak Peeves'e çatmaya görsün, yandı demekti, kilitli kapılar ardında ya da oyuncaklı merdivenler başında oyalanmaktan derse mutlaka gecikirdi. Çöp sepetlerini kafanıza geçirirdi Peeves, ayağınızın altındaki halıyı çekerdi, tebeşir fırlatır ya da hiç görünmeden arkanıza geçip burnunuza yapışır, "TUTTUM MUSLUĞU!" diye bağırırdı.

Peeves'den beteri olabilir mi? Vardı. Hademe Argus Filch. Harry'yle Ron daha ilk sabahlarında ters düşmüşlerdi onunla. Filch onları bir kapıyı zorlarken yakalamıştı, şanssızlık bu ya, üçüncü katın koridorundaki yasak bölgeye açılıyordu kapı. Hademe yollarını yitirdiklerine inanmamış, okuldan kaçmak istediklerini sanmıştı; iki çocuğu zindana atmakla tehdit ediyordu ki, Profesör Quirrell yetişip onları kurtardı.

Mrs Norris adlı bir kedisi vardı Filch'in; gözleri sahibinin patlak gözlerine benzeyen, sıska, toprak rengi bir yaratık. Tek başına koridorları arşınlardı. Onun önünde azıcık kural dışına çıkar ya da yanlış bir şey yaparsanız Filch'e koşardı hemen; iki saniye sonra da Filch yıldırım gibi çıkagelirdi. Okuldaki gizli geçitleri herkesten iyi biliyordu hademe (belki Weasley ikizleri dışında), hayaletler gibi pat diye belirirdi. Öğrenciler nefret ederlerdi ondan, en büyük hayalleri Mrs Norris'e şöyle okkalı bir tekme sallamaktı.

Sınıfın yolunu bulabilirsen, dersler de vardı. Harry, büyünün sadece asa sallayıp birkaç gülünç sözcük söylemenin çok ötesinde olduğunu kısa sürede anladı.

Her çarşamba gece yarısı teleskoplarıyla göğü incelemek, değişik yıldızların adlarını, gezegenlerin hareketlerini öğrenmek zorundaydılar. Haftada üç kere şatonun arkasındaki seraya gidip Profesör Sprout adlı tıknaz, kısa boylu bir cadıyla Bitkibilim çalışıyor, garip bitkileri, mantarları, onların hangi alanlarda kullanılacağını öğreniyorlardı.

En sıkıcı ders ise tek hayalet öğretmenin geldiği Sihir Tarihi'ydi. Profesör Binns çok yaşlanmış, öğretmenler odasındaki şöminenin önünde uykuya dalmış, ertesi sabah derse gitmek üzere kalkınca da bedeninin yarısını arkada bırakmıştı. Tekdüze bir mırıltıyla öğrencilere çeşitli adları, tarihleri yazdırırken Gaddar Emeric'le Taşyürek Uric'i karıştırıyordu.

Tılsım öğretmeni Profesör Flitwick, öylesine ufak tefekti ki, masasının önünü görebilmek için bir kitap yığınının üstüne çıkmak zorunda kalıyordu. İlk derste yoklama yaparken sıra Harry'nin adına gelince şöyle bir ciyaklamış, sonra da kayıplara karışıvermişti.

Profesör McGonagall da değişikti. Harry, onun ters düşülecek bir öğretmen olmadığını düşünmekte haklıydı. Titizdi, zekiydi, daha ilk ders başlar başlamaz hemen uyarmıştı onları.

"Biçim Değiştirme, Hogwarts'ta öğreneceğiniz büyülerin en karmaşığı, en tehlikelisidir," demişti. "Sınıfımda kim dalga geçerse, pılısını pırtısını toplayıp buradan gider, bir daha da dönemez. Benden uyarması."

Sonra masasını önce domuza, sonra yine eski haline çevirmişti. Herkes pek etkilenmişti bundan, bir an önce kolları sıvamaya heveslenmişti; ama eşyaları hayvanlara çevirebilme becerisini elde edebilmek için çok uzun süre gerektiğini kısa zamanda anlamışlardı. Bir sürü karmaşık not tuttuktan sonra kendilerine birer kibrit verilmiş, onları iğneye çevirmeleri istenmişti. Dersin sonunda sadece Hermione Granger bir şeyler becerebilmişti; Profesör McGonagall, kibritin nasıl gümüş rengine dönüştüğünü, ucunun nasıl sivrildiğini bütün sınıfa göstermiş, sonra alışılmadık bir şey yaparak Hermione'ye gülümsemişti.

Bütün sınıfın asıl merakla beklediği, Karanlık Sanatlara Karşı Savunma'ydı, ama Quirrell'ın dersleri panayıra dönüyordu biraz. Profesör Quirrell'ın ders verdiği sınıftan sarmısak kokusu eksik olmuyordu, herkes onun Romanya'da karşılaştığı ve yakında geleceğinden korktuğu vampirle ilgili olduğunu düşünüyordu bunun – sarmısak, o vampire karşı alınmış bir önlemdi. Anlattığına bakılırsa, başındaki sarığı da, kendisini sırnaşık bir zombiden kurtardığı için, Afrikalı bir prens armağan etmişti. Böyle bir olayın gerçek olduğuna pek inanan yoktu. Bir keresinde, Seamus Finnigan, zombiyle nasıl savaştığını sorunca, Quirrell pespembe kesilmiş, hemen havadan söz etmeye koyulmuştu; bir keresinde de sarıktan tuhaf bir koku yayıldığını fark etmişlerdi, Weasley ikizleri sarığın içinin de sarmısak dolu olduğunu, Quirrell'ın da böylece, nereye giderse gitsin, vampirden korunduğunu ileri sürmüşlerdi.

Harry derslerde ötekilerden pek geri kalmadığını anlayınca rahatladı. Muggle ailelerden kendisi gibi bir sürü çocuk gelmişti, yine kendisi gibi, hiçbirinin büyücülerden haberi olmamıştı. Öğrenecek o kadar çok şey vardı ki, Ron'un daha önce çalıştıkları bile pek işe yaramıyordu.

Cuma, Harry'yle Ron için önemli bir gündü. Sonunda, kahvaltı etmek için Büyük Salon'a yollarını bir kere bile yitirmeden inmeyi başardılar.

Harry, yulaf ezmesine şeker koyarken, "Bugün ne var?" diye sordu Ron'a.

"Slytherin'lerle Ortak İksir," dedi Ron. "Snape, Slytherin'lerin müdürü. Hep onları kollarmış – göreceğiz bakalım, doğru mu?"

"McGonagall da bizi kollasaydı keşke," dedi Harry. Profesör McGonagall da Gryffindor'ların müdürüydü, ama bir gün önce onlara bir sürü ev ödevi vermekten kaçınmamıştı.

O sırada posta geldi. Harry artık alışmıştı buna, ama ilk günün sabahı kahvaltı sırasında Büyük Salon'a yüz kadar baykuş birdenbire akın edince pek şaşırmıştı; baykuşlar sahiplerini görünceye kadar masaların üstünde dört dönmüşler, sonra da mektupları, paketleri onların kucaklarına bırakmışlardı.

Hedwig o güne kadar hiçbir şey getirmemişti Harry'ye. Bazen omzuna konup hafifçe kulağını gagalardı onun, okuldaki öteki baykuşlarla birlikte uyuduğu baykuşhaneye gitmeden önce de azıcık kızarmış ekmek kemirirdi. Ama o sabah marmelatla şeker kâsesi arasına pike yapıp Harry'nin tabağına bir mektup bıraktı. Harry mektubu hemen açtı.

Sevgili Harry, (deniliyordu kargacık burgacık bir yazıyla)
Cuma günleri öğleden sonra izinli olduğunu biliyorum, saat üç sularında çay içmeye gelebilir misin? İlk haftanın nasıl geçtiğini öğrenmek için can atıyorum. Hedwig'le bir yanıt yolla.
Hagrid

Harry, Ron'un tüy kalemini ödünç alıp mektubun arkasına "*Evet, teşekkürler, görüşürüz*" yazdı, yanıtını Hedwig'le yolladı.

Harry iyi ki o gün Hagrid'e çay içmeye gidecekti, çünkü İksir dersi o güne kadar başına gelen en berbat şey oldu.

Ders yılı başlarken verilen şölende Harry, Profesör Snape'in kendinden pek hoşlanmadığını sezinlemişti. İlk İksir dersi sona erdiği zaman yanılmış olduğunu anladı. Snape, Harry'den hoşlanmıyor değildi – ondan *nefret ediyordu.*

İksir dersleri aşağıdaki zindanlardan birinde yapılıyordu. Burası yukarıdan, şatonun üst katlarından daha soğuktu; duvarlar boyunca sıralanmış cam kavanozlarda yüzen hayvan ölüleri olmasaydı bile, insanın tüylerini ürpertirdi.

Snape de, Flitwick gibi, yoklama yaparak başladı derse, yine Flitwick gibi, sıra Harry'nin adına gelince durdu.

"Haa, evet," dedi yumuşak bir sesle, "Harry Potter. Yeni – *yıldızımız.*"

Draco Malfoy'la arkadaşları Crabbe ve Goyle, ağızlarını elleriyle kapatıp kıkırdadılar. Snape yoklamayı bitirdi, başını kaldırıp sınıfa baktı. Gözleri Hagrid'in gözleri gibi siyahtı, ama o sıcaklıktan yoksundu. Soğuk, boş gözlerdi bunlar, insanın aklına karanlık tünelleri getiriyorlardı.

"Bilimin püf noktalarını ve iksir yapma sanatını öğrenmek

için buradasınız," diye söze başladı Snape. Fısıldarcasına konuşuyordu, ama her sözcüğü anlıyorlardı – Snape de, Profesör McGonagall gibi, kendini hiç zorlamadan sınıfı sessiz tutma hünerine sahipti. "Burada öyle saçmasapan asa sallamak olmadığı için, çoğunuz bütün bunların büyüyle ilgisi olmadığını sanacaksınız. Buğular saçarak usul usul fokurdayan kazanın güzelliğini, beyni büyüleyerek, duyguları tutsak ederek insan damarlarından süzülen sıvıların ince gücünü anlamanızı beklemiyorum... Size ünü şişelemeyi, zaferi imbiklemeyi, ölümü bile durdurmayı öğretebilirim – tabii karşıma öğrenci diye geçen o mankafalardan değilseniz."

Bu küçük söylevi uzun bir sessizlik izledi. Harry'yle Ron kaşlarını kaldırarak bakıştılar. Hermione Granger iskemlesinin ucuna ilişmişti, mankafa olmadığını bir an önce kanıtlamak istiyordu sanki.

Snape, "Potter!" dedi ansızın. "Öğütülmüş çirişotu kökünü pelinotu demine eklersem ne elde ederim?"

Öğütülmüş ne kökünü neyin demine? Harry bir göz attı Ron'a, o da kendisi kadar şaşkın görünüyordu; Hermione hızla el kaldırdı.

"Bilmiyorum, efendim," dedi Harry.

Snape alayla dudak büktü.

"Cık, cık – demek ünlü olmak yetmiyor."

Hermione'nin eline aldırmadı bile.

"Bir daha deneyelim, Potter, bezir getirmeni istesem nereye bakarsın?"

Hermione, yerinden kalkmadan, elini havaya kaldırdı yine, ama bezirin ne olduğu konusunda Harry'nin en ufak fikri yoktu. Gülmekten kırılan Malfoy'a, Crabbe'ye, Goyle'a bakmamaya çalıştı.

"Bilmiyorum, efendim."

"Buraya gelmeden hiç kitap okumadın ha, Potter?"

Harry o soğuk gözlere dimdik bakmayı sürdürmeye zorladı

kendini. Dursley'lerde kitaplarını karıştırmıştı biraz, ama Snape *Binbir Büyülü Ot ve Mantar*'daki her şeyi hatırlamasını nasıl bekleyebilirdi ondan?

Snape, Hermione'nin sallanıp duran eline hâlâ aldırmıyordu. "Düğünçiçeğiyle küpeküpe arasındaki fark nedir, Potter?"

Hermione dayanamadı artık, ayağa fırladı, eli neredeyse tavana değecekti.

Harry, "Bilmiyorum," dedi usulca. "Ama galiba Hermione biliyor, neden ona sormuyorsunuz?"

Gülenler oldu. Harry'nin gözü Seamus'a ilişti. Seamus göz kırptı. Ama Snape pek keyiflenmişe benzemiyordu.

"Otur!" diye bağırdı Hermione'ye. "Öğren diye söylüyorum, Potter, çirişotuyla pelinotunu karıştırırsan, Yaşayan Ölüm İçkisi denilen güçlü bir uyku iksiri elde edersin. Bezir keçilerin karnından çıkarılır, panzehir olarak kullanılır. Düğünçiçeğiyle küpeküpeye gelince, ikisi de aynıdır, bir adı da kurtboğandır. Eee? Niye yazmıyorsunuz bunları?"

Herkes tüy kalemlere, parşömenlere saldırdı hemen. O gürültü arasında, "Potter," dedi Snape, "küstahlığın için Gryffindor'dan bir puan silinecek."

İksir dersi boyunca işler Gryffindor'lar için pek yolunda gitmedi. Snape ikişer ikişer ayırdı onları, çıbanlara karşı basit bir iksir hazırlamalarını istedi. Uzun siyah cüppesiyle aralarında dolaşıyor, kurutulmuş ısırgan otlarını, ezilmiş yılan dillerini tartmalarına bakıyor, pek sevdiği anlaşılan Malfoy dışında herkesi azarlıyordu. Tam Malfoy'un boynuzlu sümüklüböcekleri ne güzel haşladığını anlatıyordu ki, zindanı yemyeşil bir asit dumanıyla korkunç bir tıslama doldurdu. Neville, artık nasıl becerdiyse, Seamus'ın kazanını eriterek eğri büğrü bir yumak haline getirmişti; hazırladıkları iksir, taş döşemede akıp gidiyor, herkesin ayakkabısında delikler açıyordu. Herkes bir anda taburelerinin üstüne fırladı, kazan devrilince her yanı iksire bulanmış Neville, kızgın kırmızı sıvı kollarını bacaklarını dağlarken, acıyla inledi.

Snape, yerlere saçılmış iksiri asasının bir hareketiyle yok ederken, "Sersem çocuk!" diye homurdandı. "Kirpi dikenlerini kazanı ateşten indirmeden önce attın herhalde!"

Neville düpedüz uluyordu şimdi, kızgın damlalar burnuna doğru ilerlemeye başlamıştı.

Snape, "Onu hastane kanadına götür," diye buyurdu Seamus'a. Sonra Neville'in yanı başında çalışmakta olan Harry'yle Ron'a döndü.

"Sen – Potter – kirpi dikeni konulmayacağını niye söylemedin ona? O bir yanlış yaparsa sen de sivrilirim sandın, değil mi? Gryffindor'dan bir puan daha siliyorum."

Bu öylesine büyük bir haksızlıktı ki, Harry yanıt vermek için ağzını açtı, ama Ron kazanlarının arkasından bir tekme salladı ona.

"Tut kendini," diye fısıldadı. "Söylediklerine göre, Snape çok acımasız olabilirmiş."

Bir saat sonra zindandan dışarı açılan basamakları tırmanırken, Harry'nin kafası karmakarışık olmuştu, bütün keyfi de kaçmıştı. Daha ilk hafta Gryffindor'un iki puanının silinmesine neden olmuştu – Snape *neden* bu kadar nefret ediyordu kendisinden?

"Neşelen," dedi Ron. "Snape, Fred'le George'un da notlarını kırıyor boyuna. Ben de seninle gelip Hagrid'le tanışabilir miyim?"

Üçe beş kala şatodan çıkıp bahçeyi geçtiler. Hagrid, Yasak Orman'ın hemen kenarındaki küçük bir ahşap evde oturuyordu. Kapının önüne bir arbaletle[1] bir çift lastik çizme konulmuştu.

Harry kapıyı çalınca, içeriden çılgıncasına bir tırmalama sesi, birkaç da havlama geldi. Hagrid'in sesi gürledi sonra: "*Geri*, Fang, *geri çekil*."

Kapı aralığından Hagrid'in kocaman kıllı yüzü belirdi.

"Bir dakika," dedi Hagrid. "*Çekil*, Fang."

1 Bir sap üstüne oturtulmuş ahşap ya da metal yaydan, zemberek yardımıyla ok fırlatan silah. (Ed. n.)

Simsiyah dev bir zağarı tasmasından tutmaya çabalayarak çocukları içeri aldı.

Sadece bir tek oda vardı evde. Tavandan jambonlar, sülünler sarkıyordu, ocakta bakır bir ibrik kaynıyordu, köşedeki kocaman yatak yamalardan oluşturulmuş bir yorganla örtülüydü.

"Öyle yabancı gibi durmayın," dedi Hagrid, köpeği bıraktı; Fang hemen gidip Ron'un kulaklarını yalamaya başladı. O da, tıpkı Hagrid gibi, göründüğü kadar korkunç değildi anlaşılan.

Hagrid, koca bir çaydanlığa kaynar su boşaltıp bir tabağa kurabiye koyarken, "Bu, Ron," dedi Harry.

Hagrid, Ron'un çillerine bir göz atarak, "Bir Weasley daha," dedi. "Ömrümün yarısını senin ikizleri Orman'dan kovalamakla geçirdim."

Taş gibi kurabiyeler dişlerini kıracaktı az kalsın, ama Harry de Ron da onları pek sevmiş gibi yaptılar, bu arada ilk derslerinden söz ettiler. Fang kafasını Harry'nin dizine dayadı, bütün cüppesini salyasıyla sırılsıklam etti.

Hagrid'in Filch'ten "bunak herif" diye söz etmesi Harry'nin de, Ron'un da pek hoşuna gitti.

"Mrs Norris denen o kediye gelince, bir gün Fang'in karşısına çıkaracağım onu. Biliyor musunuz, ne zaman okula gitsem hep peşime takılır. Bir türlü kurtulamıyorum – Filch alıştırmış bir kere."

Harry, Snape'in dersini anlattı Hagrid'e. Hagrid de, Ron gibi, hiç kafasını takmamasını, Snape'in zaten öğrencilerini hiç sevmediğini söyledi.

"Ama benden *nefret* ediyor sanki."

"Saçma!" dedi Hagrid. "Niye etsin?"

Ama bunu söylerken gözlerini kaçırdığından kuşkulandı Harry.

Hagrid, "Kardeşin Charlie nasıl?" diye sordu Ron'a. "Onu pek severdim – hayvanlarla arası bayağı iyiydi."

Harry, Hagrid'in bilerek mi konuyu değiştirdiğini düşündü.

Ron, Charlie'nin ejderhalarla serüvenlerini anlatırken, Harry masada çaydanlık tutacağının altında gördüğü bir kâğıdı çekip aldı. *Gelecek Postası*'ndan kesilmiş bir gazete parçasıydı bu:

GRINGOTTS SOYGUNUNDAN SON HABER

Araştırmalar, 31 Temmuz'da gerçekleştirilen Gringotts soygununun, kimlikleri belirlenemeyen karanlık büyücüler ya da cadılar tarafından yapıldığını göstermektedir.

Gringotts cincüceleri, bugün yaptıkları açıklamada hiçbir şey çalınmadığını ileri sürmüşlerdir. Söz konusu kasanın aynı gün daha erken saatlerde zaten boşaltıldığı belirtilmiştir.

Bugün öğleden sonra, Gringotts cincüceleri sözcüsü, "Kasanın içinde ne olduğunu söylemek niyetinde değiliz. Bu yüzden, burnunuzu bu işe sokmamanız kendi çıkarınız açısından iyi olur," demiştir.

Harry, Ron'un trende kendisine Gringotts soygunundan söz ettiğini hatırladı, ama tarihi söylememişti.

"Hagrid!" dedi. "Gringotts soygunu benim doğum günümde yapılmış! Belki de biz tam oradayken soymuşlardır!"

Kuşkuya yer yoktu artık, Hagrid gözlerini Harry'nin gözlerinden kesinlikle kaçırıyordu şimdi. Homurdanarak bir kurabiye daha uzattı Hagrid. Harry haberi bir daha okudu. *Söz konusu kasanın aynı gün daha erken saatlerde zaten boşaltıldığı belirtilmiştir.* Hagrid yedi yüz on üç numaralı kasayı boşaltmıştı, eğer boşaltma denirse buna – küçücük bir paket almıştı, o kadar. Acaba hırsızlar o paketi mi arıyorlardı?

Harry'yle Ron akşam yemeği için şatoya dönerlerken cepleri taş gibi kurabiyelerle doluydu, onları almamak gibi bir kabalık etmemişlerdi. Harry, o zamana kadar hiçbir dersin kafasını Hagrid'e çay ziyareti kadar oyalamadığını düşündü. Hagrid o paketi tam zamanında mı almıştı acaba? Paket neredeydi şimdi? Hagrid, Snape hakkında bir şeyler biliyor da, Harry'ye söylemekten mi kaçınıyordu?

DOKUZUNCU BÖLÜM

Gece Yarısı Düellosu

Harry, Dudley'den daha çok nefret edeceği biriyle karşılaşacağını hiç sanmazdı, ama bu, Draco Malfoy'u tanımadan önceydi. Birinci sınıf Gryffindor'lar sadece İksir dersine giriyorlardı Slytherin'lerle, bu yüzden Malfoy'a pek aldırdıkları yoktu. Daha doğrusu, Gryffindor salonuna bir yazı asılmadan önce. Yazıyı okuyunca homurdanmaya başladılar. Perşembe günü uçma dersleri başlıyordu – Gryffindor'larla Slytherin' ler birlikte çalışacaklardı.

Harry, "Tamam," dedi sıkıntıyla. "Bir bu eksikti. Şimdi Malfoy'un önünde süpürgeye binip kendimi rezil edeceğim."

Uçmayı her şeyden çok istiyor, dört gözle derslerin başlamasını bekliyordu.

Ron, mantığını konuşturdu: "Rezil olup olmayacağını bilemezsin ki. Malfoy'un böbürlendiğini ben de duydum, Quidditch'te onun üstüne yokmuş. Bana sorarsan, düpedüz palavra."

Malfoy uçma konusunda gerçekten de susmak bilmiyordu. Yüksek sesle, birinci sınıf öğrencilerinin Quidditch takımlarına alınmadıklarından yakınıyor, helikopterli Muggle'lardan son anda nasıl kurtulduğuna dair uyduruk masallar anlatarak böbürleniyordu. Tek başına değildi bu konuda. Seamus Finnigan, anlattığına bakılırsa, çocukluğunu kırlarda, bir süpürge üstünde uçarak geçirmişti. Ron bile, kendini dinleyen çıkarsa, Charlie'nin eski süpürgesiyle bir planöre çarpmaktan son anda nasıl sıyırdığını anlatıyordu. Büyücü ailelerden gelenlerin hepsi

Quidditch'ten söz ediyordu boyuna. Ron, kendileriyle aynı yatakhanede kalan Dean Thomas'la futbol konusunda tartışmıştı bir ara. Ron, tek topla oynanan, üstelik kimsenin uçmasına izin verilmeyen bir oyunun nasıl heyecanlı olabileceğine akıl erdiremiyordu. Harry bir keresinde Ron'u, Dean'in West Ham futbol takımı posterini dürtükleyerek oyuncuları hareket ettirmeye çalışırken yakalamıştı.

Neville hiç süpürgeye binmemişti ömründe, büyükannesi onu süpürgenin yanına bile yaklaştırmamıştı. Harry'ye bakılırsa, akıllılık etmişti kadın, Neville yerde iki ayağının üstünde dururken bile inanılmaz derecede sakardı.

Hermione Granger da uçmaktan Neville kadar korkuyordu. Kitaplardan ezberlenecek bir şey değildi bu – gerçi bunu denememiş değildi. Perşembe sabahı kahvaltıda, kitaplıktan aldığı *Çağlar Boyu Quidditch*'teki uçmakla ilgili püf noktalarını tek tek sayarak herkesin canına okumuştu. Sadece Neville, ilerde süpürgeden düşmemek için kulaklarını dört açmıştı, ama ötekiler Hermione'nin söylevinin postanın gelişiyle kesilmesine bayağı sevinmişlerdi.

Hagrid'in notundan beri hiç mektup almamıştı Harry, bu da Malfoy'un gözünden kaçmamıştı. Malfoy'un puhukuşu hep şeker kutuları getiriyordu evinden, o da kutuları Slytherin masasında kurum kurum kurularak açıyordu.

Neville'in peçelibaykuşu ona küçük bir paket getirdi büyükannesinden. Neville heyecanla açtı paketi, içinden çıkan büyük bir misket iriliğindeki cam küreyi gösterdi arkadaşlarına, küre beyaz dumanla doluydu sanki.

"Buna Hatırlatmaca denir," diye açıkladı. "Büyükannem her şeyi unuttuğumu bilir – bu küre, yapmayı unuttuğun bir şey varsa sana hemen hatırlatır. Bakın, şöyle sımsıkı tutacaksınız, eğer kızarırsa – ah.." Süklüm püklüm oluverdi birdenbire, çünkü Hatırlatmaca kıpkızıl kesilmişti. "... unuttuğunuz bir şey var demektir..."

Neville ne unuttuğunu hatırlamaya çalışırken, Gryffindor masasının yanından geçen Draco Malfoy, elinden Hatırlatmaca'yı kapıverdi.

Harry'yle Ron ayağa fırladılar. Malfoy'la kavga etmek için bahane arıyorlardı zaten, ama sorunları fark etmekte öteki öğretmenlerden çok daha usta olan Profesör McGonagall yanlarında bitiverdi.

"Ne oluyor?"

"Malfoy Hatırlatmaca'mı aldı, Profesör."

Malfoy, kaşlarını çatarak Hatırlatmaca'yı masaya bıraktı hemen.

"Sadece bakıyordum," dedi; arkasında Crabbe ile Goyle, oradan uzaklaştı.

O gün öğleden sonra üç buçukta Harry, Ron ve öteki Gryffindor'lar ilk uçma dersi için merdivenlerden koşarak inip bahçeye çıktılar. Açık, esintili bir gündü, yemyeşil yamaçtan düz alana inerken ayaklarının altındaki çimenler hışırdıyordu, karşı yandaki Yasak Orman'ın ağaçları uzakta kara gölgeler içinde ağır ağır sallanıyordu.

Slytherin'ler gelmişlerdi bile, yirmi tane saplı süpürge düzenli bir biçimde yere sıralanmıştı. Harry daha önce Fred'le George Weasley'nin okul süpürgelerinden yakındıklarını duymuştu, söylediklerine bakılırsa, çok havalanırsan bazıları titremeye başlıyor, bazıları da hafifçe sola çekiyormuş.

Öğretmenleri Madam Hooch da geldi. Kısacık kır saçları, atmaca gibi sarı gözleri vardı.

"Ne bekliyorsunuz öyle?" diye haykırdı. "Herkes bir süpürgenin yanına geçsin. Hadi, çabuk olsanıza!"

Harry süpürgesine bir göz attı. Pek eskiydi doğrusu, ucundaki süpürge çalıları aynı yöne uzanmıyor da değişik yönlere fışkırıyordu sanki.

Madam Hooch önlerine geçip, "Sağ ellerinizi süpürgelerinizin üstüne uzatın, 'Yukarı!' diye bağırın," dedi.

"YUKARI!" diye bağırdı herkes.

Süpürgesi hemen fırlayıp Harry'nin eline yapıştı ama bütün süpürgeler beceremedi bunu. Hermione Granger'ın süpürgesi yerlerde yuvarlanıyordu, Neville'inki ise kılını bile kıpırdatmamıştı. Harry, belki süpürgeler de, atlar gibi, insanın korkup korkmadığını anlıyor diye düşündü; Neville'in sesi titremişti bağırırken, yerde, ayaklarının üstünde durmak istediği apaçık ortadaydı.

Madam Hooch, ucundan kayıp düşmeden süpürgelere nasıl oturulacağını gösterdi, bir yukarı bir aşağı dolaşarak saplara nasıl tutunduklarını inceledi, yanlışlarını düzeltti. Malfoy'a bu işi tepeden tırnağa yanlış yaptığını söyleyince, Harry'yle Ron pek keyiflendiler.

Madam Hooch, "Şimdi, düdük çaldığımda, ayaklarınızı yere vurup havalanacaksınız," dedi. "Süpürgelerinizi düz tutun, bir metre kadar yükselin, sonra uçlarını hafifçe öne eğerek aşağı inin. Düdük çalınca – bir – 'ki -"

Ama heyecandan zangır zangır titreyen Neville, yerde kalmanın da korkusuyla, Madam Hooch daha düdüğünü dudaklarına götürmeden, ayaklarını yere pat diye vurup havalanıverdi.

"Gel buraya, çocuk!" diye bağırdı Madam Hooch, ama Neville patlayan şişe mantarı gibi yükseliyordu – dört metre – yedi metre. Harry onun korkudan bembeyaz kesilmiş yüzünü, kendisinden gittikçe uzaklaşan yere bakışını görebiliyordu; Neville birkaç kez yutkundu, süpürgenin kenarından kaydı, sonra da -

KÜÜT – çimenlere yüzükoyun çuval gibi yığılıverdi Neville. Süpürgesi yükseldikçe yükseliyordu, birdenbire Yasak Orman'a yöneldi, oraya doğru sürüklenerek gözden yok oldu.

Madam Hooch, Neville'in üstüne eğildi, onun da beti benzi atmıştı.

Harry, onun, "Bileği kırılmış," diye mırıldandığını duydu. "Hadi, çocuk – bir şeyin yok, kalk ayağa."

Öteki öğrencilere döndü.

"Ben bu çocuğu hastane kanadına götürüyorum, kimse yerinden kımıldamasın! Süpürgelere dokunmayın, yoksa Hogwarts'tan sepetlenir, Quidditch'i de düşünüzde görürsünüz. Gel, yavrum."

Kolunu Neville'in omzuna doladı. Neville, yanaklarından yaşlar süzülerek, eli bileğinde, Madam Hooch'la uzaklaştı. Onlar uzaklaşır uzaklaşmaz da Malfoy kahkahayı bastı.

"Salak şişkonun suratını gördünüz mü?"

Öteki Slytherin'ler de gülmeye başladılar.

"Kapa çeneni, Malfoy!" dedi Parvati Patil.

Slytherinli bir kız, karakuru suratlı Pansy Parkinson, "Longbottom'dan yanasın, ha?" dedi. "Şişko ödleklerden hoşlanacağın da hiç aklıma gelmezdi, Parvati."

Malfoy, ileri atılıp yerden bir şey alarak, "Bakın!" dedi. "Longbottom'ın büyükannesinin yolladığı o saçmasapan şey!"

Güneşte parıldayan Hatırlatmaca'yı havaya kaldırdı.

Harry, "Ver onu, Malfoy," dedi usulca. Herkes ne olacağını görmek için konuşmayı kesti.

Malfoy pis pis gülümsedi.

"Bir yere bırakayım da, Longbottom sonra gelip alsın – nereye bıraksam – bir ağacın tepesine mi bıraksam?"

"Ver şunu!" diye bağırdı Harry, ama Malfoy süpürgesine atlayıp havalanmıştı bile. Yalan söylememişti demek, bayağı uçabiliyordu – bir meşenin en üst dallarına kadar yükseldi, "Gel de al bakalım, Potter!" diye seslendi.

Harry süpürgesine yapıştı.

"Hayır!" diye haykırdı Hermione Granger. "Madam Hooch kımıldamayın dedi – hepimizin başını derde sokacaksın."

Harry aldırmadı ona. Kanı beynine çıkmıştı. Süpürgeye binip ayaklarını hızla yere vurdu, vurur vurmaz da havalandı; saçları, cüppesi dalgalanırken, hiç kimse öğretmeden de uçabildiğini anladı, inanılmaz bir sevinç duydu – kolay bir şeydi bu, *harikaydı.* Süpürgesinin başını birazcık yukarı kaldırınca daha yükseklere çıktı; aşağıda kızların korkuyla bağırdıklarını duydu, Ron da hayranlıkla çığlıklar atıyordu.

Harry, havada Malfoy'la yüz yüze gelebilmek için süpürgesini yana çevirdi hızla. Malfoy şaşkınlıktan donakalmıştı sanki.

"Ver şunu," diye seslendi Harry, "yoksa o süpürgeden atarım seni!"

"Yok canım?" dedi Malfoy, sırıtmaya çalışıyordu, ama pek de tedirgin görünüyordu.

Artık nereden içine doğduysa, Harry ne yapması gerektiğini hemen kavradı, iki eliyle süpürgenin sopasına yapışıp cirit gibi fırladı Malfoy'un üstüne. Malfoy tam zamanında yana çekilerek kurtuldu; Harry hızla dönüp süpürgeyi dizginledi. Aşağıdan birkaç kişinin alkışları geliyordu.

Harry, "Burada ne Crabbe kurtarabilir seni, ne de Goyle," diye bağırdı.

Galiba Malfoy da aynı şeyi düşünüyordu.

"Tut tutabilirsen!" diye bağırdı, cam küreyi havaya fırlatıp yere süzüldü.

Harry, filmlerdeki ağır çekimlerde olduğu gibi, kürenin havalandığını, sonra düşmeye başladığını gördü. Öne eğilip süpürgesinin başını indirdi – pike yaparak alçalıyordu şimdi, sanki küreyle yarışıyordu – kulaklarında rüzgârın sesiyle aşağıda kendisini seyredenlerin çığlıkları çınlıyordu – elini uzattı – yere bir adım kala yakaladı küreyi, süpürgesini tam zamanında düzeltti, avucunda Hatırlatmaca'yla çimenlere yumuşacık bir iniş yaptı.

"HARRY POTTER!"

Yere inerken duyduğu korku, bunun yanında hiç kalırdı şimdi. Profesör McGonagall koşarak geliyordu. Harry titreyerek ayağa kalktı.

"Daha önce – Hogwarts'ta *hiç* böyle bir şey -"

Şaşkınlıktan sanki dili tutulmuştu Profesör McGonagall'ın, gözlüğü öfkeyle parlıyordu "- nasıl yaparsın bunu – boynun kırılabilirdi -"

"Suç onda değil, Profesör -"

"Siz susun, Miss Patil -"

"Ama Malfoy -"

"*Yeter*, Mr Weasley. Potter, gel benimle."

Harry oradan ayrılırken Malfoy'un, Crabbe'nin, Goyle'un zaferle ışıyan yüzlerini gördü; Profesör McGonagall'ın peşine takılıp şatoya yürüdü. Okuldan kovulacağından adı gibi emindi. Kendini savunmak için bir şeyler söylemek istiyordu, ama sesi yok olmuştu sanki. Profesör McGonagall Harry'ye bakmadan hızlı hızlı yürüyordu, Harry ona yetişebilmek için koşar adım gidiyordu. Olanlar olmuştu. İki hafta bile dayanamamıştı. On dakika sonra eşyalarını topluyor olacaktı. Kapıda belirdiği zaman Dursley'ler ne diyeceklerdi acaba?

Şatonun önündeki merdiveni, sonra da içerideki mermer basamakları çıktılar; Profesör McGonagall hâlâ ağzını bile açmamıştı. Harry arkasından süklüm püklüm koşarken kapıları açtı, koridorları arşınladı. Belki de Dumbledore'a götürüyordu onu. Hagrid'i düşündü Harry; o da okuldan kovulmuş, ama bekçi olarak kalmasına izin verilmişti. Belki de yardımcısı olurdu Hagrid'in. Bunu düşününce yüreği burkuldu, Ron'la ötekiler büyücü olarak yetişirken, o bahçede Hagrid'in çantasını taşıyacaktı.

Profesör McGonagall bir sınıfın önünde durdu. Kapıyı açıp başını uzattı.

"Özür dilerim, Profesör Flitwick, bir saniye Wood'u alabilir miyim?"

Wood da neyin nesiydi acaba?

Beşinci sınıftan iri yapılı bir çocuktu Wood, Flitwick'in sınıfından çıktığında kafası karmakarışık görünüyordu.

"İkiniz de gelin benimle," dedi Profesör McGonagall, koridorda yürümeye başladılar; Wood merakla Harry'ye bakıyordu.

"Girin."

Peeves'den başka kimsenin olmadığı boş bir sınıfa girdiler; o da karatahtaya hiç de hoş olmayan şeyler yazmaktaydı.

"Dışarı, Peeves!" diye bağırdı Profesör McGonagall. Peeves elindeki tebeşiri çat diye çöp tenekesine attı, sonra da söylene söylene çıktı. Profesör McGonagall onun arkasından kapıyı çarparak kapattı, iki çocuğun karşısına geçti.

"Potter, bu Oliver Wood. Wood – sana bir Arayıcı buldum."

Wood'un yüzündeki şaşkınlığın yerini sevinç aldı.

"Ciddi misiniz, Profesör?"

"Kesinlikle," dedi Profesör McGonagall. "Doğuştan yetenekli bu çocuk. Ben böyle bir şey görmedim. Bu senin süpürgeye ilk binişin miydi, Potter?"

Harry sessizce baş salladı. Ne olup bittiğine dair hiç fikri yoktu, ama anladığı kadarıyla, okuldan kovulmayacaktı, bacaklarının gücü yavaş yavaş yerine geliyordu.

Profesör McGonagall, "Şunu on beş metre pike yaparak yakaladı," dedi Wood'a. "Burnu bile kanamadı. Charlie Weasley bile yapamazdı bunu."

Wood, bütün düşleri bir anda gerçekleşmiş gibi bakıyordu şimdi.

Heyecanla, "Hiç Quidditch maçı gördün mü, Potter?" diye sordu.

Profesör McGonagall, açıklama yapmak gereğini duydu: "Wood, Gryffindor takımının kaptanıdır."

Wood, Harry'nin çevresinde dönüp onu inceleyerek, "Yapısı da Arayıcı olmaya uygun," dedi. "Zayıf – hızlı – ona doğru dürüst bir süpürge bulalım, Profesör – ya Nimbus İki Bin ya da Silsüpür Yedi."

"Profesör Dumbledore'la bir konuşayım, bakalım birinci sınıf kuralını yeni baştan yorumlayabilir miyiz. Takımın geçen yıldan daha iyi olması gerek. Son maçta Slytherin perişan etmişti bizi, Severus Snape'in yüzüne haftalarca bakamamıştım..."

Profesör McGonagall, gözlüğünün üstünden sert sert baktı Harry'ye.

"Sıkı çalışman gerekiyor, Potter, yoksa seni cezalandırma konusunda düşüncemi değiştirebilirim."

Sonra birdenbire gülümsedi.

"Baban bunu görse gurur duyardı," dedi. "Eşsiz bir Quidditch oyuncusuydu o."

*

"Dalga geçiyorsun."

Akşam yemeğindeydiler. Harry, Profesör McGonagall'la bahçeden ayrıldıktan sonra neler olduğunu anlatmayı yeni bitirmişti. Ron ağzına bir dilim biftekli-böbrekli börek götürüyordu ki, yemeği filan unutuverdi.

"Arayıcı ha?" dedi. "Ama birinci sınıftakiler *hiç* – takımda senin kadar küçük biri oynamayalı kim bilir kaç yıl olmuştur -?"

Ağzına bir parça börek atarak, "Yüz yıl olmuş," dedi Harry. O günün heyecanından sonra bayağı acıkmıştı. "Wood söyledi."

Ron öyle şaşırmış, öyle etkilenmişti ki, oturduğu yerde Harry'ye bakmaktan başka bir şey yapamıyordu.

"Haftaya antrenmanlara başlıyorum," dedi Harry. "Ama kimseye söyleme. Wood sır olarak saklamak istiyor bunu."

Fred ile George Weasley salona girdiler o anda, Harry'yi görünce yanına seğirttiler.

Alçak sesle, "Tebrikler," dedi George. "Wood söyledi. Biz de takımdayız – Vurucu oynuyoruz."

"Söylemedi demeyin, Quidditch Kupası'nı bu yıl biz alacağız," diye fısıldadı Fred. "Charlie ayrıldı ayrılalı alamıyoruz, ama bu yıl takım harika. İyi oynuyor olmalısın, Harry. Anlatırken, Wood'un içi içine sığmıyordu."

"Neyse, gitmemiz gerek. Lee Jordan okul dışına açılan gizli bir geçit daha bulmuş, öyle diyor."

"İlk hafta bulduğumuz geçittir, Yaltak Gregory heykelinin arkasındaki. Görüşürüz."

Fred'le George ayrılır ayrılmaz hiç hoşlanmadıkları biri bitiverdi tepelerinde: Malfoy. Arkasında Crabbe'yle Goyle vardı yine.

"Son yemeğini mi yiyorsun, Potter? Seni Muggle'lar arasına döndürecek trene ne zaman biniyorsun?"

Harry, soğukkanlılıkla, "Bakıyorum ayakların yerdeyken, yanında da minik arkadaşların varken daha cesur oluyorsun," dedi. Crabbe'yle Goyle pek de minik sayılmazlardı doğrusu, ama Yüce Masa öğretmenlerle dolu olduğu için, dişlerini gıcırdatıp yumruklarını sıkmaktan başka bir şey gelmezdi ellerinden.

"İstediğin zaman teke tek karşılaşabilirim seninle," dedi Malfoy. "İstersen bu gece. Büyücü düellosu. Sadece asalarla – dokunma yok. Ne oldu? Daha önce büyücü düellosu diye bir şey duymadın mı yoksa?"

Yerinde dönerek, "Duymaz olur mu," dedi Ron. "Ben onun yedeğiyim; senin yedeğin kim?"

Malfoy, Crabbe'yle Goyle'a bakarak onları şöyle bir tarttı.

"Crabbe," dedi. "Gece yarısı olur mu? Kupa salonunda buluşuruz, orası hiç kilitlenmiyor."

Malfoy gidince, Ron'la Harry birbirlerine baktılar.

"Büyücü düellosu da nedir?" dedi Harry. "Yedeğim olacağını söyledin, yedek ne işe yarar?"

Soğumuş böreği ağzına atarak, pek sıradan bir şey söylüyormuş gibi, "Ölecek olursan yerini alır," dedi Ron. Harry'nin bakışını fark etti sonra, hemen ekledi: "Ama insanlar gerçek büyücülerin düellolarında ölür. Sen de, Malfoy da, olsa olsa birkaç kıvılcım gönderirsiniz birbirinize, o kadar. Önemli bir zarar verecek kadar büyü bilmiyorsunuz. Zaten senin düellodan kaçacağını sanıyordu."

"Ya ben asamı sallayınca bir şey olmazsa?"

Ron akıl verdi: "O zaman asanı fırlatır atar, burnuna bir tane patlatırsın."

"Özür dilerim."

Başlarını kaldırdılar. Hermione Granger'dı.

"İnsan burada ağız tadıyla bir şey yiyemez mi?" dedi Ron.

Hermione aldırmadı ona, Harry'ye döndü.

"Malfoy'la konuşmanıza kulak misafiri oldum -"

"Sende bu kulak varken," diye mırıldandı Ron

"- geceleri okulda dolaşmaman gerek, yakalanırsan Gryffindor'un puanları silinir. Zaten yakalanırsın. Çok bencillik ediyorsun."

"Bu seni ilgilendirmez," dedi Harry.

"Güle güle," dedi Ron.

Gün pek de güzel bitmiş sayılmazdı doğrusu, Harry yatağına uzanmış, Dean'le Seamus'ın uykuya dalışlarını kollarken öyle düşünüyordu (Neville hastane kanadından dönmemişti daha). Ron akşam boyunca, "Eğer sana lanet yağdırırsa eğilirsin, çünkü nasıl karşılanacağını bilmiyorum," gibisinden öğütler vermişti. Filch ya da Mrs Norris tarafından yakalanmaları olasılığı da büyüktü, Harry aynı gün içinde bir kere daha okul kuralları dışına çıkmakla şansını zorladığı duygusuna kapıldı. Öte yandan, boyuna Malfoy'un sırıtan yüzü beliriyordu karanlıkta – Malfoy'u yere sermek için karşısına eşsiz bir olanak çıkmıştı. Bu olanağı kaçıramazdı.

Sonunda, "On bir buçuk," diye mırıldandı Ron. "Gitme vakti."

Sırtlarına sabahlıklarını geçirip asalarını aldılar, kuledeki odalarından ayrılıp kıvrımlı merdivenden indiler, Gryffindor salonuna girdiler. Şöminede birkaç kor parıldıyordu hâlâ, bütün koltuklar kambur siyah gölgelere dönüşmüştü. Tam resimdeki deliğe varmışlardı ki, yanlarındaki koltuktan bir ses geldi: "Bunu yapacağına inanamıyorum, Harry."

Bir lambanın titrek ışığı belirdi. Hermione Granger'dı bu, pembe bir sabahlık geçirmişti sırtına, kaşlarını çatmıştı.

Öfkeyle, "*Sen!*" dedi Ron. "Gidip yatsana sen!"

"Az kalsın kardeşine söyleyecektim," diye atıldı Hermione. "Percy'ye – Sınıf Başkanı o. Bunu durdururdu."

Harry bir başkasının kendi işlerine bu kadar burnunu sokmasına inanamıyordu.

"Hadi," dedi Ron'a. Şişman Kadın resmini iterek açtı, delikten geçti.

Hermione kolay kolay pes etmeyecekti anlaşılan. Ron'dan sonra o da geçti resimdeki delikten, bir yandan da öfkeli kazlar gibi tıslıyordu onlara.

"Siz hiç Gryffindor'u düşünmez misiniz, hep kendinizi mi düşünürsünüz? Kupayı Slytherin alacak, Büyü Değiştirme'yi bildiğim için Profesör McGonagall'dan topladığım bütün puanlar sizin yüzünüzden silinecek."

"Gitsene sen."

"Peki, ama uyardım sizi, yarın eve dönerken trende hatırlarsınız, siz nasıl insanlarsınız, biliyor musunuz? Siz -"

Nasıl insanlar olduklarını öğrenemediler. Hermione içeri dönmek için Şişman Kadın'ın resmini çevirince bomboş bir tabloyla karşılaşmıştı. Bir gece ziyaretine gitmişti Şişman Kadın, Hermione de Gryffindor Kulesi'ne giremiyordu.

Cırtlak bir sesle, "Ben şimdi ne yapacağım?" diye sordu.

"Senin sorunun o," dedi Ron. "Bizim gitmemiz gerek, geç kalıyoruz."

Koridorun sonuna varmamışlardı ki, arkalarından Hermione yetişti.

"Ben de sizinle geliyorum," dedi.

"Gelmiyorsun."

"Ne yani, burada böyle dikilip Filch'in beni yakalamasını mı bekleyeceğim? Bizi bulursa doğrusunu söylerim, sizi durdurmaya çalıştığımı anlatırım, siz de beni desteklersiniz."

Ron, "Sen de amma yüzsüzsün -" dedi yüksek sesle.

Birdenbire, "Susun, ikiniz de!" dedi Harry. "Bir ses duydum."

Bir çeşit solumaydı bu.

Ron, karanlıkta görmeye çalışarak, "Mrs Norris mi?" diye fısıldadı.

Mrs Norris değildi. Neville'di. Yere kıvrılmış, mışıl mışıl uyumaktayken onların yaklaştığını sezip sıçramıştı.

"Neyse ki buldunuz beni! Saatlerdir buradayım, yatakhaneye gitmek için yeni parolayı unutmuşum."

"Alçak sesle konuş, Neville. Parola 'Domuz burnu', ama işine yaramaz, çünkü Şişman Kadın yerinde değil."

"Kolun nasıl?" diye sordu Harry.

Bileğini göstererek, "İyi," dedi Neville. "Madam Pomfrey bir dakikada iyileştirdi."

"Güzel – bak, Neville, bizim bir yere yetişmemiz gerek, sonra görüşürüz -"

Neville, ayağa kalkarak, "Beni bırakmayın!" dedi. "Yalnız kalmak istemiyorum burada, Kanlı Baron zaten iki kere geçti."

Ron saatine bir göz attı, sonra da Hermione'yle Neville'e baktı öfkeyle.

"Sizin yüzünüzden yakalanacak olursak, ne yapar eder, Quirrell'ın anlattığı Hortlak Laneti'ni öğrenir, ikinizi de lanetlerim."

Hermione ağzını açtı, belki de Hortlak Laneti'nin nasıl kullanılacağını öğretecekti ona, ama Harry susmalarını işaret etti, birlikte yürümeye koyuldular.

Yüksek pencerelerin demir çubukları arasından süzülen ay ışığının aydınlattığı koridorlarda ilerlediler. Her dönemeçte, Filch ya da Mrs Norris'le karşılaşırız diye, Harry'nin yüreği ağzına geliyordu. Ama şanslıydılar. Merdivenlerden üçüncü kata çıkıp parmaklarının ucuna basa basa kupa salonuna yöneldiler.

Malfoy'la Crabbe gelmemişlerdi daha. Ay ışığının düştüğü yerlerde kristal kupa kutuları parlıyordu. Altın ve gümüş kupalar, kalkanlar, şiltler, heykeller karanlıkta ışıldıyordu. Gözlerini salonun iki yanındaki kapılardan ayırmadan, duvar boyunca ilerlediler. Malfoy belki ansızın belirip de saldırır diye, Harry asasını çıkardı. Dakikalar ağır ağır geçti.

Ron, "Gecikti," diye fısıldadı, "belki de korkudan ödü patlamıştır."

O sırada yan odadan gelen bir sesle sıçradılar. Harry tam asasını kaldırmıştı ki, birinin konuştuğunu duydular – Malfoy değildi bu.

"Kokla etrafı, tatlım, bir köşeye sinmiş olmalılar."

Konuşan Filch'ti, Mrs Norris'e bir şeyler söylüyordu. Harry, dehşet içinde arkadaşlarına döndü, kendisini hemen izlemeleri için çılgıncasına el salladı; Filch'in sesinin geldiği yerin karşısındaki kapıya yöneldiler usulca. Neville cüppesinin eteğini çeker çekmez, Filch'in kupa salonuna girdiğini duydular.

"Burada bir yerdeler," diye homurdanıyordu Filch, "herhalde saklanıyorlar."

Harry, arkadaşlarına, "Buradan!" diye işaret etti; hepsi korkudan taş kesilmişti sanki, iki yanına zırhlar sıralanmış uzun bir koridorda usul usul ilerlediler. Filch'in yaklaştığını duyuyorlardı. Ansızın korkuyla inledi Neville, koşmaya başladı – derken sendeledi, Ron'un beline yapıştı, ikisi birden bir zırha tosladılar.

Öyle bir şangırtı koptu ki, bütün şato ayağa kalkabilirdi.

"KOŞUN!" diye bağırdı Harry, dördü birden koridorda tabanları yağladılar, Filch geliyor mu diye arkalarına bile bakmıyorlardı – bir koridordan bir başkasına geçtiler, Harry öndeydi, nereye gittiklerini bile bilmeden koşuyordu. Kendilerini bir duvar halısının arkasına atınca, gizli bir geçitte olduklarını fark ettiler, koşmayı sürdürünce Tılsım sınıfının yanına çıktılar, kupa salonunun çok uzaklarındaydılar şimdi.

Harry, soğuk duvara yaslanıp alnını silerek, "Galiba sıyırdık," dedi soluk soluğa. Neville iki büklüm olmuş, aksırıp tıksırıyordu.

Hermione de soluk soluğaydı; ellerini göğsüne bastırarak, "Söylemiştim – söylemiştim – size," dedi. "Söylemiştim – size."

Ron, "Gryffindor Kulesi'ne dönmeliyiz," dedi. "Hemen. Hiç vakit geçirmeden."

Hermione, "Malfoy seni kandırdı," dedi Harry'ye. "Farkındasın, değil mi? Karşına çıkmayı düşünmedi bile – Filch kupa salonuna birinin geleceğini biliyordu. Malfoy kulağına fısıldamıştır mutlaka."

Harry, Hermione'nin haklı olabileceğini düşündü, ama bu düşüncesini ona söylememeyi uygun buldu.

"Gidelim."

O kadar kolay olmayacaktı bu. Daha on-on iki adım ancak atmışlardı ki, bir kapı tokmağının takırtısını duydular, önlerindeki sınıftan yıldırım hızıyla biri fırladı.

Peeves'di bu. Onları görünce keyiften kıkırdamaya başladı.

"Sus, Peeves – lütfen – kovulmamıza neden olacaksın."

Peeves gıdaklar gibi güldü.

"Gece yarısı dolaşmaya çıktınız ha? Sizi bastıbacaklar! Cık, cık, cık. Yaramazlar böyle enselenir işte."

"Bizi ele vermezsen enselenmeyiz, Peeves, lütfen."

Peeves, yumuşacık bir sesle, "Filch'e söylemem gerek bunu. Evet, ona söylemeliyim," dedi; ama gözleri hain hain parlıyordu. "Sizin kendi iyiliğiniz için."

"Çekil yolumuzdan," diye diklendi Ron, Peeves'i hızla itti – büyük bir hataydı bu.

"ÖĞRENCİLER YATAKLARINDAN KAÇMIŞ!" diye haykırdı Peeves. "ÖĞRENCİLER KAÇMIŞ! TILSIM KORİDORUNDALAR!"

Peeves'den sıyrılarak can havliyle kaçtılar, koridorun sonuna kadar koştular, bir kapı çıktı karşılarına – kilitliydi.

Çaresizlik içinde kapıyı iterlerken, "Tamam!" diye inledi Ron. "İşimiz bitti! Sonumuz geldi!"

Ayak sesleri geldi kulaklarına; Filch, Peeves'in çığlıklarını duymuş, koşarak yaklaşıyordu.

"Çekilin şöyle," diye homurdandı Hermione. Harry'nin asasını kaptı, onu kilide vurarak fısıldadı: *"Alohomora!"*

Bir tıkırtı oldu kilitte, kapı ardına kadar açıldı – itişe kakışa geçip kapıyı kapattılar, öteki yanda konuşulanlara kulak kabarttılar.

"Nereye gittiler, Peeves?" diyordu Filch. "Çabuk, söyle bana."

"'Lütfen' diyeceksin."

"Benimle dalga geçme, Peeves, söylesene, *nereye gittiler?*"

Peeves'in o sinir bozucu sesi, şarkı söyler gibi, çınladı: "Lütfen diyeceksin. Hiçbir şey öğrenemezsin."

"Peki – *lütfen.*"

"HİÇBİR ŞEY! Ha haaa! Söyledim ya, lütfen diyeceksin, hiçbir şey öğrenemezsin diye. Lütfen dedin, hiçbir şey öğrenemeyeceksin! Ha ha! Haaaaaa!" Peeves'in bir hışırtıyla uzaklaştığını, Filch'in de öfkeyle küfrettiğini duydular.

"Kapı kilitli sanıyor," diye fısıldadı Harry. "Sıyıracağız – *çek elini,* Neville!" Neville bir dakikadır Harry'nin sabahlığının kolunu çekiştirip duruyordu. *"Ne var?"*

Harry arkasına döndü – döner dönmez de görüverdi. Neyi mi? Bir karabasanın içinde sandı kendini – bu kadarı da olmazdı artık, başlarına gelen bütün o belalardan sonra.

Sandığı gibi, bir odada değillerdi. Bir koridordaydılar. Üçüncü kattaki yasak koridorda. Neden yasak olduğunu da hemen anlamışlardı.

Yerden tavana kadar yükselen boyuyla dev bir köpeğin gözlerinin içine bakıyorlardı şimdi. Üç başlı bir köpekti bu. Üç çift fıldır fıldır, çılgınca bakan göz; kendilerine doğru uzanmış, titreyip duran üç burun; sarımsı dişlerinden kaygan sicimler gibi sarkan salyalarıyla üç de korkunç ağız.

Hareket etmeden duruyordu; altı gözünü de onlara dikmişti; Harry, "Eğer ansızın çıkagelmemiz onu bu kadar şaşırtmasaydı, şimdiye kadar çoktan ölmüştük," diye düşündü; ama şaşkınlığı geçiyordu köpeğin, gökgürültüsünü andıran o hırlamaların başka ne anlamı olabilirdi?

Kapının tokmağına yapıştı Harry – Filch'le ölüm arasında bir seçim yapması gerekiyorsa, Filch'i seçerdi elbet.

Dışarı fırladılar – Harry çarparak kapadı kapıyı, koridor boyunca koştular, daha doğrusu uçtular. Filch herhalde başka bir yerlerde aramaktaydı kendilerini, çünkü onunla karşılaşmadılar; karşılaşıp karşılaşmamaları da pek önemli değildi zaten – o anda tek düşündükleri, canavardan olabildiğince uzaklaşmaktı. Yedinci katta Şişman Kadın'ın portresine varıncaya kadar koştular.

Şişman Kadın, omuzlarından sıyrılmış sabahlıklarına, kan ter içindeki kıpkırmızı yüzlerine bakarak, "Nerelerdeydiniz?" diye sordu.

"Boş ver şimdi – domuz burnu, domuz burnu," diye soludu Harry, tablo öne doğru açıldı. Salona girip koltuklara yığıldılar; zangır zangır titriyorlardı.

Bir süre hiçbiri ağzını açmadı. Neville sanki ömrü boyunca bir daha konuşmayacakmış gibi duruyordu.

Sonunda, "Bunlar ne yaptıklarını sanıyorlar?" dedi Ron. "Böyle bir şey okulda kapalı tutulur mu? Köpek dediğin azıcık gezdirilmek, dolaştırılmak ister. Hele bu..."

Hermione hem soluğuna hem de o kötü huyuna yeniden kavuşmuştu.

"Siz hiçbiriniz bakmayı bilmiyorsunuz," diye atıldı. "Köpek neyin üstünde duruyordu, dikkat ettiniz mi?"

"Yerde mi?" dedi Harry. "Ayaklarına bakmıyordum ki, kafalarına bakıyordum."

"Yerde *değil*. Bir kapağın üstünde duruyordu. Bir şeyi koruduğu apaçık ortada."

Ayağa kalkarak patladı.

"Yaptığınız işten memnunsunuz herhalde. Hepimiz ölebilirdik – daha kötüsü, kovulabilirdik. Şimdi, izin verirseniz, ben yatmaya gidiyorum."

Ron, ağzı bir karış açık, Hermione'nin arkasından bakakaldı.

"İzin senin," dedi. "Sanki zorla sürüklediydik onu."

Harry yatağına uzanırken Hermione'nin söylediklerini düşünüyordu. Bir şeyi koruyordu köpek... Ne demişti Hagrid? Dünyada bir şey saklamak istersen, en güvenli yer Gringotts'tur – Hogwarts dışında.

Harry, yedi yüz on üç numaralı kasadaki küçük paketin nerede olduğunu anlamıştı galiba.

ONUNCU BÖLÜM

Cadılar Bayramı

Malfoy, ertesi gün Harry'yle Ron'un hâlâ Hogwarts'ta olduklarını görünce gözlerine inanamadı, ikisi de yorgun görünüyordu, ama keyifleri yerindeydi. Harry de, Ron da, üç başlı köpek serüveninin harika olduğunu düşünmüşlerdi o sabah, şimdi bir başka serüvene daha atılmak için içleri gidiyordu. Bu arada Harry, Gringotts'tan Hogwarts'a getirilen paketi anlatmıştı Ron'a, böylesine sıkı koruma gerektiren şeyin ne olabileceği üstüne epey kafa yormuşlardı.

"Ya gerçekten değerli ya da gerçekten tehlikeli bir şeydir," demişti Ron.

Harry, "Belki ikisi birden," demişti.

Esrarengiz nesne yaklaşık beş santim uzunluktaydı, bunu biliyorlardı sadece, ellerinde başka ipucu yoktu. Bu yüzden de onun ne olduğunu kestiremiyorlardı.

Neville de, Hermione de, köpeğin altındaki kapağın neyi gizlediği konusuyla hiç ilgilenmemişlerdi. Neville'in bütün derdi, bir daha köpeğin yanına yaklaşmamaktı.

Hermione, Harry'yle de, Ron'la da konuşmuyordu şimdi; öylesine bilgiç bir gevezeydi ki, ikisi de derin bir oh çekmişlerdi. Bütün istedikleri, bir yolunu bulup Malfoy'a dünyanın kaç bucak olduğunu göstermekti, bu olanak da bir hafta kadar sonra postanın gelişiyle doğdu, onları keyiflendirdi.

Baykuşlar her zamanki gibi Büyük Salon'u doldurunca, altı cüce baykuşun taşıdığı ince uzun bir paket bütün öğrencilerin dikkatini çekti. Harry de, herkes gibi, onun içinde ne olduğunu merak ediyordu, kuşlar kendi masasına süzülüp de salamları yere düşürerek paketi tam önüne bırakınca şaşkınlıktan kalakaldı. Cüce baykuşlar kanat çırparak uzaklaşırken bir başka baykuş geldi, paketin üstüne bir mektup attı.

Harry mektubu açtı önce, öyle yapmakla iyi etmişti doğrusu; kâğıtta şunlar yazılıydı:

PAKETİ MASADA AÇMA.
İçinde yeni Nimbus İki Bin'in var, ama bir süpürgen olduğunu kimsenin bilmesini istemiyorum, yoksa hepsi ister. Oliver Wood, ilk antrenmanın için bu akşam saat yedide Quidditch alanında seni bekleyecek.

Profesör M. McGonagall

Harry, okuması için mektubu Ron'a uzatırken sevincini gizlemekte zorlanıyordu.

Ron, imrenerek, "Nimbus İki Bin, ha!" diye inledi. "Ben daha bu modele elimi bile sürmedim."

İlk dersten önce süpürge paketini gizlice açmak için Salon'dan çabucak ayrıldılar, ama merdiven başının Crabbe ile Goyle tarafından kesildiğini gördüler. Malfoy paketi Harry'nin elinden kaptı, şöyle bir yokladı.

Paketi yine Harry'ye atarak, "Bir süpürge bu!" dedi, gözlerinde kıskançlık ve nefret okunuyordu. "Şimdi yandın işte, Potter, birinci sınıf öğrencilerine süpürge yasaktır."

Ron dayanamadı.

"Palavra bir süpürge değil bu," dedi, "bir Nimbus İki Bin. Senin evde neyin vardı demiştin, Malfoy, Comet İki Altmış mı?" Ron, Harry'ye sırıttı. "Cometler göz alıcıdır, ama Nimbuslarla karşılaştırılamazlar bile."

Malfoy, "Sen nereden bileceksin, Weasley," diye atıldı, "sapını bile almaya gücün yetmez. Sen de, kardeşlerin de elden düşmelerle idare edersiniz."

Ron yanıt veremeden, Malfoy'un dirseğinin dibinde Profesör Flitwick belirdi.

"Kavga etmiyorsunuz ya, çocuklar?" diye ciyakladı.

Malfoy, "Potter'a bir süpürge göndermişler, Profesör," dedi hemen.

Profesör Flitwick, Harry'ye ışıl ışıl gülümseyerek, "Evet, evet, biliyorum," dedi. "Profesör McGonagall bana özel durumlardan söz etti, Potter. Hangi model?"

Malfoy'un yüzündeki dehşeti görüp de gülmemek için kendini zor tutan Harry, "Nimbus İki Bin, efendim," dedi. "Malfoy olmasaydı bunu alamazdım," diye ekledi.

Harry'yle Ron üst kata yöneldiler, Malfoy öfkeden kuduruyordu, kafası karmakarışık olmuştu.

Mermer merdivenin en üst basamağına gelince, "Öyle," diye kıkırdadı Harry. "Neville'in Hatırlatmaca'sını almasaydı, ben de takıma giremeyecektim..."

Tam arkalarından öfkeli bir ses geldi. "Demek kuralları çiğnediğin için ödüllendirildiğini sanıyorsun?" Hermione, Harry'nin elindeki pakete, durumu hiç de onaylamadan bakarak, merdivenleri çıkıyordu.

"Hani benimle konuşmuyordun?" dedi Harry.

"Evet," dedi Ron. "Sakın cayma; kafamızı dinliyoruz."

Hermione, burnu havada, uzaklaşıp gitti.

Harry o gün kafasını derslerine veremedi. Ya yatakhanede yatağının altında duran yeni süpürgesini ya da o geceki Quidditch antrenmanını düşünüyordu. O akşam ne yediğinin bile farkına varmadan bir şeyler atıştırdı, sonra Ron'la birlikte yukarıya, Nimbus İki Bin paketini açmaya fırladı.

Süpürgeyi Harry'nin yatak örtüsüne koydular, "Vay canına!" diye iç çekti Ron.

Değişik süpürge modelleri konusunda hiçbir şey bilmeyen Harry bile, bunun harika bir şey olduğunu düşündü. İncecikti, pırıl pırıldı, sapı maundan yapılmıştı, arka ucundaki süpürge otları özenle seçilmişti, başına yakın bir yere de yaldızlı harflerle *Nimbus İki Bin* yazılmıştı.

Saat yediye yaklaşırken şatodan ayrıldı Harry, alacakaranlıkta Quidditch alanına yollandı. Daha önce stadyumun içine hiç girmemişti. Oyun alanını çevreleyen koltuklar, seyircilerin oyunu daha rahat seyredebilmeleri için, epeyce yüksekteydi. Alanın iki başında üçer tane altın direk vardı, her direğe bir çember takılmıştı. Direkler, Muggle çocukların sabun köpüğü üfleyerek baloncuklar oluşturduğu o küçük plastik çubukları hatırlattı Harry'ye, ama bunların yüksekliği on beşer metreydi.

Wood'u beklerken içinde uyanan uçma isteğine karşı koyamadı Harry, süpürgesine binip ayaklarıyla yere vurup havalandı. Ne güzel bir duyguydu bu – direklerin arasından geçti, oyun alanında alçalıp yükseldi. Şöyle hafifçe dokunmaya görsün, Nimbus İki Bin hemen yön değiştiriyordu.

"Hey, Potter, in aşağı!"

Oliver Wood gelmişti. Kolunun altında kocaman bir tahta kutu vardı. Harry yanına indi onun.

Wood, gözleri ışıl ışıl, "Çok güzel," dedi. "McGonagall haklıymış... doğuştan yeteneklisin. Bu akşam kuralları öğretirim sana, sonra da haftada üç gün takım antrenmalarına katılırsın."

Kutuyu açtı. Değişik boylarda dört top vardı içinde.

"Tamam," dedi Wood. "Şimdi... Quidditch oynamak pek kolay değildir, ama kurallarını öğrenmek kolaydır. Her takımda yedi kişi bulunur. Üçüne Kovalayıcı denir."

"Üç Kovalayıcı," diye tekrarladı Harry; bu arada Wood futbol topu büyüklüğünde kıpkırmızı bir top çıkardı kutudan.

"Bu topa Quaffle denir. Kovalayıcılar Quaffle'ı birbirlerine atarak onu çemberlerin birinden geçirmeye çalışırlar. O zaman gol olur. Bir Quaffle'ı çemberlerin birinden geçirirsen on sayı kazanırsın. Anlıyor musun?"

Harry, "Kovalayıcılar Quaffle'ı birbirlerine atarak çemberlerin birinden geçirmeye çalışırlar," diye tekrarladı. "Uçan süpürgeler üstünde oynanan bir çeşit basketbol – ama bunda altı basket var."

Wood, merakla, "Basketbol nedir?" diye sordu.

Hemen, "Boş ver," dedi Harry.

"Her takımda bir oyuncu daha var, ona da Tutucu denir – ben Gryffindor'un Tutucusuyum. Boyuna bizim çemberlerin çevresinde uçar, karşı takımın sayı yapmasını engellemeye çalışırım."

Bütün bunların hepsini hatırlamaya kararlıydı Harry; "Üç Kovalayıcı, bir Tutucu," dedi. "Quaffle'la oynarlar. Tamam, anlaşıldı. Peki, bunlar ne işe yarıyor?" Kutudaki üç topu işaret etti.

"Şimdi göstereceğim," dedi Wood. "Al şunu."

Beyzbol sopasını andıran küçük bir sopa uzattı Harry'ye.

"Bludger'ların ne işe yaradığını göstereceğim," dedi. "Bu ikisi Bludger'dır."

Kırmızı Quaffle'dan biraz daha küçük boyda, birbirinin aynı simsiyah iki topu gösterdi. Harry, iki topun da, kutunun içinde kendilerini tutan kayışlardan kurtulmak için hafifçe çırpındıklarını fark etti.

Wood, "Geri dur," diye uyardı Harry'yi. Eğilip Bludger'lardan birinin kayışını çözdü.

Siyah top bir anda kutudan fırladı, yükseldi, sonra Harry'nin yüzüne yöneldi hızla. Harry, burnunun kırılmasını önlemek için sopayla vurdu topa, Bludger zikzaklar çizerek havada uzaklaştı – dönüp başlarının çevresinde dolandı, tam Wood'a çarpacağı sırada takım kaptanı onu yakalayıp yere çiviledi.

Wood, çırpınan Bludger'ı kutuya koyup kayışla bağlarken, "Gördün mü?" dedi soluk soluğa. "Bludger'lar oradan oraya seğirtip oyuncuları süpürgelerinden düşürmek isterler. Bu yüzden de takımlarda ikişer Vurucu bulunur. Bizim Vurucular, Weasley ikizleri – görevleri takım arkadaşlarını Bludger'lardan korumak, onları karşı takım oyuncularına fırlatmak. Eee – buraya kadarını anladın mı?"

Harry, soluk bile almadan, "Üç Kovalayıcı Quaffle'la sayı yapmaya çalışır, Tutucu çemberleri korur, Vurucular da Bludger'ları kendi takımlarından uzak tutmaya çabalar," dedi.

"Çok iyi," dedi Wood.

Öyle laf arasında soruyormuş gibi, "Şey -" dedi Harry, "Bludger'lar kimseyi öldürdü mü?"

"Hogwarts'ta öldürmedi. Bir iki çene kırıldı, o kadar. Şimdi... takımın son oyuncusu Arayıcı'dır. Yani sen. Ne Quaffle'a aldıracaksın, ne de Bludger'lara -"

"- kafamı kırmazlarsa tabii."

"Merak etme, Weasley'ler Bludger'larla rahatça başa çıkabilirler – zaten kendileri de birer insan Bludger."

Wood kutuya uzanıp dördüncü topu aldı. Sonuncu topu. Quaffle'ın ya da Bludger'ların yanında ufacık kalan, ceviz büyüklüğünde bir toptu bu. Pırıl pırıl altından yapılmıştı, çırpınan minicik gümüş kanatları vardı.

"*Bu*," dedi, "Altın Snitch. Bütün toplardan önemlidir. Yakalaması çok güçtür, çünkü çok hızlıdır, onu görebilmek çok güçtür. Arayıcı'nın görevi onu yakalamaktır. Aradan süzülüp, Kovalayıcılardan, Vuruculardan, Quaffle'dan, Bludger'lardan sıyrılıp, öteki takımın Arayıcı'sından önce yakalayacaksın onu. Kim Snitch'i daha önce yakalarsa, takımına yüz elli sayı kazandırır, bu da bir bakıma maçı kazanmak demektir. İşte bu yüzden Arayıcılara çok faul yapılır. Bir Quidditch maçı ancak Snitch yakalanınca sona erer, yani sürüp gidebilir – rekor üç ay galiba, oyuncular arada uyusun diye boyuna yedekleri de oynatmışlar.

"Hepsi bu kadar – soracağın bir şey var mı?"

Harry başını iki yana salladı. Ne yapması gerektiğini anlamıştı, ama sorun bunu yapabilmekti.

Wood, Snitch'i dikkatle kutuya koyarken, "Şimdilik bununla çalışmayacağız," dedi. "Hava çok karanlık, yitirebiliriz. Şunlarla çalıştıralım seni."

Bir kese sıradan golf topu çıkardı cebinden; birkaç dakika

sonra ikisi de havadaydı, Wood topları olanca hızıyla dört yöne fırlatıyor, Harry de onları yakalamaya çalışıyordu.

Bir tekini bile kaçırmıyordu Harry; Wood'un keyfine diyecek yoktu. Yarım saat kadar çalıştılar, artık hava iyice kararınca çalışmayı bıraktılar.

Şatoya dönerlerken, neşeyle, "Bu yıl Quidditch Kupası bizim olacak," dedi Wood. "Charlie Weasley'yi bile sollarsan şaşmam. Ne kadar iyi bir oyuncuydu, ulusal takıma bile seçilebilirdi – ejderha peşine düşmeseydi."

*

Harry, o kadar dersin üstüne haftada üç akşam Quidditch antrenmanı da binince, Hogwarts'ta iki ayın nasıl geçip gittiğini fark etmedi bile. Şato, kendisine Privet Drive'dan çok daha sıcak bir yuva olmuştu. Temel bilgileri öğrendikleri için, dersleri de gittikçe daha ilginç oluyordu.

Cadılar Bayramı sabahı, koridorları saran nefis bir kabak tatlısı kokusuyla uyandılar. Daha da güzel bir şey oldu sonra: Profesör Flitwick, Tılsım dersinde artık nesneleri uçurabilecek duruma geldiklerini söyledi; Neville'in kurbağasını odada dört döndürerek uçurduğundan beri herkes bu anı heyecanla bekliyordu. Profesör Flitwick, ilk alıştırmalar için çocukları çifter çifter ayırdı. Neyse ki, Harry'nin yanına Seamus Finnigan düştü, çünkü Neville de onunla ikili oluşturmak için bayağı heveslenmişti. Ama Ron, Hermione Granger'la çalışacaktı. Buna Ron'un mu, Hermione'nin mi daha çok içerlediğini anlamak çok güçtü doğrusu. Hermione, Harry'nin süpürgesi geldiğinden beri ikisiyle de konuşmamıştı.

Profesör Flitwick, her zamanki gibi kitaplarının üstüne tüneyerek, "Çalıştığımız o bilek hareketlerini sakın unutmayın!" diye ciyakladı. "Hızlı ve kesin, unutmayın, hızlı ve kesin. Sihirli kelimeleri doğru söylemek de son derece önemlidir – Büyücü

Baruffio'yu hatırlayın hep, 'f' yerine 's' deyince, kendini sırtüstü yerde buluvermişti, göğsünün üstüne de bir yaban mandası çökmüştü."

Çok güçtü bu. Harry'yle Seamus'ın bilek hareketleri hızlı ve kesindi, ama uçurmak istedikleri kuştüyü sıranın üstünde duruyor, bir türlü havalanmıyordu. Seamus'ın sabrı taştı sonunda, asasıyla uçurmaya kalkışırken kuştüyünü ateşe verdi – Harry onu şapkasıyla söndürmek zorunda kaldı.

Yan sıradaki Ron'un da şansı pek yaver gitmiyordu.

Uzun kollarını yeldeğirmeni gibi sallayarak, "*Wingardium Leviosa!*" diye bağırıyordu.

Harry, Hermione'nin atıldığını duydu: "Wing-*gar*-dium Levi-*o*-sa diyeceksin, 'gar'ı uzatacaksın."

"O kadar iyi biliyorsan, sen söyle," diye homurdandı Ron.

Hermione cüppesinin kollarını sıyırdı, asasını sallayarak, "*Wingardium Leviosa!*" dedi.

Tüyleri sıradan havalandı, başlarının bir metre kadar üstünde uçuştu.

Profesör Flitwick, el çırparak, "Harika!" diye bağırdı. "Herkes baksın, Miss Granger başardı!"

Ders sonunda Ron dokunsan patlayacaktı.

Kalabalık koridorda kendilerine yol açarak yürürlerken, "Bu kıza kimsenin katlanamadığına şaşırmamalı," dedi. "İnsan değil, karabasan."

Yanından geçerlerken biri çarptı Harry'ye. Hermione'ydi. Harry ona bir göz atınca irkildi – kız gözyaşları içindeydi.

"Galiba söylediklerini duydu."

"Ne olurmuş duyduysa?" dedi Ron, ama o da biraz tedirgin olmuşa benziyordu. "Hiç arkadaşı olmadığının farkına vardı herhalde."

Hermione bir sonraki derse gelmedi, bütün öğleden sonra da ortalarda görünmedi. Cadılar Bayramı şöleni için Büyük Salon'a giderlerken, Parvati Patil'in, arkadaşı Lavender'la konuşmasına kulak misafiri oldular; Parvati Patil, Hermione'nin kızlar tuvaletinde ağladığını, yalnız kalmak istediğini söylüyordu. Ron'un tedirginliği daha da arttı bunları duyunca, ama biraz sonra Büyük Salon'a girip de Cadılar Bayramı süslemelerini görünce, Hermione'yi unutuverdiler.

Duvarlardan ve tavandan havalanan bin yarasa uçuşuyordu tepelerinde, bin yarasa da kara bulutlar gibi masaların üstünde kanat çırpıyor, içleri oyulmuş balkabaklarında yanan mumların ışıklarını titretiyordu. İlk geceki şölende olduğu gibi, altın tabaklarda yemekler belirdi ansızın.

Harry tam bir közlenmiş patatesi mideye indiriyordu ki, hoplaya zıplaya Profesör Quirrell girdi salona; sarığı çözülmüştü, yüzünde dehşet okunuyordu. Herkes onun Profesör Dumbledore'un koltuğuna doğru ilerlediğini, masaya yaslandığını gördü. "İfrit -" diye inledi Profesör Quirrell, "- zindanda ifrit var – haberiniz olsun."

Sonra yere yığılıp bayıldı.

Tam bir kargaşa çıktı. Profesör Dumbledore, yeniden sessizliği sağlamak için asasının ucundan birkaç maytap patlatmak zorunda kaldı.

"Sınıf Başkanları," diye gürledi, "sınıflarınızı hemen yatakhanelere götürün!"

Percy hemen havasını attı.

"Beni izleyin! Birinci sınıflar, birbirinizden ayrılmayın! Söylediklerimi yaparsanız ifritten korkmanıza gerek kalmaz! Tam arkamdan gelin. Yol açın, birinci sınıflar geliyor! Açılın, ben Sınıf Başkanıyım!"

Merdivenleri çıkarken, "İfrit nasıl girebilir buraya?" diye sordu Harry.

Ron, "Bana sorma," dedi, "ifritler gerçekten salaktır. Belki de Peeves almıştır içeri, Cadılar Bayramı şakası diye."

Değişik yönlere koşturan değişik öğrenci kümelerinin yanından geçtiler. Telaş içinde seğirten Hufflepuff'ların aralarından geçerken, Harry Ron'un koluna yapıştı birdenbire.

"Şimdi aklıma geldi – Hermione."

"Ne olmuş Hermione'ye?"

"İfritten haberi yok."

Ron dudağını ısırdı.

"Peki, tamam," diye kestirip attı. "Ama Percy görmesin bizi."

Eğilerek, öteki yana giden Hufflepuff'lara karıştılar, ıssız bir koridordan geçip kızlar tuvaletine doğru koştular. Tam köşeyi dönmüşlerdi ki, hızlı hızlı ayak sesleri duydular arkalarında.

Harry'yi kocaman bir aslan heykelinin arkasına çekerek, "Percy!" diye fısıldadı Ron.

Heykelin arkasından kafalarını uzatınca, gelenin Percy değil, Snape olduğunu gördüler. Snape koridoru geçip gözden yok oldu.

Harry, "Ne yapıyor?" diye fısıldadı. "Neden öteki öğretmenlerle birlikte zindanda değil?"

"Sorduğun adama bak."

Olabildikleri kadar sessizce, Snape'in uzaklaşan adımlarını izlediler yan koridorda.

"Üçüncü kata çıkıyor," dedi Harry, ama Ron elini kaldırdı.

"Burnuna bir koku geliyor mu?"

Harry havayı kokladı, kirli çorapla kimsenin nedense hiç temizlemediği genel tuvalet karışımı pis bir koku geldi burnuna.

Sonra işittiler onu – derinlerden gelen bir homurtu, dev ayakların sürünmesi. Ron eliyle gösterdi: Soldaki geçidin sonunda kocaman bir şey onlara doğru ilerliyordu. Karanlığa sığındılar hemen, yaratığın ay ışığında belirdiğini gördüler.

Korkunç bir görüntüydü bu. Dört metre boyundaydı, derisi gri kaya rengindeydi, koskoca bedeninin üstüne hindistan cevizi büyüklüğünde ufacık bir kafa yerleştirilmişti. Kısa bacakları ağaç gövdeleri kadar kalındı, ayakları nasır içindeydi. İnanılmaz bir koku yayıyordu çevresine. Elinde tuttuğu kocaman tahta sopa, kollarının uzunluğu yüzünden yere değiyordu.

İfrit bir kapının önünde durup içeri baktı. Sivri kulaklarını oynattı, minicik beynini çalıştırdı, sonra usulca odaya daldı.

"Anahtar kilidin üstünde," diye mırıldandı Harry. "Onu içeriye kilitleyebiliriz."

Ron, tedirginlik içinde, "İyi fikir," dedi.

Açık kapıya doğru ilerlediler, ağızları kupkuruydu, ifritin ansızın çıkıvermemesi için dua ediyorlardı. Harry bir sıçrayışta kapıya ulaştı, anahtarı yakaladı, kapıyı çarparak kapattı, kilitledi.

"Evet!"

Zafer sarhoşluğu içinde geçitte koşmaya başladılar, ama tam köşeye vardıklarında öyle bir şey duydular ki, az kalsın korkudan öleceklerdi - korkunç bir çığlıktı bu - kilitledikleri odadan geliyordu.

Ron, Kanlı Baron gibi bembeyaz kesilmişti. "Olamaz," dedi.

Harry yutkundu. "Kızlar tuvaletiydi orası!"

"Hermione!" dediler birlikte.

Yapmak isteyecekleri son şeydi bu, ama başka çareleri yoktu. Dönüp kapıya koştular, korkuyla titreyerek anahtarı çevirdiler - Harry çekip açtı kapıyı - içeri daldılar.

Hermione Granger karşı duvarın dibine büzülmüştü, bayılacaktı neredeyse. İfrit, duvarlardaki lavaboları söküp atarak ona doğru ilerliyordu.

Harry, çaresizlik içinde, "Şaşırtmaca ver!" dedi, eline geçen bir musluğu bütün gücüyle duvara fırlattı.

İfrit Hermione'nin birkaç adım ötesindeydi. Sesin nereden geldiğini anlamak için aptal aptal gözlerini kırpıştırarak çevresine bakındı. Minicik hain gözleri Harry'ye ilişti. Bir an durakladı, sonra sopasını kaldırıp onun üstüne saldırdı.

Ron, odanın öteki yanından, "Hey, kuşbeyinli!" diye bağırarak madeni bir boru parçası fırlattı ifrite. İfrit, borunun omzuna çarptığını bile fark etmemişti, ama sesini duymuştu Ron'un, bu kez Harry'yi bırakıp ona yöneldi; bu da Harry'ye ifritin yanından geçmek için vakit kazandırdı.

Harry, "Hadi, koş, *koş!*" diye bağırdı Hermione'ye, onu kapıya doğru çekmek istedi. Ama Hermione kımıldayamıyordu bile, ağzı korkudan bir karış açık, duvar dibine çökmüş, öylece duruyordu.

Çığlıklarla, yankılarla çılgına dönen ifrit bir daha kükredi, en yakındaki, kaçacak yeri olmayan Ron'a saldırdı.

O anda hem korkusuzca hem de aptalca bir şey yaptı Harry: Atlayıp ifritin boynuna sarıldı arkadan. İfrit, Harry'nin sırtında olduğunun farkında bile değildi – ama burnuna uzun bir değneğin sokulduğunu bir ifrit bile anlar – onun sırtına atladığında asası elindeydi Harry'nin – ucu da ifritin burun deliklerinden birine girmişti.

İfrit acıyla uluyarak iki büklüm oldu, sopasını salladı; Harry can havliyle tutunuyordu ona; ya yere savrulacak ya da sopayı kafasına yiyecekti.

Hermione yere büzülmüştü korkuyla; Ron kendi asasını çıkardı – ne yaptığının farkında bile olmadan, aklına ilk gelen büyülü sözleri haykırdı: "*Wingardium Leviosa!*"

Sopa ansızın fırladı ifritin elinden, havaya yükseldi, yükseldi, sonra ağır ağır döndü – korkunç bir çatırtıyla sahibinin kafasına indi. İfrit oracığa yüzükoyun yığıldı, yığılırken de bütün odayı zangır zangır sarstı.

Harry ayağa kalktı; titriyordu, soluğu kesilmişti. Ron, asası hâlâ havada, ne yaptığına şaşkınlıkla bakıyordu.

İlk konuşan Hermione oldu.

"Acaba – öldü mü?"

"Sanmıyorum," dedi Harry. "Olsa olsa bayılmıştır."

Eğilip asasını ifritin burnundan çıkardı. Yapışkan gri bir sıvıyla kaplanmıştı asa.

"Öff – ifrit sümüğü."

Asasını ifritin pantolonuna sildi.

Bir kapının çarpıldığını duydular ansızın, kulaklarına patırtılı ayak sesleri geldi; üçü de kafasını kaldırdı. Ne büyük şamata kopardıklarını fark etmemişlerdi o arada; ama gürültü de, ifritin korkunç çığlıkları da aşağıdan mutlaka işitilmişti. Bir an sonra

Profesör McGonagall daldı odaya, hemen arkasında Snape vardı, onu da Quirrell izliyordu. Quirrell ifrite şöyle bir baktı, sonra belli belirsiz bir iniltiyle elini kalbine götürerek bir tuvaletin üstüne çöktü.

Snape ifritin üstüne eğildi. Profesör McGonagall, Ron'la Harry'ye bakıyordu. Onu hiç bu kadar öfkeli görmemişti Harry. Dudakları bembeyaz kesilmişti. Gryffindor'a elli puan kazandırma umudu Harry'nin içinden siliniverdi.

Sesinde soğuk bir öfkeyle, "Siz ne yaptığınızı sanıyorsunuz?" dedi Profesör McGonagall. Harry, Ron'a baktı. Ron'un asası hâlâ havadaydı. "Ölebilirdiniz. Neden yatakhanede değilsiniz?"

Snape sert sert baktı Harry'ye. Harry gözlerini yere dikti. Ron artık asasını indirseydi keşke.

Derken incecik bir ses geldi gölgeler arasından.

"Lütfen, Profesör McGonagall – onlar beni arıyorlardı."

"Miss Granger!"

Hermione sonunda ayağa kalkabilmeyi başarmıştı.

"İfriti aramaya çıkmıştım – çünkü tek başıma onunla baş edebilirim sanıyordum – çünkü çok şey okumuştum onlar hakkında."

Ron asasını indirdi. Hermione Granger bir öğretmene düpedüz yalan mı söylüyordu?

"Beni bulmasalardı ölmüştüm. Harry asasını ifritin burnuna soktu, Ron da kafasına vurdu. Birini çağıracak vakitleri yoktu. Onlar geldiğinde ifrit benim işimi bitirmek üzereydi."

Harry'yle Ron bu hikâyeyi ilk kez duymuyormuş gibi görünmeye çalıştılar.

Profesör McGonagall, üçüne bakarak, "Şey – öyleyse..." dedi. "Miss Granger, düpedüz budalalıktır bu, bir dağ ifritini tek başınıza haklayabileceğinizi nasıl düşünürsünüz?"

Hermione başını önüne eğdi. Harry'nin dili tutulmuştu. Kuralları çiğneyecek son kişiydi Hermione, şimdi onları kurtarmak için ne palavralar atıyordu. Snape'in gülücükler dağıtması bile kendisini bu kadar şaşırtmazdı.

Profesör McGonagall, "Miss Granger, bunun için Gryffindor'dan beş puan silinecek," dedi. "Beni hayal kırıklığına uğrattınız. Yaranız bereniz yoksa, doğru Gryffindor Kulesi'ne gidin. Öğrenciler yemeklerini kendi kulelerinde yiyor."

Hermione çıktı.

Profesör McGonagall, Harry'yle Ron'a döndü.

"Ucuz kurtuldunuz, ama birinci sınıf öğrencileri de koca bir ifriti kolay kolay yere seremezdi doğrusu. İkiniz de Gryffindor'a beşer puan kazandırdınız. Bu, Profesör Dumbledore'a da bildirilecektir. Gidebilirsiniz."

Koşarak odadan ayrıldılar, iki kat çıkıncaya kadar da birbirleriyle konuşmadılar. Her şey bir yana, ifritin kokusundan kurtulmak bile güzeldi.

Ron, "On puandan fazla almalıydık," diye homurdandı.

"Beş demek istiyorsun. Hermione yüzünden silinen beş puanı unutma."

"Bizi kurtarmakla iyilik etti," dedi Ron, "aslına bakarsan, *biz* onu kurtardık."

Harry hatırlatmadan edemedi: "Onu içeride o şeyle kilitlemeseydik, kurtarmaya filan gerek kalmayacaktı."

Şişman Kadın tablosunun önüne gelmişlerdi.

"Domuz burnu," deyip girdiler.

Ortak salon kalabalıktı, gürültülüydü. Herkes yukarıya gönderilmiş yemekleri yiyordu. Ama Hermione, kapının yanında tek başına durmuş, onları bekliyordu. Utangaçlıkla yüklü bir sessizlik oldu. Sonra, birbirlerine hiç bakmadan, "Teşekkürler," deyip yemek almaya koştular.

Ama o andan sonra, Hermione Granger arkadaşları oldu. Bazı olaylar vardır, dostluklara yol açar, dört metre boyunda bir ifritin canına okumak da öyle bir olaydı işte.

ON BİRİNCİ BÖLÜM

Quidditch

Kasım ayına girdiklerinde hava çok soğudu birdenbire. Okulun çevresindeki dağlar buz grisi bir renge büründü, göl donup çeliğe döndü. Her sabah çiyle kaplanıyordu yer. Üst katların pencerelerinden Hagrid'in, sırtında upuzun bir köstebek derisi palto, ellerinde tavşan kürkünden eldivenler, ayaklarında da kunduz derisinden kocaman çizmelerle, Quidditch alanındaki süpürgelerin buzlarını çözdüğü görülebiliyordu.

Quidditch mevsimi başlamıştı. Harry, haftalarca çalışmadan sonra, cumartesi günü ilk maçına çıkacaktı. Gryffindor'la Slytherin arasındaydı maç. Gryffindor kazanırsa, şampiyonluk yarışında ikinci sıraya yükselecekti.

Kimse oynadığını görmemişti Harry'nin, Wood onu gizli bir silah olarak saklamayı düşünmüştü. Ama onun Arayıcı olarak oynayacağı haberi bütün okula yayılmıştı; Harry, harika bir maç çıkaracağını söyleyenlere mi inansın, yoksa ellerinde şilteyle onun tam altında koşup duracaklarını söyleyenlere mi kulak versin, bilemiyordu.

Harry'nin artık Hermione'yle arkadaşlık etmesi büyük şanstı doğrusu. Boş vakitlerini Wood'un Quidditch çalıştırmasıyla geçiriyordu; Hermione olmasaydı, bütün o ödevlerin altından nasıl kalkardı? Hermione, okuması için çok ilginç bir kitap vermişti ona – *Çağlar Boyu Quidditch* kitabını.

Harry, Quidditch'te yedi yüz faul türü olduğunu, bunların hepsinin de 1473'teki bir Dünya Kupası maçında yapıldığını,

Arayıcıların genellikle en küçük, en hızlı oyuncular arasından seçildiğini, en ciddi kazaların onların başına geldiğini, Quidditch takımlarında yer alanların oyun sırasında pek ölmediklerini, ama bazı hakemlerin kayıplara karıştıklarını, aylar sonra da Büyük Sahra'da ortaya çıktıklarını öğrendi.

Hermione, Harry'yle Ron kendisini o dağ ifritinin elinden kurtardıkları günden sonra, kuralları bozmak konusunda biraz yumuşamıştı, şimdi çok daha şirin bir kızdı. Harry'nin ilk Quidditch maçından bir gün önce, ders arasında, Ron'u da yanlarına alıp buz gibi bahçeye çıktılar; Hermione, bir reçel kavanozuna koyup yanlarında taşıyabilecekleri masmavi bir ateş yaratmıştı. Sırtlarını kavanoza vermiş ısınırlarken Snape çıkageldi. Harry, Snape'in topalladığını gördü. Üç arkadaş, ateşi gizlemek için birbirlerine sokuldular; böyle bir şeye izin verilmiyordu herhalde. Ama Snape onların suçlu bakışlarını fark etti. Topallayarak yaklaştı. Ateşi görmemişti, ama bir bahane uydurup oradan çekip gitmelerini söyleyecekti besbelli.

"O elindeki nedir, Potter?"

Çağlar Boyu Quidditch'ti. Harry gösterdi.

"Kitaplıktan aldıklarınızı okul dışına çıkaramazsınız," dedi Snape. "Ver şunu bana. Gryffindor'dan beş puan sildim."

Snape topallaya topallaya uzaklaşırken, "Bu kuralı şimdi uydurdu," dedi Harry öfkeyle. "Bacağına ne oldu acaba?"

Ron, acı acı, "Bilmem," diye homurdandı. "Umarım, canını adamakıllı yakıyordur."

*

O akşam Gryffindor'ların ortak salonu çok kalabalıktı. Harry, Ron, Hermione, bir pencerenin önünde birlikte oturuyorlardı. Hermione, Harry'yle Ron'un Tılsım ödevlerini gözden geçiriyordu. Kopya çekmelerine hiç mi hiç izin vermezdi ("Kopya çekerseniz nasıl öğrenirsiniz?"), ama bir kere baştan sona okuyup onlara yanlışlarını gösterirdi.

Harry tedirgindi. Aklını ertesi günkü maçtan başka bir şeye verebilmek için *Çağlar Boyu Quidditch*'i geri almak istiyordu. Snape'ten niye korkacaktı ki? Ayağa kalktı, Snape'e gidip kitabı isteyeceğini söyledi Ron'la Hermione'ye.

"Kafayı mı yedin sen?" dedi ikisi birden, ama Harry'nin bir fikri vardı, başka öğretmenlerin yanında Snape'in buna karşı çıkmayacağını sanıyordu.

Öğretmenler odasına gidip kapıya vurdu. Yanıt gelmedi. Bir daha vurdu. Boşuna.

Belki de Snape orada bırakmıştı kitabı. Denemeye değerdi. Kapıyı araladı, içeriye bir göz attı – göz atar atmaz da korkunç bir manzarayla karşılaştı.

Snape'le Filch içerdeydiler, başka kimse yoktu. Snape cüppesini dizlerinin üstüne çekmişti. Bacaklarından biri kan içindeydi, paramparça olmuştu neredeyse. Filch, Snape'e sargı uzatıyordu.

"Lanet olasıca!" diyordu Snape. "Üçünü birden aynı anda göz altında nasıl tutabilirsin ki!"

Harry sessizce kapıyı kapatmaya çalıştı, ama -

"POTTER!"

Snape, bacaklarını örtmek için cüppesini indirdi hemen, yüzü öfkeden kırış kırış olmuştu. Harry yutkundu.

"Acaba kitabımı geri alabilir miyim diyordum."

"ÇIK DIŞARI! *DIŞARI!*"

Harry, Snape'in Gryffindor'dan puan silmesine fırsat vermeden çıktı. Yukarı koştu.

Yanlarına varınca, Ron, "Aldın mı?" diye sordu. "Ne oldu?"

Harry gördüklerini anlattı fısıltıyla.

Soluğu tıkanarak, "Bu ne demek, biliyor musunuz?" diye bağladı sözlerini. "Cadılar Bayramı'nda üç başlı köpeğin yanına gitmiş! Onu gördüğümüzde oraya gidiyordu demek – köpeğin koruduğu her neyse, onu ele geçirmeye çalışıyor! Süpürgeme bahse girerim ki, kargaşa yaratmak için ifriti de o aldı içeri!"

Hermione'nin gözleri faltaşı gibi açıldı.

"Hayır – yapamaz bunu," dedi. "Biliyorum, pek iyi biri değil, ama Dumbledore'un sakladığı bir şeyi de çalmaya kalkışamaz."

Ron, "Hermione," diye atıldı, "sen de bütün öğretmenleri melek sanıyorsun. Harry doğru söylüyor. Snape'e hiç mi hiç güven olmaz. Ama neyin peşinde acaba? Köpek neyin bekçiliğini yapıyor?"

Harry yatağa giderken kafasında aynı soru çınlıyordu. Neville horul horul uyuyordu, ama gözünü bile kırpamadı Harry. Kafasını boşaltmaya çalıştı – uyuması gerekiyordu, mutlaka uyumalıydı, birkaç saat sonra ilk Quidditch maçına çıkacaktı çünkü – ama bacağını gördüğü anda Snape'in gözlerinde beliren o bakışı unutmak kolay değildi.

*

Ertesi sabah hava pırıl pırıldı, ama soğuktu. Büyük Salon'u mis gibi kızarmış sosis kokusu sarmıştı, herkes o günkü Quidditch maçından söz ediyordu.

"Kahvaltı etmen gerek."

"Canım bir şey istemiyor."

Hermione, "Bir dilim kızarmış ekmek ye hiç olmazsa," dedi.

"Aç değilim."

Çok korkuyordu Harry. Bir saat sonra Quidditch alanında olacaktı.

"Harry," dedi Seamus Finnigan, "güçlü olman gerek. Karşı takım oyuncuları Arayıcıları kovalar hep."

Harry, Seamus'ın sosislere ketçap boca edişine bakarak, "Sağ ol," dedi.

Saat on bire geldiğinde, bütün okul Quidditch alanını çevreleyen sıraları doldurmuştu. Öğrencilerin çoğunun elinde dürbün vardı. Sıralar epey yüksekteydi gerçi, yine de bazen maçı izlemek güçleşiyordu.

Ron'la Hermione, üst sırada oturan Neville, Seamus ve West Ham taraftarı Dean'in yanına çöktüler. Harry'ye sürpriz yapmışlar, Scabbers'ın parçaladığı çarşaflardan birinin üstüne *Başkan Adayımız Potter* yazmışlardı. Çizgileri hiç de fena olmayan Dean, yazının altına kocaman bir Gryffindor arması, kanatlı bir aslan resmi kondurmuştu. Hermione de minicik bir büyü yaptı, harflerin boyuna renk değiştirmesini sağladı.

Bu arada soyunma odasında Harry'yle takım arkadaşları kırmızı formalarını giyiyorlardı (Slytherin'ler yeşil formayla oynayacaklardı).

Wood, herkesin kendisini dinlemesi için birkaç kez öksürdü.

"Hadi bakalım, beyler," dedi.

"Hanımları unutma," dedi Kovalayıcı Angelina Johnson.

"Ve hanımlar," dedi Wood. "Vakit geldi."

"Büyük maç," dedi Fred Weasley.

"Hepimizin beklediği maç," dedi George.

Fred, "Oliver'ın konuşmasını artık ezberledik," dedi Harry'ye. "Geçen yıl da takımdaydık."

"Siz ikiniz, kapayın çenenizi," dedi Wood. "Gryffindor takımı yıllardır hiç bu kadar güçlü olmamıştı. Kazanacağız. Biliyorum."

'Kazanamazsak canınıza okurum' gibilerden baktı.

"Tamam. Vakit geldi. Hepinize iyi şanslar."

Harry, Fred'le George'un peşinden soyunma odasından çıktı, dizleri zangır zangır titriyordu, alkışlar arasında alana yürüdüler.

Hakem, Madam Hooch'tu. Alanın tam ortasında durmuş, elinde süpürge, iki takımı bekliyordu.

Takım oyuncuları çevresini sarınca, "Kuralların dışına çıkmadan oynayın," dedi. Harry, onun bunu söylerken Slytherin kaptanı, beşinci sınıf öğrencisi Marcus Flint'e baktığını gözden kaçırmadı. Flint'te biraz ifrit kanı vardı anlaşılan. Yükseklerde dalgalanan *Başkan Adayımız Potter* yazısını gördü o sırada. İçi bir tuhaf oldu. Şimdi daha korkusuzdu artık.

"Süpürgelerinize binin, lütfen."

Harry, Nimbus İki Bin'ine bindi.

Madam Hooch gümüş düdüğünü bütün gücüyle öttürdü.

On beş süpürge göğe havalandı. Yükseldiler, yükseldiler.

"Gryffindor'dan Angelina Johnson, Quaffle'ı hemen yakaladı – ne müthiş bir Kovalayıcı şu kız, üstelik ne kadar da çekici -"

"JORDAN!"

"Özür dilerim, Profesör."

Weasley ikizlerinin arkadaşı Lee Jordan anlatıyordu maçı, Profesör McGonagall de yanında oturmuş, onu denetliyordu.

"Fişek gibi yükseliyor, çok güzel bir pas attı Alicia Spinnet'a – Alicia'yı Oliver Wood keşfetmişti, geçen yıl yedek kaldı – Alicia'dan yine Johnson'a – hayır, Slytherin'ler kaptı Quaffle'ı – Slytherin kaptanı Marcus Flint Quaffle'la ilerliyor – bir kartal gibi süzülüyor havada – tam golünü – hayır, Gryffindor Tutucusu Wood engel oluyor, Quaffle Gryffindor'larda – Gryffindor Kovalayıcısı Katie Bell, Flint'in yanından pike yapıyor – AH – canı epey yandı herhalde, kafasına bir Bludger indi – Quaffle Slytherin'lere geçti – Adrian Pucey direklere doğru ilerliyor, ama ikinci Bludger da onu engelledi, ya Fred ya da George Weasley yolladı topu, hangisi bilmiyorum – Gryffindor Vurucuları iyi çalışıyor – Quaffle şimdi Johnson'da yine, önü açık, hızla ilerliyor – uçuyor, uçuyor – bir Bludger'ı sıvıştırdı işte – direkler tam önünde – hadi, Angelina – Tutucu Bletchley dalıyor – tutamıyor – Gryffindor'lar – GOL!"

Gryffindor'ların sevinç çığlıkları yükseldi göğe, Slytherin'ler ise homurdanıyordu.

"Şöyle toparlanın biraz, kıpırdayın."

"Hagrid!"

Ron'la Hermione, Hagrid'e yer açmak için birbirlerine iyice sokuldular.

Boynuna astığı dürbüne hafifçe vurarak, "Kulübeden seyrediyordum," dedi Hagrid. "Ama burada, kalabalığın içinde olmaya benzemiyor. Snitch daha görünmedi, değil mi?"

"Hayır," dedi Ron. "Harry'ye daha iş düşmedi."

Hagrid, dürbününü kaldırıp gökte bir nokta gibi görünen Harry'ye bakarak, "Daha başına bir iş gelmedi ya, bu da bir şey," dedi.

Harry, tepelerinde, çok yükseklerde, Snitch'i kollayarak dönüp duruyordu. Bu taktiği Wood'la birlikte hazırlamışlardı. "Snitch'i görünceye kadar bir şeye bulaşmayacaksın," demişti Wood. "Gerektiğinden önce saldırıya uğraman doğru olmaz."

Angelina sayı yapınca, Harry de dayanamamış, birkaç takla atmıştı. Şimdi yine Snitch'i kollamaktaydı. Bir ara şöyle bir altın parıltısı görür gibi oldu, ama Weasleylerin kol saatlerinden birinin yansımasıydı bu; bir ara da bir Bludger top mermisi gibi hızla geldi üstüne, ama Harry eğildi, Fred Weasley de Bludger'ın peşine düştü.

Bludger'a bütün gücüyle vurup onu Marcus Flint'e doğru savururken, "Sen iyisin ya, Harry?" diye bağırdı.

"Slytherin saldırıyor," diyordu Lee Jordan. "Kovalayıcı Pucey iki Bludger'dan, Weasleylerden, Kovalayıcı Bell'den sıyrıldı, ilerliyor – bir dakika – Snitch miydi o?"

Adrian Pucey, sol kulağının dibinden yıldırım hızıyla geçen sapsarı parıltıya bakayım derken Quaffle'ı düşürdü, seyircilerden bir mırıltı yükseldi.

Harry de gördü onu. Büyük bir heyecanla altın ışıltıya doğru süzüldü. Snitch, Slytherin Arayıcısı Terence Higgs'in de gözünden kaçmamıştı. Neredeyse burun buruna, Harry'le topu kovalamaya başladılar – öteki oyuncular ne yapmaları gerektiğini unutup havada salınarak onları seyretmeye koyuldular.

Harry, Higgs'den daha hızlıydı – küçücük yuvarlak topun kanat çırparak nereye yöneldiğini görebiliyordu – daha da hızlandı.

GÜMM! Aşağıdaki Gryffindor'lardan öfkeli çığlıklar yükseldi – Marcus Flint kasıtlı biçimde Harry'nin önünü kesmiş, Harry de havada boyuna yön değiştiren süpürgesine sarılmak zorunda kalmıştı can havliyle.

"Faul!" diye bağırdı Gryffindor'lar.

Madam Hooch öfkeyle bir şeyler söyledi Flint'e, sonra da Slytherin'leri penaltıyla cezalandırdı. Ama o kargaşa içinde Altın Snitch gözden yok olup gitmişti yine.

Aşağıda, oturduğu yerde Dean Thomas avazı çıktığı kadar bağırıyordu: "At dışarı! Kırmızı kart!"

Ron, "Bu futbol değil, Dean," diye hatırlattı ona. "Quidditch oyuncularını oyundan atamazsın – hem kırmızı kart da nedir?"

Ama Hagrid de Dean gibi düşünüyordu.

"Kuralları değiştirmeleri gerek. Flint, Harry'yi tepe üstü yere çakabilirdi."

Lee Jordan, yan tutmamak için çok zorlanıyordu.

"Böyle apaçık, böyle alçakça bir saldırıdan sonra -"

"Jordan!" diye gürledi Profesör McGonagall.

"Yani, böyle pisliğe -"

"Jordan, seni uyarıyorum -"

"Peki peki. Flint, Gryffindor Arayıcısını az kalsın öldürecekti, olur böyle şeyler. Şimdi Gryffindor penaltı kullanacak – Spinnet dışarı atıyor, sorun yok, oyun sürüyor, top yine Gryffindor'da."

Tam o sırada, Harry, başının üstünden tehlikeli biçimde geçen bir başka Bludger'ı savuşturmayı başardı. Süpürgesi ansızın yalpaladı; ödü koptu. Düşeceğini sandı bir an. Elleri ve dizleriyle sımsıkı sarıldı süpürgeye. Daha önce başına hiç böyle bir şey gelmemişti.

Aynı şey bir daha oldu. Süpürge onu sırtından atmaya çalışıyordu sanki. Ama Nimbus İki Bin'ler de binicileri pek öyle fırlatıp atan süpürgelerden değillerdi. Harry, Gryffindor direklerine dönmeye çalıştı; Wood'dan mola almasını isteyecekti – ama süpürgesinin bütün bütüne denetimden çıktığını gördü. Çeviremiyordu onu. Yönetemiyordu.. Havada zikzaklar çizerek ilerliyor, arada çılgıncasına yalpalayarak binicisini üstünden atmaya çalışıyordu.

Lee maçı anlatmaktaydı hâlâ.

"Top Slytherin'de – Flint Quaffle'ı aldı – Spinnet'ı geçiyor – Bell'i de geçiyor – suratına bir Bludger indi, keşke burnu kırılsa – şaka ediyordum, Profesör – Slytherin sayı yaptı – olamaz..."

Slytherin'lerden bir alkış koptu. Kimse Harry'nin süpürgesinin garip davranışlarını fark etmemişti. Süpürge ağır ağır daha yükseklere çıkarıyordu Harry'yi, yükseldikçe de hopluyor, zıplıyor, yalpalıyordu.

"Harry ne yapıyor öyle, aklım ermedi," diye homurdandı Hagrid. Dürbünüyle baktı. "Onu tanımasam süpürgesini tutamıyor derim... ama olacak iş değil..."

Sıralarda oturan herkes Harry'yi göstermeye başladı birdenbire. Süpürge boyuna takla atıyordu havada, Harry'nin bütün yaptığı, ona tutunmaya çalışmaktı. Bütün seyircilerin soluğu kesilmişti. Harry'nin süpürgesi çılgıncasına hoplayıp binicisini üstünden attı. Harry tek eliyle süpürgeye yapıştı, havada sallanmaya başladı.

Seamus, "Flint faul yaptığında acaba bir şey mi oldu ona?" diye fısıldadı.

Titrek bir sesle, "Olamaz," dedi Hagrid. "Süpürgeleri Kara Büyü'den başka hiçbir şey etkileyemez – hiçbir çocuk bir Nimbus İki Bin'e böyle bir şey yapamaz."

Bu sözler üzerine, Hermione dürbününü aldı Hagrid'in, ama yukarıya, Harry'ye bakacağına deli gibi kalabalığı taramaya başladı.

"Ne yapıyorsun?" diye inledi Ron. Beti benzi atmıştı.

Hermione, "Biliyordum," dedi soluk soluğa. "Snape – bak."

Ron dürbünü aldı. Snape tam karşılarındaki bölümün ortasındaydı. Gözlerini Harry'ye dikmiş, soluk bile almadan bir şeyler mırıldanıyordu boyuna.

"Bir şey yapıyor – süpürgeyi büyülüyor," dedi Hermione.

"Ne yapacağız?"

"Bana bırak."

Ron'un tek kelime daha söylemesine fırsat vermeden, ortalıktan yok oluverdi Hermione. Ron dürbünü Harry'ye çevirdi yine. Süpürge öylesine sarsılıyordu ki, Harry'nin daha fazla tutunması olanaksızdı. Bütün seyirciler ayağa kalkmış, Weasley kardeşlerin Harry'yi kurtarmaya gidişlerini seyrediyordu dehşet içinde – onu kendi süpürgelerine almaya çalışıyordu Weasley kardeşler, ama onlar yaklaştıkça Harry'nin süpürgesi daha da yükseliyordu. Weasley kardeşler alçalıp onun altında çember çizerek dönmeye koyuldular – düşecek olursa onu tutmaya çalışacaklardı. Bu arada, kimse farkına varmadan, Marcus Flint Quaffle'ı alıp beş kere sayı yaptı.

Ron, çaresizlik içinde, "Hadisene, Hermione," diye mırıldandı.

Hermione kalabalığı yararak Snape'in oturduğu bölüme gitmişti, şimdi onun arkasındaki sırada koşuyordu; Profesör Quirrell'ı tepe üstü ön sıraya devirince özür dileme gereğini bile duymadı. Snape'in yanına varınca çömeldi, asasını çıkarıp iyi seçilmiş birkaç sözcük mırıldandı. Masmavi alevler fırladı asasından, Snape'in cüppesinin eteğini sardı.

Snape'in tutuştuğunu fark etmesi için otuz saniye kadar geçti. Onun çığlığı bastığını görünce, başarılı olduğunu anladı Hermione. Eteği saran alevleri cebindeki küçük bir kavanoza koyarak oradan uzaklaştı – neler olduğunu hiç anlamayacaktı Snape.

Tamamdı artık. Harry havada süpürgesine yeniden binebilmişti ansızın.

"Bakabilirsin, Neville!" dedi Ron. Neville, son beş dakikadır Hagrid'in paltosuna kapanmış, hıçkıra hıçkıra ağlamaktaydı.

Harry hızla alçalmaya başladı, seyirciler elini ağzına götürdüğünü gördüler onun, midesi bulanıyordu da çıkaracaktı sanki – Harry dört ayak üstü indi yere – öksürdü – sonra altın bir şey düştü eline.

Onu havaya kaldırarak, "Snitch'i yakaladım!" diye bağırdı, maç da herkesin şaşkınlığı içinde sona erdi.

Flint, yirmi dakika sonra bile, "Onu *yakalamadı* ki, az kalsın *yutuyordu,"* diye uluyordu, ama bir yararı yoktu bunun - Harry kuralların dışına çıkmamıştı, Lee Jordan da mutluluk içinde sonucu haykırıyordu - Gryffindor 170-60 kazanmıştı. Harry hiçbirini duymadı bunların. Hagrid'in kulübesinde Ron ve Hermione'yle demli bir çay içiyordu.

"Snape'in başının altından çıktı," diyordu Ron. "Hermione de, ben de gördük. Süpürgeni lanetliyordu, boyuna mırıldanıyordu, gözlerini sana dikmişti."

Maçı izlerken bunların hiçbirini duymamış olan Hagrid, "Saçma," dedi. "Snape niye böyle bir şey yapsın?"

Harry, Ron, Hermione birbirlerine baktılar, acaba anlatsalar mıydı ona? Harry gerçeği söylemeye karar verdi.

"Onun hakkında bir şey öğrendim," dedi Hagrid'e. "Cadılar Bayramı'nda üç başlı köpeği atlatmaya çalıştı. Köpek onu ısırdı. Artık neyin bekçiliğini yapıyorsa, onu çalmaya çalışıyordu Snape."

Hagrid çaydanlığı yere düşürdü.

"Siz Fluffy'yi nereden biliyorsunuz?

"*Fluffy'yi* mi?"

"Evet - benimdir - geçen yıl birahanede tanıdığım bir Yunandan aldımdı - Dumbledore'a verdim - bekçiliğini yapsın diye..."

Harry, merakla, "Neyin bekçiliğini?" diye sordu.

Hagrid, "Başka bir şey sorma bana," diye homurdandı. "Büyük bir sırdır bu. Söyleyemem."

"Ama Snape *çalmaya* çalışıyordu onu."

Hagrid, "Saçma," dedi yine. "Snape, Hogwarts öğretmenlerinden biri, böyle bir şey yapmaz."

Hermione, "Peki, neden Harry'yi öldürmeye çalıştı öyleyse?" diye bağırdı.

O gün öğleden sonra olanlar, Snape hakkındaki bütün düşüncelerini değiştirmişti anlaşılan.

"Bir uğursuzluk büyüsü gördüm mü, hemen anlarım, Hagrid. Bu konuda yazılmış her şeyi okudum! Büyü yaptığın şeye dimdik bakman gerek, Snape gözlerini bile kırpmıyordu. Gördüm onu!"

Hagrid, öfkeyle, "Yanılıyorsunuz diyorum size!" diye gürledi. "Harry'nin süpürgesi niye öyle şeyler yaptı, aklım ermez, ama Snape öğrencileri öldürmeye kalkışacak biri değil! Şimdi dinleyin beni – üçünüz de – sizi ilgilendirmeyen şeylere bulaşıyorsunuz. Tehlikeli bir şey bu. O köpeği unutun, neyin bekçiliğini yaptığını da unutun, bu Profesör Dumbledore'la Nicolas Flamel arasında bir şey -"

"Haa!" diye mırıldandı Harry. "Demek işin içinde Nicolas Flamel diye biri daha var, öyle mi?"

Hagrid, öfke içinde, kendi kendine lanetler yağdırıyor gibiydi.

ON İKİNCİ BÖLÜM

Kelid Aynası

Noel yaklaşıyordu. Aralık ortalarında bir sabah Hogwarts'takiler uyanınca her yerin bir metre karla örtülmüş olduğunu gördüler. Göl donmuştu, Weasley kardeşler birkaç kartopuna büyü yapıp onları Quirrell'ın sarığında hoplattıkları için cezalandırıldılar. Hagrid, fırtınalı gökte mektup taşımayı nasılsa başarabilen birkaç baykuşu iyileştirip yeniden uçacak duruma getirdi.

Herkes tatili dört gözle bekliyordu. Gryffindor ortak salonuyla Büyük Salon'da ateş harıl harıl yanıyordu, ama esintili koridorlar buz gibi soğuktu, acı rüzgâr sınıf pencerelerini zangırdatıyordu. En kötüsü de Profesör Snape'in zindanlardaki sınıfıydı; öylesine soğuktu ki sınıf, herkesin soluğu sis gibi yükseliyordu ağzından, öğrenciler sıcak kazanlarına sokulabildikleri kadar sokuluyorlardı.

İksir dersinin birinde, "Evlerinde istenmedikleri için Noel'i Hogwarts'ta geçirecek öğrencilere acıyorum," dedi Draco Malfoy.

Konuşurken Harry'ye bakıyordu. Crabbe'yle Goyle kıkırdadı. O sırada öğütülmüş aslanbalığı kılçığı ölçmekte olan Harry onlara aldırmadı. Malfoy Quidditch maçından beri daha da tatsız biri olup çıkmıştı. Slytherin'in yenilgisini içine sindirememiş, Gryffindor'un bundan sonraki maçta Harry'nin yerine Arayıcı olarak koca ağızlı bir ağaç kurbağası oynatacağını söyleyerek herkesi güldürmeye çalışmıştı. Sonra da kimsenin bunu komik bulmadığını fark etmişti, herkes Harry'nin o hoplayan süpürgede nasıl durduğundan pek etkilenmişti çünkü. Malfoy da, kıskançlık ve öfke içinde, doğru dürüst bir ailesi olmadığını söyleyerek Harry'ye sataşmayı sürdürmüştü.

Harry'nin Noel'de Privet Drive'a gitmeyeceği doğruydu. Profesör McGonagall bir hafta önce gelmiş, tatilde okulda kalacakların listesini çıkarmıştı; Harry hemen yazdırmıştı adını. Hiç üzülmüyordu buna, geçirdiği en güzel Noel herhalde bu olacaktı. Ron'la kardeşleri de okulda kalacaktı, çünkü Mr ve Mrs Weasley, Charlie'yi görmek için Romanya'ya gidiyorlardı.

İksir dersinin sonunda zindanlardan çıkarken, önlerindeki koridoru kapayan koca bir köknar ağacıyla karşılaştılar. Dibinden fırlamış iki dev ayakla of-pof sesleri, ağacın arkasında Hagrid'in bulunduğunu gösteriyordu.

Ron, başını dalların arasından uzatarak, "Merhaba, Hagrid, yardım ister misin?" diye sordu.

"Yok, iyiyim, sağ ol, Ron."

Arkalarından Malfoy'un soğuk homurtusu duyuldu: "Yoldan çekilir misin? Sen de bahşiş mi koparmaya çalışıyorsun, Weasley? Hogwarts'tan ayrılınca sen de bekçi olacaksın herhalde – sizin evinizin yanında Hagrid'in kulübesi saray gibidir."

Ron tam Malfoy'a saldırıyordu ki, merdivenlerde Snape göründü.

"WEASLEY!"

Ron, Malfoy'un cüppesinin yakasını bıraktı.

Hagrid, ağacın arkasından kocaman kıllı yüzünü uzatarak, "Ron'u kışkırtmaya çalışıyor, Profesör Snape," dedi. "Malfoy ailesine hakaret ediyordu."

Snape, hışırtılı sesiyle, "Ne olursa olsun, kavga etmek Hogwarts kurallarına aykırıdır," dedi. "Gryffindor'dan beş puan daha, Weasley. Daha fazla kesmediğime sevin. Hadi şimdi, yürüyün hepiniz."

Malfoy, Crabbe ve Goyle, ağacın dallarını itip sırıtarak uzaklaştılar, her yana kozalaklar saçıldı.

Ron, Malfoy'un arkasından dişlerini gıcırdatarak, "Bunun hesabını soracağım ondan," dedi. "Pek yakında soracağım. Elime bir geçirirsem -"

"İkisinden de tiksiniyorum," dedi Harry, "Malfoy'dan da, Snape'ten de."

Hagrid, "Hadi, keyiflenin biraz, Noel yaklaşıyor," dedi. "Bakın ne söyleyeceğim size, benimle gelin de Büyük Salon'a bir göz atın, dehşet oldu."

Harry, Ron ve Hermione, Hagrid'le ağacının peşine takılıp Büyük Salon'a gittiler; Profesör McGonagall'la Profesör Flitwick, Noel süslemeleriyle uğraşıyordu.

"Ah, Hagrid, sonuncu ağaç – ilerideki köşeye koyar mısın?"

Salon çok görkemliydi doğrusu. Duvarlara çobanpüskülü ve ökseotundan yapılmış süslemeler asılmıştı, odaya tam on iki dev Noel ağacı yerleştirilmişti, bazıları incecik buzullarla parlıyor, bazıları da üstlerindeki yüzlerce mumla ışıldıyordu.

"Tatilinize kaç gün kaldı?" diye sordu Hagrid.

"Sadece bir," dedi Hermione. "Şimdi aklıma geldi – Harry, Ron, yemeğe yarım saat var, kitaplıkta olmalıyız."

Ron, "Doğru, haklısın," dedi, asasının ucundan fışkırttığı altın baloncukları yeni ağacın dallarına asmakta olan Profesör Flitwick'ten zor ayırdı gözlerini.

Hagrid, onların peşine takılıp salondan çıkarken, "Kitaplığa mı?" diye sordu. "Tatilden hemen önce mi? Siz de çalışmaya amma meraklıymışınız haa?"

Harry, "Biz çalışmıyoruz ki," dedi neşeyle. "Sen Nicolas Flamel'ın sözünü ettiğinden beri onun kim olduğunu araştırıyoruz."

"Ne *yapıyorsunuz?*" İyice şaşırmışa benziyordu Hagrid. "Bana bakın – söyledimdi size – bırakın bunu. Köpeğin neyi koruduğu sizi ilgilendirmez."

Hermione, "Biz sadece Nicolas Flamel'ın kim olduğunu anlamaya çalışıyoruz, o kadar," dedi.

"İstersen sen söyle de bizi bir dertten kurtar," dedi Harry. "Şimdiye kadar yüzlerce kitap karıştırdık, hiçbir yerde adını göremedik – bir ipucu ver – biliyorum, adını bir yerde okumuştum."

Hagrid, "Benden laf alamazsınız," diye kestirip attı.

"Öyleyse kendimiz arar buluruz," dedi Ron; homurdanıp duran Hagrid'den ayrılıp kitaplığa koştular.

Hagrid ağzından kaçırdığından beri Flamel'ın adını arıyorlardı kitaplarda, Snape'in çalmaya çalıştığı şeyin ne olduğunu başka türlü nasıl öğrenebilirlerdi? Sorun, nereden başlayacağını bilmekti. Flamel'ın, adını kitaplara geçirecek ne yaptığını bilmeden hiç de kolay olmuyordu bu iş. *Yirminci Yüzyılın Büyük Sihirbazları*'nda, *Çağımızın Önemli Büyücüleri*'nde yoktu; *Önemli Modern Büyücülük Buluşları*'nda da, *Büyücülükte Son Gelişmeler Üstüne Bir İnceleme*'de de adına rastlanmıyordu. Kitaplık da kitaplıktı hani; içinde on binlerce kitap, binlerce raf, yüzlerce bölme vardı.

Hermione incelemeye karar verdiği konuların ve kitap adlarının listesini çıkarırken, Ron da bir raftan rasgele kitaplar indirmeye koyuldu. Harry, Kısıtlı Bölüm'e yöneldi. Flamel'ı orada bir yerlerde bulabileceğini düşünüyordu bir süredir. Ama o bölümdeki kitaplara bakabilmek için öğretmenlerin birinden imzalı bir kâğıt getirmesi gerekiyordu, öyle bir izin alamayacağını da biliyordu. Hogwarts'ta öğretilmeyen, sadece ileri düzeyde Karanlık Sanatlara Karşı Savunma dersini alan yüksek sınıf öğrencilerinin okuyabildiği, Kara Büyü'yle ilgili kitaplardı bunlar.

"Ne arıyorsun, çocuk?"

"Hiç," dedi Harry.

Kitaplık görevlisi Madam Pince, elindeki toz fırçasını salladı ona.

"Öyleyse dışarı. Hadi – git buradan!"

Harry ayaküstü bir yalan kıvıramadığına üzülerek kitaplıktan ayrıldı. Ron ve Hermione'yle birlikte, Flamel'ı nerede bulabileceklerini Madam Pince'e sormamayı daha önce kararlaştırmışlardı. Söylerdi nasıl olsa, ama bunun Snape'in kulağına gitmesini göze alamazlardı.

Harry dışarıda, koridorda iki arkadaşını bekledi, bakalım onlar bir şey bulabilecekler miydi? Ama pek de umutlu değildi. İki haftadır arıyorlardı, ama kitaplığa sadece ders aralarında gidebildikleri için, bir şey bulamamaları da pek şaşırtıcı değildi doğrusu. Bütün istedikleri, Madam Pince'in soluğunu enselerinde duymadan şöyle uzun uzun araştırmaktı.

Beş dakika sonra, başlarını iki yana sallayarak, Ron'la Hermione geldiler yanına. Yemeğe gittiler.

"Ben yokken bakmayı sürdüreceksiniz, değil mi?" dedi Hermione. "Bir şey bulacak olursanız, bana bir baykuş yollarsınız."

Ron, "Sen de annenle babana sor bakalım, Flamel'ın kim olduğunu biliyorlar mı," dedi. "Onlara sormak daha güvenli."

"Elbette güvenlidir," dedi Hermione. "İkisi de dişçi."

*

Tatil başlayınca, Ron'la Harry öylesine eğleniyorlardı ki, Flamel'ı pek düşünmüyorlardı bile. Yatakhane onlara kalmıştı, ortak salon da her zamankinden tenhaydı, ocağın önündeki güzel koltuklara rahatça kurulabiliyorlardı. Saatlerce oturuyor, artık ne buldularsa şişe geçirip kızartıyor, Malfoy'u okuldan nasıl attırabileceklerini konuşuyorlardı – elbette olacak iş değildi bu, ama lafı bile güzeldi.

Ron, Harry'ye büyücü satrancı da öğretmeye başlamıştı. Tıpkı Muggle satrancı gibiydi bu, ama taşlar canlıydı, bu da askerlere savaşta komuta etmek gibi bir duygu uyandırıyordu oynayanda. Ron'un satranç takımı pek eskiydi, yıpranmıştı. Sahip olduğu her şey gibi, o da aileden kalmıştı – büyükbabasından. Ama yaşlı taşlar uysaldı doğrusu, Ron ne derse hemen yapıyorlardı.

Harry, Seamus Finnigan'dan ödünç aldığı taşlarla oynuyordu, doğrusu hiçbirinin güveni yoktu kendisine. Pek iyi bir oyuncu sayılmazdı, taşlar ne yapacağını söylüyor, boyuna bağırıp çağırıyorlardı: "Beni oraya yollama, atını görmüyor musun? *Onu* yolla. *Onu* yitirsek de önemi yok."

Noel'den bir gece önce, Harry ertesi günkü oyunları, yemekleri düşünerek yattı, armağan beklemiyordu kimseden. Ama ertesi sabah uyandığında ilk gördüğü, yatağının ayak ucuna bırakılmış küçük bir paket yığını oldu.

Kalkıp sabahlığını giyerken, Ron'un uykulu sesini duydu: "Mutlu Noeller."

"Sana da," dedi Harry. "Şuna bakar mısın? Armağan bırakmışlar!"

Ron, Harry'ninkinden biraz daha büyük olan kendi paket yığınına eğilerek, "Ne bekliyordun yani?" dedi. "Şalgam mı bırakacaklardı?"

Harry en üstteki paketi aldı. Kahverengi bir kâğıda sarılmış, üstüne de eğri büğrü harflerle *Hagrid'den Harry'ye* yazılmıştı. Kabaca yontulmuş tahta bir flüt çıktı paketten. Besbelli Hagrid yapmıştı bunu. Harry üfledi – baykuş sesine benzer bir ses duyuldu.

Çok daha küçük olan ikinci paketten bir not çıktı.

Noel kartını aldık; armağanını ilişikte gönderiyoruz. Vernon Enişte ile Petunia Teyze. Nota bir tanecik bozukluk para, elli pens iliştirilmişti.

"Beni unutmamışlar," dedi Harry.

Ron elli pensten büyülenmişti sanki.

"*Acayip!*" dedi. "Biçimi ne tuhaf! *Para* mı bu?"

"Senin olsun," dedi Harry; Ron'un ne kadar sevindiğini görünce güldü. "Hagrid, teyzem, eniştem – ötekileri kim yollamış acaba?"

Ron, yüzü pembeleşerek, yamru yumru bir paketi gösterdi, "Şunun kimden geldiğini biliyorum galiba," dedi. "Annemden.

Ona kimseden armağan beklemediğini söylemiştim – ah, olamaz," diye homurdandı sonra. "Sana Weasley kazağı örmüş."

Harry kâğıdı yırtarak paketi açmıştı bile. İçinden el örgüsü zümrüt yeşili bir kazakla evde yapılmış kurabiyeler çıktı.

Ron, kendi paketini açarak, "Bize her yıl kazak örer," dedi. "Benimki *hep* vişne çürüğüdür."

Harry, "Beni de düşünmesi ne kadar güzel," dedi; bir kurabiye attı ağzına – kurabiye de çok tatlıydı doğrusu.

Bir sonraki paketten de tatlı çıktı – Hermione'den koca bir kutu Çikolatalı Kurbağa.

Bir tek paket kalmıştı şimdi. Harry onu kaldırıp şöyle bir yokladı. Çok hafifti. Sonra açtı.

Sıvıya benzer gümüş rengi bir şey kayıverdi yere, kıvrılarak durdu, pırıl pırıl parlıyordu. Ron'un soluğu kesilmişti sanki.

"Bunları duymuştum," dedi fısıltıyla. Hermione'nin armağanını, Binbir Çeşit Fasulye Şekerlemesi kutusunu yatağa bıraktı. "Eğer düşündüğüm şeyse bu – çok ender bulunan, *çok değerli* bir şeydir."

"Nedir bu?"

Harry, parlayan gümüş rengi kumaş parçasını yerden aldı. Dokununca bir tuhaf geliyordu insanın eline. Sudan dokunmuş bir kumaştı sanki.

Yüzünde derin bir hayranlıkla, "Bir Görünmezlik Pelerini bu," dedi Ron. "Evet – denesene."

Harry, pelerini sırtına attı; Ron bir çığlık kopardı.

"Öyle! Aşağı bak!"

Harry ayaklarına baktı; ama ayakları ortada yoktu. Ayna'ya koştu. Kendini gördü. Bedeni yok olmuştu, sadece kafası sallanıyordu havada. Pelerini başına çekti, görüntüsü bütün bütüne siliniverdi.

Ron, "Bir de not var!" dedi ansızın. "İçinden bir not düştü!"

Harry pelerini çıkarıp mektubu kaptı. Daha önce hiç görmediği incecik, süslü harflerle şunlar yazılıydı:

Baban ölmeden önce bunu bana bıraktı.
Sana vermenin sırası geldi.
Onu iyi kullan.
Mutlu Noeller dilerim.

İmza yoktu. Harry gözlerini nottan ayıramıyordu. Ron hayran hayran pelerine bakıyordu.

"Bunlardan biri için her şeyimi verirdim," dedi. *"Her şeyimi.* Ne oldu?"

"Yok bir şey," dedi Harry. Bir gariplik çökmüştü içine. Pelerini kim yollamıştı? Bir zamanlar gerçekten babasının mıydı?

Bir şey düşünmeye, söylemeye fırsat kalmadan yatakhane kapısı açıldı, Fred ve George Weasley daldı içeri. Harry pelerini hemen ortadan kaldırdı. Onu bir başkasına göstermek istemiyordu daha.

"Mutlu Noeller!"

"Baksana – Harry de bir kazak almış!"

Fred de, George da birer mavi kazak giymişlerdi; birinin üstünde kocaman sarı bir F, ötekinin üstünde de kocaman sarı bir G vardı.

Harry'nin kazağını kaldırıp göstererek, "Ama onunki bizimkinden güzel," dedi Fred. "Aileden biri değilsen daha özen gösteriyor."

George, "Sen niye kazağını giymiyorsun, Ron?" diye sordu. "Hadi, giy şunu, hem güzel, hem sıcacık tutuyor."

Ron, kazağı gönülsüzce kafasından geçirirken, "Nefret ediyorum vişne çürüğünden," dedi.

"Seninkinin üstünde harf yok," dedi George. "Adını hiç unutmadığını düşünüyor herhalde. Ama biz de aptal değiliz ya – birimizin adı Gred, birimizin adı Forge."

"Nedir bu gürültü?"

Percy Weasley kapıdan başını uzattı, bütün bunları onaylamıyor gibiydi. O da armağanlarını açа açа gelmişti herhalde, koluna kocaman bir kazak atmıştı çünkü; Fred kazağı çekip aldı.

"P var! Herhalde Parlak Öğrenci anlamındadır! Hadi, Percy, giy şunu. Bak, biz hepimiz giydik. Harry'de bile var."

İkizler kazağı kafasından geçirmeye çalışırken, "Ben – istemiyorum -" diye homurdandı Percy; bu arada gözlüğü de düşmüştü.

George, "Bugün Sınıf Başkanlarıyla birlikte olmayacaksın," dedi. "Noel'de aile bir araya gelir."

Kazaktan kollarını bile geçirmesine fırsat vermeden Percy'yi karga tulumba odadan çıkardılar.

*

Harry hayatında böyle Noel yemeği yememişti. Nar gibi kızarmış yüz besili hindi, dağ gibi kızarmış, haşlanmış patates yığınları, tabaklar dolusu salam, kâseler dolusu tereyağlı bezelye, salçalar, yabanmersini sosları – adım başı da büyücü maytapları. Bu olağanüstü maytaplar, Dursley'lerin aldığı, içlerinden karton şapkalı küçücük plastik oyuncaklar fışkıran o incecik Muggle maytaplarına hiç mi hiç benzemiyordu. Harry, bir büyücü maytabı aldı Fred'le, maytap patlamakla kalmadı, top gibi gümbürdeyerek onları mavi bir dumana sardı, içinden de bir amiral şapkasıyla birkaç canlı fare çıktı. Yüce Masa'da, sivri büyücü külahı yerine çiçekli bir takke giymiş olan Dumbledore, Profesör Flitwick'in anlattığı fıkraya gülmekteydi.

Hindiden sonra alev alev Noel pastaları geldi. Diliminin içinden çıkan gümüş Orak'la az kalsın dişi kırılıyordu Percy'nin. Harry, şarap istedikçe kıpkırmızı kesilen Hagrid'e bakıyordu; sonunda Profesör McGonagall'ı yanağından öptü Hagrid; silindir şapkası yana yatmıştı Profesör McGonagall'ın, Harry onun kızmadığını görünce şaşırdı.

Sonunda masadan ayrıldığında, Harry'nin kucağı maytaplardan çıkanlarla doluydu, içlerinde bir yığın ışıklı patlamaz balon, bir kendi-siğilini-kendin-yap seti, bir de yepyeni büyücü satrancı takımı vardı. Beyaz fareler ortadan yok olmuşlardı, Harry onların Mrs Norris'e Noel yemeği olabileceklerini düşünerek üzüldü.

Harry ile Weasley'ler, bahçede korkunç bir kartopu savaşına tutuşarak mutlu bir öğleden sonra geçirdiler. Sonra, titreyerek, sırılsıklam, soluk soluğa, Gryffindor ortak salonundaki ocağın başına çöktüler. Harry, satranç takımının açılışını yaptı, Ron'un karşısında unutulmaz bir yenilgiye uğradı. Percy yardım etmeye kalkmasaydı belki o kadar da ezilmezdi.

Hindili sandviçlerini, tatlılarını, pastalarını yiyip çaylarını da yudumladıktan sonra herkesin üstüne bir ağırlık çöktü, Percy'nin, başkanlık rozetini çaldıkları için, Gryffindor koridorlarında Fred'le George'u kovalamasını seyrettiler.

Ömrü boyunca Harry'nin geçirdiği en güzel Noel'di bu. Yine de bütün gün kafasını bir şey kurcaladı durdu. Ancak yatağına uzanıp da bir başına kalınca rahat rahat düşünebildi bunu: Görünmezlik Pelerini'ni kim göndermişti acaba?

Ron, karnı hindiyle, pastayla dolu, yatağının yanındaki perdeleri çeker çekmez uykuya dalmıştı, kendisini tedirgin edecek bir konu da yoktu. Harry yatağının altına eğilip Pelerin'i çıkardı. Babasının... bir zamanlar babasınındı bu. İpekten bile yumuşak, havadan bile hafif olan kumaş ellerinden kayıp gidiyordu. Notta ne yazılıydı: *Onu iyi kullan.*

Hemen denemeliydi onu, şimdi. Yatağından çıkıp Pelerin'e sarındı. Bacaklarına bakınca ay ışığından, gölgelerden başka bir şey göremedi. Çok tuhaf bir duyguydu bu.

Onu iyi kullan.

Ansızın uyandı Harry. Bu Pelerin'le bütün Hogwarts, önünde açılıvermişti. O karanlıkta, o sessizlikte bir heyecan kapladı bütün bedenini. Bununla her yere gidebilirdi, her yere, Filch de farkına bile varmazdı.

Ron uykusunda homurdandı. Harry onu uyandırsa mıydı acaba? Ama bir şey ona engel oldu – babasının Pelerin'i – bu kez – ilk kez – tek başına hareket etmek istiyordu.

Süzülerek yatakhaneden çıktı, merdivenden indi, ortak salonu da arkada bırakıp resimdeki delikten geçti.

Şişman Kadın, cırtlak sesiyle, "Kim var orada?" diye sordu. Hiçbir şey söylemedi Harry. Hızlı hızlı koridorda yürüdü.

Nereye gitmeliydi? Durdu, yüreği gümbür gümbür, düşündü. Birdenbire aklına geldi. Kitaplıktaki Kısıtlı Bölüm. İstediği kadar okuyabilecekti orada, Flamel'ın kim olduğunu buluncaya kadar. Görünmezlik Pelerini'ne sımsıkı sarılarak yola koyuldu.

Kitaplık ürkütücüydü, karanlıktan göz gözü görmüyordu. Harry kitap raflarına giden yolu görebilmek için fenerini yaktı. Fener havada yüzüyor gibiydi sanki, Harry onu elinde tuttuğunu biliyordu gerçi, ama yine de bu görünüm tüylerini ürpertiyordu.

Kısıtlı Bölüm kitaplığın arkasındaydı. O bölümü ötekilerden ayıran ipin üstünden dikkatle atladı, kitap adlarını okuyabilmek için fenerini kaldırdı.

Pek bir anlam çıkaramadı adlardan. Dökülmüş, soluk yaldızlı harfler, Harry'nin bilmediği dillerde sözcükler oluşturuyordu. Bazı kitapların hiç adı yoktu. Bir kitabın üstünde ise kana benzeyen koyu bir leke vardı. Harry'nin ensesindeki saçlar dimdik oldu. Belki kendisine öyle geliyordu, ama kitaplar arasından bir fısıltının yükseldiğini duyar gibi oldu. Sanki onun orada olmaması gerektiğini biliyorlarmış gibi.

Bir yerden başlamalıydı. Feneri dikkatle yere koyarak en alt rafta ilginç görünüşlü bir kitap aramaya başladı. Gözüne kara cildi gümüş çizgili kocaman bir kitap ilişti. Güçlükle çıkardı onu, kitap çok ağırdı çünkü, dizlerinin üstüne koyarak açtı.

Sessizliği, insanın kanını donduran, kulakları sağır eden bir çığlık bozdu – kitap haykırıyordu! Harry hemen kapattı kapağını, ama çığlık kesilmedi, daha da yükselerek sürüp gitti. Harry geriye doğru sendeledi, fenere çarptı, anında söndü fener. Korkuya kapıldı Harry, dışarıdaki koridorda yaklaşan ayak sesleri duydu – kitabı yine rafa tıkıştırarak tabanları yağladı. Kapıda Filch'le karşılaştı; Filch'in çılgıncasına açılmış gözleri onu göremedi. Harry onun iki yana açılmış kollarının altından süzülerek koridora fırladı, kulaklarında kitabın çığlığı çınlıyordu hâlâ.

Kocaman bir zırhın önünde durabildi ancak. Kitaplıktan öyle bir kaçmıştı ki, nereye gittiğinin farkına bile varmamıştı. Belki de karanlık yüzünden, şimdi nerede olduğunu bilmiyordu. Mutfakların yanında böyle bir zırh olacaktı gerçi, ama orası herhalde beş kat aşağıda kalmıştı.

"Geceleri birinin dolaştığını görürsem hemen size gelmemi söylemiştiniz, Profesör. Biri kitaplığa girmiş – Kısıtlı Bölüm'e."

Harry yüzündeki kanın çekildiğini hissetti. Her nereye geldiyse, Filch oraya kestirme bir yol biliyordu anlaşılan, yumuşak, yapış yapış sesi gittikçe yaklaşıyordu çünkü; dehşet içinde, Snape'in yanıt verdiğini duydu.

"Kısıtlı Bölüm'e mi? Eh, pek uzakta olamazlar, yakalarız."

Filch'le Snape köşeyi dönüp yaklaşırlarken, Harry olduğu yere çakılıp kaldı. Onu göremezlerdi elbet, ama koridor öylesine dardı ki, biraz daha yaklaşacak olurlarsa mutlaka çarparlardı – Pelerin, somut bedenini ortadan kaldırmıyordu.

Olabildiği kadar sessizce, geriledi. Solda aralık bir kapı gördü. Tek umuduydu bu. Soluğunu tutarak, kapıyı kıpırdatmadan içeri süzülmeyi başardı; Snape'le Filch hiçbir şey farketmediler. Geçip gittiler; Harry, derin derin soluyarak duvara yaslandı, onların uzaklaşan ayak seslerini dinledi. Az kalsın yakayı ele verecekti; ucuz atlatmıştı. Saklandığı odanın nasıl bir yer olduğunu anlayıncaya kadar birkaç saniye geçecekti.

Kullanılmayan bir sınıfa benziyordu burası. Duvar diplerinde masaları, sıraları andıran birtakım eşyalar seçiliyordu karanlıkta, bir de baş aşağı çevrilmiş bir çöp sepeti – ama duvara dayalı bir şey daha vardı ki, sırıtıyordu, sanki biri, ayak altında durmasın diye, onu getirmiş, oraya koymuştu.

Görkemli bir aynaydı bu, pençeye benzeyen iki ayak üstünde, süslü yaldızlı çerçevesiyle tavana kadar uzanıyordu. Tepesine de boydan boya bir yazı işlenmişti: *Kelid iked niğe rüyl iğednü züym iğid retsög.*

Filch'le Snape'ten ses gelmediği için korkusu yatışmaya başlayan Harry, aynaya bakmak istedi; kendini görmeyecekti, ama olsun – yaklaştı.

Çığlık atmamak için ağzını elleriyle kapamak zorunda kaldı. Arkasına döndü hızla. Kitabın haykırışında bile bu kadar çılgınca atmamıştı yüreği – aynada sadece kendini görmemiş, arkasında bir yığın insan daha görmüştü.

Ama oda boştu. Soluk soluğa, yine aynaya döndü usulca.

Oradaydı işte, kendi yansımasını gördü, yüzü korkudan bembeyaz kesilmişti, arkasında en az on kişi daha vardı. Harry omzunun üstünden baktı – kimseler yoktu yine. Yoksa onlar da mı görünmezdi? Görünmez insanlarla dolu bir odaya mı girmişti, aynanın özelliği, ister görünür olsun, ister görünmez olsun, her şeyi yansıtmak mıydı?

Aynaya bir daha baktı. Kendi görüntüsünün arkasında duran bir kadın ona gülümsüyor, el sallıyordu. Kolunu uzattı, eli bir şeye değmedi. Kadın orada olsaydı ona dokunurdu, görüntüleri öylesine yakındı ki – ama havadan başka bir şey yoktu – kadın da, ötekiler de varlıklarını sadece aynada sürdürüyorlardı.

Çok güzel bir kadındı bu. Koyu kızıl saçları vardı, gözleri ise – gözleri tıpkı benim gözlerime benziyor, diye düşündü Harry, aynaya biraz daha yaklaştı. Yemyeşil – biçim aynı... Kadının ağladığını fark etti; gülümsüyordu, ama aynı anda da ağlıyordu. Yanında duran uzun boylu, siyah saçlı, ince adam kolunu onun omzuna dolamıştı. Gözlük vardı gözünde, saçları dağınıktı. Arkası, tıpkı Harry'nin saçları gibi, yatmamıştı.

Harry o kadar yaklaşmıştı ki aynaya, burnu neredeyse kendi görüntüsüne değecekti.

"Anne?" diye fısıldadı. "Baba?"

Ona gülümseyerek baktılar sadece. Harry aynada ötekilerin de yüzlerine bakınca, hepsinin gözlerinin kendi gözleri gibi yeşil olduğunu gördü, burunları da aynıydı, ufak tefek ihtiyar bir adamın dizleri ise tıpkı Harry'ninkiler gibi top toptu – yaşamı boyunca ailesini ilk kez görüyordu Harry.

Potter'lar gülümseyerek el salladılar ona, Harry de onlara özlemle baktı – ellerini aynaya dayamıştı – sanki uzanıp da ailesine dokunacakmış gibi. Büyük bir acı duyuyordu içinde – yarı sevinç, yarı hüzün.

Orada ne kadar kaldı, bilmiyordu. Görüntüler silinmedi – baktı, baktı – sonunda uzaklardan bir gürültüyle kendine geldi. Kalamazdı artık, yatağına dönmeliydi. Gözlerini annesinin yüzünden kaçırarak, "Döneceğim," diye fısıldadı, odadan hızla çıktı.

*

Ron, ters ters, "Beni uyandırabilirdin," dedi.

"Bu gece gelebilirsin. Yine gideceğim, sana aynayı göstereyim."

Ron, "Annenle babanı görmek isterim," dedi merakla.

"Ben de senin aileni görmek isterim, bütün Weasley'leri – bana bütün kardeşlerini gösterirsin, hepsini."

"Zaten ne zaman istersen görebilirsin onları," dedi Ron. "Bu yaz bizim eve gelmen yeter. Neyse, belki sadece ölüleri gösteriyordur. Ama Flamel'ı bulamaman yazık olmuş doğrusu. Biraz salam alsana, hiçbir şey yemeyecek misin?"

Harry'nin içinden yemek yemek gelmiyordu. Annesiyle babasını görmüştü, o gece bir daha görecekti. Flamel'ı unutmuş gibiydi. Sanki pek önemi yoktu bunun artık. Üç başlı köpeğin neyi beklediği kimin umurundaydı? Snape onu çalsa bile ne çıkardı?

"İyi misin?" dedi Ron. "Bir tuhaf görünüyorsun."

*

Harry'nin en büyük korkusu aynalı odayı bulamamaktı. Ertesi gece Ron'u da Pelerin'in altına alıp ağır ağır yola koyuldu. Kitaplıktan çıktıktan sonra izlediği yolu hatırlamaya çalıştı. Karanlık geçitlerde bir saat kadar dolaştılar.

"Donuyorum," dedi Ron. "Unutalım bunu, dönelim."

"*Hayır!*" diye fısıldadı Harry. "Buralarda bir yerde olacak."

Ters yöne süzülen uzun boylu bir cadı hayaletinin yanından geçtiler, başka kimseyle karşılaşmadılar. Ron ayaklarının donduğundan yakınmaya başlamıştı ki, Harry zırhı gördü.

"Burası – evet – burası!"

Kapıyı iterek açtılar. Harry Pelerin'i çıkarıp attı sırtından, aynaya koştu.

Oradalardı. Onu görünce, annesiyle babasının yüzleri ışıdı.

"Gördün mü?" diye fısıldadı Harry.

"Ben bir şey göremiyorum."

"Bak! Hepsi orada – hepsi..."

"Sadece seni görebiliyorum."

"Doğru dürüst bak, benim durduğum yerde dur."

Yana çekildi, ama Ron aynanın önüne geçince, o da ailesini göremez oldu; çizgili pijamasıyla Ron'u görüyordu sadece.

Ama Ron, büyülenmiş gibi, kendi görüntüsüne dikmişti gözlerini.

"Bana bak!" dedi.

"Aileni görebiliyor musun yanında?"

"Hayır – tek başımayım – ama değişmişim – daha büyümüşüm sanki – Öğrenciler Başkanı'yım!"

"*Ne?*"

"Evet – Bill'in taktığı rozetten var göğsümde – elimde de Okul Kupası'yla Quidditch Kupası – Quidditch kaptanı da olmuşum!"

Ron, gözlerini bu inanılmaz görüntüden ayırıp heyecanla Harry'ye baktı.

"Bu ayna geleceği de mi gösteriyor dersin?"

"Nasıl olur? Ailemde herkes öldü – bir daha bakayım -"

"Dün bütün gece baktın, bırak, azıcık da ben bakayım."

"Elinde Quidditch Kupası varsa var, ne olmuş yani? Ben annemle babamı görmek istiyorum."

"İtme beni -"

Ansızın koridorda kopan bir gürültü tartışmayı sona erdirdi. Ne kadar yüksek sesle konuştuklarının farkında bile olmamışlardı.

"Çabuk!"

Ron Pelerin'i tam sırtlarına çekmişti ki, Mrs Norris'in ışıl ışıl gözleri belirdi kapıda. Ron'la Harry hiç kıpırdamadan öylece durdular, aynı şeyi düşünüyorlardı – Pelerin kedilerde de işe yarıyor muydu acaba? Kendilerine yüzyıllar gibi gelen bir bekleyişten sonra, Mrs Norris dönüp gitti.

"Güvenli değil burası – Filch'i çağırmaya gitmiştir, mutlaka bizi duydu. Hadi."

Ron, Harry'yi sürükleyerek odadan çıkardı.

Ertesi sabah kar hâlâ erimemişti.

Ron, "Satranç oynar mısın, Harry?" diye sordu.

"Hayır."

"Aşağı inip Hagrid'i görmeye gitsek?"

"Hayır... sen git..."

"Ne düşündüğünü biliyorum, Harry, aynayı düşünüyorsun. Bu gece gitme."

"Neden?"

"Bilmiyorum, içimde kötü bir his var – hem zaten Filch'ten, Snape'ten, Mrs Norris'ten yakayı zor sıyırdın. Seni görmezlerse görmesinler. Ya sana çarparlarsa? Ya bir şey devirirsen?"

"Hermione gibi konuşuyorsun."

"Ciddiyim, Harry, gitme."

Ama Harry'nin bir tek düşünce vardı kafasında, o da aynaya gitmekti, Ron da kendisini durduramazdı.

*

Üçüncü gece yolu çok daha çabuk buldu. Öyle hızlı yürüyordu ki, aklı başında birinin edemeyeceği kadar gürültü ediyordu, ama kimseyi görmedi.

İşte annesiyle babası karşısındaydı, gülümsüyorlardı, büyükbabalarından biri de keyifle baş sallıyordu. Harry aynanın tam karşısına, yere oturdu. Bütün geceyi orada, ailesinin yanında geçirmesine hiçbir şey engel olamazdı. Hiçbir şey.

Sadece -

"Eee – demek yine geldin, Harry?"

Harry bütün içinin buz kestiğini sandı. Arkasına baktı. Duvarın dibindeki sıralardan birinde Albus Dumbledore oturmaktaydı. Harry, onu fark etmeden dosdoğru aynaya gitmişti herhalde.

"Sizi – sizi görmedim, efendim."

"Görünmez olmak görme gücünü de azaltıyor galiba," dedi Dumbledore; Harry onun gülümsediğini görünce biraz rahatladı.

Dumbledore, sıradan kalkıp Harry'nin yanına çöktü. "Demek, sen de, senden önceki yüzlerce kişi gibi, Kelid Aynası'nın yarattığı mutluluğu buldun."

"Adının bu olduğunu bilmiyordum, efendim."

"Ama özelliğini anlamışsındır herhalde."

"Şey – ailemi gösteriyor bana -"

"Ron'u da Öğrenciler Başkanı olarak gösterdi."

"Nereden biliyorsunuz?"

Dumbledore, yumuşak bir sesle, "Görünmez olmak için bir pelerin gerekmez bana," dedi. "Şimdi söyle bakalım, Kelid Aynası bizlere ne gösteriyor?"

Harry başını iki yana salladı.

"Ben söyleyeyim. Dünyanın en mutlu insanı, Kelid Aynası'nı sıradan bir ayna gibi kullanan insandır, ona bakınca kendini olduğu gibi görür. Anlatabildim mi?"

Harry düşündü. Sonra ağır ağır, "Ne istediğimizi gösteriyor bize... görmek istediğimizi..." dedi.

Dumbledore, "Hem evet, hem hayır," dedi usulca. "Bu ayna yüreklerimizin derinliklerinde yatan tutkuları, istekleri gösterir bize. Aileni hiç bilmedin sen, onları görürsün. Kardeşleri tarafından ezilen Ronald Weasley, kendisini onlardan üstün görür. Ama bu ayna bizi bilgiye, doğruya götürmez. Gösterdiklerinin gerçek olmadığını bilmeyenler onun önünde eriyip gitmişlerdir ya da akıllarını kaçırmışlardır.

"Ayna yarın yeni bir binaya götürülecek, Harry, bir daha gidip bakma ona. Günün birinde karşına çıkarsa da, hazırlıklı ol. Düşler dünyasına dalıp gerçek dünyayı, yaşamayı unutmak doğru değildir, unutma bunu. Hadi, şimdi o eşsiz Pelerin'i sırtına geçir, yatağına git."

Harry ayağa kalktı.

"Efendim – Profesör Dumbledore? Size bir şey sorabilir miyim?"

Dumbledore gülümsedi. "Tabii, sordun ya zaten. Ama istersen bir şey daha sorabilirsin."

"Ayna'ya bakınca siz ne görüyorsunuz?"

"Ben mi? Elimde bir çift yün çorapla kendimi görüyorum."

Harry boş boş baktı.

"İnsanın hiç yeteri kadar çorabı olmuyor," dedi Dumbledore. "Bir Noel daha gelip geçti, bir çift çorap veren olmadı. Herkes bana kitap armağan ediyor."

Harry yatağına uzanınca, Dumbledore'un belki de doğruyu söylemediğini düşündü. Scabbers'ı yastığından iterken aklına geldi: Ona çok kişisel bir soru sormuştu herhalde.

ON ÜÇÜNCÜ BÖLÜM

Nicolas Flamel

Dumbledore, Harry'yi bir daha Kelid Aynası'na gitmemesinin doğru olduğuna inandırmıştı; Görünmezlik Pelerini Noel tatili boyunca Harry'nin sandığının dibinde kaldı. Ayna'da gördüklerini unutmak istiyordu Harry, ama kolay değildi bu. Karabasanlar görmeye başladı. Annesiyle babasının yeşil bir ışığın çakışıyla yok olduklarını gördü düşlerinde, tiz bir sesin de kahkahalar attığını duydu.

Harry, düşlerini anlatınca, "Görüyorsun ya," dedi Ron, "Dumbledore haklıymış, ayna yüzünden aklını oynatabilirdin."

Dersler başlamadan bir gün önce dönen Hermione, konuya bir başka açıdan yaklaşıyordu. Harry'nin yatağından çıkıp üst üste üç gece koridorları arşınlamasından dehşete düşmüştü ("Ya Filch seni yakalasaydı?"), bir yandan da onun Nicolas Flamel'ın kim olduğunu öğrenememesinden duyduğu hayal kırıklığını dile getiriyordu.

Flamel'ın adını kitaplıkta bulmaktan umudu kesmişlerdi neredeyse, ama Harry bu adı bir yerde gördüğünden emindi. Dersler başlar başlamaz on dakikalık aralarda kitap karıştırmayı sürdürdüler. Harry'nin zamanı daha kısıtlıydı, çünkü Quidditch çalışmaları yeniden başlamıştı.

Wood takımı her zamankinden daha sıkı çalıştırıyordu şimdi. Karın yerini alan dinmek bilmeyen yağmur bile heveslerini kırmıyordu. Weasley'ler Wood'un fanatiğin teki olduğundan yakınıyorlardı, ama Harry, Wood'u destekliyordu. Bir sonraki maçta Hufflepuff'ı yenerlerse, Okul Şampiyonası'nda yedi yıldır ilk kez Slytherin'i geride bırakacaklardı. Kazanma tutkusu bir yana, çalışmalardan yorgun düşünce daha az karabasan gördüğünü fark etti Harry.

Sırılsıklam, çamurlu bir gün, çalışma sırasında onlara kötü bir haber vereceğini söyledi Wood. Weasley'lere kızmıştı zaten, iki kardeş birbirlerinin üstüne pike yapıyor, süpürgelerinden düşecekmiş gibi hoplayıp zıplıyorlardı.

"Bırakın soytarılığı!" diye bağırdı. "Maçı kaybedersek bu yüzden kaybederiz! Hakem Snape olacak; Gryffindor'dan puan silmek için de elinden geleni yapacak!"

Bunu duyunca, George Weasley gerçekten de düştü süpürgesinden.

Ağzındaki çamurları püskürterek, "Ha-kem *Snape* mi olacak?" dedi. "Ne zaman bir Quidditch maçını yönetmiş ki? Taraf tutar, Slytherin'i geçmemize izin vermez."

Takımın öteki oyuncuları da yakınmada George'u yalnız bırakmadılar.

"Suç bende değil ki," dedi Wood. "Temiz bir oyun çıkaralım, Snape'in bize takmasına fırsat vermeyelim."

Bütün bunlar iyiydi güzeldi de, Harry'nin Quidditch oynarken yanında Snape'i istememesinin bir başka nedeni vardı...

Çalışmadan sonra takım oyuncuları her zamanki gibi çene çalarken, Harry Gryffindor ortak salonuna koştu; Ron'la Hermione satranç oynuyorlardı. Hermione sadece satrançta eziliyordu, Harry'yle Ron da bunun ona iyi geldiğini düşünüyorlardı.

Harry yanına oturunca, "Biraz konuşma benimle," dedi Ron. "Kendimi oyuna vermem -" Harry'nin bakışını fark etti. "Nen var senin? Berbat görünüyorsun."

Kimse kendilerini duymasın diye, Harry alçak sesle Snape'in Quidditch maçında hakemlik edeceğini anlattı.

Hermione, "Oynama," dedi hemen.

"Hasta olduğunu söyle," dedi Ron.

Hermione, "Ayağın kırılmış gibi yap," diye önerdi.

"Ayağını *gerçekten* kır," dedi Ron.

"Olmaz," dedi Harry. "Yedek Arayıcı yok. Ben oynamazsam Gryffindor bir şey yapamaz."

Tam o sırada Neville daldı ortak salona. Kimsenin yardımı olmadan delikten nasıl geçebildiğine kimse akıl erdiremedi – bacakları Bacak-Bağlama Laneti'yle birbirine yapışmıştı çünkü. Anlaşılan, Gryffindor Kulesi'nin merdivenlerini tavşan gibi hoplaya hoplaya çıkmıştı.

Hermione'den başka herkes gülmeye başladı. Hermione hemen fırlayıp karşı büyü yaptı. Bacakları birdenbire ayrılıveren Neville, titreyerek ayağa kalktı.

Onu Harry'yle Ron'un yanına oturtarak, "Ne oldu?" diye sordu Hermione.

Neville, hâlâ zangır zangır, "Malfoy," dedi. "Kitaplığın önünde karşılaştık. Bu büyüyü deneyecek birini arıyormuş."

"Profesör McGonagall'a git!" dedi Hermione. "Ona söyle!"

Neville başını iki yana salladı.

"Başka sorun istemiyorum," diye mırıldandı.

"Ona karşı direnmeyi öğrenmelisin, Neville!" dedi Ron. "Başkalarını ezmeye alışmış, ama önüne uzanıp da işini kolaylaştırmanın bir anlamı yok."

"Gryffindor'a yakışmayacak kadar yüreksiz olduğumu söyleme boşuna," dedi Neville. "Malfoy zaten söyledi."

Harry cüppesinin cebini karıştırıp Hermione'nin Noel'de ona armağan ettiği Çikolatalı Kurbağalardan sonuncusunu çıkardı. Neville'e uzattı. Neville neredeyse ağlayacaktı.

"Sen on iki Malfoy edersin," dedi Harry. "Seçmen Şapka seni Gryffindor'a seçti, öyle değil mi? Ya Malfoy nerede? Slytherin denilen o pislikte."

Neville, Kurbağa'yı kâğıdından çıkarırken belli belirsiz gülümsedi.

"Sağ ol, Harry... En iyisi yatayım ben... Kartını ister misin, onları biriktiriyorsun, değil mi?"

Neville uzaklaşırken, Ünlü Büyücü kartına baktı Harry.

"Yine Dumbledore," dedi. "İlk çıkan kartta da o vardı -"

Birdenbire yutkundu. Kartın arkasına dikti gözlerini. Sonra Ron'la Hermione'ye baktı.

"Buldum onu!" diye fısıldadı. "Flamel'ı buldum! Bu adı bir yerde okuduğumu *söylemiştim* size. Buraya gelirken trende görmüştüm – dinleyin şunu: 'Profesör Dumbledore, özellikle 1945'te kara büyücü Grindelwald'ı yenmesiyle, ejderha kanının on iki ayrı konuda kullanılışını bulmasıyla ve *arkadaşı Nicolas Flamel'la simya konusunda yürüttüğü çalışmalarla ünlüdür*'!"

Hermione ayağa fırladı. İlk sınav notlarından beri hiç bu kadar heyecanlanmamıştı.

"Bir yere kımıldamayın!" dedi ve kızların yatakhanesine çıkan merdivene doğru fırladı. Harry'yle Ron şaşkın şaşkın birbirlerine baktılar. Hermione biraz sonra kolunda kocaman, eski bir kitapla döndü.

Heyecanla, "Buna bakmayı akıl edememiştim!" diye fısıldadı. "Şöyle hafif bir şeyler okuyayım diye bunu haftalar önce kitaplıktan almıştım."

"Hafif mi?" dedi Ron, ama Hermione susmasını söyledi ona, kitapta bir şey bakacaktı, kendi kendine mırıldanarak çılgıncasına sayfaları çevirmeye koyuldu.

Sonunda aradığını buldu.

"Biliyordum! *Biliyordum!"*

Ron, anlamlı anlamlı, "Konuşabilir miyiz şimdi?" diye sordu. Hermione ona aldırmadı.

Çok önemli bir şey söyler gibi, "Nicolas Flamel," diye fısıldadı Hermione. *"Felsefe Taşı'nın bilinen tek yapıcısı!"*

Ama beklediği tepkiyi alamadı onlardan.

Harry'yle Ron, "Neyin?" dediler.

"Bana bakın, siz hiç kitap okumaz mısınız? İşte – okuyun şunu."

Kitabı onlara doğru itti, Harry'yle Ron okudular:

Eski simyacılık bilimi, olağanüstü güçleri olan efsanevi Felsefe Taşı'nın yapımıyla doğrudan ilişkilidir. Taş herhangi bir maddeyi altına çevirebilir. İçeni ölümsüz kılan Yaşam İksiri'ni de yaratabilir.

Yüzyıllar boyunca Felsefe Taşı üstüne çok şey söylenmiştir, ama tek Taş, ünlü simyacı ve opera düşkünü Mr Nicolas Flamel'ın elinde bulunmaktadır. Geçen yıl altı yüz altmış beşinci yaş gününü kutlayan Mr Flamel, eşi Perenelle (altı yüz elli sekiz) ile Devon'da sakin bir yaşam sürmektedir.

Harry ile Ron okumayı bitirince, "Gördünüz mü?" dedi Hermione. "Köpek herhalde Flamel'ın Felsefe Taşı'nı koruyor! Arkadaş oldukları, birinin de onu çalacağından korktuğu için Dumbledore'a vermiştir. Bu yüzden onu Gringotts'tan çıkarmak istedi!"

"Altın yapan, insanın ölmemesini sağlayan bir taş!" dedi Harry. "Snape'in onu istemesi boşuna değil! *Kim olsa* ister."

Ron, "Flamel'ı *Büyücülükte Son Gelişmeler Üstüne Bir İnceleme*'de boşu boşuna aramışız," dedi. "Son gelişmelerle ilgisi olduğunu pek söyleyemeyiz – ne de olsa altı yüz altmış beş yaşında, öyle değil mi?"

Ertesi sabah Karanlık Sanatlara Karşı Savunma dersinde kurtadam ısırıklarına karşı alınacak önlemleri yazarken, Ron'la Harry Felsefe Taşı'ndan söz ediyorlardı hâlâ – bir ele geçirseler onunla neler neler yaparlardı... Ron kendi Quidditch takımını kuracağını söyleyince, Harry Snape'i ve yaklaşan maçı hatırladı.

"Oynayacağım," dedi Ron'la Hermione'ye. "Oynamazsam, bütün Slytherin'ler Snape'ten korktuğumu sanırlar. Göstereceğim onlara... bir kazanalım da görün siz, suratlarındaki o sırıtmayı nasıl kazıyıp yok edeceğim."

"Biz seni yerden kazımak zorunda kalmayalım da," dedi Hermione.

*

Ron'la Hermione'ye ne söylerse söylesin, maç yaklaştıkça Harry'nin tedirginliği artıyordu. Takımın öteki oyuncuları da pek sakin değildi. Okul Şampiyonası'nda Slytherin'in önüne geçmek harika bir şeydi, yedi yıldır olmamıştı, ama böylesine taraf tutan bir hakemle başarabilecekler miydi?

Harry bilemiyordu, hayal gücünün yarattığı bir şey miydi bu, yoksa nereye gitse gerçekten hep Snape mi çıkıyordu karşısına? Snape'in onu izlediğini düşünüyordu bazen. İksir dersleri Harry için haftalık işkenceye dönüşmüştü – Snape öylesine acımasız davranıyordu ki kendisine. Felsefe Taşı'nı öğrendiklerinin farkında mıydı yoksa? Nasıl öğrenebilir diye düşünüyordu Harry – ama bazen korkunç bir duyguya, onun akıldan geçenleri okuyabildiği duygusuna kapılıyordu.

*

Harry, ertesi gün öğleden sonra arkadaşları kendisine iyi şanslar dilediğinde, Ron'la Hermione'nin neler düşündüğünü biliyordu: Acaba onu bir daha sağ görecekler miydi? Pek de rahatlatıcı bir şey değildi bu. Quidditch formasını giyip Nimbus İki Bin'ini hazırlarken, Wood'un yüreklendirici söylevini duymadı bile.

Bu arada Ron'la Hermione, Neville'in yanında bir yer bulmuşlardı; Neville onların neden bu kadar üzüntülü ve endişeli olduklarına da, neden asalarını yanlarında getirdiklerine de bir anlam veremiyordu. Harry de, Ron'la Hermione'nin gizli gizli Bacak-Bağlama Laneti çalıştıklarını bilmiyordu. Malfoy Neville'e yapınca akıllarına gelmişti bu, Snape Harry'yi incitecek bir şey yapmaya kalkarsa onun üstünde deneyeceklerdi.

Ron asasını cüppesinin koluna yerleştirirken, "Sakın unutma," dedi Hermione. "*Locomotor Mortis.*"

"*Biliyorum,*" dedi Ron. "Boyuna tekrarlama."

Soyunma odasında, Wood Harry'yi bir kenara çekmişti.

"Sana baskı yapmak istemem, Potter, ama Snitch'i ne kadar erken yakalayabilirsen o kadar iyi olur. Snape Hufflepuff'ı açık açık kollamaya başlamadan önce maçı bitirmeye bak."

Kapıdan dışarı bir göz atan Fred Weasley, "Bütün okul burada!" dedi. "Vay canına – baksanıza – Dumbledore bile izlemeye gelmiş!"

Harry'nin yüreği tersyüz oluverdi sanki.

Kendi gözleriyle görmek için kapıya koşarken, "*Dumbledore* mu?" dedi. Fred haklıydı. O kır sakalı nerede görse tanırdı.

Neredeyse bir kahkaha atacaktı. Güvendeydi. Dumbledore seyirciler arasındaysa, Snape kendisini incitmeye kalkamazdı.

Takımlar alana çıkarken Snape'in o kadar öfkeli görünmesinin nedeni de buydu belki. Öfkesi Ron'un gözünden kaçmadı.

Hermione'ye, "Snape'i hiç bu kadar hain hain bakarken görmemiştim," dedi. "İşte – çıkıyorlar. Ahh!"

Biri ensesini dürtmüştü hızla. Malfoy'du.

"Özür dilerim, Weasley, seni görmedim."

Malfoy, Crabbe'yle Goyle'a bakarak sırıttı.

"Bakalım Potter süpürgesinin üstünde ne kadar kalabilecek? Bahse girmek isteyen var mı? Sen ne dersin, Weasley?"

Ron yanıt vermedi. George Weasley bir Bludger'ı kendisine doğru savurduğu için Snape penaltı vermişti. Hermione, parmaklarını kucağında kenetlemiş, gözlerini Harry'ye dikmişti. Harry, Snitch'i kollayarak alanın üstünde atmaca gibi dönmekteydi.

Snape birkaç dakika sonra durup dururken Hufflepuff'ı bir penaltı atışıyla daha ödüllendirdi. Malfoy, yüksek sesle, "Gryffindor takımına bu oyuncuları neden seçiyorlar, biliyorum," dedi. "Onlara acıdıkları için. Potter'ın annesi babası yok,

Weasley'lerin de parası yok – seni de takıma almaları gerekirdi, Longbottom, çünkü senin de beynin yok."

Neville mosmor kesildi, dönüp Malfoy'un suratına baktı.

"Ben senin gibi on iki kişiyi cebimden çıkarırım," diye kekeledi.

Malfoy, Crabbe ve Goyle kahkahadan kırıldılar; gözlerini maçtan ayıramayan Ron, "Doğru söylüyorsun, Neville," dedi.

"Longbottom, beyin altından yapılsaydı, sen Weasley'den bile yoksul olurdun."

Ron'un sinirleri, Harry'yi düşünmekten zaten bozulmuştu.

"Seni uyarıyorum, Malfoy – tek kelime daha söylersen -"

Hermione, "Ron!" dedi birdenbire. "Harry -!"

"Ne oldu? Nerede?"

Harry inanılmaz bir pike yapmıştı ansızın; seyirciler soluklarını tutarak alkışladılar onu. Hermione ayağa kalktı, parmaklarını çapraz yaparak ağzına götürdü; bu arada Harry kurşun gibi iniyordu.

Malfoy, "Şansın varmış, Weasley," dedi. "Harry yerde para gördü galiba!"

Ron dayanamadı. Malfoy ne olduğunu anlamadan üstüne çullanmıştı Ron, onu yere yıkmıştı. Neville bir an durakladı, sonra sıranın üstünden atlayarak arkadaşının yardımına koştu.

"Hadi, Harry!" diye bağırdı Hermione, Harry hızla Snape'e doğru giderken o da sıçramaya başladı – Ron'la Malfoy'un sıranın altında boğuştuklarını da, Neville'le Crabbe ve Goyle'un yumruklaştıklarını da fark etmedi.

Havada, Snape süpürgesini tam zamanında çevirdi, kızıl bir şey hızla geçmişti yanından – bir an sonra Harry süpürgesini doğrultup yavaşça yere süzüldü, kolunu havaya kaldırmıştı zaferle, elinde Snitch'i tutuyordu.

Ortalık yıkılacaktı sanki; bir rekor olmalıydı bu, kimse Snitch'in bu kadar kısa sürede yakalandığını hatırlamıyordu.

Hermione, sıranın üstünde hoplayıp zıplayarak, "Ron! Ron!

Neredesin? Oyun bitti! Harry kazandı! Biz kazandık! Gryffindor ilk sırada!" diye bağırdı; bir yandan da önünde oturan Parvati Patil'le kucaklaşıyordu.

Harry yere yarım metre kala süpürgesinden atladı. İnanamıyordu buna. Başarmıştı – oyun sona ermişti, beş dakika bile sürmemişti. Gryffindor'lar alanı doldururken, Snape'in bembeyaz kesilmiş yüzü, sıkılmış dişleriyle yere indiğini gördü – bir el duydu omzunda, dönüp bakınca Dumbledore'un gülümseyen yüzüyle karşılaştı.

Dumbledore, sadece Harry'nin işitebileceği bir sesle, "Çok iyiydin," dedi. "Ayna'ya takılıp kalmadığına da sevindim... yapacak başka işler bulmuşsun kendine... harika..."

Snape öfkeyle yere tükürdü.

*

Harry bir süre sonra tek başına çıktı soyunma odasından, Nimbus İki Bin'ini süpürge deposuna götürecekti. Hayatında daha mutlu olduğunu hatırlamıyordu. Gurur duyulacak bir şey yapmıştı – artık kimse onun sadece ünlü bir addan başka bir şey olmadığını ileri süremezdi. Akşam havası da hiç bu kadar güzel kokmamıştı doğrusu. Nemli çimenler üstünde yürürken son saati, mutluluk içinde, belli belirsiz, yeniden yaşadı: Gryffindor'ların koşarak gelmeleri, onu omuzlarına almaları, uzaklarda hoplayıp duran Ron'la Hermione, Ron'un kanayan burnuyla sevinç çığlıkları atması.

Bu arada depoya vardı. Tahta kapıya yaslanıp başını kaldırdı, batan güneşte pencereleri kıpkırmızı parlayan Hogwarts'a baktı. Gryffindor ilk sıraya geçmişti. Bunu da kendisi sağlamıştı. Snape'e gününü göstermişti...

Aklına tam Snape geldiği sırada...

Şatonun ön merdivenlerinden kukuletalı biri indi hızla. Kimseye görünmek istemiyordu anlaşılan, hızlı hızlı Yasak

Orman'a doğru yürüdü. Harry ona bakarken biraz önceki zaferi unutuverdi. Yürüyüşünden anlamıştı, Snape'ti bu, herkes yemekteyken Orman'a gidiyordu – neler dönüyordu acaba?

Nimbus İki Bin'ine atladı Harry, havalandı. Sessizce şatonun üstünde süzülürken Snape'in koşarak ormana girdiğini gördü. Onu izledi.

Ağaçlar öylesine sıktı ki, Snape'in nereye gittiğini göremedi. Havada dönerek alçaldı, ağaçların üst dallarına değiyordu şimdi, birtakım sesler duydu. Seslerin geldiği yöne süzüldü, usulca bir kayın ağacının tepesine kondu.

Süpürgesine sıkı sıkı tutunarak, dikkatle dallardan birine tırmandı, yaprakların arasından neler olduğunu görmeye çalıştı.

Aşağıda, gölgeli bir açıklıkta Snape duruyordu, ama yalnız değildi. Quirrell da oradaydı. Onun bakışlarını göremedi Harry, ama Quirrell her zamankinden daha çok kekeliyordu. Harry ne konuştuklarına kulak kabarttı.

"... B-b-benimle neden bu-burada bu-buluşmak istedin, a-a-anlamadım, Severus..."

Snape, buz gibi bir sesle, "Sadece ikimiz arasında özel bir konuşma olsun istedim," dedi. "Ne de olsa, öğrencilerin Felsefe Taşı'nı öğrenmeleri doğru değil."

Harry öne eğildi. Quirrell bir şeyler mırıldanıyordu. Snape onun sözünü kesti.

"Hagrid'in o canavarını nasıl atlatırız, öğrenebildin mi?"

"A-a-ama Severus, ben -"

Snape, Quirrell'a doğru bir adım atarak, "Düşmanın olmamı istemezsin, değil mi?" dedi.

"S-s-sen ne de-de-demek istiyorsun, anlamadım -"

"Ne demek istediğimi pekâlâ biliyorsun."

Bir baykuş öttü yüksek sesle, Harry az kalsın ağaçtan düşecekti. Kendini tam zamanında toparladı. Snape'in "- biraz hokus pokus yapacaksın. Bekliyorum," dediğini duydu.

"A-a-ama b-b-ben -"

Snape, "Peki öyleyse," diye sözünü kesti onun. "Yakında yine görüşeceğiz seninle, biraz daha düşün bakalım, çıkarının nerede olduğunu iyice düşün."

Pelerinini başına çekip oradan uzaklaştı. Karanlık basmıştı artık, ama Harry, Quirrell'ın orada taş kesilmiş gibi kalakaldığını görebildi.

*

Hermione, "Nerelerdeydin, Harry?" diye cırladı.

Harry'nin sırtını yumruklayarak, "Ka-zandık! Kazandın! Kazandık!" diye bağırdı Ron. "Malfoy'un gözünü mosmor ettim, Neville de Crabbe'yle Goyle'u tek başına haklamaya kalktı! Kendine gelemedi daha, ama Madam Pomfrey yakında ayağa kalkacağını söylüyor – Slytherin'i nasıl perişan ettin, anlat! Herkes ortak salonda seni bekliyor, bir eğlence düzenledik, Fred'le George mutfaktan biraz pastayla başka şeyler yürüttüler."

Harry, soluk soluğa, "Şimdi bırakın bunu," dedi. "Boş bir oda bulalım, önce size anlatacaklarımı bir dinleyin de..."

Kapıyı arkalarından kapamadan önce Peeves'in içeride olup olmadığına baktı, sonra da görüp duyduklarını anlattı.

"Demek haklıymışız, oradaki Felsefe Taşı'ymış, Snape de onu çalmak için Quirrell'ın kendisine yardım etmesini istiyor. Fluffy'yi nasıl atlatacağını sordu – bir de Quirrell'ın 'hokus-pokus'u için bir şeyler söyledi. Taş'ı Fluffy'den başka şeyler de koruyor anlaşılan, birtakım büyüler, Quirrell da Snape'in yolunu açacak Karanlık Sanatlar-karşıtı bazı büyüler biliyor -"

Hermione, korkuyla, "Yani Taş ancak Quirrell Snape'e direndiği sürece mi güvende?" diye sordu.

"Önümüzdeki salı Taş yerinde olmayacak," dedi Ron.

ON DÖRDÜNCÜ BÖLÜM

Norveç Pütürlüsü Norbert

Quirrell sandıklarından da cesaretliydi galiba. Daha sonraki haftalarda gittikçe zayıfladı, sararıp soldu, ama pek boyun eğmişe benzemiyordu.

Harry, Ron ve Hermione ne zaman üçüncü kat koridorundan geçseler, kulaklarını Fluffy'nin boyuna hırladığı odanın kapısına dayıyorlardı. Snape öfke içinde koşturup duruyordu yine, bu da Taş'ın güvende olduğunun bir belirtisiydi. Harry, Quirrell'la her karşılaşmasında, yüreklendirmek istercesine, ona gülümsüyordu; Ron da herkese Quirrell'ın kekemeliğine gülmemelerini söylemeye başlamıştı.

Ama Hermione'nin kafasında Felsefe Taşı'ndan başka şeyler de vardı. Tuttuğu notları temize çekmeye, zaman cetvellerini düzene koymaya, çizimleri renklendirmeye koyulmuştu. Harry'yle Ron pek aldırmayacaklardı buna, ama Hermione onların da aynı şeyi yapmalarını söylüyordu boyuna.

"Hermione, sınavlara daha yüzyıllar var."

"On hafta," diye kestirip attı Hermione. "Yüzyıllar değil. Nicolas Flamel için bir saniye sayılır."

Ron, "Ama biz altı yüz yaşında değiliz," diye hatırlattı. "Hem zaten notları niye temize çekiyorsun? Her şeyi biliyorsun nasıl olsa."

"Niye mi temize çekiyorum? Çıldırdın mı sen? İkinci sınıfa geçebilmek için bu sınavları vermek gerek. Çok önemli bu; çalışmaya bir ay önce başlamalıydım; bana ne oldu, bilmiyorum..."

Yazık ki, öğretmenler de Hermione gibi düşünüyorlardı. Öyle çok ödev verdiler ki, Paskalya tatili Noel tatilinin yanında pek sönük kaldı. İnsan, yanında boyuna ejderha kanının on iki ayrı kullanılışını ezberleyen ya da asasıyla çalışmalar yapan biri olunca, dinlenemiyordu. Harry'yle Ron boş zamanlarının çoğunu kitaplıkta geçirdiler Hermione'yle, çalıştılar da çalıştılar.

Bir gün öğleden sonra, "Bunu hiç hatırlamayacağım!" diye patladı Ron, tüy kalemini fırlatıp attı, kitaplık penceresinden dışarıya özlemle bakmaya başladı. Aylardır en güzel havaydı bu. Gök pırıl pırıldı, unutma-beni mavisiydi, yazın geldiğinin ilk belirtileri görülüyordu.

Binbir Büyülü Ot ve Mantar'da "Geyikotu"nu arıyordu Harry. Ancak Ron, "Hagrid! Sen ne arıyorsun kitaplıkta?" deyince kafasını kaldırdı.

Hagrid belirmişti tepelerinde, arkasında bir şey saklıyordu. Köstebek kürkü paltosuyla oraya pek yakışmıyordu doğrusu.

İlgilerini hemen çeken kararsız bir sesle, "Öyle bakıyordum," dedi. "Siz ne yapıyorsunuz bakalım?" Ansızın kuşkulanmıştı. "Hâlâ Nicolas Flamel'ı aramıyorsunuz ya?"

Ron, onu etkilemek istercesine, "Ohoo," dedi, "onun kim olduğunu öğreneli yüzyıllar oldu. Köpeğin de neyi koruduğunu biliyoruz – Felsefe Ta-"

"*Şşşş!*" Hagrid, bunu kimsenin duyup duymadığını anlamak için çevresine bakındı. "Sakın kimseye söyleme bunu. Ne bağırıp duruyorsun öyle?"

Harry, "Aslında sana sormak istediğimiz birkaç şey var," dedi. "Taş'ı Fluffy'den başka kim koruyor, onu -"

Hagrid, "ŞŞŞŞ!" dedi yine. "Bakın – daha sonra gelip görün beni. Bir şey söyleyeceğime söz vermiyorum. Öğrencilerin bunu bilmesine izin yok. Sonra ben ağzımdan kaçırdım sanırlar -"

Harry, "Sonra görüşürüz öyleyse," dedi.

Hagrid çekip gitti.

Hermione, düşünceli düşünceli, "Arkasında ne saklıyordu?" dedi.

"Taş'la bir ilgisi var mı acaba?"

"Gidip öğreneyim," dedi Ron. "Bakalım hangi bölümdeymiş." Yeteri kadar çalışmıştı zaten. Bir dakika sonra da kucağında bir yığın kitapla döndü, onları masaya bıraktı.

"Ejderhalar!" diye fısıldadı. "Hagrid ejderhalarla ilgili kitaplar arıyormuş! Şunlara bakın: *Büyük Britanya ve İrlanda'da Ejderha Türleri; Yumurtadan Cehenneme, Ejderha Sahibinin El Kitabı."*

"Hagrid hep bir ejderhası olsun isterdi," dedi Harry. "İlk karşılaştığımızda söylemişti."

"Ama yasalarımıza aykırı bu," dedi Ron. "Ejderha yetiştirmek, 1709 Büyücüler Kongresi'nde yasaklanmıştı, herkes bilir bunu. Bahçelerimizde ejderha beslemeye kalkışacak olsaydık Muggle'lar hemen fark ederdi bizi – zaten ejderhaları evcilleştiremezsin ki, çok tehlikelidir. Romanya'da yırtıcı ejderha peşinde koşan Charlie'nin yanıklarını bir görseniz..."

"Ama *İngiltere'de* yırtıcı ejderha yok, öyle değil mi?" dedi Harry.

"Olmaz olur mu!" dedi Ron. "Gal Yeşilleri'yle İbrani Siyahları. Neyse ki, Sihir Bakanlığı onları etkisiz kıldı. Bizimkiler de Muggle'lara büyü yaptı zaten, onları görürlerse hemen unutsunlar diye."

Hermione, "Öyleyse Hagrid ne işler çeviriyor acaba?" diye sordu.

*

Bir saat sonra bekçi kulübesinin kapısını çaldıklarında, bütün perdelerin örtük olduğunu görüp şaşırdılar. Hagrid, "Kim o?" diye seslendi, sonra onları içeri alıp kapıyı hemen kapadı.

İçerisi fırın gibi sıcaktı. Ilık bir gündü, ama ocak harıl harıl yanıyordu. Hagrid onlara çay yaptı, kakımlı sandviç ikram etti – ama ellerini bile sürmediler.

"Eee – bir şey mi soracaktınız bana?"

"Evet," dedi Harry. Lafı döndürüp dolaştırmanın bir anlamı yoktu. "Söyle bakalım, Felsefe Taşı'nı Fluffy'den başka ne koruyor?"

Hagrid kaşlarını çattı.

"Söyleyemem elbet," dedi. "Bir: Ben kendim bile bilmiyorum. İki: Siz zaten öyle çok şey öğrenmişsiniz ki, bilsem de söylemezdim. Bu Taş'ın burada olmasının belirli bir nedeni var. Az kalsın Gringotts'tan çalınacaktı – bunu da öğrenmişinizdir herhalde! Fluffy'yi nereden öğrendiniz, aklım ermedi."

Hermione, sıcacık bir sesle onu pohpohlayarak, "Hadi, Hagrid," dedi, "belki bize söylemek istemiyorsun, ama bilirsin sen; burada neler olup bitiyorsa hepsinden haberin vardır." Hagrid'in sakalı titredi; galiba gülümsüyordu. Hermione, "Bekçiliği kim yapıyor, biz onu merak ediyorduk sadece," diye sürdürdü konuşmasını. "Dumbledore kime bu kadar güveniyor, senden başka."

Bu son sözlerle göğsü kabardı Hagrid'in. Harry'yle Ron gülümseyerek Hermione'ye baktılar.

"Eh, size anlatmamın bir zararı olmaz herhalde... durun bakalım... Fluffy'yi benden ödünç aldı... bazı öğretmenler de büyü yaptılar... Profesör Sprout – Profesör Flitwick – Profesör McGonagall -" Bir yandan da parmaklarıyla sayıyordu. "Profesör Quirrell – Dumbledore da bir şeyler yaptı tabii. Bir dakika, az kalsın unutuyordum. Bir de Profesör Snape."

"*Snape* mi?"

"Evet – hâlâ kafanız basmıyor, değil mi? Bana bakın, Profesör Snape, Taş'ın *korunmasına* yardımcı oldu, şimdi kalkıp da onu çalacak değil ya!"

Harry, Ron'la Hermione'nin de kendisi gibi aynı şeyleri düşündüğünü biliyordu. Snape, Taş'ın korunmasında görev aldıysa, öteki öğretmenlerin büyülerini de bilebilirdi. Belki de her şeyi biliyordu zaten – Quirrell'ın büyüsü ve Fluffy'yi atlatmaktan başka.

Harry, merakla, "Fluffy'yi geçebilecek tek kişi sensin, öyle değil mi, Hagrid?" diye sordu. "Kimseye de söylemezsin, değil mi? Öğretmenlerden birine bile?"

Hagrid, "Bir ben biliyorum, bir de Dumbledore biliyor," diye böbürlendi.

Harry, "Neyse," dedi ötekilere, "bu da bir şey. Pencereyi biraz açabilir miyiz, Hagrid? Piştim."

"Bağışla, Harry, açamam," dedi Hagrid. Harry onun ocağa bir göz attığını fark etti. O da baktı.

"Hagrid – *nedir bu?*"

Ama ne olduğunu anlamıştı bile. Ateşin tam ortasında, kazanın altında kocaman, siyah bir yumurta vardı.

Sakalıyla tedirgin tedirgin oynayarak, "Haa," dedi Hagrid. "Bu – şey..."

Ron, yumurtaya daha yakından bakabilmek için ocak başına eğilerek, "Nereden aldın bunu, Hagrid?" diye sordu. "Dünyanın parasını vermişindir."

"Kazandım," dedi Hagrid. "Dün gece. Köye inmiştim, bir iki kadeh içeyim diye, yabancının tekiyle kâğıt oynadık. Ne yalan söyleyeyim, bundan kurtulduğuna sanki sevindi."

"Yumurtadan çıkınca ne yapacaksın?" diye sordu Hermione.

Hagrid, yastığının altından koca bir kitap çıkararak, "Bir şeyler okuyordum," dedi. "Bunu kitaplıktan aldım – *Zevk ve Kazanç İçin Ejderha Yetiştirme* – biraz eski bir kitap elbet, ama içinde her şey var. Yumurtayı ateşte tutacaksın, çünkü anneleri boyuna alev üflüyor onlara, çıkınca da yarım saatte bir piliç kanı karıştırılmış bir kova konyakla besleyeceksin. Şuraya bakın – değişik yumurtaları nasıl tanıyacaksın – benimki Norveç Pütürlüsü. Pek ender bulunuyor bunlar."

Pek mutlu görünüyordu, ama Hermione öyle düşünmüyordu.

"Hagrid," dedi, "sen *ahşap* bir evde oturuyorsun."

Ama Hagrid dinlemiyordu bile. Ateşi kurcalarken bir şarkı mırıldanıyordu keyifle.

*

Endişe edecek bir konu daha çıkmıştı şimdi: Biri Hagrid'in kulübesinde yasal olmayan bir ejderha beslediğini anlarsa ne olacaktı?

Bir akşam dağ gibi ödevlerle boğuştuktan sonra, Ron, iç çekerek, "Huzurlu yaşam dedikleri nasıl bir şey acaba?" diye sordu. Hermione, Harry'yle Ron'un zaman cetvellerini de temize çekmeye başlamıştı. Bu, ikisini de çıldırtıyordu.

Bir gün Hedwig kahvaltıda bir başka not daha getirdi Hagrid'den. Notta iki sözcük vardı sadece: *Yumurtadan çıkıyor.*

Ron, Bitkibilim dersini asıp kulübeye gitmek istedi hemen. Hermione karşı koydu.

"Hermione, insan bir ejderhanın yumurtadan çıkışını yaşamı boyunca kaç kere görür?"

"Dersimiz var, başımız derde girer, bir de Hagrid'in başına gelecekleri düşün, bizimki onun yanında hiç kalır – ne yaptığını öğrenirlerse – "

"Sus!" diye fısıldadı Harry.

Malfoy birkaç adım ötelerindeydi, konuşulanları duymak için durmuştu. Ne kadarını işitmişti acaba? Harry, Malfoy'un bakışını hiç mi hiç beğenmedi.

Ron'la Hermione Bitkibilim dersine kadar tartıştılar; sonunda Hermione ders arasında onlarla birlikte kulübeye gitmeye razı oldu. Şatonun çanları çalınca malalarını hemen bıraktılar, bahçeyi geçip Orman'ın kıyısına koştular. Hagrid onları karşıladı, kıpkırmızı kesilmişti, heyecanlıydı.

"Çıktı çıkacak." Onları içeri aldı.

Yumurta masanın üstündeydi. Derin çatlaklar vardı kabuğunda. İçinde bir şeyler kıpırdıyor, garip tıkırtılar duyuluyordu.

İskemlelerini masaya yanaştırdılar, soluklarını tutarak bakmaya başladılar.

Ansızın bir kazıma sesi geldi kulaklarına, yumurta kırılıverdi. Bebek ejderha masaya düştü. Pek güzel olduğu söylenemezdi; Harry kırık, siyah bir şemsiyeye benzetti onu. Kılçıklı kanatları, incecik simsiyah bedenine göre çok büyüktü, geniş delikli uzun bir burnu, boynuzları, patlak, turuncu gözleri vardı.

Hapşırdı. Birkaç kıvılcım fışkırdı burnundan.

"Ne kadar güzel, değil mi?" diye mırıldandı Hagrid. Okşamak için elini ejderhanın başına uzattı. Bebek, sivri dişlerini göstererek onun parmaklarını kapmaya kalktı.

Hagrid, "Şuna bakın, annesini nasıl tanıdı!" dedi.

"Hagrid," dedi Hermione, "Norveç Pütürlüleri ne kadar çabuk büyüyor, biliyor musun?"

Hagrid tam yanıt verecekti ki, beti benzi atıverdi – ayağa kalkıp pencereye koştu.

"Ne oldu?"

"Biri perdenin arasından bakıyordu – bir çocuk – okula doğru koşuyor."

Harry kapıya fırladı hemen, dışarı baktı. Ne kadar uzakta olsa da tanırdı onu.

Malfoy ejderhayı görmüştü.

*

Ertesi hafta boyunca Malfoy'un suratına yerleşen o sırıtma, Harry'yi de, Ron'u da, Hermione'yi de çok tedirgin etti. Üçü de boş zamanlarının çoğunu Hagrid'in ışıksız kulübesinde geçiriyor, onu kandırmaya çalışıyordu.

Bir gün, "Bırak gitsin," diye üsteledi Harry. "Özgürlüğüne kavuştur."

Hagrid, "Yapamam," dedi. "Daha çok küçük. Ölür."

Ejderhaya baktılar. Bir tek haftada boyu üç kat uzamıştı. Burun deliklerinden duman fışkırıyordu boyuna. Hagrid, ejderhaya bakmak bütün zamanını aldığından, bekçilik işini aksatıyordu. Yer boş konyak şişelerinden, tavuk tüylerinden geçilmiyordu.

Ejderhaya buğulu gözlerle bakarak, "Adını Norbert koymaya karar verdim," dedi Hagrid. "Artık beni tanıyor, bakın. Norbert! Norbert! Neredeymiş anneciğin?"

Ron, Harry'nin kulağına, "Kafayı iyice yemiş," diye fısıldadı.

Harry, yüksek sesle, "Hagrid," dedi, "Norbert iki haftaya kalmaz, senin kulübe kadar olur. Malfoy da zaten Dumbledore'a söyler."

Hagrid dudağını ısırdı.

"Biliyorum – biliyorum, hep burada tutamam onu, ama kalkıp da dışarı atamam ki."

Harry Ron'a döndü ansızın.

"Charlie," dedi.

"Sen de kafayı yemişsin," dedi Ron. "Benim adım Ron, unuttun mu?"

"Hayır – Charlie – ağabeyin Charlie. Romanya'da. Ejderhaları inceliyor. Norbert'i ona gönderebiliriz. Charlie ona bakar, sonra doğal ortamına bırakır!"

"Harika!" diye bağırdı Ron. "Sen ne dersin, Hagrid?"

Sonunda Hagrid de kabul etti bunu, baykuşla mektup yollayıp Charlie'ye sormayı kararlaştırdılar.

*

Bir hafta daha geçti. Çarşamba gecesi Hermione'yle Harry ortak salonda tek başlarına oturuyorlardı, herkes çoktan yatmıştı. Duvar saati gece yarısını çalmıştı ki, resimdeki delik açılıverdi. Ron, sırtından Harry'nin Görünmezlik Pelerini'ni atarak ortaya çıktı. Hagrid'in kulübesine, ejderhayı doyurmak için yardıma gitmişti; Norbert sandığın yanındaki ölü fareleri yiyordu şimdi.

Kanlı bir mendile sarılı elini göstererek, "Beni ısırdı!" dedi. "Bir hafta boyunca tüy kalem tutamam artık. Söylüyorum size, ben bundan daha korkunç bir hayvan görmedim, ama Hagrid'in gözünde tıpkı bir tavşan. Beni ısırınca, onu korkuttuğumu söyleyerek kapı dışarı etti. Ayrılırken de ona ninni söylüyordu."

Karanlık pencerenin tıklatıldığını duydular.

"Hedwig!" dedi Harry, onu içeri almak için pencereye koştu. "Charlie'nin yanıtını getirmiş!"

Kafa kafaya vererek notu okudular:

Sevgili Ron,

Nasılsın? Mektuba teşekkürler – Norveç Pütürlüsü'nü sevinçle alırım, ama onu buraya göndermek pek kolay olmayacak. En iyisi, önümüzdeki hafta buraya beni ziyarete gelecek arkadaşlarımla gönderin. Bütün sorun, onların yasal olmayan bir ejderhayı taşırken görülmeleri.

Pütürlü'yü cumartesi gece yarısı en yüksek kulenin tepesine çıkarabilir misiniz? Sizinle orada buluşur, karanlıkta onu alırlar.

Bana en kısa zamanda bir yanıt gönder.

Sevgiler,

Charlie

Birbirlerine baktılar.

"Görünmezlik Pelerini'miz var," dedi Harry. "Pek güç olmaz sanırım – Pelerin ikimizi de, Norbert'i de örter."

İki arkadaşının da bunu kabul etmesi, haftanın ne kadar kötü geçtiğinin bir kanıtıydı sanki. Norbert'ten kurtulmak için her şeyi göze alırlardı – Malfoy'dan da.

*

Beklenmedik bir şey oldu. Ron'un ısırılan eli kütük gibi şişti. Madam Pomfrey'e göstermesi doğru olur muydu acaba – ejderha ısırığı olduğu anlaşılır mıydı? Ama öğleden sonra başka seçenek kalmamıştı. Kesik pis bir yeşile dönüşmüştü. Norbert'in dişleri herhalde zehirliydi.

Harry'yle Hermione gün sonunda hastaneye koştuklarında, Ron'u yorgan döşek yatar buldular.

"Sadece elim değil," diye fısıldadı Ron. "Orası öyle, sanki bileğimden kopup düşüverecek gibi. Malfoy, Madam Pomfrey'e gidip beni görmek, kitaplarımdan birini ödünç almak istediğini söylemiş; gelip benimle alay etti. Beni neyin ısırdığını ona söyleyecekmiş – köpek ısırdı dedim, ama Madam Pomfrey pek inanmadı – Quidditch maçında Malfoy'a vurmamalıydım, onun için yapıyor bunu."

Harry'yle Hermione Ron'u yatıştırmaya çalıştılar.

"Cumartesi gecesine kadar bir şeyin kalmaz," dedi Hermione, ama bu da Ron'u yatıştırmadı. Tam tersine, yattığı yerden hemen doğruldu Ron, her yanı kan ter içinde kalmıştı.

Kısık bir sesle, "Cumartesi gecesi mi?" dedi. "Hayır – olamaz – şimdi hatırladım – Charlie'nin mektubu Malfoy'un aldığı kitabın içindeydi. Norbert'i göndereceğimizi öğrenecek."

Harry'yle Hermione'nin bir şey söylemesine fırsat kalmadı; Madam Pomfrey girdi içeri, Ron'un uyuması gerektiğini söyleyerek onları odadan çıkardı.

*

Harry, "Artık planı değiştirmek için çok geç," dedi Hermione'ye. "Charlie'ye bir baykuş daha yollayacak vaktimiz yok; bu da Norbert'ten kurtulmak için tek şansımız. Göze alacağız. Görünmezlik Pelerini'miz de var; Malfoy bunu bilmiyor."

Her şeyi anlatmak için Hagrid'e gittiklerinde, zağar Fang'i kapının önünde, kuyruğu sarılı otururken buldular; Hagrid onlarla konuşmak için pencereye çıktı.

"Sizi içeri alamam," diye pofladı. "Norbert'in sağı solu belli olmuyor – ama ben başa çıkabilirim."

Charlie'nin mektubunu söylediklerinde gözleri yaşardı – tam o sırada bacağını ısırmıştı Norbert, belki de o yüzden yaşarmıştı.

"Aah! Zararı yok, çizmemi ısırdı sadece – oynuyor – ne de olsa, daha bebek."

Bebek kuyruğunu duvara öyle bir vurdu ki, bütün pencereler zangırdadı. Harry'yle Hermione şatoya döndüler, cumartesiyi iple çekiyorlardı.

*

Yapacakları şey kendilerini o kadar korkutmasaydı, Norbert'ten ayrılma zamanı geldiğinde Hagrid için üzülürlerdi. Çok karanlık, bulutlu bir geceydi, Hagrid'in kulübesine gitmekte biraz gecikmişlerdi, Giriş Salonu'nda bir başına duvar tenisi oynayan Peeves'in çekilmesini beklemek zorunda kalmışlardı çünkü.

Hagrid, Norbert'i büyük bir sandığa koyup hazırlamıştı.

"Yolculuk için bir sürü fareyle biraz konyak koydum," dedi boğuk bir sesle. "Oyuncak ayısı da yanında. Yalnızlık çekmesin diye."

Sandığın içinden birtakım hışırtılar yükseldi; Harry'ye oyuncak ayı kafasından oluyormuş gibi geldi.

Harry'yle Hermione sandığı Görünmezlik Pelerini'yle örtüp kendileri de altına girerlerken, "Güle güle, Norbert!" diye hıçkırdı Hagrid. "Anneciğin seni hiç unutmayacak!"

Sandığı şatoya nasıl taşıdılar, kendileri de bilmiyorlardı. Norbert'i sırtlayıp Giriş Salonu'ndaki mermer merdivenlerden çıkarıp karanlık koridorlarda ilerledikleri sırada saat gece yarısını vurmak üzereydi. Bir merdiven, bir merdiven daha – Harry'nin kestirme yolları bilmesi bile işlerini pek kolaylaştırmadı.

En yüksek kulenin altındaki koridora vardıklarında, "Geldik sayılır!" diye pofladı Harry.

Derken birdenbire bir kıpırtı oldu önlerinde, az kalsın sandığı düşürüyorlardı. Görünmez olduklarını unutup karanlıkta bir yere saklandılar; on adım kadar ötelerinde belli belirsiz iki gölge vardı. Bir fener ışıdı.

Profesör McGonagall, sırtında ekose bir sabahlık, saçlarında bir file, Malfoy'un kulağına yapışmıştı.

"Cezanı çekeceksin!" diye bağırdı. "Slytherin'den de yirmi puan siliyorum! Gece yarısı dolaşıp duruyorsun, ha? Nasıl yaparsın bunu?"

"Anlamıyorsunuz, Profesör, Harry Potter geliyor – bir ejderhayla!"

"Zırvalama! Bu yalanları nereden uyduruyorsun? Yürü – bütün bunları Profesör Snape'e anlatacağım, Malfoy!"

Bundan sonra kulenin tepesine dönerek çıkan dik merdiveni tırmanmak dünyanın en kolay şeyiydi artık. Soğuk gece havasını hissedince Pelerin'i attılar, yine doğru dürüst soluk alabildikleri için seviniyorlardı. Hermione dans bile etti.

"Malfoy cezalandırıldı! Şarkı söyleyesim geliyor!"

Harry, "Söyleme," diye uyardı onu.

Malfoy'un halini düşünüp kıkırdayarak beklediler, Norbert sandığında çırpınıp duruyordu. On dakika sonra, dört süpürge belirdi karanlıkta, süzülerek yanlarına indi.

Charlie'nin arkadaşları pek neşeli insanlardı. Harry'yle Hermione'ye bir koşum takımı gösterdiler; Norbert'i ona koşacaklar, sonra da havada sallandırarak götüreceklerdi. Hep birlikte işe koyuldular, Norbert koşuldu, Harry'yle Hermione, Charlie'nin arkadaşlarıyla tokalaşıp onlara teşekkür ettiler.

Sonunda gidiyordu Norbert... gidiyordu... *gitti.*

Dik merdiveni indiler sonra, Norbert'ten kurtuldukları için yürekleri de elleri kadar hafiflemişti. Ejderha yoktu artık – Malfoy da cezalandırılmıştı – mutluluklarını ne bozabilirdi ki?

Bunun yanıtı merdivenlerin dibinde bekliyordu kendilerini. Koridora adım atar atmaz Filch'in suratı belirdi karanlıkta.

"Vay, vay, vay," diye fısıldadı Filch, "birilerinin başı dertte galiba."

Görünmezlik Pelerini'ni kulenin tepesinde unutmuşlardı.

ON BEŞİNCİ BÖLÜM

Yasak Orman

Durum bundan kötü olamazdı.

Filch onları Profesör McGonagall'ın ilk kattaki çalışma odasına götürdü; orada oturup birbirlerine tek kelime söylemeden öylece beklediler. Hermione tir tir titriyordu. Harry'nin beyninde bin türlü özür, uydurma nedenler, saçmasapan bahaneler dönüp duruyordu; her aklına gelen bir öncekinden daha anlamsızdı. Artık bu kez yakayı sıyıracaklarını hiç sanmıyordu. Köşeye sıkıştırılmışlardı. Nasıl olur da Pelerin'i unuturlardı? Profesör McGonagall gecenin bir yarısında yataklarından fırlayıp okulda dört dönmelerini dünyada kabullenmezdi; üstelik dersler dışında çıkmaları yasak olan en yüksek kuleye tırmanmışlardı. İşin içine bir de Norbert'le Görünmezlik Pelerini'ni kattın mıydı, yol görünmüştü, tası tarağı toplayacaktın.

Harry durumun bundan kötü olamayacağını mı sanıyordu? Yanılıyordu. Profesör McGonagall odaya girdiğinde, yanında Neville de vardı.

Neville onları görür görmez, "Harry!" diye bağırdı. "Sizi aramaya çıkmıştım, uyarmak için; Malfoy'un söylediklerini duydum, sizi yakalayacakmış, yanınızda bir ejder-"

Harry, Neville'i susturmak için başını iki yana salladı hızla, ama Profesör McGonagall bunu gördü. Üçünün tepesine dikildi, Norbert'ten bile daha çok alev püskürtecekti sanki.

"Hiçbirinizden beklemezdim bunu. Mr Filch astronomi kulesine çıktığınızı söylüyor. Saat gecenin biri. Anlatın bakalım."

Hermione bir öğretmenin sorusunu ilk kez yanıtsız bıraktı. Bir heykel kadar hareketsiz, terliklerine bakıyordu.

Profesör McGonagall, "Neler döndüğünü galiba biliyorum," dedi. "Bunu anlamak için üstün zekâlı olmak gerekmez. Draco Malfoy'un kafasına uydurma bir ejderha öyküsü soktunuz, geceleyin kalkıp başı derde girsin diye. Onu yakaladım bile. Longbottom'ın da bu palavraya inandığını sanıp için için gülüyorsunuz, öyle değil mi?"

Harry, Neville'le göz göze geldi; bunun doğru olmadığını anlatmaya çalıştı bakışıyla; Neville çok incinmişe benziyordu çünkü. Zavallı, şaşkın Neville – o karanlıkta kendilerini bulup uyarmak için kim bilir neler çekmişti.

"İnanamıyorum," dedi Profesör McGonagall. "Aynı gece dört öğrenci birden ayakta! Böyle bir şeyi ne duydum, ne işittim! Siz, Miss Granger, ben de sizi daha akıllı biri bilirdim. Size gelince, Mr Potter, sizin için Gryffindor'un anlamı bütün bunlardan daha önemlidir sanıyordum. Üçünüz de cezalandırılacaksınız – evet, siz de, Mr Longbottom, geceleri okulda dört dönme hakkını kimse vermez size, özellikle bu günlerde, çok tehlikeli bir şey bu – Gryffindor'dan elli puan silinecek."

"*Elli* mi?" diye kekeledi Harry, son Quidditch maçında başa geçmişlerdi, ama ilk sıradaki yerlerini yitirirlerdi şimdi.

Profesör McGonagall, sivri burnundan derin derin soluyarak, "*Adam başına* elli puan," dedi.

"Profesör – lütfen -"

"*Yapamazsınız* bunu -"

"Ne yapıp ne yapamayacağımı senden öğrenecek değilim, Potter. Şimdi hepiniz doğru yatağınıza. Gryffindor'lu öğrencilerden hiç bu kadar utanmamıştım."

Yitirilen yüz elli puan. Bu, son sıraya indiriyordu Gryffindor'u. Okul Kupası için büyük bir olanağı tek gecede yok etmişlerdi. Harry, sanki midesi delinmiş gibi bir duyguya kapıldı. Durumu nasıl düzeltebilirlerdi?

Harry bütün gece gözünü kırpmadı. Neville'in sanki saatler boyunca yastığına gömülüp hıçkırdığını duydu. Onu rahatlatacak bir söz bulamıyordu. Neville'in de, kendisi gibi, sabah olmasını istemediğini biliyordu; yaptıklarını öğrenince öteki Gryffindor'lar ne diyeceklerdi?

Ertesi gün Gryffindor'lar, binaların puanlarını gösteren dev kum saatlerinin yanından geçerken, önce bir yanlışlık olduğunu sandılar. Nasıl olur da bir günde ansızın yüz elli puan birden yitirirlerdi? Derken bir söylenti yayıldı ortalığa: Harry Potter, ünlü Harry Potter, iki Quidditch maçının kahramanı Harry Potter, salak birkaç birinci sınıf öğrencisiyle birlikte, bu puanların yitirilmesine neden olmuştu.

Harry okulun en sevilen, en beğenilen insanlarından biriydi, ansızın en nefret edilen kişi olup çıkıvermişti şimdi. Okul Kupası'nı Slytherin'in almasını istemeyen Ravenclaw'larla Hufflepuff'lar bile sırt çevirdiler ona. Harry nereye gitse herkes parmağıyla onu gösteriyor, aşağılayıcı sözler söylerken sesini alçaltmaya bile gerek duymuyordu. Öte yandan, Slytherin'ler onu alkışlıyor, ıslık çalarak, "Sağ ol, Potter, bunu sana borçluyuz!" diye bağırıyorlardı.

Sadece Ron destekliyordu onu.

"Birkaç haftaya kalmaz, unuturlar. Fred'le George buraya geldiklerinden beri ne puanların silinmesine neden oldular, yine de herkes onları seviyor."

Harry, boynu bükük, "Ama tek kalemde yüz elli puan sildirtmediler, değil mi?" dedi.

Ron, "Orası öyle," demek zorunda kaldı.

Zararı gidermek için iş işten geçmiş sayılırdı, ama Harry bir daha kendini ilgilendirmeyen şeylere bulaşmamaya yemin etti. Bütün bunlar çevreyi gizli gizli kolaçan etmek yüzünden gelmişti başına. Öylesine utanıyordu ki, Wood'a gidip Quidditch takımından ayrılmak istediğini söyledi.

"Ayrılmak mı?" diye gürledi Wood. "Ne işe yarar bu?

Quidditch'te de kazanamazsak, yitirdiğimiz puanları nereden alacağız?"

Ama Quidditch'in bile tadı kaçmıştı. Çalışmalar sırasında takım arkadaşları onunla konuşmuyorlardı, konuşmak zorunda kalsalar bile ona "Arayıcı" diye sesleniyorlardı.

Hermione'yle Neville de acı çekiyorlardı. Harry gibi ünlü olmadıkları için onun kadar ezilmiyorlardı, ama onlarla da kimse konuşmuyordu. Hermione derslerde dikkatleri üstüne çekmeyi bırakmıştı, başını önüne eğip sessizce çalışıyordu.

Harry sınavların yaklaştığına neredeyse seviniyordu. Dersleri gözden geçirirken derdini unutur gibi oluyordu. Ron ve Hermione'yle birlikte gece yarılarına kadar çalışıyorlar, karmaşık iksirlerde kullanılan maddeleri hatırlamaya uğraşıyorlar, tılsımların, büyülerin üzerinden bir daha geçiyorlar, büyücülükte önemli buluşların, cin ayaklanmalarının tarihlerini ezberliyorlardı...

Sınavların başlamasına yaklaşık bir hafta kala, Harry'nin kendini ilgilendirmeyen işlere bulaşmama konusundaki yemini de beklenmedik biçimde sınandı. Bir gün öğleden sonra tek başına kitaplıktan dönerken, yukarıdaki sınıflardan birinde bağırışlar duydu Harry. Yaklaşınca, Quirrell'ın sesini işitti.

"Ha-ha-hayır, olmaz, lütfen -"

Sanki biri gözünü korkutuyordu onun. Harry daha da yaklaştı.

Quirrell'ın hıçkırdığını duydu: "Peki – peki -"

Sonra, sarığını düzelterek, Quirrell hızla çıktı sınıftan. Bembeyaz kesilmişti, dokunsalar ağlayacaktı. Gözden uzaklaştı; Harry'yi fark etmemişti bile. Ayak sesleri uzaklaşıncaya kadar bekledi Harry, sonra sınıfa bir göz attı. Boştu sınıf, ama öteki kapısı aralıktı. Harry yolu yarılamıştı ki, hiçbir şeye bulaşmama konusundaki yeminini hatırladı.

Ama on iki Felsefe Taşı'na bahse girerdi ki, az önce Snape çıkmıştı odadan; işittiklerine göre, öyle olması gerekiyordu.

Şimdi herhalde keyifle, hoplaya zıplaya gidiyordu – anlaşılan Quirrell teslim bayrağını çekmişti.

Yeniden kitaplığa döndü Harry; Hermione, Ron'u Astronomi konusunda sınamaktaydı. Harry işittiklerini anlattı onlara.

"Snape yırttı öyleyse!" dedi Ron. "Quirrell büyüyü nasıl bozacağını söylediyse -"

"Ama Fluffy de var," dedi Hermione.

Ron, çevrelerindeki binlerce kitaba bakarak, "Belki de Snape Hagrid'e hiç sormadan onu nasıl atlatacağını öğrenmiştir," dedi. "Üç başlı dev bir köpeğin nasıl atlatılacağını açıklayan bir kitap mutlaka vardır burada. Eee, ne yapıyoruz, Harry?"

Ron'un gözlerinde serüven ışığı parlamaya başlamıştı yine, ama Harry'den önce Hermione yanıt verdi.

"Dumbledore'a git. Taa en baştan bunu yapmalıydık zaten. Kendimiz bir işe kalkışacak olursak bu kez sepetleniriz."

"Ama *kanıtımız* yok ki!" dedi Harry. "Quirrell'ın bizi desteklemekten ödü kopar. Snape de Cadılar Bayramı'nda ifritin içeri nasıl girdiğinden haberi olmadığını, o gece üçüncü kata hiç gitmediğini söyler – kime inanırlar dersiniz, ona mı, bize mi? Ondan nefret ettiğimizi herkes biliyor zaten, Dumbledore da onu okuldan attırmak için yalan söylediğimizi sanır. Filch derseniz, ölümü göze alır da bize yardımcı olmaz, Snape'in can dostu, okuldan ne kadar çok öğrenci sepetlenirse işi o kadar azalır. Hem unutmayın, Taş'ı da, Fluffy'yi de bilmemiz istenmiyor. İşin yoksa boşu boşuna uğraş dur."

Hermione, Harry'nin görüşlerine katılıyordu, ama Ron hiç öyle düşünmüyordu.

"Şöyle çevreyi bir kolaçan etsek -"

Harry, "Hayır," dedi kararlı bir sesle. "Yeteri kadar kolaçan ettik."

Önüne Jüpiter'in haritasını çekti, uydularının adlarını ezberlemeye koyuldu.

*

Ertesi sabah kahvaltı masasında Harry'ye, Hermione'ye, Neville'e birer not iletildi. Hepsi aynıydı:

Cezanız bu gece saat on birde başlayacaktır. Giriş Salonu'nda Mr Filch'i görünüz.
Prof. M. McGonagall

Harry, yitirilen puanların telaşıyla cezaları bütün bütüne unutmuştu. Hermione'nin, o gece çalışamayacağı için sızlanıp duracağını sanıyordu, ama Hermione ağzını bile açmadı. O da, Harry gibi, bütün bunları hak ettiklerini düşünüyordu.

O gece saat on birde ortak salonda Ron'a hoşça kal deyip Neville'le birlikte giriş salonuna indiler. Filch oradaydı – Malfoy da. Harry, Malfoy'un da cezalandırılacağını unutmuştu.

Filch, fenerini yakıp onları dışarı çıkararak, "Gelin arkamdan," dedi. "Okul kurallarının dışına çıkmak ne demekmiş, anlarsınız." Sırıtarak sözlerini sürdürdü. "Öyle... bana sorarsanız en iyi öğretmenler sıkı çalışma ve acıdır... Yazık, o eski cezaları artık vermiyorlar... sizi bileklerinizden bağlayıp birkaç gün tavandan sallandırmak ne güzel olurdu. Ne olur ne olmaz, belki gerekir diye zincirleri hâlâ saklıyorum odamda... Hadi bakalım, gidiyoruz, sakın kaçmaya kalkışmayın, yoksa haliniz daha beter olur."

Karanlık bahçeden geçtiler. Neville burnunu çekip duruyordu. Harry cezanın ne olacağını merak ediyordu. Gerçekten korkunç bir şey olmalıydı, yoksa Filch bu kadar keyiflenmezdi.

Ay pırıl pırıldı, ama önüne geçen bulutlar ortalığı karartıyordu. İleride Hagrid'in kulübesinin ışıklı pencerelerini gördü Harry. Uzaklardan bir ses duydular.

"Sen misin, Filch? Çabuk ol, hemen başlayalım."

Harry'nin yüreği hopladı; Hagrid'le çalışacaklarsa pek de o kadar ağır sayılmazdı ceza. Yüzündeki rahatlamayı Filch de fark etmişti herhalde, "O salakla keyif çatacaksınız sanıyorsun, değil mi?" dedi. "Birazdan görürsün gününü – Orman'a gidiyorsunuz, tek parça halinde çıkarsanız ben de bir şey bilmiyorum demektir."

Bunu duyunca Neville inledi, Malfoy da olduğu yerde kalakaldı.

"Orman'a mı?" diye tekrarladı; sesi her zamanki gibi soğuk çıkmıyordu. "Geceleyin gidemeyiz oraya – çeşit çeşit şey var orada – kurtadamlar bile varmış."

Neville, Harry'nin cüppesinin koluna yapıştı, soluğu kesilmişti.

Sesi sevinçten titreyerek, "Ödün patlıyor, ha?" dedi Filch. "Kurtadamları daha önce, başını derde sokmadan düşünecektin, öyle değil mi?"

Hagrid belirdi karanlıkta, ayaklarının dibinde Fang, salına salına yanlarına yaklaştı. Kocaman yayı elindeydi, omzuna da içi oklarla dolu sadağını asmıştı.

"Nerede kaldınız?" dedi. "Yarım saattir sizi bekliyorum. Harry, Hermione, her şey yolunda mı?"

Filch, soğuk bir sesle, "Ben olsam onlara dostluk göstermezdim," dedi. "Ne de olsa buraya cezalandırılmak için geldiler."

Hagrid, kaşlarını çatarak, Filch'e, "O yüzden mi geciktiniz?" dedi. "Söylev mi çekiyordun onlara? Bu senin üstüne vazife değil. Sen yapacağını yaptın, bundan sonrası benim işim."

"Seher vakti gelirim," dedi Filch. Pis pis, "Kalan parçalarını toplamaya," diye ekledi. Sonra döndü, karanlıkta çakıp sönen feneriyle, şatoya doğru yürümeye başladı.

Malfoy, Hagrid'e baktı.

"Orman'a gelmiyorum ben," dedi; Harry, onun sesindeki büyük korkuyu fark edince için için sevindi.

Hagrid, "Hogwarts'ta kalmak istiyorsan geleceksin," dedi öfkeyle. "Bir yanlış yaptın, cezasını da çekeceksin."

"Ama uşaklara yaraşır bir şey bu, biz öğrencilere değil. Biz kitap okuyup yazı yazacağız sanıyordum. Babam bunu bir duyarsa -"

"- Hogwarts'ta böyle şeylerin olduğunu söyler," diye kükredi Hagrid. "Yazı yazacakmış! Kime ne yararı var bunun? Ya işe yarar bir şey yaparsın ya da pılını pırtını toplar gidersin. Okuldan atılman babanın hoşuna gidecekse, dön şatoya da toparlan. Hadi!"

Malfoy kıpırdamadı. Öfkeyle baktı Hagrid'e, ama sonra gözlerini yere indirdi.

"Peki öyleyse," dedi Hagrid, "şimdi dikkatle dinleyin beni, çünkü bu gece yapacağımız şey çok tehlikelidir, kimsenin başı derde girsin istemem. Benimle şuraya gelin bakalım."

Onları Orman'ın tam kıyısına götürdü. Fenerini iyice kaldırarak simsiyah ağaçlara doğru kıvrıla kıvrıla uzanan daracık bir toprak yolu gösterdi. Orman'a bakarlarken hafif bir meltem saçlarını uçuşturuyordu.

"Bakın şuraya," dedi Hagrid, "yerdeki şu parıltıyı görüyor musunuz? Gümüşe benzer parıltıyı? Tek boynuzlu at kanıdır bu. Ağır yaralı bir tek boynuzlu var orada. Bu hafta ikinci kez oluyor. Geçen çarşamba da birini ölü buldum. Arayalım zavallıyı. Belki iyileştirir, acısını dindiririz."

"Ya tek boynuzluyu yaralayan şey bizi daha önce bulursa?" dedi Malfoy. Ne kadar korktuğu sesinden belli oluyordu.

Hagrid, "Yanınızda ben ya da Fang varken Orman'daki hiçbir canlı kılınıza bile dokunamaz," dedi. "Yoldan ayrılmayın. Şimdi ikiye ayrılıp başka yönlere gideceğiz. Her yerde kan var, en aşağı dün geceden beri çırpınıp duruyor anlaşılan."

Malfoy, Fang'in sivri dişlerine bakarak, "O benimle gelsin," dedi hemen.

"Peki, ama seni uyarıyorum, korkağın tekidir o," dedi Hagrid. "Öyleyse Harry, Hermione, ben bir yöne gidelim, Draco, Neville, Fang de öteki yöne gitsin. Tek boynuzlu atı gören yeşil kıvılcımlar fışkırtsın, tamam mı? Çıkarın asalarınızı da bir deneme yapın şimdi – oldu – başınız derde girerse kırmızı kıvılcımlar fışkırtırsınız, biz gelip sizi buluruz – dikkatli olun – gidelim."

Orman kapkaraydı, sessizdi. Biraz ilerleyince yolun ikiye ayrıldığını gördüler; Harry, Hermione, Hagrid sola; Malfoy, Neville, Fang de sağa saptılar.

Gözleri yerde, sessizce yürüdüler. Dalların arasından süzülen ay ışığı, düşmüş yapraklara saçılmış gümüş mavisi kanı aydınlatıyordu zaman zaman.

Harry, Hagrid'in çok tedirgin olduğunu fark etti.

"Yoksa tek boynuzluları bir kurtadam mı öldürüyor?" diye sordu.

"Kurtadam o kadar hızlı değildir," dedi Hagrid. "Tek boynuzluları yakalamak zordur, büyü gücü yüksek yaratıklardır. Daha önce birinin yaralandığını hiç görmemiştim."

Yosun tutmuş bir ağaç kütüğünün yanından geçtiler. Harry akarsu sesi duyuyordu; yakınlarda bir dere olmalıydı. Kıvrıla kıvrıla uzanan yolda tek boynuzlu kanı izlerine rastlanıyordu.

"Sen iyi misin, Hermione?" diye fısıldadı Hagrid. "Merak etme, o kadar ağır yaralıysa uzağa gidemez, biz de onu yakala – GEÇİN ŞU AĞACIN ARDINA!"

Hagrid, Harry'yle Hermione'yi kaptığı gibi yol kenarındaki dev bir meşenin arkasına sürükledi. Bir ok çıkardı, yayına yerleştirip, atışa hazır, beklemeye başladı. Üçü de kulak kesildiler. Az ilerideki ölü yapraklar üstünde bir şey hışırdıyordu, yerde sürünen bir cüppenin sesine benziyordu bu. Hagrid karanlık yola dikmişti gözünü, ama birkaç saniye sonra ses uzaklaşıp yok oldu.

"Biliyordum," diye mırıldandı Hagrid. "Bulunmaması gereken bir şey var burada."

"Kurtadam mı?" dedi Harry.

Hagrid, asık suratla, "Kurtadam filan değildi bu, tek boynuzlu da değildi," dedi. "Hadi, beni izleyin, ama dikkatli olun."

Daha yavaş yürümeye başladılar, en ufak bir sesi bile kaçırmamaya çalışıyorlardı. Ansızın, önlerindeki açıklıkta, bir şey kıpırdadı.

"Kim var orada?" diye bağırdı Hagrid. "Göster kendini – silahlıyım!"

Biri belirdi açıklıkta – insan mıydı bu, yoksa at mıydı? Göğsüne kadar, kızıl saçlı, kızıl sakallı bir adamdı, ama göğsünden aşağısı uzun kuyruklu, tüyleri pırıl pırıl parlayan al bir attı. Harry'yle Hermione'nin ağızları bir karış açıldı.

Hagrid, "Haa, sen miydin, Ronan?" dedi; rahatlamıştı. "Nasılsın?"

İlerleyip at-adamın elini sıktı.

"İyi akşamlar, Hagrid," dedi Ronan. Derinlerden gelen hüzünlü bir sesi vardı. "Beni vuracak mıydın?"

Hagrid, yayını okşayarak, "İnce eleyip sık dokumanın sırası değil, Ronan," dedi. "Orman'da kötülük kol geziyor. Sahi, bunlar Harry Potter'la Hermione Granger. Okulda öğrenciler. Bu da Ronan. At-adam."

Hermione, neredeyse fısıltıyla, "Gördük," dedi.

"İyi akşamlar," dedi Ronan. "Demek öğrencisiniz? Nasıl, çok şey öğreniyor musunuz okulda?"

"Doğrusu -"

Hermione, "Biraz," dedi ürkekçe.

İç çekerek, "Biraz, ha? Eh, bu da bir şey," dedi Ronan. Başını arkaya atıp göğe baktı. "Mars bu gece pırıl pırıl."

Hagrid de başını kaldırarak, "Öyle," dedi. "Bana bak, iyi ki sana rastladık, Ronan, çünkü tek boynuzlunun biri fena yaralanmış - bir şey gördün mü?"

Ronan yanıt vermedi hemen. Gözlerini hiç kırpmadan göğe bakıyordu, yine iç çekti.

"İlk kurbanlar hep en suçsuz olanlardır," dedi. "Geçmiş çağlarda da öyleydi, şimdi de öyle."

"Evet," dedi Hagrid, "ama bir şey gördün mü, onu söyle sen, Ronan. Garip bir şey?"

"Mars pırıl pırıl bu gece." Hagrid sabırsızlıkla ona bakarken Ronan da göğü seyrediyordu. "Garip bir pırıltısı var."

"Ben garip derken buralarda garip bir şey görüp görmediğini sordum. Bir tuhaflık fark etmedin demek?"

Ronan'ın yanıt vermesi epey zaman aldı yine. Sonunda, "Orman birçok gizi saklar," dedi.

Ronan'ın arkasındaki ağaçlarda bir kıpırtı oldu, Hagrid yayını kaldırdı yine, ama ikinci bir at-adamdı bu; simsiyah saçlı, simsiyah bedenliydi, Ronan'dan bile daha yabani görünüyordu.

"Merhaba, Bane," dedi Hagrid. "Nasılsın?"

"İyi akşamlar, Hagrid. Sen nasılsın?"

"Eh işte. Bana bak, Ronan'a da soruyordum, sen buralarda garip bir şey gördün mü bu akşam? Bir tek boynuzlu yaralanmış – işin aslını biliyor musun?"

Bane ilerleyip Ronan'ın yanına gitti. O da göğe bakmaya koyuldu.

"Mars bu gece pırıl pırıl," dedi sadece.

Hagrid, "Onu anladık," diye homurdandı. "Bir şey görürseniz bana haber verin, olur mu? Biz gidiyoruz."

Harry'yle Hermione, Hagrid'in peşine takılıp açıklıktan ayrıldılar, araya ağaçlar girinceye kadar omuzlarının üstünden arkaya, Ronan'la Bane'e baktılar.

Hagrid, "At-adamlara da bir şey sormaya gelmez," diye homurdandı. "Boyuna yıldızlara bakarlar. Başka işleri güçleri yok, bir şey aydan daha uzak değilse onları ilgilendirmez."

"Onlardan epey var mı burada?" diye sordu Hermione.

"Eh işte... Başkalarına pek bulaşmazlar, ama bir şey istedim miydi, hemen yardıma koşarlar. Akıllı, derin düşünceli yaratıklardır... her şeyi bilirler... ama ağızları sıkıdır."

Harry, "Daha önce sesini duyduğumuz da bir at-adam mıydı acaba?" dedi.

"O ses at koşturması gibi mi geldi sana? Bana sorarsan, değildi, tek boynuzluları öldürenin sesiydi – ben ömrümde öyle ses duymadım."

Kapkara, sık ağaçlar arasından ilerlediler. Harry tedirgindi, omuzunun üstünden arkaya bakıyordu boyuna. Sanki kendilerini gözetleyen biri vardı. Hagrid'le okları yanlarında diye seviniyordu. Yoldaki bir dönemeci geçmişlerdi ki, Hermione Hagrid'in koluna yapıştı.

"Hagrid! Bak! Kırmızı kıvılcımlar, ötekiler tehlikede!"

"Siz ikiniz burada bekleyin!" diye bağırdı Hagrid. "Yoldan ayrılmayın, ben gelir sizi alırım!"

Hagrid'in otları ezerek uzaklaştığını duydular, birbirlerine bakarak korku içinde öylece durdular; çevrelerindeki yaprak hışırtılarından başka bir şey işitmiyorlardı.

"Başlarına bir şey gelmemiştir, değil mi?" diye fısıldadı Hermione.

"Malfoy'un başına ne gelirse gelsin, umurumda bile değil, ama Neville'e bir şey olduysa... Bir kere, bizim yüzümüzden burada..."

Dakikalar geçti. Kulakları her zamankinden keskindi şimdi. Harry rüzgârın hafif iniltisini, incecik dalların kırılışını bile duyuyordu. Ne oluyordu? Ötekiler neredeydi?

Sonunda büyük bir çatırtı Hagrid'in dönüşünü bildirdi. Yanında Malfoy, Neville ve Fang de vardı. Öfkeden köpürüyordu Hagrid. Malfoy, Neville'e arkadan gizlice yaklaşmış, şaka olsun diye ona ansızın sarılıvermişti. Neville de korkuya kapılıp kıvılcımları fışkırtmıştı.

"Artık bir şey yakalayamayız – siz ikinizin ettiği bunca şamatadan sonra. Tamam, eşleri değiştiriyoruz – Neville, sen Hermione'yle birlikte benimle kal; Harry, sen de Fang'i, bir de bu salağı al yanına." Hagrid, Harry'nin kulağına, "Bağışla," diye fısıldadı. "Ama seni öyle kolay kolay korkutamaz, bu işi de bitirmemiz gerek."

Harry, Malfoy ve Fang'le Orman'ın yüreğine yollandı. Yarım saat kadar yürüdüler, Orman'ın derinliklerine girdikçe girdiler, sonunda ağaçların sıklığından yolda yürüme olanağı kalmadı. Ağaç diplerindeki kan lekelerinden, zavallı yaratığın acı içinde çırpındığı, pek de uzaklarda olmadığı anlaşılıyordu. Harry ihtiyar bir meşenin birbirine dolanmış dalları arasından az ötede bir açıklık gördü.

Malfoy'u durdurmak için kolunu kaldırarak, "Bak," diye mırıldandı.

Pırıl pırıl bir şey parlıyordu yerde. İyice yaklaştılar.

Tek boynuzlu attı bu, ölmüştü. Bu kadar güzel, bu kadar hüzünlü bir şey görmemişti Harry. Yıkıldığı yerde uzun, incecik bacakları çapraz biçimde kaskatı kesilmiş, yelesi koyu yapraklar üstüne inci dizileri gibi bembeyaz yayılmıştı.

Harry ona doğru bir adım atmıştı ki, bir hışırtı onun, olduğu yerde donup kalmasına neden oldu. Açıklığın kenarındaki çalılardan biri titredi... Sonra, gölgeler arasından kukuletalı biri belirdi, ava çıkmış yırtıcı bir hayvan gibi dört ayak üstünde usulca yaklaştı. Harry, Malfoy, Fang donup kalmışlardı. Kukuletalı, tek boynuzluya gitti, başını eğdi, hayvanın böğründeki yaraya eğilip kanını içmeye başladı.

"AAAAAAAAAAAAAAAHH!"

Korkunç bir çığlık attı Malfoy, sonra tabanları yağladı – Fang de. Kukuletalı, kafasını kaldırıp Harry'ye baktı – üstü başı tek boynuzlunun kanına bulanmıştı. Ayağa kalktı sonra, hızla Harry'nin yanına geldi – öylesine korkmuştu ki Harry, olduğu yere çakılıp kalmıştı.

Derken, daha önce hiç duymadığı bir ağrı çakıldı başına, alnındaki yara izi alev almıştı sanki – yarı kör, sendeleyerek geriledi. Dörtnala sesler geldi kulağına, biri arkasından sıçrayıp kukuletalının üstüne atıldı.

Başındaki ağrı öylesine dayanılmazdı ki, dizlerinin üstüne yığıldı Harry. Ancak birkaç dakika sonra kendine gelebildi. Kafasını kaldırdığında, kukuletalı gitmişti. Bir at-adam duruyordu yanında, Ronan değildi, Bane de değildi; daha gençti bu; açık sarı saçları, kır bedeni vardı.

Harry'yi ayağa kaldırarak, "İyi misin?" dedi at-adam.

"Evet – teşekkür ederim – neydi o?"

At-adam yanıt vermedi. Soluk safirlere benzeyen masmavi gözleri vardı. Dikkatle Harry'ye baktı, gözleri onun alnındaki yara izine ilişti – iz apaçık ortaya çıkmıştı şimdi.

"Sen Potter'ların oğlusun, değil mi?" dedi. "Hagrid'in yanına dön hemen. Orman gecenin bu saatinde hiç de güvenli değildir – özellikle senin için. At binebilir misin? Böylesi daha çabuk olur."

Sırtına Harry'nin rahatça binebilmesi için ön bacaklarını bükerken, "Benim adım Firenze," diye ekledi.

Açıklığın öteki yanından dörtnala başka birileri de yaklaştı, göğüsleri ter içinde, soluk soluğa, Ronan'la Bane belirdi ağaçların arasından.

"Firenze!" diye kükredi Bane. "Ne yapıyorsun? Sırtında bir insan var! Utanmıyor musun? Katır mısın sen?"

"Onun kim olduğunu biliyor musunuz?" dedi Firenze. "Potter'ların oğlu bu. Orman'dan ne kadar çabuk çıksa o kadar iyi."

Bane, "Neler anlattın ona?" diye homurdandı. "Unutma, Firenze, gökyüzünün işine karışmamaya yemin ettik. Gezegenlerin hareketlerini inceleyerek neler olacağını okumadık mı?"

Ronan sinirli sinirli eşiniyordu.

Hüzünlü sesiyle, "Firenze neyin doğru olduğunu mutlaka düşünmüştür," dedi.

Bane havayı çifteledi öfkeyle.

"Neyin doğru olduğunu mu? Bunun bizimle ne ilgisi var? At-adamlar sadece öngörülmüş şeylerle ilgilenirler! Orman'da yolunu yitiren insanların peşinde eşekler gibi koşturmak bizim işimiz değil!"

Firenze arka bacaklarını kaldırdı öfkeyle, Harry düşmemek için onun omuzlarına tutunmak zorunda kaldı.

Bane'e, "Şu tek boynuzluyu görmüyor musun?" diye bağırdı Firenze. "Neden öldürüldüğünü anlamıyor musun? Yoksa gezegenler bu gizi vermediler mi sana? Bu Orman'da her türlü sinsiliğe karşıyım, Bane – evet, gerekirse insanların yanında yer alırım."

Hızla döndü sonra, Ronan'la Bane'i arkasında bırakarak ağaçların arasına daldı; Harry sımsıkı yapışmıştı onun sırtına. Nereye gittiklerini hiç mi hiç bilmiyordu.

"Bane niye o kadar kızdı?" diye sordu. "Söylesene, beni kimden kurtardın?"

Firenze yavaşladı, alçak dallara dikkat etmesi için onu uyardı, başını eğmesini söyledi, ama Harry'nin sorusuna yanıt vermedi. Sessizlik içinde ağaçlar arasında gittiler, gittiler... Harry, Firenze'nin artık kendisiyle konuşmak istemediğini sandı. Çok sık bir ağaç kümesinden geçiyorlardı ki, Firenze ansızın durdu.

"Harry Potter, tek boynuzlu at kanı ne işe yarar, biliyor musun?"

Harry, bu garip soruyla irkilerek, "Hayır," dedi. "Biz İksir dersinde sadece boynuzla kuyruk kıllarını kullandık."

"Bir tek boynuzluyu öldürmek canavarlıktan başka bir şey değildir," dedi Firenze. "Bu cinayeti ancak yitirecek bir şeyi olmayan, ama çok şey kazanabileceğini sanan biri işleyebilir. Tek boynuzlu at kanı, ölüm döşeğinde bile olsan, hayatta kalmanı sağlar, ama bedeli de korkunçtur. Kendini kurtarmak için tertemiz, savunmasız birini öldürürsün, dudaklarına onun kanı değer değmez de yarım yamalak, lanetli bir yaşam sürdürürsün."

Harry, Firenze'nin ay ışığında gümüş gibi ışıldayan ensesine baktı.

Yüksek sesle, "Kim o kadar umutsuz olabilir?" dedi. "Lanetli yaşayacağına, öl, daha iyi. Öyle değil mi?"

"Öyle," dedi Firenze. "Ama başka bir şey daha içecek kadar uzun yaşayacaksan, o başka – seni büyük güce kavuşturacak – hiç ölmemeni sağlayacak bir şey. Mr Potter, şu anda okulda ne saklıyorlar, biliyor musunuz?"

"Felsefe Taşı mı? Tabii – Yaşam İksiri! Ama anlamıyorum, kim -"

"Eski gücüne kavuşmak için yıllarca bekleyen, fırsat kollayarak yaşama dört elle sarılan hiç kimse gelmiyor mu aklına?"

Harry'nin yüreğine ansızın demir bir pençe yapışıverdi sanki. Ağaçların hışırtısı arasından, ilk karşılaştıkları gece Hagrid'in söyledikleri geldi aklına: "Rivayete bakılırsa, ölmüş. Bana sorarsan, palavranın daniskası. Ölecek kadar insanlık yoktu içinde."

"Yani -" dedi Harry; sesi hırıldıyordu. "Yoksa o *Vol-*"

"Harry! Harry, iyi misin?"

Yoldan koşarak Hermione geliyordu yanlarına, Hagrid de poflayarak onu izliyordu.

Harry, ne söylediğinin farkında bile olmadan, "İyiyim," dedi. "Tek boynuzlu ölmüş, Hagrid, arkadaki şu açıklıkta."

Hagrid tek boynuzlu ata bakmaya seğirtirken, "Seni burada bırakıyorum," dedi Firenze. "Artık güvendesin."

Harry at-adamın sırtından indi.

"İyi şanslar, Harry Potter," dedi Firenze. "Gezegenlerin hareketleri zaman zaman yanlış yorumlanmıştır, at-adamlar tarafından bile. Dilerim şimdi de öyledir."

Harry'yi ürpertiler içinde bırakarak döndü, Orman'ın derinliklerine daldı yine.

*

Ron onların dönüşünü beklerken karanlık ortak salonda uykuya dalmıştı. Harry onu omuzlarından sarsarak uyandırınca, Quidditch'le ilgili bir şeyler söyledi bağırarak. Ama birkaç saniye içinde, Harry onunla Hermione'ye ormanda olanları anlatmaya başlar başlamaz, gözleri faltaşı gibi açıldı.

Harry yerinde duramıyordu. Ocağın önünde bir aşağı bir yukarı dolaşıyordu. Hâlâ titremekteydi.

"Snape Taş'ı Voldemort için istiyor... Voldemort da Ormanda bekliyor... Biz de Snape'in sadece zengin olma peşinde koştuğunu sandık..."

Ron, "O adı söyleme!" diye fısıldadı korkuyla; Voldemort'un kendilerini işittiğini sanıyordu sanki.

Harry onu dinlemiyordu bile.

"Firenze beni kurtardı, ama bunu yapmaması gerekirdi... Bane çılgına döndü... gezegenlerin işine karışılmamalıymış... Gezegenler Voldemort'un döneceğini belirtiyordu herhalde... Firenze, Voldemort'un beni öldürmesine engel olmamalıymış, Bane öyle düşünüyordu... Sanırım bu da yıldızlarda yazılı."

Ron, *"Artık o adı söylemeyi bıraksana sen!"* diye fısıldadı.

"Şimdi elimden gelen tek şey, Snape'in Taş'ı çalmasını beklemek," diye devam etti Harry. "Sonra da Voldemort gelip işimi bitirecek... Eh, Bane de mutlu olur."

Hermione çok korkmuş görünüyordu, ama onu rahatlatacak bir iki söz etmeyi başardı.

"Harry, Kim-Olduğunu-Bilirsin-Sen'in sadece Dumbledore'dan korktuğunu herkes söylüyor. Dumbledore buradayken Kim-Olduğunu-Bilirsin-Sen kılına bile dokunamaz. Atadamların haklı oldukları nereden belli? Bana sorarsan, falcılık gibi bir şey bu; Profesör McGonagall'a bakılırsa, falcılık da büyücülüğün en yanıltıcı dalı."

Konuşmayı kestiklerinde hava ağarmıştı. Boğazları ağrı içinde, bitkinlikle yataklarına gittiler. Ama gecenin yarattığı şaşkınlıklar sona ermemişti.

Harry çarşafını çekip açınca, altında Görünmezlik Pelerini'ni buldu. Tertemiz katlanmıştı Pelerin; üstüne de bir not iliştirilmişti:

Ne olur ne olmaz.

ON ALTINCI BÖLÜM

Kapağın Altında

Harry sınavları nasıl verdiğini yıllar boyunca unutamayacaktı; sanki her an kapı açılacak, Voldemort dalacaktı içeriye. Ama günler geçip gitti, Fluffy'nin kilitli kapı arkasında sapasağlam yaşadığına kuşku yoktu.

İnanılmaz sıcaktı, özellikle yazılı yapılan büyük sınıfta. Herkese Kopyaya-Karşı büyüsüyle hazırlanmış özel, yeni tüy kalemler verilmişti.

Uygulama sınavları da vardı. Profesör Flitwick onları sınıfa teker teker çağırıyor, bir ananası masanın üstünde dans ettirip ettiremeyeceklerine bakıyordu. Profesör McGonagall bir fareyi enfiye kutusuna çevirmelerini istiyordu – enfiye kutusunun güzelliğine göre not veriliyordu. Kutunun bıyıkları varsa not kırılıyordu. Unutma İksiri'nin nasıl yapıldığını hatırlamaya çalışırlarken, Snape tepelerine dikilip onları tedirgin ediyordu.

Harry, Orman'a gittiğinden beri canını yakan alın ağrısına aldırmamaya çalışıyordu. Neville, Harry'nin sinirlerinin sınavlardan ötürü uykusuz kalmaktan bozulduğunu sanıyordu, ama asıl gerçek Harry'nin o eski karabasanının yeniden ortaya çıkmasıydı; şimdi daha da kötüydü, çünkü üstünden kan damlayan bir de kukuletalı eklenmişti o korkunç düşüne.

Belki Harry'nin Orman'da gördüklerini görmediklerinden, belki de alınlarını yakan birer izleri olmadığından, Ron da, Hermione de Taş'a Harry kadar aldırmıyorlardı. Voldemort'un adı bile onları ürkütmeye yetmişti gerçi, ama sınav hazırlıklarına öylesine dalmışlardı ki, ne Snape'in ne de bir başkasının çevirdiği dolaplara kafa yoracak vakitleri yoktu.

Son sınavları Sihir Tarihi'ydi. Kendi kendine kaynayan kazanları yaratan eski büyücülerle ilgili soruları da bir saat içinde yanıtlayınca özgür olacaklardı, sınav sonuçları açıklanıncaya kadar tam bir hafta keyif çatacaklardı. Profesör Binns'in hayaleti tüy kalemlerini bırakmalarını söyleyip parşömen kâğıtlarını da toplayınca, Harry de ötekiler gibi sevinç çığlıkları atmaktan kendini alamadı.

Güneşli bahçeye fırlayan kalabalığa karışırken, "Bu, sandığımdan da kolaymış," dedi Hermione. "1637 Kurtadam Davranış Yönetmeliği'ni de, Tez Canlı Elfric'in ayaklanmasını da öğrenmem gerekmiyormuş."

Hermione, sınavdan sonra yanıtların üstünden geçmek isterdi hep, ama Ron artık buna dayanamadığını söyledi, birlikte göle inip bir ağacın altına serildiler. Weasley kardeşlerle Lee Jordan ılık sığ suda güneşlenen dev bir mürekkep balığının kollarını gıdıklıyorlardı.

Ron, çimenlere uzanarak, "Artık ezbere paydos," dedi mutluluk içinde. "Sen de artık azıcık gülümse, Harry, çaktığımızı öğrenmeye daha bir hafta var, keyfini çıkar bari."

Harry alnını ovuşturuyordu.

Öfkeyle, "Bunun ne anlama geldiğini bir bilseydim!" diye patladı. "Yara izi canımı yakıyor – daha önce de oldu, ama hiç bu kadar sık olmadı."

Hermione, "Madam Pomfrey'e git," diye önerdi.

"Hasta değilim," dedi Harry. "Galiba bir uyarı bu... tehlikenin yaklaştığını belirtiyor..."

Ron'un kılını kıpırdatacak hali yoktu, hava çok sıcaktı.

"Harry, rahatla biraz, Hermione haklı, Dumbledore burada olduğu sürece Taş da güvendedir. Hem zaten Snape'in Fluffy'yi nasıl atlatacağı konusunda elimizde bir bilgi yok. Bir keresinde bacağı parçalanıyordu, bir daha öyle bir şey yapmaya kolay kolay kalkışmaz. Neville'in Quidditch milli takımında oynayacağı nasıl düşünülemezse, Hagrid'in de Dumbledore'a kalleşlik etmesi öyle düşünülemez."

Harry baş salladı, ama yapmayı unuttuğu bir şey, önemli bir şey vardı sanki, bu duyguyu içinden atamıyordu. Bunu dile getirmek istediği zaman, Hermione, "Sınavlar yüzünden," dedi. "Dün gece uyandım, Biçim Değiştirme notlarımın yarısına gelmiştim ki, bunu daha önce yaptığımızı fark ettim."

Ama Harry, içindeki tedirginliğin derslerle bir ilgisi olmadığına emindi. Pırıl pırıl mavi gökte bir baykuşun, gagasında bir notla, okula doğru kanat çırptığını gördü. Kendisine mektup gönderen tek kişi Hagrid'di. Hagrid dünyada ihanet etmezdi Dumbledore'a. Fluffy'nin nasıl atlatılacağını kimseye söylemezdi... hiçbir zaman... ama -

Ansızın ayağa fırladı Harry.

Ron, uykulu uykulu, "Nereye gidiyorsun?" dedi.

"Aklıma bir şey geldi," dedi Harry. Bembeyaz kesilmişti. "Gidip Hagrid'i görmeliyiz, hemen şimdi."

Hermione, ona yetişmeye çalışarak, soluk soluğa, "Neden?" diye sordu.

Çimenli yamacı tırmanırken, "Sizce de tuhaf değil mi?" dedi Harry. "Hagrid deli gibi ejderha istiyor, tam o sırada da cebinde bir yumurtayla yabancının teki çıkıp geliyor. Büyücülük yasasına aykırıysa, kaç kişi cebinde ejderha yumurtasıyla dolaşabilir? Hagrid'e rastlamaları büyük şans, ne dersiniz? Niye daha önce farkına varmadım bunun?"

Ron, "Neler çeviriyorsun yine?" dedi, ama bahçeden Orman'a doğru koşan Harry yanıt vermedi.

Hagrid evinin önünde bir koltukta oturuyordu; pantolonunun paçalarıyla gömleğinin kollarını kıvırmıştı, koca bir tencereye bezelye ayıklıyordu.

"Merhaba," dedi gülümseyerek. "Bitti mi sınavlar? Bir şey içmeye vaktiniz var mı?"

"Evet, lütfen," dedi Ron, ama Harry engel oldu.

"Hayır, acelemiz var. Hagrid, sana bir şey soracağım. Norbert'i kazandığın geceyi hatırlıyor musun? Seninle kâğıt oynayan yabancı nasıl biriydi?"

Omuzlarını silkerek, "Bilmem," dedi Hagrid, "cüppesini çıkarmadı ki sırtından."

Üçünün de şaşkınlıktan kalakaldığını görünce kaşlarını kaldırdı.

"Alışılmadık bir şey değil ki, Domuz Kafası'nda – yani köyün birahanesinde bin türlü garip garip adam vardır. Belki de ejderha satıcısıydı, ha? Suratını görmedim ki, kukuletası hep başındaydı."

Harry bezelye tenceresinin yanına çöktü.

"Ona neler anlattın, Hagrid? Hogwarts'ın sözünü ettin mi hiç?"

Hagrid, hatırlamaya çalışarak kaşlarını çattı. "Belki de etmişimdir," dedi. "Haa... ne iş yaptığımı sordu, ben de burada bekçilik ettiğimi söyledim... Hayvanları sordu... ben de ona dedim ki... hayatta tek istediğim bir ejderha dedim... sonra da... Hepsini hatırlayamıyorum elbet, boyuna içki ısmarladı bana... Dur bakayım... hah, kendisinde bir ejderha yumurtası olduğunu söyledi, iskambil oynayalım, kazanırsan alırsın dedi... ama ona bakıp bakamayacağımı da sordu, ters bir yere vermek istemiyormuş... Ben de dedim ki... Fluffy'ye baktıktan sonra ejderha çocuk oyuncağı sayılır dedim..."

Harry, sesindeki heyecanı belli etmemeye çalışarak, "Peki," dedi, "Fluffy'yle ilgilendi mi?"

"Şey – evet – insan kaç tane üç başlı köpek görür hayatında, Hogwarts'ta bile? Ben de anlattım, yatıştırmasını bilirsen Fluffy şeker gibidir dedim, azıcık müzik çal, hemen uykuya dalar -"

Birdenbire dehşete kapıldı.

"Size söylememeliydim bunu!" diye bağırdı. "Unutun dediklerimi! Hey – nereye gidiyorsunuz?"

Harry, Ron ve Hermione, Giriş Salonu'na gelinceye kadar birbirleriyle tek kelime konuşmadılar; bahçeden sonra Salon pek soğuktu, pek kasvetliydi.

"Dumbledore'a gitmemiz gerek," dedi Harry. "Hagrid, Fluffy'nin nasıl atlatılacağını bir yabancıya anlatmış. O cüppenin içinde ya Snape ya da Voldemort vardı – Hagrid'i sarhoş ettikten sonra kolay. Tek dileğim, Dumbledore'un bize inanması. Firenze de bizi destekleyebilir, yeter ki Bane engel olmasın. Dumbledore'un odası nerede?"

Doğru yönü gösterecek bir yazı görebilmek umuduyla çevrelerine bakındılar. Dumbledore'un nerede oturduğu hiç söylenmemişti kendilerine, odasına çağırttığı kimseyi de bilmiyorlardı.

Harry, "Yapacağımız tek şey -" diye söze başladı, ama aynı anda salonda bir ses çınladı.

"Siz üçünüz ne arıyorsunuz içeride?"

Profesör McGonagall'dı bu, elinde koca bir yığın kitap vardı.

"Profesör Dumbledore'u görmek istiyoruz," dedi Hermione; Harry'yle Ron bunun yürekli bir davranış olduğunu düşündüler.

Bu sanki kuşku uyandıran bir istekmiş gibi, "Profesör Dumbledore'u mu görmek istiyorsunuz?" dedi Profesör McGonagall. "Neden?"

Harry yutkundu – şimdi ne olacaktı?

"Sır bu," dedi. Der demez de pişman oldu, çünkü Profesör McGonagall'ın burun deliklerinden ateş fışkırıyordu sanki.

Soğuk soğuk, "Profesör Dumbledore on dakika önce gitti," dedi Profesör McGonagall. "Sihir Bakanlığı'ndan acele baykuş yollamışlar, hemen Londra'ya uçtu."

Harry çılgına dönmüştü. "*Gitti* mi?" dedi. "Tam zamanını bulmuş."

"Profesör Dumbledore çok büyük bir büyücüdür, Potter, ona sık sık başvururlar -"

"Ama çok önemli bu."

"Söyleyeceklerin Sihir Bakanlığı'ndan daha mı önemli, Potter?"

Artık hiçbir şeyden sakınmıyordu Harry, "Bakın," dedi, "Profesör – Felsefe Taşı'yla ilgili -"

Profesör McGonagall bunu hiç mi hiç beklemiyordu. Taşıdığı kitaplar yere saçıldı, ama onları toplamaya bile kalkışmadı.

"Nereden biliyorsun -?" diye kekeledi.

"Profesör, sanırım – hayır, *biliyorum* – Sna – biri Taş'ı çalmaya çalışacak. Profesör Dumbledore'la konuşmam gerek."

Profesör McGonagall ona şaşkınlık ve kuşkuyla baktı.

"Profesör Dumbledore yarın gelecek," dedi sonunda. "Taş'ı nereden öğrendiniz, bilmiyorum, ama içiniz rahat olsun, kimse onu çalamaz, çok iyi korunuyor."

"Ama Profesör -"

Profesör McGonagall, "Ben ne dediğimi biliyorum, Potter," diye kestirip attı. Eğilip yere düşmüş kitaplarını toplamaya başladı. "Hadi, şimdi hepiniz dışarı çıkıp güneşte keyfinize bakın."

Ama çıkmadılar.

Profesör McGonagall kendilerini işitmeyecek kadar uzaklaşınca, "Bu gece," dedi Harry. "Snape kapaktan bu gece geçecek. Gereken her şeyi öğrendi. Dumbledore da ortalarda yok. Ona notu gönderen de o; Dumbledore çıkagelince Sihir Bakanlığı'ndakiler nasıl da şaşıracaklar."

"Ama biz ne -"

Hermione'nin soluğu kesildi birdenbire. Harry'yle Ron hızla arkalarına döndüler.

Karşılarında Snape duruyordu.

"İyi günler," dedi usulca.

Ona baktılar.

Garip bir gülümsemeyle, "Böyle bir günde içeride olmamalısınız," dedi Snape.

Sonunu nasıl getireceğini bilmeden, "Biz burada -" diye söze başladı Harry.

"Daha dikkatli olmalısınız," dedi Snape. "Böyle ortalarda dolaşırsanız, bir işler çevirdiğinizi sanırlar. Gryffindor da artık daha fazla puan yitirmeyi kaldıramaz, öyle değil mi?"

Harry kıpkırmızı kesildi. Dışarı çıkmak için döndüler, ama Snape onlara seslendi.

"Uyarmadı deme, Potter – bir daha geceleri dolaştığını görürsem, okuldan atılmanı ben kendim sağlarım. Hepinize iyi günler."

Öğretmenler odasına yöneldi.

Dışarıya, taş merdivene çıkınca arkadaşlarına döndü Harry. Hızlı hızlı, "Ne yapacağımızı söyleyeyim," diye fısıldadı. "Birimiz Snape'i gözetleyecek – öğretmenler odasının önünde durup, çıkarsa onu izleyecek. Hermione, sen yaparsın bunu."

"Niye ben?"

"Niyesi var mı?" dedi Ron. "Profesör Flitwick'i bekliyormuş gibi yaparsın." İncecik bir sesle devam etti: "Ah, Profesör Flitwick, öyle üzülüyorum ki, galiba on dördüncü soruyu yanlış yanıtladım..."

"Kapa çeneni," dedi Hermione, ama gidip Snape'i gözetlemeyi kabul etti.

Harry, "Biz de en iyisi üçüncü kat koridorunda bekleyelim," dedi Ron'a. "Hadi."

Ama tasarladıklarını gerçekleştiremediler. Fluffy'yi okulun öteki bölümlerinden ayıran kapıya vardıklarında Profesör McGonagall çıkageldi yine; bu kez tepesi iyice atmıştı.

"Sizinle uğraşmak büyü yapmaktan da zor sanıyorsunuz herhalde!" diye gürledi. "Bu saçmalık yeter artık! Bir daha buraya yaklaştığınızı duyarsam, Gryffindor'dan elli puan daha silerim! Evet, Weasley, kendi bölümümden!"

Harry'yle Ron ortak salona gittiler. Harry tam, "Hiç olmazsa Hermione Snape'in peşinde," diyordu ki, Şişman Kadın resmi açıldı, Hermione girdi içeriye.

"Özür dilerim, Harry," diye inledi. "Snape çıktı, orada ne

aradığımı sordu, Flitwick'i beklediğimi söyledim, o da gidip Flitwick'e haber verdi, şimdi kurtulabildim. Snape nereye gitti, bilmiyorum."

"Eh, işimiz bitti öyleyse!" dedi Harry.

Ötekiler Harry'ye baktılar. Bembeyaz kesilmişti Harry, gözleri parlıyordu.

"Ben bu gece çıkıp Taş'ı daha önce ele geçirmeye çalışacağım."

"Sen çıldırmışsın!" dedi Ron.

"Yapamazsın bunu!" dedi Hermione. "McGonagall'la Snape'in söylediklerinden sonra... Kovulursun!"

"NE ÇIKAR?" diye bağırdı Harry. "Anlamıyor musunuz? Snape Taş'ı ele geçirirse, Voldemort dönecek! O zaman neler olur, düşünsenize. Kovulacak Hogwarts bile kalmaz ortada! Yerle bir eder burayı ya da Karanlık Sanatlar okuluna çevirir! Puan silinmesinin bir anlamı yok artık! Gryffindor Okul Kupası'nı kazanırsa, Voldemort sizi de, ailelerinizi de rahat bırakacak mı sanıyorsunuz? Taş'ı ele geçirmeden yakalanırsam Dursley'lerin yanına döner, Voldemort'un beni orada bulmasını beklerim. Bu da olsa olsa ölümümü biraz geciktirir, o kadar, çünkü hiçbir zaman Karanlık Yan'a geçmem! Bu gece o kapağı açıp ineceğim, ikinizin de sözleri beni kararımdan caydıramaz! Unuttunuz mu, annemle babamı Voldemort öldürmüştü!"

Onlara baktı.

Hermione, fısıltıya benzer bir sesle, "Haklısın, Harry," dedi.

"Görünmezlik Pelerini'ni kullanırım," dedi Harry. "İyi ki yeniden elime geçti."

Ron, "Üçümüzü de kaplar mı dersin?" diye sordu.

"Üçümüzü de mi?"

"Seni yalnız bırakacağımızı sanmıyorsun ya?"

"Tabii bırakmayız," diye atıldı Hermione. "Biz olmadan Taş'a nasıl ulaşırsın? Ben iyisi gidip kitaplarıma bir göz atayım, belki yararlı bir şeyler bulurum..."

"Ama yakalanırsak siz de kovulursunuz."

Hermione, "Olanaksız," dedi hemen. "Flitwick sınavdan yüzde yüz on iki aldığımı söyledi gizlice. Artık beni kovamazlar."

*

Akşam yemeğinden sonra ortak salonda bir kenara çekildiler; üçü de tedirgindi. Kimse yanlarına bile yaklaşmıyordu, Gryffindor'lardan kimse Harry'yle konuşmuyordu zaten. Harry ilk kez o gece üzülmüyordu buna. Hermione, karşılarına çıkabilecek büyülerin nasıl bozulacağını bulabilmek umuduyla bütün notlarını gözden geçiriyordu. Harry'yle Ron'un ağızlarını açtıkları yoktu. İkisi de yapacaklarını düşünüyorlardı.

Oda ağır ağır boşaldı, herkes yatağına çekildi.

Lee Jordan da gerinip esneyerek gidince, "Pelerin'i al," diye mırıldandı Ron. Harry yukarıya, karanlık yatakhanelerine fırladı. Pelerin'i çıkarırken gözleri Hagrid'in Noel'de kendisine armağan ettiği flüte ilişti. Fluffy'ye karşı kullanmak için cebine attı onu – pek şarkı söylemek gelmiyordu içinden.

Sonra ortak salona koştu.

"Pelerin'i burada örtelim üstümüze, bakalım üçümüzü de örtüyor mu – Filch birimizin ayaklarını fark ederse yandık."

Odanın köşesinden, "Ne yapıyorsunuz?" diye bir ses geldi. Neville, elinde kurbağası Trevor, bir koltuğun arkasından belirdi; kurbağa, özgürlüğüne kavuşmak için bir deneme daha yapmaya hazırlanıyordu herhalde.

Harry, Pelerin'i hemen arkasına saklayarak, "Yok bir şey, yok bir şey," dedi.

Neville onların suçlu yüzlerine dikti gözlerini.

"Yine çıkıyorsunuz," dedi.

"Hayır, hayır, hayır," dedi Hermione. "Çıkmıyoruz. Sen niye gidip yatmıyorsun, Neville?"

Harry kapının yanındaki duvar saatine baktı. Artık daha fazla zaman yitiremezlerdi. Belki de Snape şu anda Fluffy'yi uyutmaktaydı.

"Çıkamazsınız," dedi Neville, "yine yakalanırsınız. Gryffindor'un durumu daha da kötüye gider."

"Anlamıyorsun," dedi Harry, "bu çok önemli."

Ama Neville elinden gelen çabayı göstermekte kararlı gibi görünüyordu.

Resimdeki deliğin önüne geçerek, "Bunu yapmanıza izin vermeyeceğim," dedi. "Sizinle – sizinle dövüşürüm!"

"Neville!" diye patladı Harry, "çekil o deliğin önünden, salaklığı da bırak -"

"Bana salak diyemezsin! Kuralların dışına çıktığın yetmez mi? Hem herkese karşı direnmemi söyleyen sen değil misin?"

Ron'un sabrı tükenmek üzereydi. "Ama *bize* karşı değil," dedi. "Ne yaptığını bilmiyorsun, Neville."

Bir adım attı; Neville Trevor'ı yere bıraktı, kurbağa da hemen ortadan yok oldu.

Yumruğunu kaldırarak, "Hadi bakalım," dedi Neville, "sıkıysa gel de vur. Ben hazırım!"

Harry, Hermione'ye döndü.

"Bir şey yap," dedi çaresizlik içinde.

Hermione ilerledi.

"Neville," dedi, "bunun için gerçekten özür diliyorum senden."

Asasını kaldırdı.

Onu Neville'e doğru uzatarak, *"Petrificus Totalus!"* diye bağırdı.

Neville'in kolları iki yanına yapıştı. Bacakları birbirine kenetlendi. Bütün bedeni kaskatı kesildi. Olduğu yerde biraz sallandı; sonra da kütük gibi kaskatı, yüzüstü yere düştü.

Hermione koşup onu çevirdi, sırtüstü yatırdı. Neville, çenesi kilitlendiği için, konuşamıyordu. Sadece gözleri oynuyor, dehşet içinde onlara bakıyordu.

"Ne yaptın ona?" diye fısıldadı Harry.

Hermione, üzüntüyle, "Beden-Kilitlenmesi," dedi. "Özür dilerim, Neville."

"Başka çaremiz yoktu, Neville, şimdi anlatamayız," dedi Harry.

"Sonra anlarsın, Neville," dedi Ron; üstünden atlayıp Görünmezlik Pelerini'ne büründüler.

Ama Neville'i yerde taş gibi, kıpırtısız bırakmak pek de iyi bir başlangıç sayılmazdı. O tedirginlik içinde, gördükleri her heykeli Filch'e benzetiyorlardı, rüzgârın belli belirsiz iniltisi bile saldırmaya hazır Peeves'in soluğu gibi geliyordu onlara.

İlk merdivenlerin altına gelince, tepede dolaşan Mrs Norris'i gördüler.

Ron, Harry'nin kulağına, "Bir kerecik olsun bir tekme sallayalım şuna," diye fısıldadı, ama Harry başını iki yana salladı. Dikkatle yanından geçerlerken, Mrs Norris fenere benzeyen gözlerini onlara dikti, ama bir şey yapmadı.

Üçüncü kata çıkan merdivenlere varıncaya kadar kimseyi görmediler. Peeves oradaydı, geçenler takılıp düşsün diye halının kenarını kıvırmaktaydı.

Ona doğru çıkarlarken, "Kim var orada?" dedi ansızın. Simsiyah hain gözlerini kıstı. "Seni göremesem bile orada olduğunu biliyorum. Gulyabani misin, hayalet misin, yoksa bir başka meret misin?"

Havaya yükselip boşlukta süzüldü, gözlerini onlara dikmişti.

"En iyisi, Filch'i çağırayım ben, görünmez bir şey varsa o hemen anlar."

Harry'nin aklına bir şey geldi ansızın.

"Peeves," dedi boğuk bir fısıltıyla, "Kanlı Baron öyle durup dururken görünmeyen hayalete dönüşmez."

Peeves şaşkınlıktan az daha yere düşüyordu. Tam zamanında toparlandı, merdivenlere yarım metre kala salınarak durdu.

"Beni bağışlayın, kanlı canlı Baron efendimiz," dedi yaltaklanarak. "Suç bende, suç bende – sizi görmedim – göremezdim elbet, siz görünmezsiniz – bu minik şakası için ihtiyar Peeves'i bağışlayın, efendim."

Harry, hırıltıyla, "Burada işim var, Peeves," dedi. "Bu gece sakın buralarda dolaşma."

Yeniden havaya yükselerek, "Dolaşmam, efendim, hiç dolaşmam," dedi Peeves. "Umarım işleriniz iyidir, sizi rahatsız etmem."

Süzülüp gitti.

"Harikaydı, Harry!" diye fısıldadı Ron.

Birkaç saniye sonra oradalardı işte, üçüncü kat koridorunda – kapı aralıktı.

Harry, "Al bakalım," dedi usulca. "Snape Fluffy'yi geçmiş bile."

Açık kapıyla karşılaşmak, kendilerini nelerin beklediğinin habercisiydi sanki. Harry, Pelerin'in altında, arkadaşlarına döndü.

"Dönmek isterseniz sizi suçlayamam," dedi. "Pelerin'i alabilirsiniz, artık bana gerekli değil."

"Saçmalama," dedi Ron.

"Geliyoruz," dedi Hermione.

Harry kapıyı iterek açtı.

Kapı gıcırtısıyla birlikte, derinlerden gelen hırıltılar çarptı kulaklarına. Kendilerini göremeyen köpeğin üç burnu da onlara doğru çevrilmiş, çılgıncasına havayı kokluyordu.

"Nedir o ayaklarının altındaki?" diye fısıldadı Hermione.

"Harpa benziyor," dedi Ron. "Herhalde Snape bıraktı."

"Çalmayı kestiğin anda uyanırmış," dedi Harry. "Başlayalım bakalım..."

Hagrid'in flütünü dudaklarına götürüp çalmaya koyuldu. Pek ustaca çaldığı söylenemezdi, ama ilk notayla birlikte hayvanın gözleri kapanmaya başladı. Soluk bile almıyordu Harry. Köpeğin hırıltıları ağır ağır kesildi – sonunda patilerinin üstüne çöktü Fluffy, sonra da yere uzanarak derin bir uykuya daldı.

Pelerin'den sıyrılıp kapağa doğru giderlerken, Ron, "Sakın çalmayı kesme," diye uyardı Harry'yi. O dev kafalara yaklaştıkça köpeğin sıcaklığını, soluğunun kokusunu duyabiliyorlardı.

Köpeğin sırtından bakarak, "Galiba kapağı açabileceğiz," dedi Ron. "Önce sen girmek ister misin, Hermione?"

"Hayır, istemem!"

"Peki." Ron dişlerini sıkarak köpeğin bacakları üstünden atladı dikkatle. Eğilip kapağın halkasını çekti. Kapak açıldı.

Hermione, "Ne görüyorsun?" dedi merakla.

"Hiçbir şey – sadece karanlık – aşağı inmemizi sağlayacak bir şey yok, atlayacağız."

Hâlâ flüt çalmakta olan Harry, dikkatini çekmek için elini salladı Ron'a, kendini işaret etti.

"Önce sen mi inmek istiyorsun? Emin misin?" dedi Ron. "Burası ne kadar derin, bilmiyorum. Flütü Hermione'ye ver de köpek uyanmasın."

Harry flütü Hermione'ye verdi. Birkaç saniye süren sessizlikte köpek hırıldayarak kıpırdadı, ama Hermione çalmaya başlar başlamaz da o derin uykusuna daldı yine.

Harry de köpeğin üstünden atlayıp kapaktan aşağıya baktı. Dip görünmüyordu.

Parmak uçlarıyla tutunarak delikten sallandı. Sonra yukarıya, Ron'a baktı, "Bana bir şey olursa arkamdan gelmeyin," dedi. "Hemen baykuşhaneye gidip Hedwig'i Dumbledore'a yollayın, tamam mı?"

"Tamam," dedi Ron.

"Birazdan görüşürüz... umarım..."

Harry kendini bıraktı sonra. Soğuk, nemli karanlıkta hızla düştü, düştü, düştü -

POFF. Yumuşak bir şeyin üstünde buldu kendini. Garip bir poff sesiyle. Doğrulup çevresini yokladı, gözleri karanlığa alışmamıştı daha. Sanki bir bitkinin üstünde oturuyor gibiydi.

Posta pulu büyülüğündeki aydınlığa, tepedeki açık kapağa bakarak, "Tamam!" diye seslendi. "Burası yumuşak, atlayabilirsin!"

Hemen atladı Ron. Harry'nin yanına düştü.

İlk sözleri, "Bu da nedir böyle?" oldu.

"Bilmem, bitki gibi bir şey. Atlayınca bir yerin incinmesin diye koymuşlar. Hadi, Hermione!"

Uzaklardaki müzik kesildi. Köpeğin korkunç havlaması duyuldu, ama Hermione atlamıştı bile. Harry'nin öteki yanına düşmüştü.

"Herhalde okulun kilometrelerce altındayız," dedi.

Ron, "İyi ki bu bitkiyi koymuşlar buraya," dedi.

"*İyi ki mi!*" diye bağırdı Hermione. "Şu halinize bakın!"

Ayağa fırlayıp nemli duvara yöneldi çırpınarak. Çırpınıyordu, çünkü düşer düşmez bitkinin dalları yılan gibi kıvrılıp ayak bileklerine dolanmaya başlamıştı. Harry'yle Ron'a gelince, onlar farkında bile olmadan, uzun dallarla sımsıkı sarılmışlardı.

Hermione bitkiye iyice yakalanmadan kurtulmayı başardı. Şimdi iki çocuğun kendilerini kurtarmak için bitkiyle boğuşmalarına bakıyordu; ama Harry de, Ron da ne kadar çabalasalar, bitki o kadar sımsıkı sarılıyordu bedenlerine.

Hermione, "Sakın kıpırdamayın!" dedi. "Nedir bu, biliyorum – Şeytan Kapanı!"

"Aman," diye homurdandı Ron, "iyi ki adını öğrendik, bize ne büyük yararı var ya!" Arkasına yaslandı, bitkinin boğazına sarılmasını önlemeye çalıştı.

"Kes sesini, onun nasıl öldürüldüğünü hatırlamaya çalışıyorum!" dedi Hermione.

Harry, göğsüne dolanan bitkiyle savaşarak, "Çabuk hatırlamaya bak, soluk alamıyorum!" diye hırıldadı.

"Şeytan Kapanı, Şeytan Kapanı... Profesör Sprout ne demişti? Karanlıktan, nemden hoşlanır -"

Boğulurcasına, "Ateş yak öyleyse!" diye bağırdı Harry.

Hermione, boyuna ellerini ovuşturarak, "Yakarım - tabii - ama odun yok!" diye seslendi.

"ÇILDIRDIN MI SEN?" diye haykırdı Ron. "SEN BÜYÜCÜ MÜSÜN, DEĞİL MİSİN?"

"Sahi!" dedi Hermione, asasını çıkardı, onu sallayarak bir şeyler mırıldandı, Snape'e yaptığı büyüyü bitkiye de yaptı, havaya aynı mavi alevleri fışkırttı. Birkaç saniye içinde Harry de, Ron da bitkinin dallarını gevşettiğini, ışıktan, sıcaktan kaçındığını fark ettiler. Sonunda iyice çözüldü bitki, iki çocuğun bedeninden de ayrıldı, onları özgür bıraktı.

Harry, yüzündeki teri silerek duvara, Hermione'nin yanına gitti. "İyi ki Bitkibilim'e çalışmışsın," dedi.

"Öyle," dedi Ron, "iyi ki Harry bu kargaşada kafayı yemedi - 'odun yok'muş - *pes*!"

"Buradan," dedi Harry; taş bir geçidi gösterdi, tek çıkış yolu da orasıydı zaten.

Kendi ayak sesleri dışında, duvarlardan düşen damlaların belli belirsiz şıpırtılarını duyuyorlardı sadece. Geçit aşağı doğru iniyordu; Harry'nin aklına Gringotts geldi. Büyücüler bankasında kasaları ejderhaların koruduğunu söylemişlerdi, bunu hatırlayınca yüreği daraldı. Ya bir ejderha çıkarsa karşılarına, kocaman, yetişkin bir ejderha - Norbert'le bile baş edememişlerdi...

"Bir şey duyuyor musunuz?" diye fısıldadı Ron.

Harry kulak kabarttı. İleriden yumuşak bir hışırtı, bir çınlama geliyordu.

"Hayalet mi acaba?"

"Bilmem... kanat çırpışı sanki."

"İleride ışık var - bir şey kımıldıyor, görüyorum."

Geçidin sonuna varınca ışıl ışıl aydınlatılmış, yüksek mi yüksek tavanlı bir oda çıktı karşılarına. Küçücük, mücevher gibi parıldayan, kanat çırparak oradan oraya uçuşan kuşlarla doluydu oda. Odanın öteki ucunda kalın, tahta bir kapı vardı.

"Odadan geçersek bize saldırırlar mı acaba?" dedi Ron.

"Herhalde," dedi Harry. "Pek yırtıcıya benzemiyorlar ama, hep birden saldırırlarsa... Eh, başka çaremiz yok... Ben koşuyorum."

Derin bir soluk aldı, yüzünü elleriyle kapatarak koşmaya başladı. Keskin gagalarla, pençelerle parçalanacağını sanıyordu, ama hiçbir şey olmadı. Kapıya rahatça ulaştı. Koluna yapıştı, ama kapı kilitliydi.

Ötekiler de onu izlediler. Kapıyı zorladılar, omuzladılar, ama kapı bana mısın demedi, Hermione Alohomora Büyüsü'nü yapınca bile.

"Şimdi ne olacak?" dedi Ron.

"Bu kuşlar... buraya sadece süs için konulmuş olamazlar," dedi Hermione.

Kuşların tepelerinde parlayarak uçuşmasını seyrettiler – *parlayarak* mı?

Harry, "Bunlar kuş değil!" dedi ansızın. "Bunlar *anahtar*! Kanatlı anahtarlar – dikkatli bakın. Öyleyse..." Ötekiler anahtar sürüsüne bakarken o da odaya bir göz attı. "... Evet – bakın! Süpürgeler! Kapının anahtarını bulmamız gerek!"

"Ama *yüzlercesi* var burada!"

Ron kapının kilidini inceledi.

"Kocaman, eski anahtarlar var ya – öyle bir anahtar arayacağız – gümüş olmalı, kapı kolu gibi."

Birer süpürgeye atlayıp havalandılar, anahtar bulutunun ortasına daldılar. Ama tutmaya kalktıkları bütün büyülü anahtarlar öylesine hızlıydı ki, hemen sıyrılıyor, ellerinden kaçıp gidiyordu; birini bile yakalamak neredeyse olanaksızdı.

Ama Harry yüzyılın en genç Arayıcı'sıydı. Başkalarının göremediklerini hemen görmekte üstüne yoktu. Gökkuşağını andıran o tüyler kargaşasında bir dakika kadar dolandıktan sonra, kocaman bir gümüş anahtar gördü – kanadı hafifçe kıvrılmıştı anahtarın, sanki biri onu daha önce yakalamış da kilidi zorlayarak açmış gibi.

Harry, "İşte şu!" diye seslendi ötekilere. "Şu büyük olan – şuradaki – hayır, şu – parlak mavi kanatlı – tüyleri bir yana yatmış."

Ron, Harry'nin gösterdiği yöne fırladı, o hızla tavana çarptı, az kalsın süpürgesinden düşecekti.

"Onu kıstırmalıyız!" diye seslendi Harry; gözlerini eğri kanatlı anahtardan ayırmıyordu. "Ron, sen üstünden gel – Hermione, sen de altında dur, aşağı inmesini engelle – ben de yakalamaya çalışayım. Hadi, ŞİMDİ!"

Ron pike yaptı, Hermione yukarı süzüldü, anahtar ikisinden de kurtuldu, Harry onun arkasından fırladı; duvara doğru gidiyordu anahtar, Harry öne eğildi, onu tek eliyle duvara yapıştırdı. Odada Ron'la Hermione'nin sevinç çığlıkları çınladı.

Hemen indiler; Harry, elinde çırpınan anahtarla, kapıya koştu. Onu kilide sokup çevirdi – olmuştu bu iş. Kilit açılır açılmaz anahtar yeniden havalandı, iki kere yakalandığı için pek yıpranmışa benziyordu.

Eli kapının kolunda, "Hazır mısınız?" diye sordu Harry. Ron'la Hermione baş salladılar. Harry kapıyı açtı.

Bir sonraki oda öylesine karanlıktı ki, hiçbir şey göremediler. Ama içeri adım atar atmaz ışıl ışıl oldu oda, inanılmaz bir görüntüyle karşılaştılar.

Büyük bir satranç tahtasının kenarında duruyorlardı, siyah taşların arkasında. Taşlar kendilerinden bile büyüktü, siyah mermerden yapılmışlardı. Tam karşılarında, odanın öteki yanında, beyaz taşlar vardı. Harry, Ron ve Hermione hafifçe ürperdiler – dev beyaz taşların yüzleri yoktu.

"Şimdi ne yapacağız?" diye fısıldadı Harry.

"Belli değil mi?" dedi Ron. "Satranç oynayarak karşı yana geçeceğiz."

Beyaz taşların arkasında bir kapı daha gördüler.

Hermione tedirgindi. "Nasıl?" diye sordu.

"Galiba," dedi Ron, "taşların yerine geçmemiz gerekiyor."

Siyah ata gidip elini boynuna koydu. Taş canlanıverdi ansızın. At yeri eşeledi, Ron'a baktı.

"Şey – karşıya geçmek için size katılmamız mı gerek?"

Siyah at baş salladı. Ron arkadaşlarına döndü.

"Bu biraz kafa işi..." dedi. "Siyah taşlardan üçünün yerlerini alacağız..."

Ron düşünürken Harry'yle Hermione çıt çıkarmadılar. Sonunda, "Gücenmeyin ama," dedi Ron, "doğrusu ikiniz de satrançta pek iyi değilsiniz -"

Harry, "Gücenen yok," dedi hemen. "Ne yapacağız, sen onu söyle."

"Harry, sen filin yerini al... Hermione, sen de onun yanına, kalenin yerine geç."

"Ya sen?"

"Ben de at olacağım," dedi Ron.

Taşlar onları dinliyorlardı galiba, çünkü bu sözler üzerine bir at, bir fil, bir de kale beyazlara sırtlarını dönüp satranç tahtasından indiler; onların boşalttıkları üç yere de Harry, Ron ve Hermione geçti.

Ron, tahtanın öteki yanına bakarak, "Satrançta her zaman ilk hamleyi beyazlar yapar," dedi. "Evet... bakın..."

Beyaz bir piyon iki adım ilerlemişti.

Ron siyah taşları yönetmeye başladı. Taşlar, o nereye yollarsa oraya gidiyorlardı sessizce. Harry'nin dizleri titriyordu. Ya mat olurlarsa?

"Harry – sağa çapraz dört adım."

İlk gerçek şok, öteki atları alınınca geldi. Beyaz vezir yere serdi onu, tahtadan sürükleyerek çıkardı, at yüzükoyun yere serildi.

Ron sarsılmışa benziyordu. "Bunu yapmamız gerekiyordu," dedi. "Şimdi sen şu fili rahatça alabilirsin, Hermione, hadi."

Ne zaman bir taş yitirseler, beyazlar acımasız davranıyordu. Duvarın dibi kısa zamanda sakat siyah taşlarla doldu. Ron, iki kez Harry'yle Hermione'nin tehlikede olduklarını fark etti. Kendisi de oradan oraya gidiyor, yitirdikleri taş sayısında beyaz taş almaya bakıyordu.

"Neredeyse geldik," diye mırıldandı ansızın. "Bir düşüneyim – düşüneyim..."

Beyaz vezir bomboş yüzünü ona çevirmişti.

Usulca, "Evet..." dedi Ron, "tek yol bu... Beni alması gerek."

Harry'yle Hermione, "HAYIR!" diye bağırdılar.

"Satranç budur işte!" dedi Ron. "Biraz kurban vereceksin! Ben şimdi bir hamle yapacağım, vezir beni alacak – siz de rahatça mat edersiniz, Harry!"

"Ama -"

"Snape'i durdurmak istiyor musun, istemiyor musun?"

"Ron -"

"Bana bak, acele etmezseniz, Taş'ı ele geçirecek!"

Yapılacak başka şey yoktu.

"Hazır mısınız?" dedi Ron. Yüzü bembeyaz kesilmişti, ama kararlıydı. "Ben gidiyorum – kazanınca da oyalanmayın sakın."

İlerledi, beyaz vezir de fırladı. Taş kolunu Ron'un kafasına indirip onu yere serdi – Hermione bir çığlık attı, ama yerinde kaldı – beyaz vezir Ron'u kenara sürükledi. Kendinden geçmişe benziyordu Ron.

Harry titreyerek sola üç adım attı.

Beyaz şah kafasından tacını çıkarıp Harry'nin ayaklarının dibine attı. Kazanmışlardı. Taşlar yana çekilerek eğildiler, kapının önü açılmıştı şimdi. Harry'yle Hermione, Ron'a üzüntüyle son kez bakarak kapıdan geçtiler, bir sonraki geçide çıktılar.

"Ya Ron'a bir şey olduysa?"

Harry, kendi kendini de inandırmaya çalışarak, "Bir şey olmaz," dedi. "Bakalım şimdi ne çıkacak karşımıza?"

"Sprout'unki tamam, Şeytan Kapanı'ydı o – Flitwick anahtarları büyülemiş herhalde – McGonagall da satranç taşlarını canlandırmış – kala kala Quirrell'ın büyüsüyle Snape'inki kaldı..."

Bir başka kapıya varmışlardı.

"İyisin ya?" diye fısıldadı Harry.

"Durma."

Harry kapıyı açtı.

İğrenç bir koku doldurdu burun deliklerini, ikisi de cüppelerini çekip burunlarını kapatmak zorunda kaldılar. Gözleri sulandı hemen, tam önlerinde bir ifrit gördüler; daha önce karşılaştıklarından da büyüktü bu, kafası kanlar içinde, yerde yatıyordu. İfritin dev bacaklarının üstünden dikkatle atlarken, "İyi ki bununla dövüşmek zorunda kalmadık," diye fısıldadı Harry. "Hadi, soluk alamıyorum."

Bir sonraki kapıyı açtı, ikisi de karşılarına ne çıkacak diye bakmaya cesaret edemiyorlardı sanki – ama pek de korkulacak bir şey yoktu içeride; sadece bir masa, masanın üstünde de değişik biçimlerde yedi şişe vardı.

"Snape'inki," dedi Harry. "Ne yapmamız gerekiyor?"

Eşikten adım atar atmaz arkalarında bir alev yükseldi. Sıradan bir ateş değildi bu, mordu. Aynı anda önlerindeki kapıyı da siyah alevler sardı. Kapana kısılmışlardı.

"Bak!" Hermione, şişelerin yanında duran bir kâğıdı aldı. Harry onun omzunun üstünden bakarak kâğıtta yazılanları okudu:

Önünde tehlike var, arkanda ise güven,
Yardımcı olur sana ikisi içimizden,
Yolunda ilerletir yedi şişeden biri
Bulabilirsen eğer şimdi doğru iksiri,
Birimiz geri yollar, dönersin tıpış tıpış,
İkimiz saf şaraptır, ısırgandan yapılmış,
Üçümüz zehirlidir, hiç çekinmez can alır
Ondan tek yudum içen hemen yığılır kalır.
Seçimini yap şimdi, ver bakalım bir karar
Kalmak istemiyorsan burda sonsuza kadar.

Dört ipucu verelim kolaylık olsun diye
Bu da bizlerden sana çok güzel bir hediye:
Birincisi: Kendini boyuna gizler zehir
Isırgan şarabının sol yanına çekilir;
İkincisi: Başkadır uçlardaki şişeler
İçme onları ölmek istemiyorsan eğer;
Üçüncüsü: Boyları değişiktir hepsinin
Bir zararı dokunmaz cücesinin, devinin;
Dördüncüsü: Hem sağdan, hem soldan ikincisi
Başka başka boydadır, ama aynıdır cinsi.

Hermione derin bir soluk aldı, Harry onun gülümsediğini görünce şaşırdı – kendisinin içinden hiç de gülmek gelmiyordu.

"*Harika!*" dedi Hermione. "Büyü değil bu – mantık oyunu – bulmaca. En ünlü büyücülerden çoğunun bir gram bile mantığı yoktur; sonsuza kadar burada kalırlar."

"Biz de kalacağız anlaşılan."

"Elbette kalmayacağız," dedi Hermione. "Bize gerekli olan her şey bu kâğıtta yazılı. Yedi şişe: Üçü zehir, ikisi şarap, biri bizi siyah ateşten geçirecek, biri de mordan geçirip dönmemizi sağlayacak."

"Ama hangisini içeceğimizi nereden bileceğiz?"

"Bir dakika, düşüneyim."

Kâğıdı birkaç kez okudu Hermione. Sonra şişeleri inceledi teker teker, bir şeyler mırıldanarak onları gösterdi parmağıyla. Sonra ellerini çırptı.

"Buldum," dedi. "Bizi siyah ateşten en küçük şişe geçirecek – Taş'a götürecek."

Harry minik şişeye baktı.

"Bunun içindeki sadece birimize yeter," dedi. "Tek yudum bile yok neredeyse."

Birbirlerine baktılar.

"Peki, mor ateşten geçirip dönmemizi hangisi sağlıyor?"

Hermione sağda, en kenarda duran yuvarlak şişeyi gösterdi.

"Sen iç onu," dedi Harry. "Hayır, dinle beni – gidip Ron'u al – uçan anahtarların bulunduğu odadaki süpürgelere binersiniz, uçarak kapaktan geçer, Fluffy'yi atlatırsınız – doğru baykuşhaneye gidip Hedwig'i Dumbledore'a gönderin, onun yardımı gerekiyor. Ben Snape'i bir süre oyalarım, ama teke tek kalırsak baş edemem."

"Ama Harry – ya yanında Kim-Olduğunu-Bilirsin-Sen de varsa?"

Harry, alnındaki izi göstererek, "Eh," dedi, "bir keresinde şansım yaver gitti, öyle değil mi? Belki yine öyle olur."

Hermione'nin dudakları titredi; ansızın Harry'nin kollarına atıldı kız, ona sarıldı.

"Hermione!"

"Harry – biliyor musun, çok büyük bir büyücüsün sen."

Harry, onun kollarından ayrılırken, utanarak, "Senin kadar değil," dedi.

"Benim kadar değil mi?!" dedi Hermione. "Kitaplar! Kafa çalıştırma! Daha önemli şeyler var – dostluk, cesaret – ah, Harry – *dikkatli ol!"*

"Önce sen iç," dedi Harry. "Hangisi olduğunu iyice biliyorsun, değil mi?"

"Yüzde yüz," dedi Hermione. Yuvarlak şişeden koca bir yudum aldı, titremeye başladı.

Harry, endişeyle, "Zehir değil ya?" dedi.

"Hayır – ama buz gibi."

"Çabuk ol, etkisi geçmeden."

"İyi şanslar – dikkatli ol -"

"GİT!"

Hermione dönüp mor ateşten geçti.

Derin bir soluk aldı Harry, en küçük şişeye uzandı. Siyah alevlere çevirdi yüzünü.

"Geliyorum işte!" dedi, şişenin içindekini tek yudumda içti.

Gerçekten de buz gibi oldu bedeni. Şişeyi yerine koyup ilerledi; siyah alevler her yanını sarıyordu, ama onları duymuyordu bile – bir an o kara ateşten başka bir şey göremedi – sonra öteki yanda, sonuncu odada buldu kendini.

Biri daha vardı orada – ama Snape değildi bu. Voldemort bile değildi.

ON YEDİNCİ BÖLÜM

İki Yüzlü Adam

Quirrell'dı.

Şaşkınlıkla, "*Sen ha!*" dedi Harry.

Quirrell gülümsedi. Yüzü hiç de seğirmiyordu.

"Evet, ben," dedi sakin bir sesle. "Seninle burada karşılaşıp karşılaşmayacağımı düşünüyordum, Potter."

"Ama ben sanmıştım ki – Snape -"

"Severus mu?" Quirrell güldü, öyle sarsak sarsak gülmüyordu şimdi, soğuk ve kesindi. "Evet, Severus öyle birine benziyor, değil mi? Besili bir yarasa gibi ortalarda dolaşması öyle yararlı oldu ki. Onun yanında, ke-ke-kekeleyip duran za-zavallı P-Profesör Quirrell'dan kim kuşkulanabilirdi?"

Harry inanamıyordu. Doğru olamazdı bu, olamazdı.

"Ama Snape beni öldürmek istedi!"

"Hayır, hayır, hayır. Seni öldürmek isteyen *bendim*. Arkadaşın Miss Granger, Quidditch maçında Snape'i ateşe vermek için koşarken bana çarptı. Seninle göz ilişkimi yitirdim. Birkaç saniye daha sürseydi, o süpürgeden atacaktım seni. Bunu daha önce de başarabilirdim, ama Snape seni kurtarmak için karşı-büyü yapıyordu."

"Snape beni *kurtarmaya* mı çalışıyordu?"

Quirrell, soğuk bir sesle, "Tabii," dedi. "Bir sonraki maçta neden hakemlik etmek istedi, bilmiyor musun? Yine büyü yapmama engel olacaktı. Boşuna... hiç zahmet etmeseydi... Dumbledore oradayken zaten bir şey yapamazdım. Bütün öteki öğretmenler, onun Gryffindor'un kazanmasını engellemek istediğini düşündüler, kendini *bilerek* sevimsizleştirdi... Dedim ya, boşuna... seni bu gece öldüreceğim."

Parmaklarını şaklattı. Birdenbire ipler sarktı havadan. Harry'yi sımsıkı bağladılar.

"Her şeye burnunu sokuyorsun, Potter, yaşaman doğru değil. Cadılar Bayramı'nda okulda dört döndün; Taş'ı neyin koruduğunu anlamak için gelmiştim, sen de beni gördün."

"İfriti içeriye *sen* mi aldın?"

"Tabii. İfritlerle başa çıkmakta ustayım – arkadaki ifritin halini görmedin mi? Herkes deli gibi ifriti ararken, benden kuşkulanan Snape dosdoğru üçüncü kata gitti, beni bulmak için – ifritim seni öldüremedi o gece, üç başlı köpek de Snape'in bacağını doğru dürüst ısırıp koparamadı.

"Şimdi sessizce bekle bakalım, Potter. Şu ilginç aynayı incelemem gerek."

İşte o zaman Quirrell'ın arkasında duran şeyi fark etti Harry. Kelid Aynası'ydı bu.

Quirrell, çerçevesine dokunarak, "Taş'ı bulmanın anahtarıdır bu ayna," diye mırıldandı. "Dumbledore gelip de seni kurtarır mı sanıyorsun?.. Londra'da... O dönünce ben çok uzaklarda olacağım..."

Harry'nin bütün çabası Quirrell'ı konuşturmak, onun düşüncelerini Ayna'da yoğunlaştırmasını engellemekti.

"Snape'le seni Orman'da gördüm -" dedi.

"Evet," diye mırıldandı Quirrell, bakmak için Ayna'nın arkasına geçti. "Neler çevirdiğimi iyice anlamak istiyordu. Benden hep kuşkulanmıştı zaten. Aklınca beni korkutacaktı – sanki korkutabilirmiş gibi... Benim yanımda Lord Voldemort var..."

Quirrell, arkasından çıkıp gözlerini Ayna'ya dikti.

"Taş'ı görüyorum... onu efendime sunacağım... ama nerede?"

Harry kendisini sımsıkı saran iplerden kurtulmak için çırpındı, ama hiçbiri gevşemiyordu bile. Quirrell'ın dikkatini Ayna'ya vermesine *mutlaka* engel olmalıydı.

"Ama Snape de benden nefret ediyor gibi görünüyordu."

Quirrell, olağan bir sesle, "Orası öyle," dedi, "doğru. Babanla birlikte Hogwarts'taydı, bilmiyor musun? O zaman da birbirlerini hiç sevmezlerdi. Ama senin *ölmeni* hiç istemedi."

"Ama daha birkaç gün önce ağlayıp duruyordun – Snape'in seni tehdit ettiğini sanmıştım..."

Quirrell'ın yüzünde ilk kez bir korku belirtisi görüldü.

"Bazen," dedi, "efendimin söylediklerini yerine getirmekte zorlanıyorum – o büyük bir büyücü, bense zayıfım -"

Harry'nin soluğu kesildi sanki. "Yani o da seninle sınıfta mıydı?"

Quirrell, sakin sakin, "Ben nereye gidersem gideyim, o hep yanımdadır," dedi. "Dünyayı dolaşırken tanışmıştım onunla. Sersem delikanlının tekiydim, iyi nedir, kötü nedir, kafamın içi saçmasapan düşüncelerle doluydu. Lord Voldemort ne kadar yanıldığımı gösterdi bana. İyiyle kötü diye bir şey yoktur, güç vardır sadece, bir de o gücü elde edemeyecek kadar zayıf olanlar... O günden beri buyruğundayım, ama birçok kez yüzünü kara çıkardım. Beni ağır biçimde cezalandırmak zorunda kaldı." Quirrell ansızın titredi. "Yanlışları kolay kolay bağışlamaz. Taş'ı Gringotts'tan çalmayı başaramadığımda, çok öfkelenmişti. Beni cezalandırdı... gözünün hep üstümde olacağını söyledi..."

Quirrell'ın sesi gittikçe uzaklaşıyordu sanki. Harry, Diagon Yolu'nu hatırladı – ne büyük aptallık etmişti. Quirrell'ı ilk orada görmüş, Çatlak Kazan'da elini sıkmıştı.

Quirrell fısıltıyla küfretti.

"Anlamıyorum... Taş, Ayna'nın *içinde* mi? Onu kırmam mı gerekiyor?"

Harry hızlı hızlı düşünmeye çalışıyordu.

Şu anda dünyada en çok istediğim şey, diye düşünüyordu,

Taş'ı Quirrell'dan önce bulmak. Ayna'ya bakarsam kendimi Taş'ı alırken görürüm – yani Taş'ın nerede olduğunu anlarım! Ama Quirrell'a fark ettirmeden nasıl bakarım?

Ona belli etmeden hafifçe sola kaymaya, aynanın karşısına geçmeye çalıştı, ama ayak bileklerindeki ipler çok sıkıydı: Sendeleyip düştü. Quirrell, Harry'ye aldırmadı. Hâlâ kendi kendine konuşuyordu.

"Bu ayna ne yapar? Nasıl çalışır? Bana yardım edin, Efendimiz!"

Harry, dehşet içinde, bir sesin yanıt verdiğini duydu; ses Quirrell'ın kendisinden geliyordu üstelik.

"Çocuğu kullan... Çocuğu kullan..."

Quirrell, Harry'ye döndü.

"Evet – Potter – gel buraya."

Ellerini çırptı; çırpar çırpmaz da Harry'yi bağlayan ipler çözüldü. Ağır ağır ayağa kalktı Harry.

Quirrell, "Gel buraya," dedi yine. "Ayna'ya bak, ne gördüğünü söyle."

Harry ona doğru yürüdü.

"Yalan söylemeliyim," diye düşünüyordu. "Bakıp bir yalan kıvırmalıyım, başka çare yok."

Quirrell tam arkasına yaklaştı. Harry, onun sarığından gelen garip kokuyu duydu. Gözlerini yumdu, Ayna'nın tam karşısına geçti, gözlerini yeniden açtı.

Kendi görüntüsüyle karşılaştı; bembeyaz kesilmişti, korkmuş görünüyordu. Ama bir an sonra görüntü gülümsedi ona. Elini cebine sokup kan rengi bir taş çıkardı. Göz kırptı, Taş'ı yeniden cebine koydu – bunu yaparken de Harry kendi cebinde bir ağırlık duydu. Nasıl olduysa – inanılmaz bir biçimde – *Taş'ı almıştı.*

Quirrell, "Eee?" dedi sabırsızlıkla. "Ne görüyorsun?"

Harry bütün cesaretini topladı.

"Dumbledore'la tokalaştığımı görüyorum," diye attı. "Gryffindor, Okul Kupası'nı kazanmış."

Quirrell yine küfretti.

"Çekil önümden," dedi. Harry kenara çekilirken Felsefe Taşı'nın bacağına değdiğini duydu. Kaçabilir miydi acaba?

Ama beş adım bile atmadan o ince sesi işitti yine, Quirrell'ın dudakları bile kıpırdamıyordu.

"Yalan söylüyor... Yalan söylüyor..."

"Potter, gel buraya!" diye bağırdı Quirrell. "Bana doğruyu söyle! Biraz önce ne gördün?"

İnce ses yine yükseldi.

"Ben konuşayım onunla... yüz yüze..."

"O kadar gücünüz yok, Efendimiz!"

"Yeteri kadar gücüm var... bu iş için..."

Harry sanki Şeytan Kapanı'na yakalanmış gibiydi. Tek kasını bile kımıldatamıyordu. Taş kesilmişti sanki, Quirrell'ın sarığına uzanıp onu çözmeye başladığını gördü dehşetle. Ne oluyordu? Sarık çözüldü. O olmayınca Quirrell'ın başı çok küçük duruyordu. Sonra ağır ağır döndü Quirrell.

Harry çığlık atabilirdi, ama sesi çıkmıyordu. Quirrell'ın başının arkasında bir yüz vardı, o güne kadar gördüğü en korkunç yüz. Kıpkırmızı gözleri olan tebeşir beyazı bir yüz. Burun deliklerinin yerinde de, yılanınkiler gibi daracık yarıklar.

"Harry Potter..." diye fısıldadı.

Harry bir adım gerilemek istedi, ama bacakları kımıldamıyordu.

"Ne hale geldiğimi gördün mü?" dedi yüz. "Gölgeden, buhardan başka bir şey değilim... Ancak bir başkasının bedenini paylaşırsam bir biçim alabiliyorum... ama beni yüreklerine, kafalarına almak isteyenler olmuştur hep... Tek boynuzlu kanı şu son birkaç hafta güç sağladı bana... bana bağlı Quirrell'ın Orman'da benim için kan içtiğini gördün... Yaşam İksiri'ni elime geçirince kendi bedenimi de yaratabileceğim... Şimdi... cebindeki Taş'ı ver bakalım!"

Demek biliyordu. Bacaklarına ansızın bir dirilik gelen Harry hafifçe geriledi.

"Aptallık etme," diye homurdandı yüz. "Kendi canını kurtar, benden yana olmaya bak... yoksa sonun annenle babanın sonu gibi olur... Kendilerine acımam için yalvararak öldüler..."

Ansızın, "YALAN!" diye bağırdı Harry.

Quirrell, Voldemort Harry'yi görebilsin diye, arka arka yürüyordu. Hain yüz gülümsüyordu şimdi.

"Ne kadar dokunaklı..." diye tısladı. "Cesarete her zaman saygım var... Evet, yavrum, annenle baban yürekliydi... Önce babanı öldürdüm, kıyasıya dövüşmüştü benimle... ama annenin ölmesi gerekmezdi... seni korumak istiyordu... Şimdi ver şu Taş'ı, yoksa annen de boşu boşuna ölmüş olacak."

"HİÇBİR ZAMAN!"

Alevli kapıya fırladı Harry, ama Voldemort, "YAKALA ONU!" diye bağırdı, Harry de o anda Quirrell'ın elinin bileğine yapıştığını duydu. Alnına o bıçak gibi sancı saplandı yine; kafası sanki ikiye ayrılacaktı; bütün gücüyle direnerek bağırdı, Quirrell'ın kendisini bıraktığını şaşkınlıkla gördü. Başındaki ağrı hafifledi Quirrell'ın nereye gittiğini anlamak için çılgınca bakındı çevresine; onun ellerine bakarak acı içinde kıvrandığını gördü – parmaklarında kabarcıklar beliriyordu.

Voldemort, "Yakala onu! YAKALA ONU!" diye bağırdı yine; Quirrell atlayıp yere yıktı Harry'yi, üstüne çullandı, iki elini onun boynuna doladı – Harry'nin yara izi artık dayanılmaz bir acı veriyordu, ama Quirrell da sancılar içinde uluyordu.

"Efendimiz, onu tutamıyorum – ellerim – ellerim!"

Quirrell dizlerini dayadı Harry'ye, boynunu bırakıp şaşkınlık içinde kendi avuçlarına bakmaya başladı – Harry onun ellerinin kıpkırmızı kesildiğini gördü, yanmıştı sanki, derileri soyulmuştu, pırıl pırıl parlıyordu.

Voldemort, "Öyleyse öldür onu, sersem, öldürsene!" diye haykırdı.

Quirrell bir ölüm laneti yağdırmak için elini kaldırdı, ama Harry içgüdüyle uzanıp Quirrell'ın yüzüne yapıştı –

"AAAAHH!"

Yere yuvarlandı Quirrell, yüzünde de kabarcıklar belirmişti, Harry anladı: Quirrell'ın cildine dokunmak korkunç bir acı veriyordu ona – şimdi tek şansı vardı: lanetlemesini önlemek için onu acı içinde kıvrandırmak.

Ayağa fırladı Harry, Quirrell'ın koluna yapışıp bütün gücüyle sıktı. Quirrell çığlık atarak Harry'yi itmek istedi – Harry'nin başındaki ağrı daha da artıyordu – gözleri de göremiyordu artık – sadece Quirrell'ın korkunç çığlıklarını, Voldemort'un "ÖLDÜR ONU! ÖLDÜR ONU!" diye haykırmasını işitebiliyordu – başka sesleri de – belki kendi kafasında yaratıyordu o sesleri... "Harry! Harry!"

Quirrell'ın kolunun burkulduğunu duydu, her şeyin bittiğini anladı, bir karanlığa düştü... düştü... düştü...

*

Tepesinde altın rengi bir şey uçuyordu. Snitch! Yakalamak istedi onu, ama kolları havaya kalkamayacak kadar ağırdı.

Gözlerini kırpıştırdı. Snitch değildi bu. Gözlüktü. Ne kadar garip.

Gözlerini kırpıştırdı yine. Albus Dumbledore'un gülümseyen yüzüyle karşılaştı.

"İyi günler, Harry," dedi Dumbledore.

Harry ona baktı bir süre. Sonra hatırladı. "Efendim! Taş! Quirrell'dı! Taş onda! Efendim, çabuk -"

"Sakin ol, sevgili yavrum, sen olayların biraz gerisinde kalmışsın," dedi Dumbledore. "Taş Quirrell'da değil."

"Kimde öyleyse? Efendim, ben -"

"Harry, sakin ol lütfen, yoksa Madam Pomfrey beni dışarı atar."

Harry yutkunarak çevresine bakındı. Hastane kanadında olduğunu anladı. Beyaz çarşaflı bir yatakta yatıyordu, yanındaki sehpanın üstü de şekerci dükkânına dönmüştü.

Dumbledore, ışıl ışıl, "Arkadaşlarının, hayranlarının armağanları," dedi. "Mah-zenlerde seninle Profesör Quirrell arasında geçenler sır, ama nasılsa bütün okul öğrenmiş. Arkadaşların Fred'le George Weasley sana bir oturak göndermeye kalkmışlar. Bundan hoşlanacağını düşünmüşler. Ama Madam Pomfrey bunun pek sağlıklı bir şey olmadığına inandığı için oturağa el koymuş."

"Ne kadar zamandır buradayım?"

"Üç gündür. Mr Ronald Weasley'le Miss Granger çıktığında pek sevinecekler, inanılmaz derecede üzülüyorlardı."

"Ama efendim, Taş -"

"Görüyorum ki, dikkatini başka yere veremiyorsun. Peki öyleyse... Taş... Profesör Quirrell onu senden alamadı. Buna engel olmak için tam zamanında yetiştim, ama doğrusunu istersen, sen de tek başına zaten başarılıydın."

"Siz de mi geldiniz? Hermione'nin baykuşunu mu aldınız?"

"Yolda karşılaştık onlarla. Londra'ya varır varmaz, bulunmam gereken yerin ayrıldığım yer olduğunu anlamıştım. Quirrell'ı senin elinden almak için tam zamanında yetiştim -"

"*Sizdiniz* demek..."

"Gecikeceğim diye korkmuştum."

"Az kalsın gecikecektiniz. Taş'ı ona karşı artık daha fazla koruyamazdım -"

"Taş'ı değil, yavrum, kendini – gösterdiğin çaba seni öldürecekti neredeyse. Bir an öldüğünü düşünüp korktum. Taş'a gelince, yok edildi."

Harry, boş boş, "Yok mu edildi?" diye sordu. "Ama arkadaşınız – Nicolas Flamel -"

"Ooo, demek Nicolas'ı da biliyorsun." Dumbledore keyiflenmişti sanki. "Her şeyi uygun biçimde yaptın, değil mi? Nicolas'la ben oturup konuştuk, Taş'ı yok etmenin doğru olacağına karar verdik."

"Yani o da, karısı da ölecekler, öyle mi?"

"İşlerini düzenlemeye yetecek kadar İksir var ellerinde. İşlerini düzene koyduktan sonra da, evet, ölecekler."

Dumbledore, Harry'nin gözlerindeki şaşkın bakışı görünce gülümsedi.

"Senin kadar genç biri için inanılmaz bir şey bu, ama Nicolas'la Perenelle için uzun, *çok* uzun bir günden sonra yatağına çekilip uyumaya benziyor. Düzenli bir kafa için ölüm de büyük bir serüvenden başka bir şey değildir. Biliyor musun, pek de öyle harika bir şey değildi Taş. Dilediğin kadar para, dilediğin kadar yaşam! Birçok insanın hemen isteyeceği iki şey – asıl sorun, insanların kendileri için en kötü şeyleri isteme tutkuları."

Harry, kafası iyice karışmış, yatıyordu. Dumbledore küçük bir ezgi mırıldandı, tavana bakarak gülümsedi.

"Efendim," dedi Harry. "Düşünüyordum da... Efendim – Taş yok olsa bile, Vol- yani, Kim-Olduğunu-Bilirsin-Sen -"

"Voldemort de, Harry. Her şeyin gerçek adını söyle. Bir şeyin adından korkarsan, kendisinden daha çok korkmaya başlarsın."

"Evet, efendim. Şey, Voldemort dönmenin başka yollarını arayacak, öyle değil mi? Demek istiyorum ki... gitmedi mi?"

"Hayır, Harry, gitmedi. Hâlâ bir yerlerdedir, belki de paylaşacağı bir beden arıyordur... gerçekten canlı olmadığı için, öldürülemez de. Quirrell'ı ölüme terk etti, dostlarına da düşmanları kadar acımasız davranıyor. Yine de, Harry, onun güce kavuşmasını geciktirdin, ileride bir başkası da savaşabilir onunla, bu gecikmeler gücünü bütün bütüne yitirmesini sağlayabilir."

Başını salladı Harry, ama hemen kesti bunu, çünkü öyle yapınca kafası ağrımıştı. Sonra, "Efendim," dedi, "öğrenmek istediğim başka şeyler de var, eğer bana anlatırsanız... gerçeği öğrenmek istiyorum..."

"Gerçeği." İç çekti Dumbledore. "Hem güzel, hem korkunç bir şeydir gerçek, çok özen ister. Yine de sorunu yanıtlarım, yanıtlamamak için geçerli bir nedenim olursa beni bağışlarsın. Tabii yalan söylemeyeceğim."

"Şey... Voldemort annemi öldürmüş, beni öldürmesine engel olduğu için. Beni neden öldürmek istiyordu acaba?"

Dumbledore derin derin iç çekti.

"Yazık, sorunu yanıtlayamam. Söyleyemem sana. Bugün olmaz. Şimdi olmaz. Günün birinde öğreneceksin... şimdilik bunu düşünme, Harry. Büyüyünce... Biliyorum, bunu duymaktan hoşlanmayacaksın, günü gelince öğreneceksin."

Harry üstelemenin bir yarar sağlamayacağını biliyordu.

"Peki, Quirrell neden dokunamadı bana?"

"Annen seni kurtarmak için öldü. Voldemort'un anlayamayacağı bir şey varsa, o da sevgidir. Annenin sana olan sevgisi kadar güçlü bir sevgi ne derin izler bırakır, bunu anlayamaz. Yara izine benzemez bu, gözle görülmez... böylesine yürekten sevilmek, seven insan gitse bile, bizi sonsuza kadar korur. Tenine işlemiştir bu. Quirrell'ın içi nefret, hırs, tutku doluydu, ruhunu Voldemort'la paylaşmıştı o; sana bu yüzden dokunamadı. Güzelliklerle yaratılmış birine dokunmak onun gibilere acı verir."

Dumbledore pencereye konmuş bir kuşla ilgileniyordu şimdi; bu da Harry'ye gözlerini çarşafa silme olanağını sağladı. Kendini toparlayınca, "Ya Görünmezlik Pelerini?" dedi. "Onu bana kimin yolladığını biliyor musunuz?"

"Haa – onu baban bırakmıştı bana, hoşuna gider diye düşündüm." Dumbledore'un gözleri parladı. "Yararlı şeyler... baban buradayken onu sırtına geçirir, mutfağa gidip yiyecek bir şeyler aşırırdı."

"Bir şey daha var..."

"Bakalım bu neymiş?"

"Quirrell'ın söylediğine göre, Snape -"

"*Profesör* Snape, Harry."

"Evet, o. Quirrell'ın söylediğine göre, babamdan nefret ettiği için benden de nefret ediyormuş. Doğru mu bu?"

"Doğrusu ikisi de birbirlerinden pek hoşlanmazlardı. Seninle Mr Malfoy gibi. Günün birinde baban öyle bir şey yaptı ki, Snape onu hiç bağışlamadı."

"Ne yaptı?"

"Onun hayatını kurtardı."

"Ne?"

Düşlere dalmış gibi, "Evet..." dedi Dumbledore. "Garip değil mi, insanların kafası nasıl çalışıyor? Profesör Snape babana borçlu kalmayı kaldıramadı... O borcu ödemek için de bütün bir yıl seni korumaktan perişan oldu. Babana nefretini artık huzur içinde hatırlayabilir..."

Harry anlamaya çalıştı bunu, ama kafası zonkluyordu, vazgeçti.

"Efendim, bir şey daha var..."

"Bir tek şey mi?"

"Taş'ı Ayna'dan nasıl çıkardım?"

"Hah, bak işte, bunu sorduğuna sevindim. Bu da benim parlak düşüncelerimden biriydi, ikimizin arasında kalsın, sakın kimseye söyleme. Taş'ı *bulmak* isteyen kişi – kullanmak isteyen değil, bulmak isteyen kişi – onu ele geçirebilirdi ancak; başkaları altın yapmakla ilgilenirdi sadece, bir yandan da lıkır lıkır Yaşam İksiri içerdi. Beynim bazen şaşırtıyor beni... Hadi artık, bu kadar soru yeter. Şekerlerini yemeye başla. Ah! Bertie Botts'un Binbir Çeşit Fasulye Şekerlemesi! Yazık, gençliğimde insanın içini bulandıranlardan biri çıkmıştı kısmetime, o günden sonra da ağzıma koymadım – ama şu herhalde güvenlidir, ne dersin?"

Gülümseyerek açık kahverengi bir fasulye şekerlemesi attı ağzına. "Tüh!" dedi boğulurcasına, "Kulak kiriymiş!"

*

Yönetici Madam Pomfrey şirin bir kadındı, ama çok düzenliydi.

"Beş dakikacık," diye yalvardı Harry.

"Kesinlikle olmaz."

"Profesör Dumbledore'u aldınız..."

"Elbette, o Okul Müdürü, ayrıcalığı var. *Dinlenmen* gerek."

"Dinleniyorum, bakın, yatıyorum işte. N'olursunuz, Madam Pomfrey..."

"Ne yapalım, öyle olsun," dedi Madam Pomfrey. "Ama *sadece* beş dakika."

Ron'la Hermione'yi içeri aldı.

"Harry!"

Hermione ona sarılmaya hazırdı yine, ama kendini tuttu, başı hâlâ ağrıdığı için de Harry memnun oldu buna.

"Ah, Harry, biz senin öleceğini – Profesör Dumbledore öyle üzülmüştü ki -"

"Bütün okul bundan söz ediyor," dedi Ron. "Ne oldu, şunun doğrusunu anlatsana."

Gerçek öykünün inanılmaz söylentilerden çok daha garip, çok daha heyecanlı olduğu ender durumlardan biriydi bu. Harry her şeyi anlattı: Quirrell'ı, Ayna'yı, Taş'ı, Voldemort'u. Ron'la Hermione iyi dinleyicilerdi doğrusu; uygun yerlerde soluklarını tuttular, Harry Quirrell'ın sarığının altında ne olduğunu söyleyince, Hermione çığlık atmaktan kendini alamadı.

Sonunda, "Demek Taş yok artık," dedi Ron. "Flamel öyle *ölüp* gidecek mi?"

"Ben de bunu sordum Dumbledore'a; dedi ki – ne demişti? – 'Düzenli bir kafa için ölüm de büyük bir serüvenden başka bir şey değildir'."

"Söylemiştim, kaçığın tekidir diye," dedi Ron. Kahramanının ne kadar çılgın olduğundan etkilenmişe benziyordu.

"Sizin ikinize ne oldu?" dedi Harry.

"Ben rahatça döndüm," dedi Hermione. "Ron'u götürdüm – biraz zaman aldı bu – tam baykuşhaneye gidiyorduk ki, Giriş Salonu'nda Dumbledore'la karşılaştık. Zaten biliyordu – 'Harry onun peşinde, öyle değil mi?' dedi, üçüncü kata fırladı."

Ron, "Bu işi senin yapmanı mı istemişti yoksa?" dedi. "Babanın Pelerinini yollaması filan?"

"*Ooo,*" diye patladı Hermione, "öyle düşündüyse eğer – yani, demek istiyorum ki – korkunç bir şey bu – ölebilirdin."

Harry, düşünceli düşünceli, "Hayır," dedi. "Tuhaf bir adam Dumbledore. Bana bir olanak sağlamak istedi galiba. Burada olup biten her şeyi biliyor, bu işe kalkışacağımızın farkındaydı, bizi durduracağına gerekli şeyleri öğretti, ipuçları verdi. Ayna'nın nasıl işlediğini öğrenmem rastlantı değildi bana kalırsa. Eğer becerebilirsem, Voldemort'la yüz yüze gelmemin hakkım olduğunu düşünüyordu..."

Ron, "Anlaşıldı, Dumbledore'un üstüne yok," dedi keyifle. "Bana bak, yarın yıl sonu şöleni var, ayağa kalkmalısın. Puanlar toplandı, Slytherin kazandı elbet – son Quidditch maçını kaçırdın, sen olmayınca Ravenclaw bizi duman etti – ama yemekler harikadır."

O anda Madam Pomfrey daldı odaya.

"Neredeyse on beş dakika oldu," dedi kesin bir sesle. "DIŞARI!"

*

Deliksiz bir uykudan sonra, Harry neredeyse bütün bütüne iyileşti.

Dünya kadar şeker kutusunu sıralamakla uğraşan Madam Pomfrey'e, "Şölene gitmek istiyorum," dedi. "Gidebilirim, değil mi?"

"Profesör Dumbledore gidebileceğini söyledi." Madam Pomfrey'e bakılırsa, Profesör Dumbledore bu işlerin şakaya gelmeyeceğinden habersizdi. "Bir başka ziyaretçin daha var."

"Güzel," dedi Harry. "Kim?"

Daha "Kim?" diye sorarken Hagrid süzüldü kapıdan. Ne zaman bir odaya girse, olduğundan da büyük görünüyordu.

Harry'nin yanına oturdu, ona şöyle bir baktı, sonra gözyaşlarına boğuldu.

Yüzünü ellerine gömüp, "Bütün – bunlar – benim – yüzümden!" diye hıçkırdı. "Fluffy'yi nasıl atlatacağını ben söyledim o alçağa! Ben söyledim! Bir tek bunu bilmiyordu, onu da ben söyledim! Ölebilirdin! Bir ejderha yumurtası uğruna! Bir daha ağzıma içki koymayacağım! En iyisi, atsınlar beni buradan, bir Muggle olarak yaşayayım!"

Hagrid'in, sakalından yaşlar süzülerek acı ve pişmanlıkla böylesine sarsıldığını görünce şaşırmıştı Harry. "Hagrid!" dedi. "Hagrid, nasıl olsa bir yolunu bulup öğrenecekti, burada Voldemort'dan söz ediyoruz, sen söylemesen bile nasıl olsa öğrenecekti."

"Ölebilirdin!" diye hıçkırdı Hagrid. "Onun adını da sakın söyleme!"

"VOLDEMORT!" diye bağırdı Harry; Hagrid öyle korktu ki, ağlamayı kesti hemen. "Karşı karşıya geldim onunla, adını da söylüyorum işte. Keyfin yerine gelsin, Hagrid, Taş'ı kurtardık, yok oldu, artık onu kullanamaz. Bir Çikolatalı Kurbağa al, bende dünya kadar var..."

Hagrid, elinin tersiyle burnunu silerek, "Şimdi hatırladım," dedi. "Sana bir armağanım var."

Harry, "Senin o ünlü sandviçlerden mi yoksa?" dedi korkuyla. Hagrid belli belirsiz kıkırdadı.

"Değil. Onarmam için Dumbledore dün izin verdi bana. İzin vereceğine sepetleyebilirdi de – neyse, bunu getirdim..."

Deri ciltli, güzel bir kitaba benziyordu bu. Harry merakla açtı kapağını, içi büyücü fotoğraflarıyla doluydu. Annesiyle babası her sayfadan gülümseyerek el sallıyorlardı ona.

"Annenle babanın bütün eski okul arkadaşlarına baykuşlar yolladım, onlardan fotoğraf istedim... Sende hiç olmadığını biliyordum... Beğendin mi?"

Konuşamıyordu Harry, ama Hagrid anlıyordu.

*

Harry yıl sonu şölenine tek başına indi o gece. Madam Pomfrey, bütün titizliğiyle, onu tepeden tırnağa bir daha incelemiş, Harry de biraz gecikmişti; Büyük Salon çoktan dolmuştu. Yedi yıl üst üste Okul Kupası'nı kazandığı için, Slytherin'in yeşil gümüş renkleriyle donatılmıştı salon. Yüce Masa'nın arkasındaki duvara üstünde yılan resmi olan koca bir bayrak asılmıştı boydan boya.

Harry girince önce bir sessizlik çöktü ortaya, sonra herkes bir ağızdan konuşmaya başladı. Harry, Gryffindor masasında Ron'la Hermione'nin arasına oturdu, herkesin ayağa kalkarak kendisine bakmasına aldırmıyormuş gibi görünmeye çalıştı.

Neyse ki, Dumbledore'un da gelmesi uzun sürmedi. Mırıltılar kesildi.

Dumbledore, "Bir yıl daha geçti!" dedi neşeyle. "Şimdi bu güzel yemekleri yemeye başlamadan önce ihtiyar bir adamın gevezelikleriyle sıkacağım sizi. Ne yıldı ama! Dilerim kafalarınızın içi geçen yıla göre biraz daha dolmuştur... gelecek ders yılı başlamadan önce onları boşaltmak, yenilemek için önünüzde koca bir yaz var...

"Şimdi, anladığım kadarıyla, Okul Kupası verilecek. Puanlar şöyle: Dördüncü sırada, üç yüz on iki puanla Gryffindor; üçüncü sırada, üç yüz elli iki puanla Hufflepuff; ikinci sırada, dört yüz yirmi altı puanla Ravenclaw; Slytherin'in de dört yüz yetmiş iki puanı var."

Slytherin masasından bir çığlık ve alkış kasırgası koptu. Harry, Draco Malfoy'un elindeki saplı kadehi masaya vurduğunu görebiliyordu. İç bulandırıcı bir görüntüydü bu.

"Evet, evet, Slytherin başarılıydı," dedi Dumbledore. "Ama son olayları da göz önüne almamız gerekiyor."

Odaya sessizlik çöktü birdenbire. Slytherin'lerin gülümsemeleri dudaklarında donar gibi oldu.

"Öhö öhö," dedi Dumbledore. "Şimdi son puanları da ekleyelim. Bakalım... Evet...

"Önce – Mr Ronald Weasley'ye..."

Ron mosmor kesildi; güneşte perişan olmuş bir patlıcana benziyordu şimdi.

"... Hogwarts'ın uzun yıllardır tanık olduğu en başarılı satranç oyunu için, Gryffindor'a elli puan veriyorum."

Büyülü tavan Gryffindor'ların çığlıklarından az kalsın havalanacaktı; tepelerindeki yıldızlar bile titriyordu sanki. Percy'nin öteki Sınıf Başkanları'na, "Benim kardeşim o!" diye böbürlenmesi işitilebiliyordu. "En küçük kardeşim! McGonagall'ın dev satrancını boydan boya geçti!"

Sonunda yine sessizliğe büründü salon.

"Sonra – Miss Hermione Granger'a... alevlerle karşı karşıya kaldığı anda bile soğukkanlılığını yitirmeden mantığını kullandığı için, Gryffindor'a elli puan daha veriyorum."

Hermione kollarına gömdü yüzünü. Harry onun hüngür hüngür ağlamakta olduğunu düşünüyordu. Masadaki Gryffindor'lar kendilerinden geçmişlerdi – yüz puan birden kazanmışlardı.

"Daha sonra – Mr Harry Potter'a..." dedi Dumbledore. Odada çıt çıkmıyordu şimdi. "... kararlılığı ve olağanüstü cesareti için, Gryffindor'a altmış puan veriyorum."

Kopan şamata kulakları sağır edecek türdendi. Toplama yapmayı becerenler Gryffindor'un puanlarının şimdi dört yüz yetmiş ikiye yükseldiğini fark etmişlerdi – Slytherin'in puanlarına eşitti bu. Okul Kupası için berabere kalmışlardı – Dumbledore Harry'ye bir puan daha verseydi...

Elini kaldırdı Dumbledore. Oda yeniden sessizliğe gömüldü.

Dumbledore, gülümseyerek, "Türlü türlü cesaret vardır," dedi. "Düşmanlarımıza karşı koymak yürek ister, ama dostlarımıza karşı koymak da yürek ister. Bu yüzden Mr Neville Longbottom'a da on puan veriyorum."

Gryffindor masasından yükselen gürültü öylesine yüksekti ki, o anda dışarıdan geçen biri, Büyük Salon'da patlama olduğunu sanabilirdi. Harry, Ron ve Hermione ayağa kalkıp çığlıklar atmaya başladılar; Neville ise, şoktan bembeyaz kesilmiş, kendisini kucaklayanların arasında kaybolmuştu. Gryffindor'a hiç bu kadar puan kazandırmamıştı daha önce. Harry, çığlık çığlığa, Ron'un böğrünü dürterek Malfoy'u gösterdi; Malfoy, sanki kendisine Beden-Kilitleme büyüsü yapılmış gibi, dehşet içinde kaskatı kesilmişti.

Ravenclaw'la Hufflepuff öğrencileri de Slytherin'in geçilmesini kutluyorlardı; alkışlar arasında, "Bu demektir ki," diye seslendi Dumbledore, "salonun süslemelerinde değişiklik yapmamız gerek."

Ellerini çırptı. Bir anda yeşiller kızıla, gümüşler altına dönüştü; büyük yılan resmi ortadan yok oldu, onun yerini aslan aldı. Snape, zoraki bir gülümsemeyle Profesör McGonagall'ın elini sıkıyordu. Harry'yle göz göze geldiler, Harry onun duygularında en ufak bir değişiklik bile olmadığını hemen anladı. Buna aldırmadı bile. Gelecek yıl yaşam sıradan bir yaşam olacaktı – artık Hogwarts'ta ne kadar sıradan olabilirse...

Harry'nin yaşamındaki en güzel geceydi bu, Quidditch'te kazandıkları geceden de, Noel gecesinden de, dağ ifritini yere serdikleri geceden de güzeldi... bu geceyi hiç, ama hiç unutmayacaktı.

*

Harry daha sınav sonuçlarının açıklanacağını unutmuştu; sonuçlar açıklanınca hatırladı bunu. O da, Ron da iyi notlarla sınıf geçtiklerini öğrenince çok şaşırdılar. Hermione, elbette, sınıf birincisi olmuştu. Neville bile kılpayı kurtarmıştı durumu, İksir'den aldığı kötü notu Bitkibilim'deki başarısıyla dengelemişti. Kötü olduğu kadar da ahmak biri olan Goyle'un okuldan atılacağını sanıyorlardı, ama o da geçmişti. Buna üzüldüler, ama Ron'un dediği gibi, yaşamdı bu, insanın her dileği gerçekleşmiyordu.

Dolaplar bir anda boşaltıldı, sandıklar, bavullar hazırlandı; Neville'in kurbağası tuvaletlerin bir köşesinde bulundu; tatilde büyü yapılmamasını belirten yazılı uyarılar dağıtıldı bütün çocuklara (Fred Weasley, üzüntüyle, "Bunu vermeyi de hiçbir yıl sektirmiyorlar," dedi); Hagrid onları gölün karşı kıyısına geçirecek kayıklar filosuna götürdü; Hogwarts Ekspresi'ne bindiler; yolculuk boyunca, çevrelerindeki manzara yeşerip daha düzenli bir biçime girdikçe, konuştular, güldüler; Muggle kentlerinden hızla geçerken Bertie Botts'un Binbir Çeşit Fasulye Şekerlemesi'nden yediler; büyücü cüppelerini çıkarıp yeleklerini, ceketlerini giydiler; sonunda King's Cross İstasyonu'nda Peron Dokuz Üç Çeyrek'e girdiler.

Perondan ayrılmaları epey uzun sürdü. İhtiyar bir bekçi duruyordu turnikenin başında, duvardan hep birlikte güm diye fırlayıp çıkmasınlar, Muggle'ları korkutmasınlar diye onları ikişer üçer geçirdi.

"Bu yaz gelip biraz bizde kalın," dedi Ron, "ikiniz de – size baykuş yollarım."

"Sağ ol," dedi Harry. "Böyle bir şey benim de hoşuma gider."

Ana kapıdan, itiş kakışlar arasında, Muggle'lar dünyasına yeniden adım attılar. Şöyle bağıranlar oldu:

"Hoşça kal, Harry!"

"Görüşürüz, Potter!"

Ron, sırıtarak, "Hâlâ ünlüsün," dedi.

"Gideceğim yerde ün mün para etmiyor," dedi Harry.

Ana kapıdan üçü birlikte çıktılar – Harry, Ron, Hermione.

"İşte orada, anne, işte orada, bak!"

Ginny Weasley'ydi bu, Ron'un kız kardeşi; ama Ron'u göstermiyordu.

"Harry Potter!" diye cıyakladı. "Bak, anne, görebiliyorum -"

"Kapa çeneni, Ginny, parmakla göstermek ayıptır."

Mrs Weasley onlara gülümsedi.

"Yoğun bir yıl mıydı?" diye sordu.

"Çok!" dedi Harry. "Tatlıyla kazağa teşekkürler, Mrs Weasley."

"Bir şey değil, yavrum."

"Hazır mısın?"

Vernon Enişte'ydi bu, hâlâ mosmordu yüzü, hâlâ bıyıklıydı; sıradan insanlarla dolu bir istasyonda Harry'nin kafes içinde bir baykuş taşıyacak kadar umursamaz olmasına kızmıştı. Arkasında Petunia Teyze'yle Dudley duruyordu, ikisi de Harry'yi görmekten dehşete kapılmışa benziyorlardı.

"Siz Harry'nin ailesi olmalısınız!" dedi Mrs Weasley.

"Öyle sayılabilir," dedi Vernon Enişte. "Çabuk ol, çocuk, bütün gün seni bekleyecek değiliz." Yürüdü gitti.

Harry, Ron'la Hermione'ye son bir söz söylemek için durdu.

"Yaz sonunda görüşürüz öyleyse."

Hermione, Vernon Enişte'nin arkasından kararsızca bakarak, "Dilerim... şey – güzel bir tatil geçirirsin," dedi; bir insanın nasıl bu kadar sevimsiz olabileceğine akıl erdiremiyordu.

"Geçireceğim," dedi Harry; yüzüne yayılan sırıtma arkadaşlarını şaşırttı. "Evde büyü yapmamızın yasak olduğunu *onlar* bilmiyor ki. Bu yaz Dudley'yle çok, ama çok eğleneceğim..."

SEÇİM TÖRENİ

"Dört bina var; adları Gryffindor, Hufflepuff, Ravenclaw ve Slytherin. Her binanın kendi soylu tarihi var, her bina çok önemli cadılar, büyücüler yetiştirmiştir."

PROFESÖR MCGONAGALL

ÖĞRENCİLER Büyük Salon'a ilk kez girdiklerinde dört büyük masayla karşılaşır. Her bir masada arzularına ve karakter özelliklerine göre bir araya getirilmiş bir grup öğrenci ve arkadaş oturmaktadır. Hufflepuff, Gryffindor, Slytherin ve Ravenclaw binalarının kuruluş tarihleri Hogwarts'ın kuruluşuna dayanır; dört arkadaş –bazıları daha sonra düşman olsa da– öğrencileri kurucu cadı ya da büyücünün en çok önem verdiği özelliklere göre binalara ayırmaya karar vermişti.

Şölen başlamadan önce bütün birinci sınıf öğrencileri dört binadan birine seçilir. Profesör McGonagall öğrencileri tek tek çağırır, eski püskü, kirli Seçmen Şapka'yı öğrencinin başına yerleştirir ve Şapka'nın kararını bekler. Seçme süreci genellikle birkaç saniye alır ama bazen daha uzun sürdüğü de olur. Nadiren de olsa bazen bir öğrenciyi uygun binaya yerleştirmek güç olabilir, Şapka'nın karar vermesinin beş dakikadan uzun zaman aldığı böyle durumlarda Hatstall (Şapka Durgunluğu) yaşanıyor demektir. Bu durum Profesör McGonagall Hogwarts'a geldiğinde de yaşanmıştı; Şapka genç cadıyı Gryffindor ve Ravenclaw binalarından birine yerleştirme konusunda kararsız kalmıştı.

HOGWARTS TESTİ

Hogwarts ve binalarıyla ilgili neler biliyorsun?
Aşağıdaki soruları yanıtlayıp öğrenebilirsin.

1. Hangi binalar Hogwarts Şatosu'nun kulelerinde yer alır?
a. Hufflepuff ve Gryffindor
b. Gryffindor ve Ravenclaw
c. Ravenclaw ve Hufflepuff
d. Gryffindor ve Slytherin

2. Harry Potter Gryffindor'dan başka hangi ortak salona davet edilmiştir?
a. Hufflepuff
b. Ravenclaw
c. Slytherin
d. Hiçbiri – başka hiçbir binanın ortak salonuna davet edilmemiştir

3. Seçmen Şapka Hermione ve Neville'i yerleştirmekte kararsız kalmıştı. Seçmen Şapka farklı bir karar vermiş olsaydı Hermione ve Neville hangi binalara seçilirdi?
a. Hufflepuff ve Ravenclaw
b. Ravenclaw ve Hufflepuff
c. Slytherin ve Ravenclaw
d. Hufflepuff ve Slytherin

4. Hufflepuff binasının müdürü kimdir?

a. Profesör McGonagall

b. Profesör Binns

c. Profesör Sprout

d. Profesör Snape

5. Rowena Ravenclaw'un kızının adı nedir?

a. Elenor

b. Leonora

c. Ariana

d. Helena

6. Salazar Slytherin'le akraba olan Hogwarts öğrencisi hangisidir?

a. Draco Malfoy

b. Tom Riddle

c. Marcus Flint

d. Vincent Crabbe

7. Hufflepuff binasının hayaleti kimdir?

a. Şişman Kadın

b. Kanlı Baron

c. Şişman Keşiş

d. Peeves

8. Profesör Dumbledore, Profesör Quirrell'ı yenmek için yardım ettiklerinde Harry, Ron, Hermione ve Neville'e epeyce puan verdi. Neville kaç puan aldı?

a. Yüz elli
b. Elli
c. Altmış
d. On

9. Ravenclaw'un puanlarını kaydeden kum saati hangi değerli taşlarla doludur?

a. Zümrütler
b. Yakutlar
c. Elmaslar
d. Safirler

10. Eskiden beri rakip olan binalar hangileridir?

a. Hufflepuff ve Slytherin
b. Ravenclaw ve Hufflepuff
c. Ravenclaw ve Gryffindor
d. Slytherin ve Gryffindor

Doğru yanıtlar için bu kitabın en son sayfasını çevirin.

HUFFLEPUFF

Binasına dair daha pek çok şey keşfetmek için okumaya devam edin.

BİNA ORTAK SALONU

Harry, Hogwarts'ta öğrenciyken Hufflepuff ortak salonunu ziyaret etme fırsatı bulamamış olsa da bu ortak salonun mutfakların yanındaki mahzende olduğunu biliyoruz. Girişi bir yığın fıçıyla gizlenmiştir. İçeri girmek için alttan ikinci sıranın ortasında yer alan fıçının üzerinde parmaklarınızla tempo tutarak "Helga Hufflepuff" ritmini tutturmanız gerekir. Hufflepuff ortak salonu davetli olmayanları cezalandıran tek ortak salondur – yanlış ritmi çalarsanız sirkeye batırılırsınız.

Ortak salon sımsıcak, oval bir salondur, tavandan sarı ve siyah Hufflepuff renklerinde süsler asılıdır. Odanın büyük kısmı yeraltında olmasına karşın yuvarlak pencerelerden içeri gün ışığı sızar, bu pencereler zeminin hemen üzerinde yer alır. Bir sürü pofuduk koltukla döşelidir. Yatakhanelere yeraltı tünellerinden geçerek ulaşılır, yatakhanelerin kapıları tıpkı fıçı kapakları gibi yuvarlaktır. Binanın kurucusu olan cadı Helga Hufflepuff şöminenin üzerinde asılı olan portresinden öğrencilerini gözler.

UNUTULMAZ HUFFLEPUFF ÖĞRENCİLERİ

CEDRIC DIGGORY

Takma adı: Ced.
Dış görünümü: Düzgün bir burnu, koyu renk saçları ve kurşuni gözleri vardır, uzun boylu, güçlü ve yakışıklıdır.
Ailesi: Cedric'in babası Amos Diggory Sihir Bakanlığı'nda Sihirli Yaratıkların Düzenlenmesi ve Denetimi Dairesi'nde çalışan bir büyücüydü. Eşiyle birlikte tek evlatları olan Cedric'le inanılmaz gurur duyuyorlardı.
Asası: Dişbudak ağacından yapılmadır ve özünde tekboynuzlu at kılı vardır, otuz buçuk santim boyundadır.
Yetenekleri: Quidditch takımının Arayıcısı ve kaptanıdır, Üçbüyücü Turnuvası'nda Hogwarts'ı temsil etmek için seçilmiştir.
Üyelikleri ve ödülleri: Cedric, Harry Potter'la birlikte Üçbüyücü Turnuvası'nı kazanmıştı.
Biliyor muydunuz? Cedric'in ölümünden sonra *Priori Incantatem* onu bir yankı olarak Küçük Hangleton köyüne geri getirmişti ve Voldemort'la karşılaşması sırasında Harry Potter'ı desteklemişti.

HUFFLEPUFF BİNASININ MÜDÜRÜ

♦ POMONA SPROUT ♦

Görevi: Hogwarts'ta Bitkibilim öğretmenidir.

Doğum günü: 15 Mayıs.

Asası: Özellikleri bilinmiyor.

Yetenekleri: Oldukça yetenekli bir bitkibilimcidir ve tehlikeli bitkiler konusunda uzmandır. Harry ve Ron'un Arthur Weasley'nin uçan Ford Anglia'sında yaptıkları talihsiz kaza sonrasında Şamarcı Söğüt'ü iyileştirmiştir.

Dış görünümü: Neşeli, tıknaz, ufak tefek bir cadıdır, uçuşan saçları üzerine yamalı bir şapka takar; genellikle giysilerinde ve tırnaklarının altında çok miktarda toprak olur.

Çoğunlukla bulunduğu yer: Hogwarts şatosunun arkasındaki seralarda. Üç numaralı sera daha tehlikeli ve nadir bitkilere ev sahipliği yapar.

Biliyor muydunuz? Profesör Sprout ile Profesör McGonagall'ın öğrencilik yılları hemen hemen aynı zamanlara rastlar ve iki yıllığına çakışır, o zamandan beri iyi arkadaştırlar.

Kendi sözleriyle:

"Bezeliyumru'lar," dedi. "Onları sıkmak gerek. İrini toplarsınız –"

POMONA
SPROUT

ÜNLÜ HUFFLEPUFF MEZUNLAR

♦ NYMPHADORA TONKS ♦

Takma adı: Tonks veya Dora.

Dış görünümü: Genç cadının kalp biçiminde solgun bir yüzü vardı, koyu renkli gözleri pırıl pırıl parlardı, saçları canlı renklerdeydi (genellikle mor, bazen de cart pembe).

Ailesi: Babası (Muggle doğumlu büyücü) Edward "Ted" Tonks, annesiyse (cadı) Andromeda Black'ti. Andromeda'nın kız kardeşleri Ölüm Yiyen Bellatrix Lestrange ile Narcissa Malfoy'du. Tonks'un Remus Lupin'den Edward "Teddy" Remus adında bir oğlu vardır.

Yetenekleri: Yetenekli bir Seherbaz'dı, Alastor "Deli-Göz" Moody eğitmişti onu. Aynı zamanda Metamorfmagus'tu, yani görünümünü istediği gibi değiştirebiliyordu.

Üyelikleri ve ödülleri: Zümrüdüanka Yoldaşlığı'nın Seherbaz üyelerindendi. Hogwarts Savaşı sırasında öldü.

Biliyor muydunuz? Tonks'un Patronus'u tavşandı ama âşık olduktan sonra bir kurda dönüştü.

ÜNLÜ HUFFLEPUFF MEZUNLAR

♦ NEWTON ARTEMIS FIDO SCAMANDER ♦

Takma adı: Newt.

Dış görünümü: Sık sık sihirli bir valiz taşırken görülür, bazen paltosunun üst cebinde bir Kabuluk bulunduğu olur.

Ailesi: Newt'ın annesi bir Hipogrif yetiştiricisiydi ve Newt'ın küçüklüğünden beri sihirli yaratıklara duyduğu ilgiyi desteklemişti. Newt, New York seyahatinde tanıştığı Porpentina Goldstein'le evlendi. Eşi ve evcil Mıncık'ları Hoppy, Milly ve Mauer'la birlikte Dorset'te yaşamaktadır.

Yetenekleri: Saygın Büyüzoolog ve *Fantastik Canavarlar Nelerdir, Nerede Bulunurlar?* kitabının yazarıdır.

Üyelikleri ve ödülleri: İkinci Sınıf Merlin Nişanı; Kurtadam Kaydı'nın oluşturulmasını ve Deneysel Yetiştirme Yasağı'nın yürürlüğe girmesini sağlamıştır; Newt aynı zamanda Ejderha Araştırma ve Kısıtlama Bürosu'yla çalışmıştır.

Biliyor muydunuz? Newt Scamander'ın başyapıtı *Fantastik Canavarlar Nelerdir, Nerede Bulunurlar?* ilk yayımlandığı 1927 yılından beri Hogwarts Cadılık ve Büyücülük Okulu'nun müfredatında yer alan onaylanmış ders kitaplarından biridir.

BİNA KUPASI

Hogwarts Bina Kupası her okul yılının sonunda en çok puanı kazanan binaya verilir. Profesör McGonagall'ın dediği gibi: *"Yaptığınız iyi işler bina notlarını yükseltir, kurallara uymamak da bina notlarını düşürür."* Giriş Salonu'nun köşesinde puanları kaydeden dört tane sihirli dev kum saati bulunur. Bina puanları kıymetli taşlarla temsil edilir, bu taşlar puanlar kazanılıp kaybedildikçe tepeye doğru artar ya da dibe doğru azalır.

O okul yılının sonunda en başarılı binayı gururlandıracak örnek davranışları ödüllendirmek amacıyla kurulmuş adil bir sistem olarak tasarlanmış olmasına rağmen bina puanlama sisteminin o kadar da adil olmadığı zamanlar olmuştur. Dolores Umbridge'in müdire olduğu zaman Sorgu Yargıçları puan verme ve puan düşme konusunda yanlı davranmışlardır.

Hufflepuff binasının puanlarını kaydeden kum saati pırlantalarla doludur. J.K. Rowling'e göre bunun sebebi Hufflepuff'ların pırlanta gibi olmasıdır! Harry Potter'ın Hogwarts'ta geçirdiği süre boyunca Hufflepuff Bina Kupası'nı kazandı mı bilinmez ama Hufflepuff'lar çalışkanlığa meyilli olduklarından kupayı kazanmış oldukları ya da kazanmaya çok yaklaştıkları düşünülebilir. Quidditch Kaptanı ve Arayıcısı Cedric Diggory'nin binası için kazandığı puanları da hesaba katmak gerekir. Gerçi Cedric gerçek bir Hufflepuff'a yakışacak şekilde davranarak, Altın Snitch'i yakaladığı o efsane anda karşı takımın Arayıcısı Harry Potter'ın kendinden geçmiş olduğunu duyduğunda maçın tekrarlanmasını istemişti.

HUFFLEPUFF

J.K. ROWLING – YİRMİ YILI AŞKIN SİHİR

Gryffindor, Slytherin, Hufflepuff, Ravenclaw... Bu sihirli kelimeler ilk kez basılı olarak ortaya çıktığında yazarlık hayatına yeni başlayan bir yazar dünyanın her yerindeki okurların hayal güçlerinde olağanüstü bir etki bırakmak üzereydi. J.K. Rowling'in *Harry Potter ve Felsefe Taşı* kitabı ilk kez 26 Haziran 1997'de yayımlandı. Yedi Harry Potter romanı bütün zamanların en çok satan serilerinden biri oldu, dünyada iki yüzden fazla ülkede 500 milyondan fazla sattı, 80'den fazla dile çevrildi ve J.K. Rowling 2001 yılında çocuk edebiyatına katkılarından dolayı Britanya İmparatorluk Nişanı'na layık görüldü.

J.K. Rowling cesaretin en değer verdiği özellik olduğunu açıklayarak dört Hogwarts binasından Gryffindor'a seçilmek isteyeceğini söylemiştir.

2007 yılında J.K. Rowling, Harry Potter hayranlarıyla birlikte

"Diğer bütün erdemlerden çok daha değerli benim için, demek istediğim sadece fiziksel cesaret değil... ama ahlaki cesaret de çok değerli."

J.K. Rowling

Harry Potter romanlarının yayımlanmasını takip eden yıllarda J.K. Rowling yazmaya ve birçok başarıya imza atmaya devam etti.

"Hep bir roman üzerinde çalışıyorum."

J.K. ROWLING

Yetişkin okurlar için yazdığı ilk romanı *Boş Koltuk* 2012'de (Doğan Kitap, 2013) yayımlanmıştır ve Robert Galbraith takma adıyla polisiye romanlar da yazmaktadır. J.K. Rowling'in hayranlarının haberler, yenilikler, makaleler ile yazarın yeni yazılarının tadını çıkarabilecekleri Pottermore adlı dijital şirketi 2012'de kurulmuştur.

J.K. Rowling çocuklar için uluslararası bir hayır kurumu olan Lumos'u kurmuştur, kurumun amacı dünyadaki hiçbir çocuğun yetiştirme yurtları ve yetimhanelerde yaşamak zorunda kalmaması ve bütün çocukların güvenli ve sevgi gördükleri bir ortamda büyümelerini sağlamaktır. 2007 yılında *Ozan Beedle'ın Hikâyeleri*'nin el yazısıyla yazılmış yedi özel baskısından biri 1.95 milyon İngiliz sterlinine satıldı ve J.K. Rowling bütün geliri Lumos'a bağışladı. J.K. Rowling Volant adındaki hayır kurumu aracılığıyla pek çok hayır işine destek olmuştur, ayrıca annesinin adını verdiği Anne Rowling Regenerative Neurology Clinic aracılığıyla MS araştırmalarına da katkıda bulunmaktadır.

Ozan Beedle'ın Hikâyeleri'nin *orijinal baskısı.*

J.K. Rowling 2016 yılında insanlığın en iyi yönlerini destekleyen ve baskının her türüne karşı

Fotoğraf: Debra Hurford Brown © J.K. Rowling 2014

durmayı somutlaştıran eserleriyle bütün eleştirmenlerden tam not alan bir yazar olarak PEN Edebiyata Hizmet Ödülü'nü almıştır.

"Yetenekli bir hikâyeci, amansız bir sansür karşıtı, kadın ve kız çocuk haklarının savunucusu ve eğitim hakkının sadık koruyucusu olan Rowling, bütün araçlarını çocuklarımız için daha iyi ve adil bir dünya yaratmak amacıyla kullanıyor."

ANDREW SOLOMON, PEN ABD BAŞKANI

Ayrıca 2016'da kendisine ait özgün bir hikâyeden hareketle yazar Jack Thorne ve yönetmen John Tiffany ile üzerinde çalıştığı *Harry Potter ve Lanetli Çocuk, Birinci ve İkinci Bölüm* adlı oyun Londra'da sahnelenmiştir ve yeni *Fantastik Canavarlar* filmlerinin ilki gösterime girmiştir. J.K. Rowling yazdığı ilk senaryoyla birlikte Amerikan Cadılık ve Büyücülük Okulu Ilvermorny'nin binalarının adlarını açıklamıştır: Thunderbird, Wampus, Horned Serpent ve Pukwudgie.

Harry Potter ve Felsefe Taşı'nın 20. yılı onuruna 2017 yılında British Library, Harry Potter kitaplarından ilham alan önemli bir sergi açmıştır.

İlk baskının kapağı Thomas Taylor tarafından resimlenmiştir.

Harry Potter ve Felsefe Taşı'nın 20. Yıl Özel Baskısı anısına yazılan deneme.

BÜYÜCÜLER DÜNYASI'NI KEŞFETMEYE DEVAM EDİN

Hogwarts
Kütüphanesi
Kitapları

HOGWARTS TESTİ YANITLARI:

1. b, 2. b, 3. b, 4. c, 5. d, 6. b, 7. c, 8. d, 9. d, 10. d